百花洲文艺出版社
BAIHUAZHOU LITERATURE AND ART PUBLISHING HOUSE

目录 — CONTENTS

【第十六章】莫愁前路无知己

现在不是路不拾遗、夜不闭户的太平盛世，天下各国分立，就算从前相对安定的时期，国与国之间也很容易出现盗匪流窜的无人监管地带，更何况现在齐、魏在打仗，越往边境走就越乱，所以为什么古人说宁为太平犬，不为乱世人，因为后者连起码的生命安全都没法保障。

命都快没了，还谈何尊严？

所以她这句话，不仅问得没头没脑，而且在别人看来，很可能是非常荒谬的。

然而诗情和碧霄仅仅是对视一眼，甚至都没有问原因，便直接说出自己的选择："娘子去哪里，我们自然是要跟到哪里的！"

"是啊，我们从小一起长大，难道还要分开不成？"

顾香生心头一暖，拉着她们的手，认真道："我并非一时心血来潮才会这样说，外头艰险，你们不如留在京城，我会先送你们回顾家再离开，到时候就算殿下问起来，你们也大可假作不知，殿下对我尚有几分歉疚，断不至于连累到你们。"

碧霄急了："娘子，您说什么呢！为什么不带上我们？京城我早就待腻了，您去哪儿，我就去哪儿，我不回顾家！"

诗情道："娘子，究竟发生了什么事？难道殿下真如外头所说……"

顾香生道："其实也不像外头说的那样离谱，他应允了顾家，说以后我生的孩子会立为太子，只是这次入宫，要先册立严氏为皇后。”

碧霄心直口快，闻言惊怒交加：“殿下他怎么能这样忘恩负义！”

就算心情不好，顾香生也被她说得忍不住笑出声：“我于殿下而言也没有什么恩情，顶多不过是携手度过一段日子罢了，宫中王府样样都不缺，要说患难还未必见得。”

碧霄恨道：“您太好说话了，怎么就没有患难呢？您为殿下做的，外人不知道，我们可都看在眼里。您不喜欢和后宫那些女人打交道，可仍旧为了殿下去和她们往来；您知道他公务忙没空好好吃饭，就想方设法琢磨食谱让厨下去做，还有……”

“别说了！”诗情扯了扯她的袖子，向其示意顾香生越来越黯然的神情。

“既然娘子已经决定了，就先听听娘子怎么说。您真的打算离开吗？可是我们主仆三人从小到大谁也没有离开过京城，至远不过是去东林寺，听说外头的世道并不像京城这样太平，万一遇上了盗匪如何是好？还有，殿下肯放您离开吗？杨谷可还在府里，我怕我们刚出了城门就会被追回来……”

顾香生慢慢道：“你说的这些，我已经考虑过了。如今杨谷并没有料到我会离开，等我们出了城他再想追，到时候已经来不及了。出城的事，我会找人帮忙，魏初他们家在城中有几处铺子，我以前也曾去过的，你们知道，那边的人，在我需要的时候可以帮上忙。

“一旦出了城，无非四件事，钱、人、药、路线。先说路线，我打算先去南平，再由南平入蜀。”

碧霄讶然：“入蜀？为何不是去齐国？”

乱世里，很多人想要逃亡，可能下意识会想到要去最强大的那个国家，因为国家越强大，就越不容易震荡，治安也越好，安全也就更有保障，所以碧霄会这么想也不出奇。

但没等顾香生回答，诗情就摇头了：“不行，娘子是淮南王发妻，就算到时殿下另立皇后，娘子的身份也值得别人大做文章，万一被齐人发现，捉了过去，就糟糕了。”

顾香生也点点头：“诗情说得不错，齐人若是发现我的身份，虽然未必真能以此威胁到魏临和魏国，但到时候只要将我的身份公布出去，再加以折辱，总能让魏国人和魏临面上无光的。若我没有猜错，等魏临接受了我离开的事实，必然会宣布淮南王妃暴病而亡，届时他再娶严氏，便没有种种障碍了。

到了那个时候，我就算公布身份也无人相信，才算是彻底不必顾忌了，在那之前，还是隐姓埋名为好。”

碧霄眼里泛起泪光，咬唇恨恨道：“他这样对您，您还为他着想！”

顾香生无奈地笑笑：“又不是反目成仇了，他也有他的苦衷。”

诗情问：“您说的钱，是让我们带上足够的钱吧？”

顾香生颔首：“钱要带，但财不露白，尤其是在外头。如今各国林立，用的钱都是各自铸的，虽说魏钱在各国都能通行，但我们几个人，如果到了南平还用魏钱，就容易引人注意，所以要准备一些南平的钱，到时候进了南平境内，就用他们的铸钱；口音也要改一改，不能再说潭京官话了。十娘那边有个铺子的掌柜与我也见过几面，他就是南平人，到时候可以让他教我们说南平官话。”

碧霄和诗情面面相觑，万万想不到自家娘子竟然细心到这等地步，连口音的问题都考虑到了，只怕还真是经过深思熟虑的。

诗情道：“可是我们现在哪里有时间去学南平官话？”

顾香生笑道：“各国官话其实都差不多，只是尾音稍有区别，至多几个时辰就能学会，若是还不熟练，等进了南平，咱们少说点话就是了。”

她顿了一下，敛去笑容：“我打算三日之后走，所以我们还有两日的准备时间。”

两日，听起来很仓促，但如果样样有计划，其实也足够了。

“至于人，顾家的人我已经不敢相信了，就算太夫人和嫂嫂还愿意为我着想，我也不想冒这个险。一事不烦二主，所以届时还是用十娘那边的人。衣裳那些，华而不实的一律不要带，碧霄，你今日先出门采买几套衣裳，就是寻常百姓穿的那种布衣，几套男装，几套女装，方便替换。可以顺带多绕几个地方，买点零嘴儿、首饰之类的，免得启人疑窦。”

碧霄似乎被这种氛围感染了，略带紧张地咽了一下口水，点点头：“娘子放心，我知道怎么做。”

至于四样东西中的“药”，那就无须多讲了，在家千日好，出门一时难，生病受伤是常有的事，带点常用药有备无患。戏文里演的那种急急奔逃然后生病倒下被追兵追上的戏码，不能也不应该发生在她们身上。

顾香生从下定决心要走之后，就将这些事情想了又想，自忖应该没什么遗漏的了，便道：“你们帮我想想，可还少了什么？”

诗情道：“婢子到时候将钱分头缝在几套衣服里，这样保险又安全些，首饰那些最好也不要带了，倒可以带上一点儿金银。”

碧霄也道：“还有马车，不能有太明显的标记，也无须华丽装饰，越普通越好。”

二人你一言我一语出了不少主意，将顾香生之前没考虑过的一些细节补充上。主意既定，三人分头行事，碧霄出门采买，诗情则让人去准备马车。

因为回京奔父丧的缘故，魏初是一个人回来的，钟岷官在任上，没法告假。

将乐王去世之后，顾香生和魏临曾上门吊唁，但那时候人多口杂，她与魏初寥寥数语，什么话也没法说，后来又发生了宫变，京城戒严，不宜来往过密，魏初因为丧事在身，又要抚慰将乐王妃，也不能出门，直到现在顾香生上门，两人才总算得以屏退旁人，执手细叙久别之情。

有些人便是这样，即使许久未见，依旧生不出半分隔阂与陌生感。魏初见顾香生上门，惊喜交加，抱着她痛痛快快地哭了一场：“阿隐，你不知道我这些日子多么难过，宗室里有人说让我娘过继子嗣，好继承将乐王府的香火，他们无非是想要那个爵位罢了，哪里是想给我娘尽孝，想都别想！阿娘就我一个女儿，阿爹忽然去了，她又没法随我们到任上，以后只能一个人在京里，等我回来看她，除了请你帮忙多多照看，我真不知道应该托付给谁了。”

顾香生苦笑：“我怕是没法完成你的嘱托了，可能反过来还要麻烦你帮忙哩！”

魏初一下子便听出她话语里的不对：“发生了何事？”

顾香生将事情略略说了一遍。

魏初听罢大怒：“严家也欺人太甚了，竟然以此要挟？即便是这个皇后让他们抢到手了又能如何？大兄岂是受人摆布之人？种什么因，得什么果，他们这是拿女儿当筹码呢！”

顾香生笑了笑：“要不怎么说咱们是至交呢？只有你最了解我。其实我一点儿也不恨严氏，不管如何，她也是被摆布的棋子，根本没有选择的余地。此事既然已成定局，多说无益，所以我想离开京城。”

魏初大吃一惊：“你……你独自一人？”

“还有诗情和碧霄。”

“那也太危险了！你没出过京不知道，这回我随着钟岷外任，一路上见多了颠沛流离，即便是那些稍有规模的州府，也完全没法与京城相比，你如何受得了？”

如果顾香生果真是土生土长的世家女，此时说不定还真会被她的话吓住，但此时她仅是点点头："你说的我都知道，但我已经下定决心了，这次非走不可，但魏临毕竟是你大兄，又是未来的国君，你若担心左右为难，大可当我没有来过，就算事后魏临问起，你也可以一问三不知。"

魏初佯怒："你说的这是什么话，我几时说过不肯帮了？你若不找我，还能找谁去？像你爹娘那样，巴不得能凭着女儿重新获得煊赫富贵呢，怕是转头就将你给卖了……"说罢，有些讪讪，"我就是嘴快说顺口了，你别放在心上，依我看太夫人还是挺明白的。"

顾香生拉着她的手："我没有生气，我爹娘什么性子，我也比你清楚，咱俩从小一起长大，我连累谁也不愿连累你，我是怕魏临知道之后迁怒于你。"

魏初笑道："我抵死不认，他能如何？大兄再亲，能亲得过你我吗？我们可是比姐妹还亲的！"

她笑容微微敛去，蹙眉道："可是真到了这一步吗？或者你要不要入宫再看看情况，万一大兄最后不娶严氏了呢？又或者严氏忽然得了急病……"说着说着，她自己都觉得有点儿荒谬。

"好吧，好吧，不管怎样，只要你想，我自然不能袖手旁观。你打算什么时候走？"

魏初和诗情、碧霄稍有不同，后两者从小跟她一起长大，不管对错都会站在顾香生一边，魏初毕竟是宗室出身的贵族女子，受时下影响，有着古人典型的三观，觉得这件事还没到非做不可的地步，但如果顾香生坚持要去做，她也会倾力帮忙，这就是朋友。

顾香生忽然觉得自己很幸运。

魏初见她露出感动的神情，反倒笑嘻嘻地安慰起她："其实仔细想想，如果准备周全，外头也算不上危险，到时候我给你准备的马车尽量普通一些，再配上两个身手好、忠实可靠的仆从，既能帮忙驱车赶路，又可以当侍从保镖。不太平的只是在路上，只要到达下一个城镇，就算是安稳了。你要不要去苏州？那里毕竟是钟岷的任地，也好有个照应。"

顾香生摇摇头："既然打算离开，又何必在魏国之内流连不去？更何况苏州是我母亲的娘家所在，若被熟人看见，怕又要引来无端的麻烦。"

魏初问："那你打算去哪儿？"

顾香生将自己的计划与她一说，魏初毕竟也是随夫出过门见过世面的人了，想了想，点点头：“应该可行，蜀中相对平静，离大理又近，再不济还可以去大理，听说那儿四季如春，是真正的人间仙境！”

说到这里，她噘起嘴：“可这样一来，往后我要见你，不就没法子了吗？”

顾香生道：“说得好像我不走，你就能天天见我似的，钟岷在苏州，你难道舍得独留在京城？”

魏初抱住她：“我不管，咱们都要好好的！”

“嗯。”顾香生的鼻子仿佛被堵住一般，连带鼻音也浓重起来，她回抱住魏初，“一定会有再见的一日。”

一切准备妥当，其实也没有什么惊心动魄的过程，魏临压根儿就想不到顾香生和他说要在淮南王府多住几天的时候，心里就已经存了离开的念头。

朝夕相处的王府众人更不会想到。

因为他们心里虽然不免也为淮南王妃抱屈，但同样觉得，王妃与殿下有结发之义，此刻暂时委屈一下，将来若能生下儿子，被立为太子，同样也远远胜过常人。君不见刘贵妃虽然是贵妃，可也掌了十数年的后宫，风光煊赫，与皇后无异呢，岂能与寻常百姓人家里的妻妾相较？

殊不知顾香生压根儿就没打算被比较。天下间也不知多少处此境地的为人发妻者，以阴丽华为楷模，暗暗激励自己，希冀有朝一日终能拨开云雾见明月。唯独顾香生，却选了一条与阴丽华截然不同的路子。

到了离开的那一日，像往常一样，用完早饭，顾香生让人准备马车，说要去书局逛一逛。

魏临不在，王妃就是主人，她要出门无须请示任何人。杨谷也习以为常，并未多过问，只是赶紧让人准备马车——他虽然知道魏临的打算，但因魏临有言在先，让他服侍王妃依旧要像从前那样恭敬，他也知道王妃在殿下心目中的地位，自然不敢有丝毫怠慢。

马车在书局门口停下，顾香生等人进去之后，便有早已等候在那里的人，引着她们从后面离开。几人坐上马车，一路朝城门疾驰而去。

正如魏初所说，马车别无装饰，外表跟平民之家运货载人的无异，里面却布置得异常用心，铺了好几层褥子防震不说，最上面还是竹席，因为天气热，这样更凉快舒服一些。碧霄先前购置的衣裳也早就放在里头了。趁着前往城门的这段时间，三人飞快地换了衣服，不管成婚与否，通通都将头发绾起来，一来是行动方便，二来也是为了防止一些宵小之徒的窥探。一般情况下，出门在外，已婚妇女总比未婚少女要少些麻烦。

不过这也并不是绝对的，碰上不讲理的强盗贼匪，管你已婚还是未婚，通通劫财劫色，那时候就要用武力来说话了。所以魏初给顾香生派了两个人，是当初她出嫁时，将乐王特地送给女儿的，对将乐王府的忠心程度毋庸置疑。两人这次跟着魏初回京，被魏初转手给了顾香生，一个姓柴，一个姓林，年纪四十开外，话不多，身手却好，据说人品也都可靠，的确是得力助手。有了他们，路上也可免去许多磕碰。

按照顾香生的要求，车厢里还准备了三把长剑和一把弓。若论身手，顾香生她们三个自然比不上柴、林二人，但诗情、碧霄也曾学过两下功夫，力气颇大，不是那等娇滴滴只会奉茶摘花的婢女。顾香生更不必说了，她自小就有种危机感，觉得生逢乱世，多多锻炼身体总是没什么坏处的，是以骑射功夫极好，舞剑也还有两下子，嫁给魏临之后略有荒废，但从小练出来的底子还在。

能否退敌虽尚且两说，但若是面对的盗匪并非穷凶极恶之徒，起码她们不会拖后腿。这也就足够了。

马车在繁华的京城街道辘辘驶过，换好衣服的三人坐在车上，谁也没说话，但每个人心里都绷着一根弦，因为担心还没出城门就被发现并拦下来，以往熟悉的景物在此刻看来都变得截然不同。

然而什么事都没有发生。马车在城门处停下来，接受了询问，听说是出城探访亲戚的，士兵也没怎么盘查就放行了。

一切进行得异常顺利。

在离开城门的那一刻，三人不约而同地松了口气，与此同时，又都带着一丝失落。

碧霄撩起帘子的一角，往后看着越来越远的城门，不由得喃喃道："我们这就离开了啊！"

"不要总是往后看了，凡事要往前看！"诗情将她扯回来，"喏，要看就看前面的路，看我们还要多久才能到下一个地方歇息。"

柴叔在外头听见她的话，弯腰在帘子外头喊了一声："附近的镇子都太近了，唯恐被人追上，我们直接到玉潭镇再歇脚，照现在的情况，天黑前应该可以到的！"

顾香生回想了一下自己先前在魏临书房里看到的舆图，玉潭镇的确是个不错的选择。那里四通八达，有好几条路走，可通往不同的州府，也是他们此行的必经之路。到了那里之后，就算魏临回过神派来追兵，估计也不知道追哪条路好，这样就大大降低了风险。

虽然理智上希望不要被追兵追上，可想到魏临得知消息之后如果真的无动于衷，她心里还是有些难受。这样百转千回、自相矛盾的心理，她自己都要嘲笑自己了。

这个时代，即使是官道，也不是完全平坦的，马车一颠簸，坐在车里的人就容易昏昏欲睡。这几天三个人为了准备离开的事情，表面上要装作若无其事，精神其实紧绷得很，此时一放松下来，就无法控制地睡了过去。

这一睡也不知睡了多久，直到三人被雨声惊醒。

外面下起倾盆大雨，碧霄爬起来，发现马车停在树下，柴叔和林叔都还恪守礼仪，不肯进车厢避雨。但再茂密的树叶也遮挡不了多少雨水，不一会儿，两人就被淋得浑身湿透。

再看周遭，此处却是在官道旁边的小林子边上，前不着村，后不着店。

天色因为下雨而暗下来，也不知道是什么时辰了。

顾香生掀起帘子喊道："林叔，柴叔，进来避避雨吧！"

林叔道："不必了，娘子请入内安坐，我等不妨事！玉潭镇约莫还要两个时辰才能到，这里有些荒凉，偶尔会有贼匪……"

下雨的缘故，两人都扯着嗓子说话，不然实在听不清对方在说什么。

结果这话还没说完，小林子那头的山坡上，还真就蹿下一伙人，却不是冲着他们，而是冲着更靠近林子的另一辆马车。

除了顾香生他们，另外还有几辆马车，也停靠在林边，想来同样是避雨的过路人。

从打扮上来看，那伙人穿着普通，不像是训练有素的士兵，应该就是林叔口中所说的贼匪了。

这里毕竟是官道，光天化日之下，贼匪也不敢如此大胆，但现在因为下雨而使人视线不清，举步维艰，对方觑准机会，就出来趁火打劫了。

贼匪也知道柿子要挑软的捏，他们也不是头一回犯案了，招子贼亮，见其他马车起码都有两名以上的壮丁，当先就扑向其中一辆孤零零的马车。

那辆车前只有一个车夫，车厢里面就算有人，不是小孩也是女人，这样的目标最好下手了。

但出乎他们的意料，点子竟然意外扎手。那车夫看着憨厚，居然身手高强，以一敌三，还游刃有余。

顾香生端详半晌，定睛一看，却禁不住大吃一惊。

难怪她觉得那车夫异常眼熟呢，不是夏侯渝身边的张芹又会是谁？

这么说夏侯渝就在马车里了？

旁人也就算了，看见张芹，顾香生没法袖手旁观，她对林叔道："那是我认识的朋友，你过去帮忙搭把手吧！"

林叔却没忘记自己的职责："若是泄露了娘子的行踪……"

顾香生道："他们不会的。"

有她这句话，林叔点点头，也不多话，纵身跳下马车，朝张芹的方向奔去。他也不拿兵器，三两下就撂倒了好几个贼匪，脚跟对准其中一把落在地上的刀的刀柄一踩一挑，那刀就"自动"跳入了他的手里。整个过程一气呵成，漂亮至极！

此时马车上又有人跳了下来，果然是夏侯渝，他手里提着刀也加入了战斗。那些贼匪没想到马车里没有女眷孩子，反倒是个半大少年，都暗叫晦气，此时眼见占不到便宜，还折损了不少人手，为首的口哨一吹，那些人连兵刃也不捡了，直接掉头就跑。

其他几辆马车的人没敢出头，见有人打跑贼匪，自然松了口气。

这种地方，穷寇莫追，追到了也没什么好处。此时雨已经渐渐停了下来，张芹朝林叔抱拳道："多谢这位壮士相助！"

林叔回礼："无须多礼，是我家娘子吩咐我来帮忙的。"

张芹有些奇怪，顺势朝对方所在的马车望去，就看见碧霄探出头来朝他眨了眨眼，不由得"啊"了一声。

夏侯渝更是大吃一惊，紧紧盯住马车，可他总算还能克制住自己，没有喊出顾香生的名字，也没有跑过去打招呼，而是对林叔道："你们想必也是要去玉潭镇吧，正好同路，不如结伴而行。"

接下来的事情顺理成章，这便是晚上一行人能够在同一间客栈、同一个屋子相聚的来龙去脉。

夏侯渝对顾香生会出现在这里十分吃惊，但不知他是长大了懂得人情世故，还是已经听说了什么消息，竟也没有多加追问，只问道："香生姐姐接下来有何打算？"

顾香生道："如无意外，应该会入蜀。你们怎么现在才走？我以为你们早几天就该离开了。"

夏侯渝道："前几日全城戒严，我们出不去，只好又等了几日。"

当时他写了信托人送去给顾香生，其实也只是想道别而已，没想到顾香生却丢了一包金银细软在后院。

这世上锦上添花的很多，雪中送炭的却难得，不过许多事情心里记得就好，却不必时时挂在嘴上提。

自打顾香生成婚之后，两人见面的次数就寥寥无几，此时夏侯渝的个子又长了不少，已经超过她半个头了，就是嗓子处于变声期，不复从前清润。若是单看那张脸，还略带阴柔细腻，有些雌雄莫辨的感觉，但若是听见声音，却绝对不会被人错认性别。

这也就导致了一件哭笑不得的事情：别人以为夏侯渝是女扮男装，结果一听见他的声音却满脸惊悚，光是他们刚刚下榻的客栈，这种情景就上演了三回，直让顾香生等人笑破了肚皮。

夏侯渝表示受够了！

所以他尽量能不开口，就不开口。

但是面对香生姐姐，却不能不说话。

夏侯五郎表示内心十分纠结。

"香生姐姐，你真的不与我们一起走吗？多些人，也能多些照应。"

顾香生摇摇头，婉拒了他的好意："此去齐国，你的凶险也不比我小，你可想好了，若齐国皇帝不肯承认你，你又该如何？"

这是很有可能发生的，因为夏侯渝是偷偷回国，而不是奉皇帝的命令正式回去。作为一个不被人重视的庶子，皇帝能不能想起这个儿子的存在都还是二话。

夏侯渝笑了笑："再差也不会比现在更差了，其实只要心里有数，再艰难也能过下去。"

顾香生默然片刻，感叹道："你长大了！"又比了一下，"我还记得当年你就这么小小一个，柔柔弱弱的，又软又香，和玉娃娃一样，说一句话就要脸红一下呢！"

以后可别变成糙汉子啊！

夏侯渝红了脸，这世上最坑爹的事情，莫过于你心怀倾慕的美人姐姐，居然见证过你小时候的种种糗事。

众人相叙离情，又各自说了下以后的打算，眼看时辰已晚，便各自安歇。

因为担心京城那边得知自己失踪的消息会派追兵过来，天刚蒙蒙亮，顾香生他们就离开客栈，准备继续上路。

夏侯渝主仆二人同样心怀顾虑，也起了个大早，跟顾香生他们一道出了玉潭镇。

他们自然不知道，就在他们离开玉潭镇的两个时辰后，京城那边就来了追兵。

此时一行人在分岔路口停了下来，彼此道别。

夏侯渝依依不舍："香生姐姐，你真的不和我们一起走吗？"

其实他心里也明白，自身尚且难保，更不要说保障顾香生的安全，以顾香生的身份，与其去齐国被人发现利用，倒不如远走高飞，彻底割断跟魏国的联系。

顾香生笑了笑，没有回答他的问题，反而道："此去路途遥远，风险重重，还请善自珍重，以后青山绿水，定有相见之日，祝君平安顺遂，一路坦途！"

夏侯渝心头一热，也郑重拱手，朝顾香生拜了三拜。

这三拜，乃多谢她这么多年来在魏国对他的照顾。

顾香生想必也明白，所以没有阻拦，受了他这一礼。

"多谢吉言，我也祝香生姐姐一路平安，以后……"

他顿了顿，忽然有点不知道说什么了。

以后什么呢？

总不能祝她以后再嫁一个如意郎君吧？

"祝你以后万事如意，过自己想过的日子。还有，一定会再相见的。"他忽然扭过头，用袖子胡乱擦了一下眼睛，又转回来笑道，"沙子眯了眼。"

顾香生也没拆穿他。

她柔声道："保重。"拍拍夏侯渝的肩膀，然后上了马车。

林叔马鞭扬起落下，马车辘辘而行，渐行渐远。

"郎君，我们也走吧。"张芹对站在原地的夏侯渝道。

"香生姐姐，保重。"夏侯渝在心中默默道。

"嗯，起程吧，往后的路还长着呢，张叔可要打起精神来！"

张芹长笑一声，跳上马车，挥鞭催马，待马车一路朝北走起，他竟唱起歌来。

"千里黄云——白日曛，北风吹雁——雪纷纷！莫愁前路——无知己，天下谁人——不识君！”

晴空之下，已经不见了昨日倾盆大雨的景象，鸟儿被歌声惊动，扑簌簌从两旁的树林飞出，直奔九重云霄而去。

皇宫之中，所有的一切依旧在有条不紊地进行。

老皇帝还没死，但其实只剩下一口气了，魏临想让他什么时候死，他什么时候就得死。京城上下如今都知道老皇帝龙体抱恙，淮南王监国，这其实就是实际上的权力易主了，若是哪一天忽然宣布皇帝驾崩，命官民举丧，大伙儿也不会觉得意外。

但这样的消息还没有传出来，因为魏临需要时间去准备。

魏善、程载那边气势汹汹，在江州拉起人马，一路西进，眼看离京城不远了，却忽然传出老皇帝病重的消息。魏临那边还让人广发檄文，说你打着“清君侧”的旗号，实际上天下谁都知道你是冲着陛下去的，陛下被你这个不孝子气病，如今卧病在床，连说话都困难，你若是还念一丝父子亲情，就赶紧到京城来负荆请罪，否则就别拿陛下当借口，来掩盖你的狼子野心。

魏善接到檄文之后是否气得跳脚不得而知，程载却的确是大吃一惊。因为他的独子程堂，原本早应该离开京城在前往投奔他的路上，结果不知为何却被魏临那边的人截了下来，并扣在手里。

因为程载投奔魏善之事，程家都被恼羞成怒的老皇帝给杀了。他在离京之前早已料到有此一劫，却没想到老皇帝如此之狠，直接满门抄斩。幸好他早有准备，将嫡子藏匿起来，令他暗中伺机逃走，却没承想，到头来程堂依旧落在魏临手里，用以威胁自己。

有了魏临那道檄文，魏善师出无名，道义上落了下风，程载又有儿子在别人手里，投鼠忌器，两人尚未决定好下一步该怎么做，讨伐军行进的速度就慢了下来。

京城压力得以稍稍缓解，严遵那边跟齐人的战事也逐渐有了转机。

魏军一直退到吴越边上，身后便是大魏国土，退无可退，背水一战，反而大败齐军。魏军乘胜追击，又往前推进了数百里，虽然没能恢复鼎盛时期吞并下来的势力范围，但如今这个结果已经很不错了。齐军不是铁打的，经过这么一段时间的割据，他们也有些疲惫，无法再像之前那样势如破竹，而且北方的回鹘人又开始蠢蠢欲动，齐人不得不分出一部分兵力北顾。齐、魏两国在经过一段时间的兵戎相见之后，似乎再一次稳定下来。

然而对于魏临来说，这些天却是他最忙的时候。

严家如今是强有力的盟友，政治联盟未必一定要靠婚姻来缔结，但婚姻可以让人感觉更加牢靠，古往今来皆是如此，所以严氏女入宫已经成了板上钉钉的事情，不可能再改变。因为老皇帝还在，淮南王妃也还在，礼部那边不可能现在就开始操办新皇登基和立后的事情，但严家内部是不是已经开始在为女儿准备嫁妆，就不得而知了。

内患未平，外敌觊觎，这些都是老皇帝留下来的烂摊子，魏临现在做的，都是在给老皇帝擦屁股。但义务伴随而来的是权力，从当太子的时候，他就知道自己将来会成为大魏江山的主人，即使中间经历波折，他也从未改变主意，如今夙愿得偿，纵然辛苦些，但也甘之如饴。

王郢等人毕竟自恃身份，不可能直白地让魏临快点弄死老皇帝，魏临从前的几个东宫属臣，在他困难的时候也不忘与他“暗通款曲”，倒是真心为魏临打算的，便暗示他早日登基，确立名分。

无论如何，最艰难的时候已经过去，所有事情似乎都在往好的方向发展，只消等老皇帝驾崩，新皇登基，一切就又翻过新的一页。

李封也是这样想的。

从前老皇帝主事的时候，众臣担心被猜疑，又有朱襄的前车之鉴，都要避嫌，不敢与淮南王走得太近，连李封在外面都要夹着尾巴做人，生怕给主人惹麻烦。

如今却不同了，李封走在宫里头，多的是人想要巴结讨好他。虽说如今名义上的内监总管还是陆青，但他是陛下的人，新帝将来登基，肯定不可能继续用他，那么李封就理所当然会成为新帝跟前的第一红人了。

如果不把杨谷计算在内的话。

论服侍淮南王的时间，杨谷毕竟比李封来得长，资历也比李封老，但李封自忖并不比杨谷差多少，就凭着他这些日子跟着淮南王鞍前马后，出生入死，功劳也比杨谷大得多。

所以李封绝对有理由相信，他以后的地位，比起成天在王府里享福的杨谷，肯定只高不低。

人往高处走，水往低处流，论对殿下的忠心，谁也不比谁差，凭什么你就能爬到我头上呢，对不对？

站在门外待命的当口，他忍不住出了一会儿神，对自己未来做了一下规划，然后颇感心满意足。

说曹操，曹操就到，正想到杨谷呢，杨谷还真就出现了。

李封眯起眼睛，看着对方从长廊尽头步履匆匆走过来。

不，应该说是小跑才对。

等杨谷跑近一些，李封才发现，对方神情惶惶，还差点绊了一跤，还好及时扶住旁边廊柱，没有被李封看了笑话。

“老杨，你这是怎么了？上了年纪可得小心些！”李封作势去扶。

杨谷没工夫和他扯闲篇儿：“殿下是不是在里头？”

李封道：“殿下正与王相他们商谈要事呢，你可得等等。”

杨谷心急火燎：“等不及了，我现在就要见到殿下，王妃出事了！”

李封一愣：“什么事？你不妨与我先说说，我再进去禀告。”

杨谷知道他不放过任何一点在殿下面前露脸的机会，但此事事关重大，在殿下没有发话之前，他不可能先透露给李封，便顿足道：“你若不通报，我便闯进去，届时殿下追究下来，你也脱不开干系！”

李封还真怕他这样不依不饶，闻言暗骂一声，只好道：“那我进去说，你且等着吧。”

且不提这两人之间的钩心斗角，李封小心翼翼地推了门进去，见所有人都停下说话看着自己，他一溜烟地绕到魏临那里，附耳低声说了几句。

魏临微微皱眉。

三天前他离开淮南王府的时候，顾香生还好好的，以魏临对她的了解，就算她不想由妻变妾，心中愤懑不满，也会直接跟自己说，而不会选择一哭二闹三上吊那种寻常女人撒泼的方式。

当时顾香生的反应还算平静，表现得也通情达理，魏临心里是松了一口气的，虽然就算她大哭大闹，最后也未必能改变结果，可那样一来就坏了夫妻感情，这是魏临不愿意看到的。

现在纵然有所亏欠愧疚，他总想着以后还会弥补，眼下有更重要的大事等着自己去做。

如今杨谷说王妃出事，他还真想不到会出什么事。

王郢等人察言观色，当下就起身道：“殿下有要事，不如臣等先避一避。”

魏临颔首：“也好。就按照方才议定的结果来办吧，如无要事，诸位可先回各衙府，我会再行传诏。”

“是，殿下请保重身体，臣等先行告退。”众人一一退下。

他们一走，杨谷就“扑通”一声跪了下来。

魏临问：“到底发生了何事？”

杨谷道：“殿下，王妃不见了！”

魏临结结实实地愣住了。

李封也睁大了眼睛，难怪杨谷不让他代为通传，竟然是发生了这样的事。

“什么叫不见了，怎么会不见的？”

杨谷哭丧着脸：“就在今日早晨的时候，王妃说要去书局买书，往常她也经常出门，奴才就没多想，还给准备了马车，结果过了晌午，还不见王妃回来，奴才就派人去问，才知道当时王妃从书局前门进去之后就没再出来过，应该是从后门走掉了！”

魏临定了定神：“是不是被人掳走了？”

他第一反应就想到是严家怕自己有所留恋，所以派人绑了顾香生，想学霍显毒死许平君那样，为自己的女儿铲除后顾之忧。

杨谷连连摇头：“奴才得知消息之后就赶紧到屋子里去找，结果发现王妃的衣裳首饰都还在，就是少了一些金银铜钱，王妃还留下一封信，奴才没敢动，赶紧就带进宫来了！”

不待魏临说话，他便赶紧将信拿出来，双手呈上。

魏临打开一看，上面只有寥寥四个字：

珍重勿念。

字体也和平日一般大小，并没有特意加大占满信纸，如此更显得那四个字弱小得可怜。

魏临深吸了一口气，只觉得心头止不住一股怒气涌上来。

既然心里有怨言，当初何不明明白白说个清楚，为何偏要装出通情达理的样子，转身却不告而别？

而且外面这么乱，单凭她们几个弱女子，又能去哪里？走多远？

对于一个从小就生长在京城的贵族女子来说，外面的世界未知而危险，如同洪水猛兽。即便顾香生再聪明冷静，也不可能例外。

直到此刻，他还不相信顾香生是真心要走，而觉得她只是在闹脾气。

“殿下？”杨谷请示。

"去追。"魏临揉了揉眉心，"把人追回来。"

杨谷为难："让王府的人去追吗，还是调其他人手？"

魏临表情一滞，王府也有人手，但肯定比不上皇宫侍卫得力，然而曹宏彬死后，皇宫守卫由邹文桥接手，对方是严家的人，如果派他去找，严家肯定也会知道。魏临固然有心栽培自己的人手，但在这么短的时间内还做不到。

"让王府的人去追吧，循着出城的方向去，她们肯定跑不远的。还有，去调查那间书局，看看他们的幕后东家是谁。"

杨谷应声退下，赶紧去办了。

此时，不仅是杨谷，就连魏临，大概也没有料到会出现追不回人的情况。

直到两日之后，派出去的人两手空空回来复命，说他们一直追到玉潭镇，却没能找见王妃的行踪，不得不先派人回来送信，询问还要不要再追下去，如果要的话，还有一些人留在玉潭镇待命，他们可以继续追。

杨谷将消息转告魏临，魏临半晌无言，末了才道："算了，不必再追了。"

"殿下！"杨谷不由得急道，"若王妃在外头出了什么事，又或者被人知晓身份，加以利用的话……"

"就这样吧。"

魏临先说了这样一句话，过了半天，又重复一遍："就这样吧。"

两句话的语意截然不同。

杨谷道："王妃出走前的那间书局，经查没有问题，但他们的东家与将乐王府有些联系，会不会是灵寿县主那边……"

魏临毫不意外："我猜也是。她不能依靠顾家的人，就只能求助十娘了。"

杨谷问："那可要奴才去问问灵寿县主那边？"

魏临道："她必是不肯说的，我也不想拿这个去威胁她。"

杨谷迟疑道："那，对外人，对顾家那边，要如何交代？还请殿下示下。"

是啊，要怎么说呢？难道说一个大活人凭空消失？谁也不会相信的。

魏临闭上了眼睛，脸上流露出难以掩饰的疲惫。在跟严家的联姻上，他并不觉得自己做错了。

情势如此，魏善那边甚至连王妃都没有，如果严家女嫁过去，甚至都不必背负跟别人抢丈夫的名声，堂堂正正便是益阳王妃。只不过严家也要考虑名分和正统的问题。在他们看来，魏临的赢面自然要更大一些，这是严家选择跟魏临合作的前提。

但赢面大并不代表一定会赢，魏临输不起，也不能输。他当然不想赌严家投靠魏善的后果，所以能用联姻来巩固联盟，他肯定会这么选择。

而他也承诺了，一定会保护顾香生，善待她，不让她受委屈，对比江山大业，仅仅是牺牲一下儿女私情，又不是陷她于危险的境地，要她赔上性命，为何她无法明白，自己其实是在保护她呢？

顾家没有相应的实力，他如今的地位也算不上牢固，这样一对帝后，将来难道不是任人宰割？

重新睁开眼睛时，他其实已经下定了决心。

“对外就说，王妃急病，不允许人探视，然后过两天再报病亡。至于顾家那边，你私下可以和他们说实话，免得他们来闹。顾经若知悉实情，为了自己的身家富贵，必然也不敢声张，还得帮着隐瞒消息。”

魏临又道：“你暗地里再派两个人去寻访，若是找到了人，就将她带回来，但王妃从来就没离开过京城，若有人问起，你也知道应该怎么说了？”

杨谷连连点头：“奴才晓得，有人问起，就说帮殿下寻访贤能，但若是……若是找到了王妃，她却不肯回来呢？”

魏临冷冷道：“她若肯回来，虽然当不成顾香生，但我总归还会顾念夫妻情义，为她留一席之地；若她不肯回来，那便由着她吧。”

杨谷在心底暗叹口气，作为魏临的人，他自然有些为顾香生惋惜，但他同样不觉得魏临做错了，反而只会觉得顾香生不肯体谅魏临，性情过于刚烈强硬。

这样的人，当不成皇后反而是好事，殿下身边本应该有更优秀的人才是。

且不提魏临这边的反应，顾家那边得知消息，更如晴天霹雳。

焦太夫人躺在榻上，看着眼前众人，脸上却是一片不出所料的讥诮。

“我早就与你们说过，四娘外柔内刚，不是可以随意拿捏的人，你们不听，还非要瞒着我去当淮南王的说客，这下好了不是？”

顾经顿足道：“阿娘！您现在说这些风凉话有什么用！若是过几天，殿下当真宣布阿隐‘病亡’，以后就算她回来，名声也早已败坏，殿下更不可能承认她是顾香生了！”

他又转向许氏兴师问罪：“你那天到底与她说了什么，她怎么会说走就走？你怎么就养出这么个不孝女，不省心不说，还只会连累父母，败坏家门！”

许氏嘴唇颤抖，眼中噙泪：“我说的话，都是你让我说的，怎么现在反倒来怪我？当日阿家让我们不要去的，你怎么不听？”

没等顾经发火，顾国、李氏等人急急道："大兄，嫂嫂，事到如今就不要吵了，还是想想如何快些将人给找回来吧，顾家没了皇后这门富贵是一回事，可别连累了大娘、三娘她们！"

更有甚者，顾国将话说得直白："她若是当真一走了之，再也不回来，那也就罢了，可别几天之后后悔了，又回来了，到时候名节有损，谁相信她在外头没干下什么丑事！顾家可不会承认她的！"

顾经震怒，许氏大惊，二房三房担心自己被牵连，屋里瞬间吵成一团。

唯独焦太夫人如老僧入定，什么话也没说。

还是顾国先道："阿娘，您倒是说个话，给拿个主意啊！"

焦太夫人慢慢睁开眼睛："我拿什么主意，殿下不都把主意给你们拿好了？既然王妃病重，就要赶紧过去探望，在这里吵吵有什么用！"

众人面面相觑，原本以为魏临监国，登基指日可待，届时顾家出了一位皇后，以后必能迎头赶上，不比严家逊色，谁知风云突变，严家注定是冤家对头，又冒出来抢皇后的位置。

抢就抢吧，顾经他们虽然不忿，可也自家知道自家事，没有兵权，不能给魏临助益，肯定争不过人家，还不如大方点让出来，反正魏临不是不念旧的人，就冲着顾家这份自觉，以后也会善待顾家人的，若顾香生能诞下皇子，胜负犹未可知，还有一争之力。

但从头到尾，顾家没有一个人事先问过顾香生的意见。

他们只是先决定好了，决定妥协退让，然后让许氏去当说客，说服顾香生。

他们也没想过顾香生会拒绝。

不仅拒绝，现在还直接一走了之，一点儿余地都不留。

顾经何止愤怒，简直气得都快爆炸了。他觉得当初这桩婚姻本来就是个错误，顾家那么多女儿，哪个不比顾香生强？若是换了别人，现在也不会闹出这种丑事。

焦太夫人不肯给他们帮助，更不肯说一句话，众人再生气也没有办法，在她的逐客令下，只得各自回去想法子。

眼见人都退光了，焦太夫人才冷笑一声，对服侍了自己许多年的赵氏道："虽说我是顾家人，可还是得说一句，阿隐这件事做得大快人心，看看，都快把她父亲给气死了！大郎这人不谙时务又爱摆弄，就该有人狠狠给他一个教训！"

赵氏叹了口气，轻声道："四娘性子烈，和您年轻时一模一样。"

焦太夫人摇摇头："我可没有她这样的勇气。"

赵氏道："四娘毕竟是女子，又从未出过京城，一路上定然危险重重，也不知如何了。"

焦太夫人道："你说这话，证明还不太了解她，她既然选择离开，必然是有所准备，而且她没有来顾家求助，肯定是求助于灵寿县主或者大娘她们，不过依我看，大娘和三娘性子和软，未必敢帮她担下这么大的事，到头来可能还是灵寿县主出手相助。"

"那，若是淮南王去问灵寿县主，不就可以问出来了？"

焦太夫人笑了笑："就算问出来又如何？天下之大，说她们要去某地，难道去了某地就真找得到人了？而且淮南王现在不可能大张旗鼓地去找人，肯定得暗地里寻访。其实话说回来，等到对外宣布四娘病亡，找不找得到，意义也不大了。"

她又叹了口气："说来奇怪，兴许是老糊涂了，连我自己也不知道究竟希不希望四娘被找着了。她一个弱女子，就算带着几个仆从，又能走多远？外头那么乱，人命如草芥，女人比男人更加寸步难行，可她若是轻易被找着，又或者挨不了苦主动回来，不仅会失去名分，前功尽弃，即便锦衣玉食，淮南王也不会再待她如从前了，那还不如在外头呢！"

赵氏道："奴婢也是这样想的。其实若是四娘能在外头过得好，再寻觅一个如意郎君，也比回来的好。"

焦太夫人摇头："难！难！难！"

她一连说了三个"难"，非是对顾香生没有信心，而是这世道太难，女人要过得好，更是千难万难。即便世风开放，女子再嫁不成问题，可孤身女子出门在外的首要问题，肯定不是寻觅什么如意郎君，而是如何好好地活下去。

然而顾香生既然选择了这条路，便没有后悔的余地。

正如焦太夫人所说的那样，就算她以后后悔了，回来了，但那时候"顾香生"已经死了，她只能改名换姓，就算魏临肯重新接纳她，名分也不可能是淮南王的发妻，说不定到时候还不如现在。

所以就算再希望孙女能过得好，焦太夫人也觉得，这太难了。

赵氏道："大郎君、二郎君那边，您看……"

焦太夫人道："由得他们去折腾呗，看他们能折腾出个什么来。我也没几天好活了，倒不操那么多心，还不如看看戏呢！"

“您又说这些让人掉泪的话！”

焦太夫人哂笑：“是你太没出息，有什么好掉泪的？我这辈子就算称不上长寿，经历的却比别人三辈子加起来还多，荣华富贵也享了，若是还不满足，那就该遭雷劈了！”

然而此时的顾香生并不知道她的突然离去，魏临和顾家有着什么样的反应。就算她知道，也已经不关她的事情了。

与夏侯渝他们分别之后，一行人在路上遇到了不少困难，有时候是车坏了，有时候是碧霄生病了，偶尔还能遇上劫匪劫道，尤其是越靠近南平与魏国两国的边境，治安就越不好。

幸而这些都还是可以克服的困难，抛开出发前的充分准备不说，有林泰、柴旷两人在，那些不长眼的小蟊贼基本是没法近顾香生她们身的。

数日之后，他们终于抵达了位于南平的邵州治下的一个小村庄。

这个时候的南平，正遭遇着春夏连旱。邵州这种地方本来就不富裕，再遇上旱灾，简直是雪上加霜，顾香生他们悲催地发现，就算有钱，也买不到粮食。

更惨的是，不仅没粮食，还快要没水了。

【第十七章】山重水复疑无路

顾香生几人所处之地名为席家村，全村有两百多户，五百多口人。因为村子近半人口都姓席，席姓一家独大，故名席家村，但还有其他姓氏的村民。

不过这些信息都是顾香生他们以后才知道的。

他们之所以来到这里，并非因为此处是去往邵州府城的必经之路，而是因为当时一共有三条路，他们不小心走了岔路，才来到这里。干粮饮水已经耗尽，他们本想拿钱换点粮食，谁知道近来干旱，家家户户缺水少粮，村民们即便见了顾香生他们手里的钱，也不肯将粮食卖给他们。

至于水，据说村里的井已经快要枯竭了，唯一能让他们这些外地人打到水的，就是村子里的池塘。

那口池塘顾香生他们也去看过了，从上面那一层绿绿的东西来看，就算煮沸了，估计喝了也会生病。

现在要回头重新走另外一条路，水和食物都已经不够了。

最好的办法是在席家村这里得到补给，再重新上路。

“我们自己的水都不够喝了，哪里还能卖给你们？若是再这么旱下去，连我们自己都要渴死了。你们走吧，走吧！”

席家村很少来外客，除非像顾香生他们这样对道路不太熟悉的人，商贾大多走的是另外一条直通邵州府城的路，但他们也不是完全没有见过世面的村民，看见顾香生等人挨家挨户上门买水买粮食，都直接摆手拒绝，有些干脆连门都不开。

最后他们还是敲到了村长家，才得到村长这么一席话。

林泰和柴旷都是不善言辞之人，交涉的事情便由碧霄来进行。

“这位老丈，我们当真是没有水了，即便没有干粮，卖些水给我们也好，我们也不是白要的呀！”

小姑娘甜甜的嗓音很占便宜，奈何老人家寸步不让。

“水就更不能给你们了，我劝你们还是回头吧，别说这里，就算到了州府那边，肯定也是这样的景况，这旱灾不是一天两天就能结束的，以前我也碰到过几回，起码都得等到这个夏天过完，到时候还不知道要死多少人！”

古书曾云：水旱为灾，尚多幸免之处，唯旱极而蝗。数千里间，草木皆尽，或牛马毛幡帜皆尽，其害尤惨过于水旱也。

大意就是：闹了水灾，起码还有幸免的地方，躲到高处也不失为一种办法，而旱灾，干涸则没水喝，没水灌溉粮食，粮食颗粒无收，最可怕的还是会出现蝗虫，就连那些耐寒的种植作物也被吃得干干净净，到时候人就要饿死，还会出现瘟疫，再有“人相食”的情景，这些都是旱情带来的恶果，比水患还要严重数倍。

顾香生等人面面相觑。他们设想过自己出来之后会遇到的种种困难，包括贼匪、生病等，自以为计划周全，却忘了不以人的主观意志转移的天灾。

老天爷的事，你能料到吗？

村长不等他们反应，直接就把门给关上了。

门里方才还隐隐约约传来呻吟声，现在门一关，那声音也消失了。

顾香生等人也没细想，绞尽脑汁思索眼前该如何脱困。

此时天色已经暗了下来，家家户户紧闭房门，唯有从支起的窗户里透出来的微光显示着这些人家还没有睡下。

即使如此，对方摆明了不欢迎他们这些不速之客，他们总不能强行闯进去吧？

碧霄悄声道：“要不我们偷偷去他们水井那里舀水？”

柴旷在乡下长大，因为逃荒而跑出来，后来遇上魏初家一个铺子的掌柜，才被对方看中收留，他对这些情况要比碧霄这种自小就在公卿世家中的婢女了解得多，闻言就摇摇头道：“既然现在有旱情，那水井就是全村人的水源，肯定有村中壮丁看守，我们倒是可以打得赢，可那样一来，全村人都会跑出来追打我们，到时候双拳难敌四手，水拿不拿得到不说，我和林泰也没把握能护住娘子周全。”

五人都沉默下来，饶是林泰、柴旷这种久在外面行走的人，一时也想不出什么好法子。

他们现在还不算完全断水绝粮，但是顶多只能维持一天，按照马车的行程，一天估计还没法让他们走到下一个村镇，而且村长既然说州府也是差不多的情况，那么他们就算去到下一个目的地，也可能会遭遇同样的情形。

如果走回头路，一方面不知道魏临会不会派人来找，另一方面还是路程的问题，他们可是走了数日才走到这里的，现在掉头回去，又得数日才能回到玉潭镇，中间同样缺水断粮。

真可谓进退两难。

林泰道：“要不，我们就还是往前走，小人和老柴都还顶得住，两天不喝水应该也不妨事。方才村长说，从这里出去再走上两三天就能到下一个镇子，那里比这里大，说不定有水。”

顾香生摇摇头，想也没想便否决了这个提议：“老林，老柴，虽说十娘让你们护送我们上路，但这些日子咱们一路同行，不说亲如一家，也是共患难的情义，别说两天不喝水你们熬不住，就算熬得住，我也不能答应，有水一起喝，有饿也要一起挨。”

林泰和柴旷二人讷于言辞，但听了这席话，心里不是不感动的。

他们能被魏初派过来，忠心程度肯定毋庸置疑，但在这之前，顶多也是抱着如何完成这份差事以及向将乐王府交代的忠心，公事公办，勤勤恳恳，直到如今，方才真心诚意为这个小团队打算起来。

柴旷想了想，将其他人喊到一边：“要不这样，娘子先回马车上去，将马车驶到村子外面，我与林泰二人先找个地方躲起来，等到夜深人静时，水井那边纵是有人守着，防备定然也松懈，到时候我与林泰二人伺机将他们放倒，再装了水就跑，想必能够赶在惊动其他村民起来之前跑掉。”

这也是没办法之中的办法了。

其实顾香生是不太愿意这么做的，因为根据村长方才所说，这样的旱情很可能还要持续下去，而水井的水现在已经不多了，要供全村人使用，可能迟早会枯竭，他们多拿一桶水，就等于多抢了村民的用水份额。

但生死放在眼前，再不光彩，总比没水喝渴死好吧？

她沉吟片刻，正要答应下来，却听见村长那间屋子里传出来的呻吟声更大了一些。

正巧屋后一只小黑猫从房顶上跳下来，黑乎乎的一团，吓了诗情一跳，脚下不由得退了两步，正好又踩在后面的草丛上，一屁股坐了下来。

碧霄倒是个心宽的，扑哧一笑："听说乡下人家都没有茅坑的，在草丛里随意一拉了事，你可别坐到不该坐的东西上！"

诗情被她的话唬住，下意识伸手一摸，却摸到一把花草，不由得白了碧霄一眼。

"这些花好像还挺好看的，也不知道能不能充饥，若是能的话，咱们多摘几把放在车上，到时候有备无患。"

柴旷拿过她手里的花仔细辨认了一下，摇摇头："不能吃，这些是芫花，路边随处可见，不仅不能吃，还有毒。"

诗情"啊"了一声，忙将手里的花扔掉："难怪没人采呢！"

此时屋里传出的呻吟声越来越大，也越来越痛苦，仿佛有什么人正陷于病痛之中。

窗里映出的人影晃来晃去，似乎团团转，却又束手无策，还不时传出细微的争论，好像是说要不要去镇上请个大夫，但这个提议提出来，马上又被另外一个人反驳了，说是现在缺水缺粮，就算能侥幸去到镇上，也不一定能请到大夫。

顾香生道："老柴，你去敲一敲门，就说我们中有略懂医术的，让我们看看病人。"

柴旷奇道："娘子，我们哪里有懂医术的？"

顾香生道："你忘了，我们随身不带着不少常用药丸吗？到时候看看她的病征，若是能治好，便让他们拿水粮做诊金，想来他们不会不肯的。"

柴旷想想也是个办法，总比他们半夜去偷水来得稳当，便依言去敲了门。

过了一会儿，有人从屋里出来，不是方才的老村长，而是个半大少年。

对方隔着篱笆看见是他们，连小院子的门也不开了，没好气地道："不是跟你们说过没水吗？去去去！再不走的话，我就拿铲子赶人了！我们村子人心可齐呢，我一喊，旁边邻居就都出来帮忙，到时候你们想走也走不了了！"

柴旷笑道："小哥，我方才听见你们屋里似有病人痛苦呻吟之声，是否有人生病了？若是的话，我们这里还有略通医术的人，不妨让我们看看。"

那少年想必自小在乡村长大，阅历缺乏，一听便喜动颜色，打开门问道：

"果真？"复又狐疑，"不会是诓我的吧？"

柴旷也不生气："诓你作甚？若是治好了，我们也不要钱，给我们点水和粮食便罢了。"

少年将他们看了又看，终于道："那你们等会儿。"说罢，"砰"的一声关上门，估计是回去找长辈商量了。

席大郎回去一说，老村长自然不信，哪有这么巧的事，别是想骗水骗粮的吧？

但老妻生病，痛苦不堪，他又束手无策，只能在旁边干着急。

儿子和儿媳上山采药失足跌落而亡，如今膝下只有两个孙儿，但孙儿再贴心，也没法跟一起走了半辈子的老伴相比，偏偏老村长没了儿子媳妇之后，又要面临失去老妻的痛苦。

席二郎在旁边道："阿翁，不如让他们看看吧，反正治不好也不用付诊金，不然阿婆可要疼死了！"

老村长看了看老妻，下定决心，对席大郎道："你去将他们叫进来。"

饶是顾香生等人有心理准备，进屋看见病人的情形时，仍忍不住吓了一跳。

只见躺在床上的老妇面色蜡黄，奄奄一息，嘴里不时发出一两声呻吟，显是痛苦已极。但最恐怖的，还是她高高鼓起的肚子，连被子也遮掩不住。

乡下人虽然不怎么讲究，可一下子涌进来这么多人，还个个盯着病人，老村长不由得狐疑："你们到底谁是大夫？"

"我。"抢在其他人面前，顾香生开了口。

其实她心里也没底，不过诗情、柴旷他们就更加一窍不通了，好歹她还会见机说话。

"诗情，老柴，你们且到外屋等一等吧，将药箱子留下来。"她又对老村长道，"这两位是您的孙儿吧，请让他们也到外头稍候，您给我说说病情吧。"

老村长见她冷静镇定，心里就信了几分。

他让席大郎二人先出去，然后主动掀开盖在老妻身上的被子给顾香生查看。

顾香生是女子，见她伸手去揭老妇人的衣裳，老村长也没阻止。

没了被子和衣裳的遮掩，老妇人的肚子显得更加滚圆隆起，乍看像是怀了孕。

但以她这样的年纪，怀孕的可能性几乎为零。

顾香生轻轻按了一下，老妇人便呻吟起来："痛……"

“这个样子有多久了？她的皮肤原先就这么黄吗？腹部好像还更黄一些。”

老村长愁道：“约莫一个月前，她起先说是腹痛，我也没留意，反正我们村没有大夫，平日里有什么小病小痛，都是自己扛过去，或者到山上摘点药草熬了汤喝，但后来药草吃了也没用，她说肚子疼的次数越来越多，肚子也越来越鼓……”

顾香生又顺着鼓起的地方按了一圈，也并未摸到肿块。以她的能力，的确看不出老妇人到底是何毛病。

她对老村长道：“实不相瞒，我只是粗通医理，算不上大夫，但是我们行囊中带了不少药，其中有一些安神定气的，或许可以缓解她的病痛，不过我也不敢保证。”

见老村长神色变幻，她又补充了句：“药先给她吃，不见效就不用给钱，见了效也不用给钱，只要给我们一些水和干粮就可以了，我们也不要多，大约要两顿饭的就足够了，省吃俭用，总还能坚持到下一个镇子的。”

老村长思虑半晌，终于咬咬牙：“好吧！”

顾香生让诗情拿出三颗藿香丸给老村长，让病人送水服下去。

藿香丸的效用是解表化湿，理气和中，跟眼前不太对症，但吃了也不会有什么坏处。

果不其然，三颗藿香丸下去，过了两刻钟，老妇人还是继续喊疼，没什么效果。

老村长也就罢了，席大郎对顾香生等人却没什么好脸色，认定他们就是来骗水骗粮的，拿起角落里的铁锹就要赶人。

柴旷、林泰总不能和他打起来，一行人只得被赶得往外走。

碧霄道：“娘子，咱们还白白费了三颗药呢，他们没声谢谢也就算了，还将我们赶出来，这般小气，水肯定也不用想了，还是用柴叔他们的法子吧！”

顾香生叹了口气，没说话，算是默许了。

一行人走回马车的时候，大家脚下踩到东西，低头看了下轮廓，好像是方才被诗情扔掉的花草，谁也没有在意，唯独顾香生“咦”了一声，停住脚步。

“娘子？”

顾香生忽然拍了一下脑袋。

众人吓了一跳，诗情道：“娘子哪里不适？”

碧霄嘴巴更快些：“会不会是方才在屋里被过了病气？”

诗情狠狠拍了她一下："你就不能说点好的？"

碧霄捂住嘴巴。

顾香生自然不是不舒服，她是忽然想到了一件事，一件很重要，却被自己遗漏的事情。

虽然她不是医生，不懂治病，刚刚看见那老妪的病征，却觉得异常熟悉，只是怎么也想不起来。

就在刚刚，她终于想起来了：自己的确是见过这样的病征，只不过不是在现实里，也不是在医书上，而是在一本很有名的史书上——《史记》！

只要熟读《史记》的人都能记得，《史记》中《扁鹊仓公列传》里曾经记载过一个叫淳于意的名医，就是为父向汉文帝上书，表示愿意以身相代的淳于缇萦的父亲，他行医治病，就曾遇到过这样一则医案，同样是腹大如鼓，同样是肤黄粗糙，又同样是一按就疼，当时淳于意判断这种病征叫蛲瘕，也就是后世俗称的寄生虫病。

因为吃的东西不干净，体内生了寄生虫，虽然不致急病死去，但久而久之，肚子会越来越大，人越来越虚弱，蛲虫就越来越猖狂。

席家村不算富裕，干旱季节粮食也有限，老村长家里还有两个正在长身体的孙儿，为了给他们多省出一点口粮，那个老妇人可能吃了一些不怎么干净的食物，这也不无可能。

放在现代，这种病好治得很，上医院吃几服药，或者打个吊针，总归不是什么大毛病。但在古代，如果没有大夫在旁边，这种病的确让人头疼得很。

然而太史公不仅记载了这则医案，同时也提到淳于意的治病方法，治疗这种蛲瘕的药，正是方才被诗情拿在手里的芫花。

芫花虽然有毒，但可以用来治虫积腹痛。

但问题是，这一切只是她的设想，不能确定那老妪所患是否为蛲瘕，如果不是，那她就是瞎出主意，反而害了人家。

碧霄见她半天愣怔，急了："娘子，您到底怎么了？"

顾香生叹了口气："我觉得我真是在自找麻烦。"

但她这样说着，反而掉头走回去重新敲门，待其中一名少年出来开门，便将自己的想法说了一下，末了又道："此法我也只在史籍中看到过，并不能保证一定会见效，如果你们真要试的话，便只能取一小撮熬水送服，看看情况再说。"

席二郎不像哥哥那样急躁，他对眼前这名清丽脱俗的女子还是很有好感的，闻言便点头道："多谢你，你且等等，我去与阿翁说。"

过了片刻，老村长匆匆走出来，不免疑问多多，顾香生耐心解答，把跟席二郎说的话重复了一遍。

老村长想了想，让席大郎去屋后采一撮芫花，这是准备听从顾香生的建议，死马当活马医了。

芫花虽然有毒，少量服用倒还不至于送命，一碗水很快熬好，那妇人喝下之后，片刻之间也没什么动静，一行人在外头等待。碧霄担心道："娘子倒是好心，可万一要是没用，反让他们倒打一耙，未免冤枉。"

顾香生道："之前想不起来也就罢了，既然想起来，做不做在他们，说不说则在我们，不说其实没错，但说了是尽心。"

碧霄嘟囔："可这些人都是乡野村夫，不知感恩，便是治好了，也未必肯给我们水的……"

话音方落，里头传来急匆匆的脚步声，老村长从里屋出来，竟是满脸喜色。"好了！好了！"他道，"阿宋方才腹痛，说有便意，结果排出不少虫子，肚子已经消了许多，您那个办法竟是真管用！"

顾香生也很高兴："我只记得用芫花，但具体用多少，要不要和别的药搭配，我却一无所知，此法虽可缓解，老丈还是要带阿婆去镇上找大夫看病开药方才是正理。"

"是，是！"人逢喜事精神爽，老村长脸上的愁容一扫而光，对顾香生的态度也客气了许多，"这位娘子还请入内坐，各位请进，我方才无礼，亏得娘子不和我计较，此时想来真真羞臊！"

不单他的态度发生一百八十度转变，就连那个横眉立目的席大郎，神情也缓和了不少，还亲自端来几杯水。

但他吝啬的本性没改，一边端水还一边忍不住道："这水可是从井里打来的，井里的水不多了，每家都不能多打，你们喝的可是我们家的份额！"

"要你多嘴！"老村长拍了他的后脑勺一下，训斥道，"旁人救了你的阿婆，你连道谢都不说，反做出如此情态，我便是这样教你的吗？咱们虽是粗鄙村夫，却非忘恩负义之人！"

席大郎摸着脑袋嘟囔："他们其实也就是瞎猫遇见死耗子……"

老村长将他赶去后屋，又给顾香生赔罪："孙儿鲁莽不知礼，娘子莫要见怪。"

顾香生笑道："其实令孙说得也没错，我的确是误打误撞，不算救了人，多亏老丈自己肯试一试。"

老村长正色道："少年人无知，我却不糊涂，先前我们那样无礼，你还肯说出法子，又冒着被我们怪罪的危险，其实已经很不容易了，我怎么能不道谢呢？"

没等顾香生他们说话，他又道："我知娘子等人急需何物，本也不该推托，只是我们这村子的确就靠着一口水井过活，而今水井将要枯竭，又还没找到新水源，每日过得甚是艰难，实在没有多余的水。你们离开此地前往镇子，要三天才能到，也就是说，需要三天的水和口粮，就算如今将我们全家四口人的水都拿出来，顶多也就够你们喝一日，你们也到不了镇子的。"

此时席二郎端了个盘子出来，放在他们面前，笑道："你们饿了吧，先用点。"

众人一看，盘子里装的是米饼，却是糙米磨出来的，就算还没入口，也能想象口感是什么样的。诗情和碧霄虽然是婢女，可她们自小在顾家，后来又入宫，吃穿都比普通百姓高出一大截，连她们都没吃过这种饼，更别说是顾香生了。

然而这样粗糙难吃的口粮，却差不多是老村长全家一天的口粮。这并不是说他们现在就开始断粮了，就算还有点存粮，也要好好存起来，否则如果再旱下去，今年肯定没收成，日子就会更难过了。

诗情、碧霄估计还在犹豫，柴旷和林泰却是真饿了，拿起饼就吃。他们本来就是穷苦出身，对老村长的生活也更能理解。

顾香生问："那你们可有去找新水源？"

老村长叹道："怎么没有？可是难找啊，村里人找了好一阵了，都找不着，井也打了不少，可就是不出水，现在口粮还好说，省吃俭用顶上一两个月还是不成问题的，就是水不够用了。若是没水喝，就算有口粮，也得活活噎死啊！"

顾香生道："除了水井和村里那口池塘之外，还有没有别的水源？"

老村长摇头："没啦，阿宋，就是大郎、二郎他们的祖母，若非为了省下点水给大郎、二郎他们，跑去喝那口池塘的水，也就不会生病了。"

这可真是个棘手的问题。

别说他们现在攒不到足够的水，就算有足够三天喝的水，要是到了镇子，依旧也是同样的状况，到时该如何是好？

人到了生死关头，良知就所剩无几了，像老村长这样愿意知恩图报，让出一点水来的人，不说少，起码也是不多的。

顾香生正在想法子，便听见老村长道："其实，这附近山上倒还有一处地方可能有水，但只怕是弄不到的。"

"在哪儿？"顾香生问。

老村长道："就在村后那座山上的背面，其实还有一处寨子，住着一窝盗匪，凶悍得很，他们那里应该有水源，但我们都不敢去招惹。"

盗匪不下山来打劫就不错了，他们还反过来去打劫盗匪？这无疑是异想天开。

老村长估计也知道自己的主意不太靠谱，说了两句便没再往这个话题上引，反是顾香生询问："既然山上住着盗匪，想必你们也常遭殃了？"

谁料老村长却摇摇头："那倒没有，他们自己有自己的营生。"

这倒是奇怪了，强盗不下山打劫，反而自己做起营生来？

顾香生几人都面面相觑，忍不住道："这还真稀奇！"

老村长解释道："其实也不是不打劫，他们在那山上安营扎寨好些年了，知道我们这村子穷，没什么油水，所以基本不来，而且他们山上好像有什么营生可以赚钱，我有几回都看见他们装了大桶大桶的东西往山下运，走的是山那边的路，直接去镇子上，偶尔也从我们村里走，去的是魏国。"

席二郎在旁边补充："他们可比咱们有钱多了，我看见那些人一个个油光满面，穿得比咱们都好！有一回他们从我们村路过，正好遇上陈家娶媳妇在村里摆酒席，大家都很害怕，觉得他们会来趁火打劫，谁知道那些人连看都不看一眼，还大声嘲笑我们是乡巴佬，没见过世面。"

说到最后，他都有些愤愤了。

顾香生等人则听得有些风中凌乱。

现在虽然还没到天下大乱的地步，但他们出来之后，也看到了许多以前从没看过甚至从未想过的景象。

魏国也好，南平也罢，即使不打仗，同样民生多艰，因为各国为了应付军费，需要尽可能从老百姓身上收取赋税，而且因为天灾的缘故，不少人没了田地耕种，又没有其他收入来源，就只能上山为匪，所以按照常理来推断，当寇匪应该是走投无路的选择。

谁知道这里的山贼竟然比村民还富有，不打劫，不偷窃，还反过来嘲笑村民寒酸。

实在是太颠覆他们的想象了。

“那依你看，他们是做什么营生的呢？”

老村长摇摇头：“谁知道呢，靠山吃山，总不可能是从山里挖出金子来吧？”

强盗们有兵刃有武力，村民们就算艳羡，也万万不敢去打他们的主意，所以两边就维持着这么一种诡异的和平，彼此相安无事。

结束了山贼的话题，大家又回到愁人的现实，老村长道：“明日我们打算分成两拨人，一拨继续挖井，另一拨上山找水，若是你们有意，不如与我们一起，就算到时候找不到水，但毕竟你们也帮了忙，到时候我再给你们一些水，别人应该也不会反对的。”

顾香生明白，老村长就算身为村长，也得为全村人负责，就算顾香生对他们有恩，那也仅仅只是对他们家，而不是对村子有恩，所以他需要给村民一个交代，证明顾香生他们也有帮上忙，否则直接把水给他们，别人肯定会不服气的。

“您愿意这样为我们打算，我们已经感激不尽了。现在水源稀缺，关乎人命，我们本也不能不劳而获，这样很好，明日我们也分成两拨，跟你们去挖井和找水吧。”

见顾香生没有挟恩索报，老村长连连道：“娘子真是明理，反是我无以为报，羞愧得很！”

顾香生笑道：“这本来也不是什么大恩，而且如今情势如此，又不是你们有水却故意不给，能出一份力的，我们理当出一份力，老村长愿意分水给我们，反是我们应该感激才是。”

老村长道：“夜也深了，我们乡下没有别的，好在空屋子多，只是先前没打扫，有些脏，若你们不嫌弃的话，就先在这里将就一晚上吧。”

顾香生道：“如此甚好，那就叨扰老丈了。我观老丈说话文雅，莫不是大有来头？”

老村长哈哈一笑，摸了摸脑袋：“什么大有来头，让娘子见笑了！我们家世世代代都在这里生活，不过是先父识字，我小时候有幸跟着读过两本书罢了！反是娘子你们，虽然身穿布衣，气度却不似乡野之人，反如大户人家出来的。”

顾香生早有腹稿：“家道早已中落，本是要去南平投奔亲戚的，没想到走了岔路来到这里，倒与老丈结识，也是一场缘分。”

村民们日出而作，日落而息，生活单调枯燥，老村长因粗通文墨而被推举为村长，在村里名望很高。他每天打交道的都是大字不识几个的村民，乍见了顾香生这样说话文绉绉的，却正好对了胃口，加上老妻治病有望，心里放下重担，听见顾香生的话，更是高兴。

“可不是吗？像娘子这样的贵人，几百年也遇不上一个，还是我们席家运气好，要不然老婆子就没救了。话说回来，与娘子说了这么久的话，还不知您贵姓呢！”

顾香生沉默了片刻，方道：“我姓焦，这两位是我的妹妹，还有两个老家人，老柴和老林。”

出门在外，她肯定不能用顾香生这个名字了，连带顾四、顾隐之类的，熟人一听就知道是她，用许氏的姓，她又不乐意，想来想去，索性随了焦太夫人的姓。

闲聊间，房间已经收拾出来了，正如老村长说的，乡下地方，空房间多，不过被褥不够，床板只能铺上厚厚的干草，好在现在天气不冷，晚上只要一张薄被就够用了。

顾香生和诗情、碧霄三人一间，柴旷、林泰则在另一间。

诗情、碧霄怕顾香生睡得不习惯，还打算到地上睡，诗情更道：“我们到马车上躺着也是可以的。”

顾香生好气又好笑，一把将她们扯回来：“行了，赶紧睡吧，明儿还要上山呢，你们再这样磨蹭，明天可就起不来了。”她顿了顿，又道，“以后在外头，记得我姓焦，单名一个芫，就叫焦芫。”

“芫”字是她方才看到芫花时随口起的，仔细一想觉得这名字也挺不错。芫花随处可见，生命力顽强，虽然不是芍药牡丹，开花时却未必比名花逊色。

不须呵护娇捧，无名也自芬芳。

碧霄、诗情都应了下来，大家赶了一天路也都乏了，很快便都陷入梦乡。

顾香生翻了个身，忽然想起以前在长秋殿时，她睡到半夜有些热，踢了被子，被魏临发现，起来给她盖被子的事情。那会儿魏临并不知道，她其实在踢被子的时候就已经醒过来了。

当时也许只是心里有点甜甜的，但现在想起来，尤其是在这种环境下想起来，她却忽然有种想哭的酸涩。

如果她现在不离开，说不定已经进了宫，待在从前那间长秋殿里，魏临会坐在她旁边翻看奏疏，而她则趴在边上吃零嘴儿、看闲书，两人有一搭没一搭地聊天，温馨甜蜜。

再往后，无论外面如何风雨飘摇，只要魏临一日能够执掌大权，他就会一日为她撑起一片周全的天空，不让她为外头的事情烦心。也许他会为了政治交易立严氏为后，但顾香生相信，他也会履行自己的诺言，不会对自己有所亏待。

比起宫里的平静舒适，席家村就像是另外一个世界，她需要自己去面对现实的残酷，再也没有人会搂着她为她遮风挡雨；她也不再是顾家四娘子，不再是淮南王妃，加诸在她身上的种种身份和光环消失，她仅仅是一个叫焦芫的普通女子。

后悔吗？顾香生是不后悔的。

她想起这些往事，是因为她知道自己还喜欢魏临。喜欢是不会说消失就消失的，起码也要经历一段时间的消磨，可这并不代表她会后悔选择出走。不管将来是好是坏，这都是她自己的选择。

作为一个人，首先不是去爱别人，而是自爱、自尊、自重，这是顾香生的底线和原则。她不会去指责那些选择忍耐、屈从、包容的女子做得不对，但她自己绝对不可能那样做。

所以，魏临，我不恨你，我也希望你以后能过得好。

她这样想着，迷迷糊糊地睡过去，隐约觉得眼角的湿润仿佛洇染了枕头。

一夜无梦。

第二天一大早，他们就被村民的动静惊醒了。

按照老村长的安排，除了需要留在家中做饭和照顾孩子的老弱妇孺之外，其他能帮忙干活的人都被分成两拨，一拨继续挖井、凿井，另一拨则上山去看看能不能找到新水源。

顾香生他们一出来，立时引来所有人的注目。

原因无他，昨晚黑灯瞎火，村民又不愿意让他们进门，谁也没看清他们一行人长什么模样，今天一看，嗬，两个老的就不提了，三个小娘子竟是这般美貌水嫩，尤其是为首的那一个，看着就像是个贵人，和这个小村子半点不搭。

老村长简单介绍了一下顾香生他们的情形，把对方昨夜救了自己老妻的事情也说了一下。果然，大家对这些外乡人少了一些排斥，又听说他们要跟着去找水出力，也都没什么异议。

时间宝贵，谁也耗不起，老村长不多废话，说完就要带人出发上山。顾香生也主动跟在后面，这让诗情等人大吃一惊。

因为他们原就没想着让顾香生动手的。虽然出门在外，但顾香生依旧是主子，就算什么也不做，他们也觉得理所当然。诗情等人私下也早就分配过了，挖井需要力气大的，柴旷去帮忙，诗情、碧霄则跟着上山，与林泰一起，有事好多个照应，毕竟诗情、碧霄都是年轻姑娘。他们也和老村长说过了，老村长表示同意。

“娘子，不用您帮忙，我们四人已经足够了。”诗情道。

“爬个山也不累，你看村子里也有挺多妇人跟着上山帮忙查看的，若成日里坐着不动，只会越来越懒散。”顾香生摆摆手笑道，没等他们说话，就跟在大部队后面走了。

诗情、碧霄、林泰三人面面相觑，只好赶紧跟上。

往山上的路不难走，就算一开始是人为踩出来的路，这么多年被村民们一直走，路面也基本成形了。

靠山吃山，若放在往年不是干旱的时候，山上其实还挺多东西的，有野味可以打猎，有野果可以采摘，还有鱼可以抓，就连野生药草也有许多。之前老村长的儿子媳妇，正是因为想上山采点药草去镇上卖，才会失足跌落的。

但现在，原本能给村民们带来一个丰富夏天的山，却树木凋零，河流干涸，连飞禽走兽也不知所终，估计是跑到哪里躲起来了。总而言之，跟山下一样，整座山光秃秃的，完全没有夏天本该有的郁郁葱葱的感觉。

一行人浩浩荡荡上山，诗情拉着旁边一名妇人问：“听说山上还有贼匪，我们这样大的阵仗，不会引来贼匪的注意吗？”

妇人却不担心：“不会的，山大着呢，他们在那一头，离这边很远。”

上山找水源不是件容易的事情，但也不是完全没有希望，老村长他们常年生活在这里，经验要比顾香生等人丰富很多。大伙上了山，就被分成几拨，分头去寻找。

老村长给年轻人说了几个寻找水源的诀窍，譬如现在河流虽然干涸了，但有时石头下面的水还没完全干涸，只是他们看不见，所以要沿着河流找到下游，那里两岸的岩层里，可能还会有水流。又譬如说在山势忽然急转的山弯险道上，如果原先那附近有自上而下的山泉水的话，就算泉水已经干涸，沿着山势转弯处凿开，说不定也能发现水源，这是之前流水经过时聚集在那里的，有可能还没干涸。

这些经验没有数十年山间生活肯定总结不出来，别说顾香生等人，就连村里的年轻人也都听得一愣一愣的。

老村长吩咐完，几拨人各自分头行动，顾香生和诗情他们则跟着老村长的队伍开始沿着山路找。

从历法上看，此时其实还未真正进入夏天，但已经开始有了炎热的感觉，又没有树木的荫蔽，众人走了一段，就开始汗流浃背。诗情细心，掏出帕子想为顾香生擦汗，后者已经抬起袖子擦额头了，脚下走得比她们还快，根本没有想象中的不适应。

诗情只好默默将帕子塞回怀里。

这种行程枯燥而辛苦，众人跟着老村长，他在哪里停下，大家就在哪里停下，他让翻石头看下面，大家就照做，不仅要体力，而且还要耐力。顾香生三个女子还好，大家看她们娇滴滴的，也没要她们伸手帮忙，但若是连路都走不了，拖别人后腿，那可就太说不过去了，所以日头晒归晒，三人谁也没吭声叫苦。

只是一行人在附近转了约莫两个时辰，都一无所获。

老村长不时抬头看看，唉声叹气，谁也不知道他在愁啥。

反是顾香生看出了一点端倪："您在看树叶？"

老村长也没瞒着他们："对！"

"你们看，"他指着前面那棵树，"它虽然叶子剩下不多了，可一边黄，一边不那么黄，再看那边几棵树，也都是这样，这说明了什么？"

席二郎傻傻接上："说明那边没被太阳晒得那么厉害。"

"蠢货！"老村长给了他后脑勺一巴掌，"你自己看看，不黄的那一边还有丁点儿绿色呢，下面生了些杂草，杂草也没变黄，说明这附近有水源，水浸过下面，滋润了树根草根。"

"哦——"席二郎摸着脑袋有些委屈，"您说就说嘛，干吗打我？"

顾香生忍笑，扭头去看那几棵树，果然如老村长所说。

实际上比起倔强的席大郎，不管是老村长，还是顾香生他们这些萍水相逢的陌生人，都更喜欢软萌好说话的席二郎。对老村长来说，正是因为喜欢，才要时时带在身边教训指点。

不过席二郎约莫是没法理解的，他可能还羡慕兄长能跟着别的队伍跑呢。

众人听了老村长的话，都精神一振，开始在附近寻找他所说的水源，有的则蹲在树下，开始挖土。

顾香生则学人拿了小铲子，在旁边的石壁上敲敲打打，摸着稍微松软一些的土层，就用铲子挖下去。

挖了几下，摸着泥块好像还有点湿度，顾香生也兴奋起来，手下动作加快。但挖了几下，除了能感觉到泥土比较松软湿润之外，想象中的水流潺潺，根本一丁点儿影子也没有。

不止顾香生，旁边跟她一样想法的人也都很失望，大家几乎把附近土层都挖了个遍，一眼望去，全是坑坑洼洼，但就是没见水。

老村长也叹了口气："就算之前有水，现在应该也没了，走吧，趁着天色还早，再多去几个地方找找看。"

"等等！"出声的是林泰。

林泰在有点儿湿润的那块土壁上摸了又摸，还不嫌脏地探进挖出来的坑口去摸索。

"老村长，我倒有个法子，只是不知道管不管用，暂且随口一说。您看这样行不行，这块湿润的地方再凿深一些，再在旁边干燥没水的泥壁上凿个洞出来，不用大，越深越好，然后再放点柴火进去燃烧，看能不能把旁边的水集中到一处，给逼出来。"

旁人听得莫名其妙，一头雾水。这是什么怪办法？而且没听过找水还用火烧的，简直闻所未闻。

但老村长不愧是老村长，他认真想了想，还真道："可以试试。"

有了他这一句话，接下来就好办多了，村民们都听老村长的，自然没什么意见。凿这种泥壁也不需要太多工夫，于是一部分人继续去附近寻找，留下几个挖凿捡树枝。

席二郎好奇心重，不肯继续跟着别人走，非要留下来看热闹。经过昨夜的事情，他总觉得顾香生这一行人很厉害，比以往过路的商贾都要厉害，尤其是为首的顾香生，读的书比阿翁还多，懂得也比阿翁多，随随便便就能引经据典，像昨夜她提到的什么《史记》，席二郎就没听祖父说过。

焦姐姐很厉害，跟她在一起的人，自然也很厉害，朴素的少年这样想道。

他虽然只有十二岁，但还是很能帮上忙的，手脚伶俐地将大家捡来的树枝塞进已经挖好的洞里，然后点上火。

浓烟很快从洞穴里冒了出来，林泰又让大家将洞口堵上大部分，只保留基本的空隙，以防火没了氧气而熄灭，又可以达到加热洞穴的作用。

所有人睁大了眼睛瞅着旁边有些湿润的另外一个小洞，虽然不太明白老村长和林泰的这个怪办法到底管不管用，但每一个人，无疑都打心底希望有奇迹发生。

然而柴火噼里啪啦烧了过半，旁边那个小洞半点动静也没有。

大家都面露失望，有的人甚至嘀咕“用火怎么能找到水嘛”，便兀自走开了。

林泰和老村长也都很失望，不过做这些事情并不费太大功夫，众人之前也已经有了心理准备，没了惊喜，也不会更绝望。

“走吧，再去别的地方找找。”老村长暗叹一声，他心里比任何人都焦灼，却不能表现出来，只是挥挥手，示意众人继续走。

“水！阿翁！水！”席二郎忽然叫了起来，声音极度兴奋，都有些变调了。

众人连忙回过头，却见那个小洞里头果然有股细细的水流渗出来，滴落到地上。

那甚至还不能称为水流，顶多只是连串的水滴。

然而这已经足够让人亢奋了，所有人都紧紧盯住那里，仿佛看见了世上最珍贵的东西。

连老村长一时都忘了动作。

还是林泰提醒了他们：“要不要把洞再挖深点，或者旁边的火再加大一点？”

老村长回过神：“对对，赶紧将洞再继续挖，看看水到底是从什么地方流出来的！”

其实也用不着他吩咐了，有些人将带上山来的空桶放在下面接水，另外一些村民则顺着水渗流出来的方向继续挖，惊奇地发现随着小洞越挖越深，出水量也越来越大。

众人欢欣鼓舞，脸上喜气洋洋，都跟过年似的，连看顾香生一行人的眼神也顿时不一样起来。

先前大家见他们深夜来讨水喝，谁都懒得理他们，可人家一来，立马就让他们找到了水，不是贵人是什么？

老村长比他们要沉得住气，他带着人在周围走了一圈，发现附近果然有条小溪，从土痕来看，原来雨季的流水量应该也挺大的，现在虽然表面看上去干枯了，但既然他们能在那边接到水，这就说明小溪下面肯定有地下水，而且尚未干涸。

水源源不断地涌出来，看起来干净又清澈，大家带来的桶都装满了，见了水还往外流，痛惜之余，甚至还有人跪趴下来用嘴接水，让人看得又好气又好笑。但村民们这是被旱情整怕了，从前不觉得，现在却是一滴都不肯浪费的。

有的村民很机灵，也没等老村长发话，提起水桶就往山下跑，说要再去拿桶来接。

更加幸运的是，这里地势不高，离村庄也不远，以村民的体力，来回一趟并不费很多事。

大伙脸上都洋溢着喜气，尤其是席二郎，更是围着林泰团团转：“林叔，林叔，你可真神了！你怎么知道用火能把水弄出来的？”

【第十八章】一波未平一波起

林泰依旧还是那副沉稳憨厚的模样，也没露出多少得意之色，只笑道：“我只是从前在山里，看人家冬天在洞里烧炭取暖，若是洞里有不少柴火，足够温暖，而旁边石壁又足够湿润的话，烧久了，那湿润的地方就会流出水来，所以姑且试一试，没想到还真管用了，但若要说里头有什么大道理，我也说不出来。”

老村长不像村民那样高兴得忘乎所以，围着水流团团转，他对林泰和顾香生等人拱手道：“不管怎么说，这都托了几位的福！自打你们来到村子之后，咱们这里的好事就一桩连着一桩，老头儿都不知道说什么才好了，还请几位务必多留些时日，好让我也尽一尽地主之谊！”

林泰等人自然没什么意见，是走是留，他们都唯顾香生马首是瞻。

顾香生自然是不愿在这里久留的，村子再好，也终究只是路过之地，而非长久居所，这里离魏国也近，让人颇无安全感。

老村长仿佛看出她的心事，便劝道：“我知娘子是想去邵州府城，不过现在干旱，去哪儿都是这样，前面镇子兴许更糟，到时候就算有钱，同样也买不到粮食和水，你们还不如在这里多住几天，等到旱季过了，哪里就都去得了。如今你们帮了我们大忙，让我们取到水，这些水也有你们的一份，这是谁也抹杀不掉的功劳。”

席二郎也凑过来：“是啊，是啊，若是有人不肯答应的话，我就帮你们揍他！焦姐姐留下来吧，我有好多事情想请教您呢！”

顾香生奇道：“请教什么，我有什么能教你的？”

席二郎笑道：“《史记》啊。那天你说了《史记》之后，我便一直想知道那《史记》究竟是什么，阿翁读的书少，问了他，他也答不出来！”

“臭小子！”老村长抬手作势要打。

席二郎一溜烟躲到林泰身后去了。

众人都笑了起来。

顾香生想想老村长的话也不无道理，现在最重要的不是钱财，而是水和粮，村子人少，尚且还好说，到了外面，人口一多，麻烦也更多，若单单是缺水少粮也就罢了，更可怕的是人饿死渴死之后，天气又热，瘟疫就会随之席卷而来。

据说邵州是个穷州，上一任刺史贪污敛财，因为闹得太过，都惹起民愤了，最后甚至有小股起事，南平的朝廷不得不将人撤掉。现在新上任的刺史，能不能干且不说，他一来就遇上了旱灾，还要处理前任留下来的烂摊子，可谓是个倒霉鬼。

有鉴于此，暂时留下来，并不是一个坏主意。

最重要的是，他们为这个村子做了点力所能及的事情，大家又有了水喝，也就不会太敌视几个过来分资源的外乡人。

事情就这么定了下来。

到了傍晚时分，他们回到村庄，那些挖井的人还没能挖到出水的井，但已经听说他们在山上找到水源，流量还不小，估计能用上一段时间，都兴高采烈，比自己娶了媳妇还要高兴。

席二郎告诉顾香生他们，村里仅剩的那口井现在出水量有限，平均下来每户人家每天顶多只能打上一桶水，还要排上老长的队，而且那口井指不定什么时候就要枯竭，所以现在重新发现的水源对于全村人来说，几乎就是救命之水了。

旱季可能会维持到夏天结束，在这段时间内，他们要做的就是尽可能蓄水，保存食物。

也许是从之前一起找水的村民口中听说了林泰的功劳，村民们对他们一行人都热情了许多，因为顾香生等人现在住在村长家，有的人家还送来了活的鸡鸭表示感谢。

还没等顾香生他们生出一丁点儿感动，席二郎就悄声和他们说："现在能喝的水少，都不够牲畜喝了，有些人家不得不把牲畜宰了吃肉，他们送鸡鸭过来，是想着能节省一点水，而且你们不急着吃的话，等下雨之后，他们就又可以把鸡鸭要回去了，到时候你们肯定也不好意思不给。"

乡下人自有乡下人的朴素和狡狯，顾香生等人听得一头黑线，往后再有人送鸡鸭过来，就说什么也不收了。

老村长家里那两间屋子从临时性的栖身之所，变成顾香生等人的暂居之所。林泰和碧霄他们简单收拾了一下，又将马车里原先备着的被褥搬下来布置，看上去还算不错。

诗情和碧霄觉得委屈了顾香生，想要打地铺睡，把床留给她一个人睡，这个提议自然被顾香生拒绝了。

出门在外，还是在别人家里，就应一切从简，过了旱季他们就要走人了，有什么不能将就的？

顾香生从前还有些认床，过惯了十几年的舒适日子，刚刚出门的时候，晚上睡都睡不好，但现在，白天爬了那么久的山，身体疲惫得要命，晚上一熄灯，倒头便入梦了，哪里管得上舒服不舒服。

人的惰性都是被环境惯出来的，一旦发现只能靠自己，身体自然而然就会调整过来，适应环境。

在并不能确定自己以后一定能重新回到舒适环境的情况下，人就要学会吃苦。不存着被娇惯的心理，自然就坚强了。

对于顾香生他们要暂时住下来的决定，老村长、席二郎以及慢慢痊愈了的村长妻子宋氏都表示了欢迎，唯独席大郎，嘴里总是嘀嘀咕咕，想来是不大愿意多几个人来分自家粮食。

考虑到这个问题，顾香生和老村长提出，想帮忙干点活，再给点钱贴补，就算钱暂时用不上，等旱季过后，也可以去外面买些东西。

席大郎却毫不客气道："照你这么说，水和粮食现在用钱也未必能买到，岂不是无价之宝？那你们要用什么无价之宝来换？"

老村长怒道："我从小就教你要知恩图报，你便是这么报答恩人的？若不是焦娘子他们，你阿婆现在还不定怎么样呢！我们能找到水源吗？"

席大郎嘟囔："早知道芫花能治病，咱们屋后随手一抓就一把，何须用到他们？山上的水源也不是他们发现的，他们只不过动动嘴皮子罢了！”

说到底，席大郎对顾香生他们总不大瞧得上，觉得他们一行五个人，女人就占了三个，还都娇滴滴的，重的提不得，苦的干不得，这就占去了三张嘴，而且那天找水的时候他没一起，后来听席二郎说是林泰找到法子出水的，总也不太相信。

席大郎今年十四岁，放在后世也正处于叛逆期，自以为是，刻意跟长辈对着干，总觉得老村长和弟弟都被顾香生他们蛊惑了，总之，打从顾香生几个人一来，他就对他们没什么好感，跟席二郎截然相反。

没等老村长发怒，席二郎便挺身而出，为顾香生他们说话：“大兄，你这么说就不对了，就算只是动动嘴皮子，若非焦姐姐提醒，你怎么知道芫花可以用来治阿婆的病呢？治好了就是治好了，怎么能这样？”

席大郎恼怒：“怎么样了！我怎么样了！你一个小屁孩，毛都没长齐，跟着别人起什么哄，走开！”

“你才毛都没长齐！”老村长直接给他脑袋来了一下，“你爹娘在时，也常说你莽撞不服管教，平时也就罢了，如今若是对焦娘子他们无礼，我却不会与你客气的！”

有了阿翁撑腰，席二郎理直气壮道：“焦姐姐说要教我读书习字，还要教我读《史记》的，以后就是我师父了。阿翁说要尊师重道，就像对待爹娘那样听师父的话，你说焦姐姐不好，我自然不肯了！”

自己几时说过要收他为徒了？顾香生哭笑不得。

老村长酸酸道：“那时候我要教你读书识字，你没学两个就不想学了，屁股蛋跟生了刺似的。”

席二郎有些不好意思：“那会儿还小，见了书就头晕嘛！”

老村长吐槽：“哦，那现在就不晕了？敢情人家的书还带着药效呢！”

“阿翁！”

祖孙两人抬杠实在是好笑，顾香生他们都忍不住笑了起来。

只有席大郎在旁边撇撇嘴，对弟弟的决定不以为然。

他虽然从小在村子里长大，可以前也是跟着父母去过几回镇上的，也算见了点世面，知道那些镇上的先生，全是男的，稍微有点名气的，说不定还曾当过官。拜一个女人为师？听都没听过，传出去简直要笑掉别人的大牙！

席二郎不知道兄长在想什么，即便知道，也不可能改变自己的想法。

他今年十二岁，字还认得不大全，只因老村长自己也文化有限，乡下地方就算把字都认全了，一辈子也未必全用得上，所以从前都是有一搭没一搭地学着，直至顾香生他们来了，才终于认真起来。

席大郎认的字比弟弟还少，他更喜欢舞刀弄棒，虽然瞧不起顾香生她们几个女子，对林泰、柴旷的身手还是挺好奇的，却又碍于面子不好公然请教，只是每天早晨在林、柴起来打拳的时候，喜欢躲在一边偷偷看。林泰他们如何会不知？只是假作不知罢了。

有了水，村子一下子解决了最大的危机，即便这水也不知什么时候会没有，但起码给了大家更多的时间去寻找下一个水源，也不用总担心那口水井没水喝了。

天气太热，旱情持续，那点水只能维持生活，要灌溉田地肯定是不行的，顶多只能再喂喂家禽牲畜。有些人家尝试在小块菜田上种点菜，可也很难存活。

不过日子虽然艰难，总算还有点奔头。就在两天前，有几户人家从前边的镇子逃旱过来，路过村子，准备去魏国。从他们口中，村民们得知前边镇子的旱情更加严重，虽然人家镇子大，出水的井也有几口，可因为人数多，都用不过来，富裕一点儿的人家不得不举家往外跑，准备先去魏国避一避旱情，等情况好些再回去。

村民们这才越发觉得自己的日子是多么滋润，就算粮食都旱死了，起码还没到危及性命需要往外逃的地步。

顾香生等人虽然住下来，却没有打着白吃白喝的主意。诗情、碧霄帮忙缝补衣裳，也跟着村中妇人上山去找找看还有没有吃的，免得干粮耗尽，雨还没下，也好为以后做准备。林泰、柴旷他们白天则跟着去打井，虽然至今大伙没找到一口出水的井，但他们踏实肯干，很快就跟村民们混熟了，大家渐渐地也不再将他们当作外人。

要说村民们最好奇的，自然还是顾香生。她一看就不像是小地方出来的，按照村里见过世面的村民的说法，比前面镇子上大户人家的那些娘子长得还好看，听说是家里亲人都死光了，去邵州投奔亲戚的，大家都很同情。除此之外，别人也问不出更多的东西了，林泰、碧霄他们口供一致，没有任何惹人起疑之处，即便有，也不是村民们能辨别出来的。

顾香生虽然没跟着帮忙，却开始教席二郎读书。反正教一个是教，教两个也是教，她索性让老村长去问问村民们，有想认字读书的，又或者想让孩子认字启蒙的，都可以带过来，不过前提是要听话，教什么就读什么，不能捣乱，不能打扰别人，不然就要把孩子领回去。

这年头教书先生是个稀罕活儿，席家村全村就还老村长算得上有点文化，老村长以往也给村里的小孩儿启过蒙，教他们认过两年字，可一来老村长上了年纪，没那精力；二来有条件的人家都搬到镇上去住了，留下来的无非都是寻常度日的百姓，只求安稳温饱，没有更多妄想。

可谁都知道读书好，谁都知道读书能有大出息，以往是没办法没条件，现在有了一个主动愿意教的先生，即便是女先生，大家哪有不乐意的？

顾香生用《史记》治病的事情已经被席二郎不遗余力地宣传出去，全村人很快就知道了。他们不知道《史记》是什么，可这并不妨碍他们对顾香生啧啧赞叹，再加上林泰找水的故事，那简直成了这段时间村民们最津津乐道的事情。

村子里的小孩儿基本都不认字，大的跟席大郎差不多，都可以娶媳妇了，小的才五岁，估计是被家里大人殷殷叮嘱过了，来了之后也不捣乱，比顾香生想象中还要乖一些。她本以为会出现恶作剧嬉笑吵嚷的场面，却没有，因为老村长和一些上了年纪的也过来了，跟小孩儿们坐在一起听课。那些小的一顽皮，当场就有人镇压，根本就用不着顾香生出手，出乎意料地顺利。

老村长手中有本老旧的《三字经》，用来认字足矣。顾香生让人磨了块石板立起来，就当是“黑板”了，用几根芦苇绑在一起充作“毛笔”，蘸了水在石板上写字，可以重复利用，又不费钱，这就是简陋的教学现场了。

学的人则每人一块沙板，用手指在沙上比画，末了将沙面抹平，反复练习。

笔、墨、纸、砚这样的东西，时下也只是士人以上门第的匹配物，稍微穷苦一点的人家，让小孩儿学认字，拿个树枝让他们在地上比画也就罢了，定然不会让他们直接写在纸上的。

因为天气热，大伙也没法在户外认字，村民们听说此事，便搭了个棚子，上头封顶，遮挡日光，前面又有房屋挡着，顾香生就带着一帮老人小孩儿在棚子里学习。

就算以前没有当过先生，顾香生也做得不错。当先生先要有足够的耐心，一笔一画让他们跟着写，然后一个个纠正，再给他们讲字的意思，结合造句，顺便将一些字词在典籍里的运用拎出来讲一讲，让他们理解更加深刻一些，就可以了。

至于学多少，会多少，那就要看每个人的领悟力和学习能力了。

顾香生提出，谁家有女孩也可以带过来读书认字，但一个也没有来。

乡下人家没有什么“男女七岁不同席”“要避嫌”之类的讲究，但他们觉得女孩儿读再多书也没用，还不如在家帮忙多干点活实在。

他们尊敬顾香生，是因为顾香生会治病，会教书，她在村民心目中已经超越了男女偏见的范畴，但这跟根深蒂固的观念没有关系。

对此顾香生也无能为力，他们现在虽然受到村民的尊敬和礼遇，但若要强行去做一些不切实际的事情，只会招来反感和抵制。

闲话休提。

像席二郎这种既热爱学习，领悟力不错，原先也已经有了一定基础的学生，自然是先生最喜欢的，顾香生也不例外。每日上课，一群半大少年和小孩儿里，就数席二郎跟另外一个叫陈福的六岁小孩学得最好。

陈福的娘不是本村人，据说娘家在镇上，家境还不错，只因陈福的爹爹曾挑着山货去镇上叫卖，对方父亲瞧着他性情正直踏实，便心中有意，几番考量之后，更将女儿嫁了过来，是以陈福从小也是经由母亲启蒙，略通文字的。陈家原还打算让他去镇上外家跟着表兄弟们一起读书，没想到旱灾一来，此事便耽搁了。

陈福小小个儿，清清秀秀，人聪明，说话也很伶俐，兴许是因为母亲教导的缘故，对顾香生颇为有礼，学习进度更快，《三字经》《千字文》已经习完了，如今正和席二郎一起开小灶，读《诗经》和《论语》。

略通诗书之后，陈福对自己的名字很是不满，觉得太俗了，没有古代圣贤的名字读起来寓意深远，便和席二郎一道请顾香生给他们改名。

席二郎本名叫席水，正好跟席大郎一山一水。他也觉得自己的名字太直白，听起来不雅。

顾香生啼笑皆非，对他道：“你和你兄长的名字暗合山水之意，若是改了你的，你兄长的岂非形单影只？要改，也得两人一起改才行。”

席二郎登时蔫了，以席大郎的性子，决计是不肯改名字的。

顾香生安慰道：“依我看，上善若水，大俗即大雅，席水这名字也挺好的，不必改了。”

“先生，先生，那我呢？”陈福将小脑袋也凑过来，“‘福’字太俗气了，我那些表兄说，一听就是个下人的名字，您能不能给我也改改？”

顾香生笑道："你的倒可以改一改，只是须征求你爹娘同意方可。"

说者无心，听者有意，第二天小家伙还真兴冲冲地跑过来，说他已经问过家里，父母也同意让先生赐个好名。

幸好顾香生也早有准备，便道："音不必改，改一字即可，就叫弗，陈弗，如何？"

小孩眨巴眼睛："哪个弗？"

顾香生在石板上写了个"弗"字，然后告诉他："弗者，上古也通福意，正好跟你原先的字同义，再者它还有几重意思，一是违逆，二是不要，三是怫郁，这些都是世人熟知的含义，所以很多人不明其意，以为这个字不好，但实际上'弗'还有另外一个意思，凡弛弓，则以两弓相背而缚之，以正枉戾，所谓矫也。弗则同矫，矫正错处，令人回归正道。我给你取这个名，也正是因为'弗'字含义甚多，有好有坏，正如人生在世，不可能事事如意，总有高潮低谷，逆流顺水，由此让你铭记于心，做个豁达通透之人。"

小孩儿似懂非懂，但他不懂，自有人懂，陈福的母亲通晓诗书，听他转述了顾香生的话，便叹道："这位焦先生定非寻常女子，你须好好敬重侍奉才是。"

陈家是女子当家，陈福的娘既然同意了，他爹自然没什么异议，陈福就此改名陈弗，成为顾香生的第二个入室弟子。第一个，自然是那席二郎席水了。

此时席二郎十二岁，陈弗六岁，两人相差一倍年龄，往日也玩不到一块儿，但因为同在顾香生名下学习，自然而然亲近起来。席二郎见陈弗聪明伶俐，学习进度很快，眼看就要赶上自己了，他大了人家六岁，若是连功课也不如，未免说不过去，心中自然铆足了劲。两人你追我赶，学习热情竟是前所未有地高涨。

席二郎对《史记》念念不忘，隔三岔五总会提起，顾香生原先担心揠苗助长，后来经不住席二郎的再三请求，顾香生默写了《史记》中关于卫青的《卫将军骠骑列传》，给席二郎和陈弗二人讲了一遍，又让他们俩背诵下来。

原先席二郎总念着《史记》，是觉得里头肯定记载着许多厉害东西，如今一听，更是如痴如醉，不仅将整篇背了下来，还翻来覆去穷究其中的细节。

顾香生原本以为，像他这样的年纪，会喜欢卫青，一般是因为卫青出身寒微最后却身居高位，还是个常胜将军，驰骋沙场，堪称人生赢家的经历，但没想到，席二郎感兴趣的却是其他一些地方，譬如他说："先生，你说史书为尊者讳，尤其是像卫将军这样的人物，那么太史公在写《史记》的时候，为什么会知道卫青是母亲与人通奸生出来的呢？按理说卫将军娶了平阳公主，他的外甥又是太子，这种不好的事情不是不应该被记录下来的吗？”

顾香生和他说，《史记》成书的那一年，正好是发生巫蛊之祸的那一年，卫青的太子外甥被废，整个卫家被连根拔起，卫青是在那之前就已经死了，所以幸免于被追究，也许是这个原因，卫家的家世并没有被美化。再者司马迁此人也比较有个性，越是不让写的东西，他就越是要写。正是有了这一部《史记》，自那之后才开启了纪传体的史书模式。

此时席二郎已经从她口中，大致了解了记史的几种方式，闻言便着迷道：“数百年的历史，从一个国家的建立到灭亡，某个人的一辈子，全都凝聚在手里了。”

顾香生道：“对，这正是史书的可贵之处，也是史官的存在意义，以史为鉴，可以知兴替，避免重蹈覆辙。”

然而历史往往不断重复，权臣篡位，外戚当权，宦官把持朝政，史书明明放在眼前，告诉每个帝王要知人善用，要礼贤下士，要兼听则明，但依旧有昏君一个接一个地出，这却是史官所无能为力的。

不过这些话对于一个刚刚读书不久的十二岁少年来说有些深奥了，所以顾香生将后半段话都吞了进去。

她说的那些，席二郎听懂了。他眼睛一亮，连连点头：“对对，我就觉得，能在里面看见好多人、好多事，比阿翁讲过的任何一个故事都要精彩，什么时候我也能成为记录这种故事的人，那才是厉害呢！”

顾香生笑道：“那你现在开始努力也还不晚啊！”

日子一天天过去，人有了事情做，生活也变得不枯燥。

顾香生白天忙着教一群小屁孩，有空的时候还要单独给席二郎和陈弗二人开小灶，晚上躺在床上，偶尔还要在脑子里备备课，想想明天给他们讲什么，有时候想着想着就睡过去了，并没有特意去遗忘，然而能够想起魏临和顾家的时间却越来越少。

偶尔夜深人静的时候，她看着头顶黑漆漆的横梁，会觉得自己的从前好像一场梦境，分不清到底有没有发生过。

由于席二郎和陈弗拜了顾香生为师，又有一大帮小孩儿在她手下学习，不仅顾香生他们和村长家的关系更加紧密了，连村民们对他们的态度也一日胜似一日，由一开始的敌意、防备、隔阂，到后来渐渐融洽，现在又多了一丝尊敬。

小孩儿们的学习还是卓有成效的，懂的字多了，回家难免要向父母显摆，父母惊奇之余，觉得焦先生肯定是个大有本事的。

而柴旷和林泰也惊奇地发现，他们帮着挖了一天的井，有时候还比不上顾香生讲一句话。现在旱季，蔬菜什么的拿不出来，人家就帮忙给顾香生他们挑水，也不用他们自己去打水了，每天要喝的、要用的水，自然有村民送过来，再有别的事情，席二郎也总能帮忙跑跑腿。柴旷他们除了每日去帮忙打井之外，别的竟是什么事也不用操心了。

顾香生在村子里的地位，很快变得微妙起来。

虽然她不是村长，又是个女人，但小孩儿们说得最多的便是“焦先生说”“焦先生说”，都快成了口头禅。

席大郎没跟着去读书，他也从来不感兴趣，每每听见这样的话，心里总会哼一声：你们焦先生就住在我家，好几个人，住了那么久，连房钱都没付呢！

但事实是，除了他之外，老村长家的其他几个人，跟顾香生他们都相处得极好，就连席大郎，心里其实也不是那么抵制讨厌，只是单纯还残留着最开始的敌意罢了。

这个年纪的少年心思，跟海底针也差不多了。

不过这样平静的日子没有维持多久，就在一个天还没亮的早晨，有人跌跌撞撞地跑到老村长家，敲响了席二郎他们家的门。

的确是出了大事。

自打山上那处水源被找到之后，村民们都喜欢往那里去取水，因为村里的水井出水越来越少，水也不是很清澈了，还要多费些功夫去过滤。大家宁可跑远点路，去山上取干净的水，回来直接煮沸了就能喝。

由于旱情的缘故，现在村民们心里都有种危机感，生怕哪天山上忽然就不出水了，所以家家户户的大水缸，每天都是蓄满水的，有一丁点儿少了，村民很快就会去取水来补上。

今日也不例外，天还没亮，就已经有人挑着水桶上山，谁知道靠近那处水源时，却发现已经有七八个人在那里，个个拿着兵器，凶神恶煞，见了那村民就亮出刀刃，那村民吓得魂飞魄散，哪里还敢多待，当即又带着空桶跑了。

他心里没个主意，也不知道要怎么办，就跑到老村长这里来了。

此时天色渐亮，有人陆续上山挑水，毫无例外，都跟先前那个村民一样，被吓得够呛，忙不迭地跑回来了。

那群人分明就是山头那一边的山贼啊！

可他们原先在那边过得好好的，为什么会突然跑到这边和他们抢水呢？

许多人跑到老村长这里，想讨个主意，老村长家里的人越聚越多，不得不转移阵地，挪到顾香生教孩子们上课的棚子里。至于课，出了这么大的事，水都快没得喝了，自然也上不了了。

“村长，您倒是拿个主意，那水明明是咱们发现的，那伙强盗说占就占，咱们往后可怎么办！”这是愁眉苦脸的。

“是啊，那些人怎么不讲理，要水难道不会自己去挖吗？”这是义愤填膺的。

“人家要是会自己挖自己找，那就不叫强盗山贼了！”

“那现在怎么办啊？水井都快枯了！”

众人七嘴八舌，吵得老村长脑壳疼，他拍拍桌案：“行了，行了，都别说了，乱糟糟的，像什么样！这事既然有了，现在抱怨多少也无用，倒不如想想该怎么办！”

有人就道：“要不咱们再找找别的地方吧，我看那伙人凶得很呢，说杀人就要杀人的！”

这个主意立马就被反驳了：“怎么找？别说找不找得到，就算找得到，那些人正怕水不够呢，看见我们帮他们找水，还乐得捡我们的便宜！”

眼看又要争论起来，老村长不得不又拍了一下桌案，让众人安静下来。

他转向旁边一直没出声的顾香生，客客气气地询问：“焦娘子，您是从外面来的，也是见过大世面的人，不知您有什么主意。”

顾香生方才也在想这个事情，闻言就道：“我总听你们说山那头有贼匪，他们到底有多少人？霸占了水源，总得有人在那里守着，那边又有多少人？”

最先来报信的那个村民忙道：“守着水源的有八个，我那会儿跑了之后回头又数了数，他们也都带着水桶，那八个人不是一直都在那里的，有时候会挑水回去，再换人回来，但总归有七八个，不会再少了，个个拿着兵刃，看着就凶！”

老村长也道：“至于那山寨到底有多少人，这我们是不知道的，也没人敢跑到那边去查看，不过他们偶尔从这边经过，三四十个人护送着好几辆大车，寨子里肯定也要有人留守吧，这么一想，肯定是不会比三四十人更少的，说不定有一百来人。"

席大郎却忽然出声："阿翁，上回我上山的时候，曾在寨子外远远看过，他们那寨子住不了一百人那么多，顶多也就是六七十人！"

老村长一愣："好啊，你上回在山上过夜，回来骗我们说迷路，敢情是跑到山那头去了！"

众人见他发怒，纷纷劝说。老村长也知道这会儿不是追究这种事情的时候，心想过后再跟你算账，便问起寨子的情况。

席大郎道："我也没敢走近，因为门口就有人守着，他们还在寨子前面建了个高高的台子，用来望风的，稍微靠近就会被发现。不过那天我倒是正好瞧见他们从外头回去，还带了几个男人和女人。"

他没好意思说那几个人风尘气和脂粉气很重，要是让席大郎形容，他也形容不出来，但总归一看就不是正经人。

村民们没听出什么有用的信息，顾香生却在心里盘算了好几回。

寨子守卫森严，他们又从来不下山打劫，还能自给自足，过得比村民还富裕，这说明山里头一定有重要的东西，足以让那群山贼过上优渥的生活，所以他们根本看不上这个村子里的东西，还反过来嘲笑村民们寒酸。

什么东西那么重要？要么是金子，要么是可以卖钱的，总之是被他们视若珍宝的。

不过这个现在并不重要，重要的是，他们为什么会忽然跑来抢村民们的水？应该是山寨原本有水源的，但受了旱情的影响，水源没了，这是花钱也买不到的，所以他们就直接过来抢了。

村民们对这些人心怀忌惮，怕得不行，也不是他们的对手，一听说这件事，就六神无主，什么想法都没了。

顾香生就道："我倒是有些想法，不过具体如何施行，还得听听大家的意思。"

老村长道："焦娘子有话只管说。"

旁人也都道："是啊！是啊！焦娘子是先生，向来主意多的，您快说吧！"

顾香生道："照你们所说，那帮人穷凶极恶，换了平日，我们肯定是不愿意招惹的，不单不招惹，还要躲得远远的，有什么东西被抢了，如果不要紧，那也就算了，没必要搭上性命去拼。但现在不一样，没水喝，我们就要死，左右都是死，那也只能和他们拼一拼了。”

众人都听得连连点头：“说得是。可怎么个拼法？直接杀上山寨去吗？”

又有人担心：“村子里的精壮青年也就不到百人，就算二对一，怕也不够他们打吧？”

顾香生道：“直接杀上去当然不可取，他们人数虽少，却是杀人不眨眼的，我们就算两个打他们一个，也拼不过，到时候那些山贼想要报复，直接杀到村子里来，这些老弱妇孺就毫无反抗之力了，所以得从长计议，想个周全的法子对付他们。之前陈家大郎说，他们八个人并不一直都在，其中要抽出两人轮流挑水回去，我们可以先从那剩下的六个人下手。”

老村长皱起眉头：“若是那些人回去搬救兵，那不就等于一个寨子的人都要杀过来了？”

顾香生道：“所以不能就这么贸然出手，要先准备几天，村里要准备陷阱，老弱妇孺也要先集中到一块儿，最好是能藏到地窖里去，免得到时候被殃及。咱们也不能主动去找他们，因为寨子是他们的地盘，这样做等于自投罗网，要等他们过来。我们解决了守水的人之后，肯定会有人久等不到同伴，主动寻过来，那些山贼看不起我们，不会一口气所有人都过来的，起初肯定会几个几个派过来查看情况，我们就可以以逸待劳，将他们一个个解决，等他们发现情况不对的时候，人手已经折损了不少，对我们的威胁也会小很多。”

她见众人听得目瞪口呆，就道：“是不是有哪里考虑得不周全？”

这个办法倒是可取，只是……

老村长面露为难之色：“这陷阱要怎么个设法？我们只设过抓山兽的陷阱，抓人的可还没有过……”

顾香生笑道：“山兽和人其实也没差多少，不过山兽好骗，人不好骗，所以陷阱得做得更仔细一些。老柴，老林，你们以前做过陷阱没有？”

林泰道：“也是在山间抓山兽时现学的。”

柴旷挠着脑袋：“之前跟在郎君，咳，跟在主人身边时，也学过一些行兵布阵的皮毛，只是现学现卖，怕人家不上当。”

顾香生笑道：“那就成了，这又不是打仗，那些山贼也不是训练有素的士兵，人多力量大，这两天足够我们布置的了。”

村民们之所以慌乱无措，是先入为主，觉得山贼十分可怕，如今听顾香生一分析，勇气就又陆续回来了，也镇定不少，都没什么意见，听凭她的安排。

老村长和几个年老的村民比较慎重，不太放心：“就算村里可以布置陷阱，那守水的人，又怎么保证他们个个都离开不了？要是有一个逃回去报信，给了那群山贼准备的机会，那可就糟糕了！”

顾香生道：“所以要先将守水的那几个人一网打尽，不让他们有任何逃脱的机会。”

说得容易！席大郎在旁边听着，禁不住嘀咕，心说，你拿什么去打人家？

不单是他，一些村民也都忧心忡忡，觉得说着容易，但做起来很难。守水那几个人都是钢刀在身、身强力壮之徒，就算村民们一窝蜂拥上去，人多势众，对方打不过，却未必逃不了。

要埋伏，当然先得弄清楚情况，老村长精心挑选了几个经常上山打猎，比较有经验的青年男子准备先去探一探风。柴旷和林泰身手最好，也跟着。

席大郎也想跟着去，被老村长连骂带揍了一顿，消停了。

但当顾香生也提出随行的时候，老村长头疼了，骂是不能骂的，揍更不行，只能劝：“焦娘子，您去作甚？那里可不是学堂，山贼也不会和您讲道理的。”

言下之意，你手无缚鸡之力，还是在这里等消息吧。

顾香生却很坚持：“主意是我出的，我自然要去看看情况，附近有什么地形方便埋伏、方便设陷阱的，我也好出个主意。”

老村长无可奈何，只得同意了。

几个人去走了一圈，没敢离得太近，生怕被发现了。他们看见那几个山贼果然如村民们所说，手里拿着刀，在那里守着，还有两个人正装了水准备离开，水流出来的地方，底下还放了个大缸在盛水，其余的人百无聊赖，居然还在旁边挖了个小洞，用以遮挡烈日，人就躲在里头玩骰子赌博。

为了引开那些人的注意力，老村长还让一个村民带着水桶过去取水，果不其然，他一过去，就遭到那些贼匪的驱逐。对方表情凶狠地威胁他，又抽出刀来，村民果然被吓得够呛，掉头就跑，那些人则哈哈大笑起来。

与他们一起过来查看情形的一个村民忍不住气道：“他们反正也用不了那么多，为什么不能让我们也取点？”

跟强盗当然是没道理可讲的，人家就是要霸占那里，你又能怎样？

顾香生他们在旁边默默观察了半天，又悄悄地离开，没有惊动对方。

回来之后，老村长有点发愁：“附近的树叶都快掉光了，要不然还更隐蔽一点，现在他们肯定有人日夜守着，想要设陷阱很难啊！”

顾香生沉吟道："我方才看了，其实也不是完全没法子，到时候先趁其不备，射杀几个，再预先在他们可能逃走的路上设伏，等他们仓皇欲走时，直接截杀便是。"

她说得太过简单，席大郎忍不住吐槽："射杀是怎么个射杀法？他们一共六个人，我们村打猎最厉害的就两个，陈弗他爹和我三叔，就算他们俩一人射一个，还有四个能跑呢！"

谁知顾香生"哦"了一声："方才那距离我也大致看过了，有一百多步，真正的好弓能有三百步左右的射程，村里的弓不成，但一百多步还是可以一箭毙命的。我也带了把弓，到时候可以帮忙解决一个，剩下三个，就要劳烦林泰他们了。"

她说得轻描淡写，就好像在谈论今天的天气很热一样，席大郎已经无力吐槽了，觉得她完全不是说话夸张的问题，而是在吹牛了，只不过这牛皮吹得也太大了，让人想信也信不起来啊！

席大郎心里冷嗤一声。

三天时间很快过去，在紧锣密鼓的布置下，村民们很快将村子周围都布置了一遍，那些身强力壮的人也被单独挑出来，由林泰、柴旷他们指导着，单独做了一下简单的训练。

没水喝的威胁是巨大的，谁也没有怨言，非但没有，还动力十足。以往谁也没有勇气去挑战山贼，可现在连自己的生存都受到严重的威胁，再软弱的人也不肯坐着等死，除了奋起反抗之外，别无选择。

为了麻痹山贼们，不让他们觉得村民私下在酝酿一场反击，顾香生让老村长偶尔也派一两个村民假装上山去取水，哀求两下，让那些人觉得村民们的确是想喝水又不敢挑衅他们。这样一来，那帮山贼越发张狂得意起来。

兴许是见惯了以往村民们战战兢兢的模样，山贼们压根儿就不认为这些人能有勇气跟他们抢水。

但他们料错了。

生死关头，人总会爆发出意想不到的潜能，就算没有顾香生等人，为了能活下去，这些村民早晚也会拿起锄头过来跟他们拼命，这次只是准备得更为充分周全罢了。

"刘大郎，你手气怎么这么差！这都第几回了！"

小小的洞穴里，连起身都困难，几个成年男子弯着腰盘坐在那里。他们在这里霸占着席家村的水源，村民根本不敢反抗，他们没事可做，白日难熬，只得在这里消磨时间，等着同伴将空桶拿回来，再轮流挑水回去。

这里每天都会换一拨人轮值，但这活儿比在寨里望风还没挑战性，路途又遥远，要不是被寨主强硬指派，谁也不愿意来办这趟差事。

没了树荫的遮蔽，四周异常炎热，洞穴里虽然照不到日光，可也闷热得很，几个人索性脱了上衣光着膀子。

被嘲笑的刘大郎也是一脸晦气："嗨，这两日不知道走的什么运道，晦气得很！昨晚也是，我本来已经跟小桃红说好了，谁知临到头，竟被二当家抢了去，呸！"

众人一听都笑得东倒西歪："二当家有召，人家当然是去二当家那里了，哪里还管得上你这小喽啰！"

那刘大郎"呸"了一声："老子出去解手，可别动我的牌！"

说罢，他起身往外走，嘴里又骂了两句，约莫是抱怨洞穴太小，人在里头坐着不舒服之类的。

他让人不要动自己的牌，但别人可不听他的，人一走，刘大郎的牌就被重新拿去洗过了，余下几个人又痛痛快快玩了一圈。

有人"咦"了一声："刘大郎怎么还没回来，不会遇上什么猛兽被吃了吧？"

"被吃了还能没声音的？估计是失足掉到沟里去了吧！"其他人浑不当一回事，嘻嘻哈哈道。

那人道："我还是去看看好了，顺便也去解个手。"他这一走，又是很久没回来。

余下那四个人这才察觉有些不妥，赶紧起身出去寻找。其中一人刚走出没几步，直接往地上摔，连个喊声都没发出来。后面的人定睛一看，哎呀妈呀，那同伴的脑袋侧面正正插着一支箭矢！

箭头没入脑袋三分，人肯定是没救了，难怪一点儿声音都没有，敢情前面那两个有去无回，也是这么死的？

其余三人吓得魂飞魄散，也顾不上举目四望，直接就想回身避入洞里。结果"啪"的一声闷响，转眼又是一个倒地。

席大郎张大嘴巴，看着顾香生连发三箭，例无虚发，直接就放倒三个人，已经完全惊呆了，半句话都说不出来，仿佛第一天认识她。

再看另外几个村民，表情也都差不多，可人家又没有打从一开始就瞧不起顾香生，对这种情形接受得更快，对这次伏击的信心也更多一层。

顾香生自然没空留意他们的反应，她的眼睛一直盯着躲在洞穴里不肯出来的其余两个人。

"看来要靠老林他们了。"她说道，"视线被挡住了，箭射不到洞里去。"语气似乎还有些遗憾的样子。

已经够吓人了好不好！席大郎心道，都不知该做何反应了。他心里头翻江倒海，五味杂陈，震撼得无以复加。

虽然顾香生拿了一把弓箭坚持要跟过来帮忙伏击，但谁也没当回事，只是她态度坚决，大家又习惯了尊重她的意愿，就没说什么，席大郎被老村长喊来保护顾香生的时候，心里还不情不愿，觉得对方这是在添乱。

跟他们一起来的还有其他几个猎户，都是平时在山里打猎的，箭术不错，原本他们才是今日伏击的主力。谁也没想到，事到临头，顾香生竟然一人射杀了四个，在其他人还没有反应过来的时候，已经出色地完成了任务。

席大郎现在明白了，难怪林泰和柴旷两个人被安排去另外一头伏击的时候，二话不说就走了，很放心将顾香生留在这里，更没有觉得顾香生在添乱，想必他们早就见识过顾香生的箭术了。

没等他多想，林泰和柴旷就带着人冲上去，将躲在洞里的两个贼匪制伏了。

对方虽然带着刀而且武力不错，但一来被刚才那几箭吓破了胆气，二来村民们人多势众，又有林泰、柴旷带头，很快就被擒拿下来。村民们这才发现，以往担心恐惧的对象，其实也并不是那么可怕。

按照顾香生的吩咐，两个贼匪被杀了一个，留了一个。留下的那一个姓杨，排行第六，人称杨老六。为了免于和同伴们一个下场，无须林泰威胁，他就有问必答了。

那座山寨上拢共六十多人，不包括被山贼从外面带回去的厨子、妓女等，跟席大郎之前估算的差不多。

因为山里的水源快要断了，所以他们出来寻水，看见这里，就毫不客气地霸占了，也没把村民们放在眼里，觉得他们肯定是不敢反抗的，没想到这次失算了。

山寨那边安排了八个人在这里值守，每次轮流有两个人来回挑水，回来之后就换另外两个，来回一趟需要一个时辰，每两天换一拨人过来，他们就可以回去休息。如果没有意外的话，这次挑水回去的两个人，回来的时候要顺便给他们带饭过来，所以时间会更久一些，估摸还有半个时辰才会回来。

听罢这些情况，众人都望向顾香生："焦娘子，您看接下来该怎么办？"

顾香生想了想，对杨老六道："接下来，估计就得劳烦杨兄帮我们请君入瓮了。"

杨老六把脑袋摇得跟拨浪鼓似的："我把该说的都说了，你们饶了我吧，要是让我背叛寨主，我会死得很惨！"

旁人哂笑："你现在就不是背叛了？"

杨老六哭丧着脸："那不一样啊……呜呜！"

他还没能将话说完，旁边林泰就捏住他的下巴，把一些不知名的东西塞进他的嘴巴里，强迫他吞下去。

杨老六惊问："你……你们给我吃了什么？"

林泰冷酷道："毒药。"

杨老六不信，他觉得这些乡巴佬一定是在骗人，乡下地方，又遭了旱，哪里来的什么鬼毒药！结果过了一会儿，他的肚腹还真隐隐作痛起来。

"我刚才吃了什么？"他吓得够呛，这才信了林泰的话。

林泰不耐烦："都跟你说是毒药了，你不信，到底合不合作？叫你合作是给你一个戴罪立功的机会，降低那帮人的戒心，你不合作，我们不过是费些事，照样可以擒住那些人！"

"合作合作！我合作就是！"杨老六连忙求饶。

也算顾香生他们运气好，今天值守的六个人里头，要数杨老六最怕死，想让他屈服，根本就不用费什么功夫。

什么毒药，明明是一撮揉碎了的芫花！席大郎看着杨老六的蠢样，在心里默默吐槽。

【第十九章】柳暗花明春迟迟

程天罡正坐在那张虎皮铺就的大椅上左拥右抱，跟怀里的女人调笑。

厅中其他人也差不多，每个人手上无不是抱着一两个女人，有些已经衣裳半褪，只差没当场办事了，神情放荡，好不快活。

这是程天罡在这里建寨的第五个年头，起初不过二三十人，后来又陆续有人加入，从一开始的落魄小山贼，逐渐壮大，变得财大气粗，要什么有什么，还能占山为王，荣华富贵享用不尽。

这一切，全因为他发现了这里的一个秘密，一个令人垂涎三尺的惊天秘密。

所以他们无须耕田，甚至无须像寻常山贼那样去打劫，只要每个月下山一趟，就能换取无数的金银和女人。

天底下除了那些生下来就高人一等的王孙贵族，谁能拥有他这样的日子？想想自己的发家史，伴随着志得意满的心情，程天罡将手滑进旁边女人的衣襟里。

这个时候，一名手下进来了。

他步调凌乱，脸色慌张："大当家，不好了，不好了！"

程天罡皱起眉头，他对这人有点印象，好像是姓孙。

"孙三郎，你干甚呢？什么叫大当家不好了，大当家好得很呢！"

还没等程天罡想起对方的名字，孙三郎已经喊了起来："不是啊，大当家，守水那边的人出事了！"孙三郎哭丧着脸。

程天罡一听，当即坐直身体，玩乐的心思也没了："怎么回事？"

孙三郎鼻青脸肿，也不知道是跑回来的路上摔的，还是被揍的："那帮村民疯了，竟敢埋伏咱们寨子的人，杨老六也是疯了，胳膊肘往外拐，帮着那帮龟孙子引我们过去，寨子的兄弟已经死了十来个，我是拼死逃回来的！"

他语言描述能力不太好，程天罡听了老半天，才知道原来回来送水的那两个人重新过去之后，寨子这边等了老半天，才等到一个杨老六回来，那杨老六说，有两个弟兄中暑昏倒了，其他人要值守，走不开，所以让他回来搬救兵。

这种小事无须惊动寨主，所以寨里又派了四个人过去，打算把人给抬回来，顺便换下他们。

孙三郎就是那四个人里的其中之一，他一开始就觉得杨老六有点古古怪怪的，有意落在最后，果然半路他们就遭了伏击，他也不恋战，二话不说就往回跑，仗着对地形的熟悉，这才捡回一条命。

众人大吃一惊，又是震怒又是怀疑。

那些村民平日胆子小得跟什么似的，谁能想到现在居然有胆子为了点水源，弄出伏击这种把戏！

"这帮人真是活腻了！大当家，让我这就带人去灭了他们吧！"三当家首先站出来，主动请缨。

其他人也纷纷跟着叫嚷起来。

这几年他们过得顺风顺水，很少遇上挑衅的，现在被一帮粗鄙无知的乡民给绊住了脚，个个都很不服气，想马上就去找回场子。

程天罡毕竟是大当家，心要细一些，愤怒归愤怒，还没到被怒火冲昏了头脑的地步，闻言就问孙三郎："伏击你的一共有几个人？"

孙三郎想了想："好像是四个，不对，是六个……"

旁人不耐烦："到底四个还是六个？"

孙三郎嗫嚅："有一个是被射死的，还有两个人是被突然蹿出来的人打死的，我看着不好就赶紧抄小路跑回来报信了，也没看清到底有几个……"

三当家一拍大腿："不管几个，我看那帮人是脑子进水，活腻了，咱们直接杀过去，看他们能怎样！"

四当家道："他们没了水喝就要渴死，所以会和我们拼命，反正那水我们也喝不完，流着也是流着，不如每天允许他们过来提两桶带回去？"

三当家很不满："老四，你这么软蛋，出去了可别说是这寨子里的！依我看，那村子的人反正也没什么用，杀了就杀了，现在外头乱得很，官府也不会管，回头杀了人，一把火把村子烧了，就说他们那里有瘟疫，谁也不会追究的！”

其他人也都纷纷发表自己的意见，强盗毕竟是强盗，之前跟席家村井水不犯河水，是因为那里穷得没什么东西可以给他们抢的，没必要多此一举，现在不一样了，利益被侵犯，他们想到的就是杀人灭口，不会有半点仁慈。

程天罡摸着下巴：“那些人估计买通了杨老六，想让杨老六引我们出去，挨个伏击，先把我们消耗大半，再打起来就容易了。”

三当家道：“大当家，你就让我带人出去吧！那帮龟孙子以为就凭着自己那两下庄稼把戏，还能把咱们寨子给灭了呢，不行，想想我就火，咱们可有十来个人折在他们手里了，只要让我带上二十个弟兄出去，保管把人都灭了！”

一直没开口的二当家忽然道：“要去就直接去村里。村里都是他们的老弱妇孺，直接过去，杀也好，抢也好，那些人肯定要回去救自己家人的，到时候正好一网打尽！”

程天罡点点头：“二弟说得有道理，就这么办。从这里去席家村还有另外一条小路，老三带上二十号人，从小路走，直接去村里看看情况，别大意，先把他们主事的给抓起来，再杀上几个人，放把火，那群人就都软了！”

他的考虑不可谓不周全，普通村民，没有血性，人心又不齐，就算为了用水的问题拼上这么一回，也不会有什么严密组织和周密计划的，二十个人去，绰绰有余了。

这二十个手下可不是普通的小喽啰，寨子里的贼匪都是在别处杀过人的，他们也不在意手上多几条人命。

十条人命并不算什么，以前寨子还损失过更多人手，那是在别处，因为利益纠葛酿成的惨祸，这几年来程天罡都很注意补充人手，旁边几个亲近的弟兄也都在，主要是这次被向来看不起的村民挑衅了，山贼们觉得对方是在太岁头上动土，伤了自尊和面子，所以一得到程天罡的首肯，三当家就带着人，雄赳赳气昂昂地离开了寨子。

一行人从半山腰一条山路前往席家村，这中间等于要翻过大半座山，不过这座山不算高大陡峭，也没走孙三郎他们被伏击的那条路，所以一路顺畅，很快就到了席家村附近。

此时将近日暮，村子里炊烟袅袅，偶尔还有鸡鸣犬吠之声，跟往日里没什么区别。就是因为干旱的缘故，周围树木不多，地上也散落了许多茅草柴火，比以前萧条了些。

三当家他们虽然瞧不起村民，但也没有贸贸然就冲进去，而是在外围停下来，观察一阵。

“三当家，怎么没见有人出来？会不会有诈？”有人小声道。话刚落音，离他们最近的一户屋子的门吱呀被推开，从里头走出一人。

三当家他们一看，眼睛都直了。

走出来的是一名少女，长发垂腰，用红绳编成辫子，一身黄绿色的衣裳，就像春天里刚长出来的新嫩柳叶，袅袅生姿。那细软的腰肢，不单三当家，所有山贼都瞪直了眼。

他们见过的女人也不少了，可那些女人都是从镇上青楼叫过来的风尘女子，那气质首先就跟这女子没法比。

这破落村子，什么时候竟然出现了这样的人物？

三当家的口水都快流下来了，只觉得方才在寨子里没来得及纾解出来的火气，这一下又全被挑了起来。

这时候那少女开口了，她转头朝屋里喊：“二郎，你不是说要去帮我喂鸡吗？这鸡都还没喂呢！”声音娇娇嫩嫩，像一根羽毛，直接挠在了三当家的心头上。

其实如果他仔细留意的话，就会发现情形有点蹊跷。

这个时候，家家户户的确应该是在做饭，但除了每户人家冒出来的炊烟，除了这名少女，就没别的人出没了。

但他们一来瞧不起席家村，三当家从前路过这里几回，村民一个个安分守己，耕田种地，半点儿能耐都没有，他心里总存着轻视，就算这次听说他们敢搞伏击，更多也是觉得自己同伴不小心，而不认为村民有多大能耐；二来，席家村拖家带口，老弱妇孺就占了将近一半，只要把村子里的女人小孩给控制了，就不愁他们敢造反。

三当家一边在心里思忖，一边视线却没离开过那少女的背影，他们此时正躲在拐弯处的石壁后面，冲出去的话，不出几步，就可以将那女子擒住。

想想对方白皙得晃眼的肌肤，还有嫣红得跟花瓣一样的嘴唇，三当家心里一片火热，抬起手就要下令杀进村子里去。

旁边的人谨慎一点，小声道：“三当家，情况有些不对啊，现在天旱，又没田种，怎么都不见男的，只有一个小娘儿们。”

三当家不耐烦：“你没听说孙三郎他们在路上遭了伏击吗？那些人指定是

去水源那里等着伏击咱们了，哪里会想到咱们抄别的路，直接绕到他们大后方来了！”

对方想想也是，就不吱声了。

三当家做了个手势，提着刀当先就冲了过去，目标正是那个款款离去的少女。

其他人也都跟着冲出去，一时间喊杀声震天，村子里的鸡鸭吓了一大跳，咯咯嘎嘎叫着乱扑腾。

那少女自然也听到了动静，惊惶地扭过头来看，三当家看见她秀丽脸庞上的无措，禁不住嘿嘿笑起来，心想，等自己搂上那美人的腰肢，还不知道她会露出什么样的表情。

还没等他在脑海里将这个想法演绎完整，脚下忽然一空，眼看距离美人不过数步，他却直直往下掉，完全控制不住。

“啊！”

“哎哟妈呀，疼死我了，救命啊！”

叫喊声此起彼伏。

三当家被身下的荆棘扎穿衣裳刺入皮肤，疼得哇哇大叫起来。

他们这才发现，在他们进村的必经之路上，村民们横挖了一条起码有五尺深的壕沟，里头铺满带刺的荆棘植物，上面又虚虚铺了干草和薄土，乍看颜色和旁边没什么区别，但他们没有留意，所以一脚就踩空掉了进来。

他还挣扎着想爬起来，上面却已经有一块接一块的大石头往他们这里砸。

三当家这次带了二十个人过来，大家冲进去时有前有后，掉进去的也只有三四个，后面那些人一见形势不妙就刹住脚步了，各家各户的屋子里随即冲出许多拿着锄头的村民，双方很快打成一片。

就打斗和杀人的身手来说，山贼肯定比村民强，前者穷凶极恶，后者就算经过两三天的临时训练，效果也有限，不可能立马就跟山贼一样富有经验。

但村民们毕竟在人数上占了优势，而且他们知道，如果这次不拼尽全力，那死的很可能就是自己了，所以每个人都使出了吃奶的劲儿，拿着打磨锋利的锄头柴刀，朝那些山贼扑过去。

混战之后，有些人被砍伤，也有些人倒下，但这次的村民并没有像山贼们之前想象中那样，胆小怕事，毫无血性，恰恰相反，他们所表现出来的悍勇，让山贼都有些发怵，加上对方先声夺人，山贼渐渐地就落了下风。

等三当家从壕沟里被拖出来的时候，已经半死不活、奄奄一息了，村子里的少年毫不留情，以席大郎为首，死命朝壕沟里几个山贼身上招呼，三当家脑袋上被砸了好几道口子，血流满面，看上去十分狰狞。

村民们受伤的也不少，还死了两个，但山贼的损失更为惨重，二十个人，死了十三个，其余的受伤被俘，包括三当家。

众人神色凝重，并没有为这次的小胜而高兴，因为按照之前得到的情况，山寨里一共有六十多个山贼，除去他们之前解决的九个，加上现在的二十来个，寨子里头现在起码还有三十个。

而他们就算早有准备，刚刚经过这场恶战，大伙伤的伤，死的死，士气大降，如果剩下的山贼再打过来，恐怕他们就没有这么好的运气和精神去应敌了，结果几乎是可想而知的。

那个山寨一天不彻底消失，他们就一天不得安宁。

老村长气喘吁吁地拄着锄头。他因为年迈力衰，没有冲在前面，当时就跟在后面，专门趁着山贼落了下风的时候补上两锄头，占占便宜。

三当家也认得他，吐出一口血沫冷笑道："你这个老不死的，竟敢设伏偷袭我们，等大当家发现，你们都要完！"

老村长没搭理他："将他们带到焦娘子那里去。"

等三当家被拉扯着带进一个屋子的时候，他赫然发现坐在自己面前的，竟然是方才在村头看见的那个少女！只不过现在的她脸上没有半丝惊惶，反而面无表情地看着自己，那目光跟浸过井水似的，冰冰凉凉。

三当家一下子就明白了。敢情这女的是诱饵，刚才为的就是让他们放下戒心呢！

"你这贱……"他张嘴就想骂，结果还没等话说完整，脸就被一巴掌打歪到一边，高高肿起，原先那些伤口又一次裂开。

林泰低喝："嘴巴老实点，我们问什么，你就答什么，不然把你也杀了！"

三当家桀桀怪笑："杀就杀，十八年后老子又是一条好汉，大当家也会给我报仇的，你们会死得更惨！不过像这个小娘子就不一定会死了，这么水灵灵的，我们大当家肯定会把她抓回去好好疼爱，让她三天三夜……嗷！"

这回可不是被掌嘴了，裤裆直接就被狠狠踹了一下，三当家疼得满地打滚，差点怀疑自己那玩意儿都要废了。

"你说你不怕死，"开口的居然是那个女子，"不过不怕死和不能当男人是两码事，对吧？”

三当家本来以为她就是个诱饵，进来的时候见她坐在主位上，心里虽然奇怪，也没有多想，现在听她语气居然还是主事的，就更觉得怪异了。他也顾不上让人冷汗淋漓的疼痛，抬起头问：“你到底是谁？你不是这个村的！”

“我是谁，关你什么事！”顾香生懒得与他多说，转而对林泰道，“他虽然是那个寨子的三当家，可他知道的，他那些手下肯定也知道，如果那些人不肯招的话，就将此人拉到他们面前当场杀了，好好震慑一下他们，再从他们嘴里掏出东西来。”

林泰应下，抓起三当家就走。

“等等，等等！”三当家见势不妙，连忙大声叫了起来，但无济于事，他被拖到了自己手下面前。林泰做事干脆，手起刀落，直接就把三当家的小命给了结了。

顾香生等人在屋子里，见林泰回来，便问：“其他人都说了？”

林泰点点头。

亲眼看着三当家这只“鸡”死掉，其他“猴子”下属立马就老实了，问什么说什么，哪里还有不说的道理？

林泰道：“娘子猜得没错，那个寨子里，的确藏着一个很大的秘密，所以那些盗匪才能富得流油，不过最近因为水快没了，又遇旱，钱再多也没用，他们才会跑来占水。”

“到底是什么秘密？”少年人好奇心重，席大郎迫不及待地问。

林泰没有说话，却先看向顾香生。

顾香生微微点头：“这屋子里没有外人，老林，你说吧。”

林泰道：“是盐，山上产盐。”

屋子里所有人霎时倒抽了一口凉气。

盐是什么？自古民生必备。

历朝历代官府无不牢牢把控着两样东西，一是盐，一是铁。

当年汉朝初立，汉高祖刘邦没有限制盐铁官营，是以导致关中私铸银钱者遍地，私开盐矿者数不胜数，到了汉武帝时期，为了增加国库收入，中央政府下令收回盐铁专营权，改私营为官营。

自那之后，反反复复，不管哪个朝代建立，只要稍微铁腕一点的朝廷，肯定会施行盐铁官营。

这样一来，民间私自开矿、走私盐运就成了禁忌。现在虽然各国分立，但每个国家都严格禁止私盐贩卖，轻则流放充军，重则人头落地，但因为私盐暴利，所以禁而不止，民间屡屡有走私贩盐的，也就是俗称的私盐贩子。

席家村的人未必知道，顾香生这等熟读史书的却再清楚不过。历史上不少造反名人，如程咬金、黄巢、张士诚等，全都是靠私盐发家，获取财富，屯兵建军。

卖私盐的人未必都想当皇帝，但敢冒着人头落地的危险贩卖私盐的，一定是心狠手辣之人。

难怪那些山贼之前会看不上席家村的人，他们有私盐在手，随便贩卖到南平或魏国，都是一笔富得流油的大买卖，足以让他们吃香喝辣，过上奢靡享乐的日子。

守着盐矿，就等于守着一座金山。

这么看来，那寨子其实规模已经算小的了，如果那个大当家真有造反的心思，现在手下肯定不止六十多人，想必是他安于现状，又不想让太多人来分薄利益，所以才尽量将这个秘密捂着，不肯招募更多的人。

如果那个大当家果真是这样的人，那么无疑要比那种野心勃勃、胆大心细之徒好对付多了。

转眼之间，顾香生心念电转，早已想到许多旁人未必能想得到的事情。

屋子里的许多人都还沉浸在山贼们掌握了私盐这个震撼的消息里。

“不可能！”老村长首先回过神，“那座山我也很熟，在那帮人没占山为王之前，我曾爬过那边不少回，这附近没产盐。”

贩卖私盐这种事情，不是说想干就能干的，因为你首先要有盐矿在手。

盐分很多种，海盐、池盐、井盐等，那都不是凭空掉下来，或者想挖就能挖出来的。譬如海盐，那肯定得靠海的地方才有，譬如井盐，那得是在川蜀之地，通过打井的方式来获得，若是换了在海滨，就不可能有井盐。

老村长道：“最近的便是岳州，那里产井盐，但产量很低，所以这边盐价很贵，像咱们村子，基本都是半年到一年才去镇上采买一回，平时都节省着用，要么就到山里看看有没有岩盐，但池盐和井盐，山里应该是没有的。”

林泰摇摇头：“不是池盐或井盐，是崖盐，他们发现了崖盐，据为己用，并以此定期运到山下去贩卖给商人，有的直接运到别的地方去，卖出高价。”

众人不由得“啊”了一声。

崖盐也是盐的一种，在没有海盐和井盐的地方，可能会出产崖盐。而且崖盐最妙的一点是，它无须像井盐和海盐那样经过提炼工序，直接就可以刮取食用。当然其味道不会像海盐那样纯净，而是带了点儿苦味，但已经足够了。官盐价格昂贵，私盐价格便宜，这帮山贼的崖盐完全是无本买卖，无论卖多少，最后都有得赚，等于凭空从天上掉钱下来。难怪他们根本看不上席家村，还能天天大鱼大肉。

要不是现在俘虏了这帮山贼，席家村的人压根儿就不会知道这个秘密。

山贼们要参与贩盐，所以他们肯定知道自己干的是掉脑袋的勾当，对外自然不会说起只言片语，所以就连当地官府肯定也被蒙在鼓里，要不早就派兵来剿了。

众人都被这个消息震得有点目眩神迷，一时回不过神来，更有甚者已经开始想象起他们打败山贼，占了那块崖盐之后如何分配了，就连老村长，也难以免俗地想着村民或许可以从此摆脱贫困了。

然而顾香生的一句话，将所有人从迷梦里拉了回来。

“山寨里如今还有三十多个山贼，而且是最凶悍的一批，今晚之内，如果他们没看到三当家这些人回去，肯定就会知道这里出了事。我们这边大战方歇，村民们个个累得够呛，就算占了人数上的优势，也未必能赢，到时候说不定就要被屠村了。”

老村长心头一凉，忙问：“那依您看，我们当如何是好？”

顾香生道：“三当家他们的死，那边迟早会知道的，两边也迟早要打起来，但迟和早，这里边有一个区别——是否能让我们有足够的时间准备。现在绝对不能再心存侥幸了，因为不管为了独占水源也好，为了掩盖山寨发财的秘密也好，甚至是为了给同伴报仇，他们一定会杀了我们。”

老村长听得迷迷瞪瞪，只觉得焦娘子什么都好，就是说话脱不了读书人的毛病，总喜欢绕圈子。

旁边席二郎却是听明白了：“师父说的是，缓兵之计？”

“对。”顾香生朝他投去赞许的一眼，向村民们更为仔细地解释起来，“本来发现崖盐这件事是一个很好的机会，因为现在不许贩卖私盐，如果这件事上报官府，官府那边就一定会派人过来剿匪，到时候我们可以借着官府的力量来消灭他们，这叫借势。但问题是，现在太仓促了，根本来不及，从这里去镇上尚且要好几天，更不必说上报州府，所以我们唯一能依靠的，只有自己。”

席大郎因为是老村长的孙子，弟弟又是顾香生的弟子，所以有幸陪着村中长辈在这里旁听，但他听到这里，忍不住插嘴："焦娘子，你说了老半天，还没说办法呢，这也不行，那也不行，我们倒不如直接冲去寨子里跟他们拼命好了！"

老村子怒斥："这里没有你说话的份儿！"

顾香生道："我的确有个想法，但具体还要各位一起参详。"

老村长道："您只管说吧，今日多亏您的安排，我们才能打赢这场仗，您说的话，我们自然没有不听的！"

其他人纷纷应"是"。

说是打仗，其实就是几十个人的小规模群架，老村长用词有些滑稽，但在场却没有一个人发笑，相反个个都面色严肃，因为大家的确认为这就是一场关乎他们自己生死的硬仗。

顾香生道："我们这边，需要先有个人去那个寨子里，帮忙拖延时间。"

席大郎不明白："拖延什么时间？假装三当家的人吗？"

顾香生摇头："当然不是。寨子里就那么六十号人，那个程天罡肯定清清楚楚三当家带了什么人过来，这是瞒不过去的，但去的人，可以用三当家全军覆没的消息来作为假意投诚的筹码，博取他们的信任。就算对方不相信，也暂时不会对他怎样。程天罡知道三当家的情况之后，肯定会筹划过来剿灭我们，这是没法改变的。那么我们派去的人所要做的，是尽量夸大我们这边的力量，然后设法让程天罡他们走我们给他们安排的路线，这样我们才有足够的时间去准备这场恶战。"

席大郎终于听明白了。

别人也都听明白了，林泰就道："娘子，由我去吧！"

顾香生却摇摇头："你和柴旷都不行，你们一看就是练家子，程天罡又不是傻子，肯定会发现破绽。"

席大郎大声道："那我去！"

老村长道："大郎！"

顾香生看了他一会儿，也摇摇头，却没说原因。

席大郎太沉不住气了，估计也会露馅儿。

派去拖延时间的这个人，未必要身手好，却要足够灵活，能够随机应变。

碧霄倒是个合适的人选，可她是个女的。

"我去。"出声的是席二郎。

直到席二郎孤身上山，在夜色下往那个寨子一路小跑而去的时候，他脸上还带了点不真实的兴奋和紧张。

本来，他那个提议一出来，几乎遭到了所有人的反对，不单是老村长，连顾香生也不赞成让一个十二岁的孩子去冒险。

但席二郎说服了他们。他年纪小，是本地人，又没有好身手，很容易让对方放下戒心，这时候再捏造个假身份，山贼们也不可能在这么短的时间内去查证真伪，比起身手强悍，一看就不是本村人的林泰，还有过于能说会道却不是男人的碧霄等人，席二郎显然是一个极为合适的人选。

唯一的不合适就是此行具有一定的危险性。如果对方不相信他的话，一刀砍了他，那席二郎真是哭都没地方哭去。

但最后他依旧来了，说服了老村长和顾香生，说服了所有人。

寨子近在眼前，席二郎的呼吸越发急促起来。

“什么人？站住别动！”前面上方传来一声断喝。

席二郎抬头一看，望风台上站了一个人，旁边火把在风中呼呼地蹿着。

“是我！我叫席……柳三，过来投诚报信的！”他瞧见对方手里的弓箭，赶紧站住不动，高声喊起来，一紧张，差点儿把自己真名也给报出来。自己果然还是太嫩了，席二郎有些懊恼地想道。

等了好一会儿，对方没有动静，寨门却缓缓打开，从里头走出几个人，一把揪起席二郎：“你小子一个人半夜三更跑到这里来，有什么企图？”

不用装，席二郎也的确很害怕：“我是来找大当家的，我带来了三当家的口信！我是席家村的人，但我是过来投诚的！”

那几个山贼面面相觑：“三当家有什么口信要你来传？他是不是遇到什么事了？”

席二郎犟着脖子：“不能说，是很重要的事情，只有亲眼见到大当家，我才能说！”

一番拉扯之后，他最终还是见到了大当家，对方坐在虎皮椅子上。时下的椅子不像后世那样，椅子腿比较低矮，但大当家的那张椅子被特意垫高，估计是为了显出自己的地位与众不同，好给站在下面的人一些心理上的压迫——如果顾香生在这里，她肯定能把对方那点小心思揣摩得八九不离十，但站在这里的是席二郎，他的确被上面俯瞰下来的视线弄得很紧张。

“你叫什么？”问话的是旁边另外一个人，不是大当家程天罡。

席二郎也没细看，“扑通”一声跪下来，就将自己的来意原原本本说了一遍。

听说三当家他们所有人都折在那里的消息，厅中一片哗然，更有人冲过来揪起席二郎的衣襟怒喝：“你他娘的放什么屁！那帮村民连刀都不会拿，村里还那么多女人小孩，随便杀几个也能吓住他们，怎么可能全死了？”

席二郎颤声道：“村子里早有防备，那些人先前就商量好了，知道你们肯定会去袭击村子，所以一早就设下陷阱，又让村民躲在屋中……三当家……三当家他的确很勇猛，但架不住村子里的人早有准备，而且人多势众，不过村民也死了不少……”

程天罡没心情去关心村民死了多少，他眯起眼睛：“既然你们村子的人都打赢了，你还过来作甚？”

席二郎道：“那些村民审问三当家带去的人，我在旁边听见了，他们说……说大当家您这里有盐……那些人听见有盐，都跟疯了似的，还想过来攻打你们，所以……所以我就先过来给大当家报信……”他吞咽了一口唾沫，好似鼓足勇气，“我想投到大当家麾下，为您效力！”

程天罡明白了，这个人也是听见寨子里有盐，所以起了贪婪的心思，想过来投靠的。

“席家村的人那么多，你怎么会想起要投靠我？如果被那些村民发现你背叛了他们，你知道是什么后果吧？”

席二郎道：“大当家，我顾不了那么多了，我柳三从小没了爹娘，在村子里是吃百家饭长大的，那些人全都瞧不起我，我也没打算跟他们一起厮混。虽然三当家死了，可我知道他们那帮人，成天只会种田摆弄庄稼，连金子都没见过，这次就是走了狗屎运，最后肯定还是打不过您的！三当家那边人全没了，没法回来报信，他们还商量着要在路上设下埋伏，等你们上钩，所以我就连夜跑过来了！”

这少年到底是怎么想的，并不重要，重要的是，他说的是不是真的。

二当家凑过来低声道：“大兄，只怕是真的，三郎要是还活着，不可能现在还不派个人过来给我们报信，可能真是折在那里了。”

程天罡拧着眉头不说话。

如果是这样，那帮村民估计是没水喝，所以才发疯似的奋起反抗，要不然以他们之前的表现，肯定是没这个胆子的。

“席家村的情况怎么样，他们死的人多不多？”他问席二郎。

席二郎心头一寒，那个三当家刚死，这人问的却都是跟自己安危有关的，完全没把自己弟兄的性命放在心上。

“死了挺多人的！”他忙道，“我因为年纪小，只在旁边帮忙搬石头，没让我上场，但三当家跟他的手下都很悍勇，杀了不少村民，我粗略数了数，起码死伤的也有七八十个了！”

二十来个杀人不眨眼的劫匪，换七八十个没有经验的村民，这个数字还算正常。

不过这样一来，村子里能战斗的也就不多了吧？

“那他们现在还打算反击吗？”

席二郎道：“是！村长和村里的耋老在商量对策，我偷听了一耳朵，他们怕你们要报复，就打算先下手为强，在去村子的路上设伏，想把你们彻底打倒，免得以后再和他们抢水！”

四当家忍不住怒道：“就他们？还想把我们都打倒？！我看三兄也是太大意了，才会中了他们的计！大兄，咱们连夜过去，屠村吧！”

“是啊，大当家，屠村！给三当家报仇！”

“把他们都杀干净了！”

席二郎见状忙道：“大当家，不能去啊，现在不能去！”

四当家一把刀架在他脖子上：“我们寨子的事什么时候轮到你插嘴了？活腻了是吧！”

席二郎连连求饶：“各位好汉且听我一言，现在他们刚杀了三当家，正激动着呢，有句话怎么说来着？士什么涨的？”

二当家接口：“士气高涨。”

席二郎道：“对对，士气高涨，您学问好！现在过去，他们肯定士气高涨，恐怕到时候咱们的人又会损失不少的！”

他已经自动自觉把自己划在山贼这一方了。

程天罡道：“你说他们会在半路设伏，是怎么个设伏法？”

从寨子通往席家村有两条路，其中一条会经过水源，另外一条，就是之前三当家他们途径的了。

席二郎道：“村子现在损失了很多人手，肯定没法两条路都设伏，只能选其中一条，我听他们的意思是不敢冒险，先直接在村口设伏，不在路上埋伏了，免得你们走了其中一条，另外一条路的布置就浪费了！”

这个说法也很合理。

要问的已经问了，程天罡对席二郎失去了兴趣，挥挥手，让人将他带下去。

四当家问：“这小子没用了，还是个叛徒，要不要宰了？”

程天罡想了一下：“先留着，关柴房里去，说不定还有事要问。你们怎么看？”

四当家道：“我还是觉得咱们不如现在就杀过去！”

程天罡皱起眉头，觉得老四就是个有勇无谋的匹夫，又问稍有谋略的二当家：“你说呢？”

二当家道：“那小子说得也有道理，现在去不太妥当，但也不能拖太久，不然等那些村民布置好了埋伏，咱们岂不是白白去送死？”

虽说如此，但他们也并不觉得那些村民当真能设下什么了不得的埋伏，想来想去，无非就是捕兽夹、挖壕沟那一套，怪只怪三当家太过鲁莽大意，要不肯定不会是这个结果。

“三郎太莽撞了！”程天罡叹了一声，“连带那二十名好儿郎也随他一并折损，可惜啊！”

现在寨子里就剩下三十来人，该好好筹谋才是，现在肯定不可能去夜袭了，但如果拖太久也不行，万一那些蠢货忽然脑子灵光起来，跑去向官府举报他们藏有私盐，就要轮到寨子倒霉了。

“明天晚上过去，我亲自去，带三十个人！”程天罡作了决定。

二当家问：“那寨子里留不留人守着？”

“留。二郎，你就留下来，不过只能给你分两个人了，再多都没人了。”

二当家道：“足够了。席家村那边人多，大兄是该多带点人过去。”

程天罡满意地拍拍他的肩膀：“好兄弟。”

二当家问：“那大兄准备走哪条路？”

“那小子不是说哪条路都没埋伏吗？”

“那小子看起来殊为可疑，也不知道说的话是真是假，大兄还是小心些好！”

四当家插嘴：“大兄，不如分成两拨，你走一条，我走一条，咱们直接到席家村会合，怎样？”

“不行！”程天罡想也不想就拒绝，这老四比老三还要鲁莽，老三现在出了事，他也多了两分小心，“就走有水源的那条路！”

三当家就是因为走了另外一条路，才有去无回的，程天罡嘴上不说，心里却忌讳。

“明晚子时一过，带上家伙，随我去席家村走一趟，到时候不分老少，男的全杀光，女的可以留几个，抓回来，干活儿也好，暖床也好，那村子太穷，什么金贵东西都没有，抓几个女人就当是战利品了！”一句话给席家村的命运下了结论。

“那种破村子，能有什么好姿色的？只怕还比不上咱们寨子里的那几个妓子呢！”

“有总比没有好啊，我见过陈家媳妇，就长得不错，听说还是镇子大户人家嫁过去的，嘿嘿，这次好了，老子还没尝过大家闺秀的滋味呢！”

众山贼嘻嘻哈哈地开着黄腔，这还没出发呢，却好像席家村已经逃不脱他们的掌心了。

三当家连同那二十个人的死，转瞬就被他们抛到脑后。

自打贩卖私盐，跟官府作对起，这就注定是一个脑袋别在裤腰带上的活计，能跟着程天罡的，都不可能是什么心慈手软之辈，光他手底下的人都不知道换过几茬了，这二当家还是两年前才跟着他的。

在荣华富贵面前，性命都可以抛在一边，更何况兄弟情义。要不是这帮人脑子和野心不够，现在何止是占山为王，估计都开始谋划起造反了。

柴房里一片漆黑，地上连干草都没铺，稍微往后靠还会被粗糙的柴火扎到。

席二郎双手抱膝坐在地上，心口怦怦直跳。

他很紧张，不知道自己方才那一席话到底奏效没有。但他不敢多说，因为师父说过了，多说多错，所以只说应该说的，多余的话一句都不能说。

他并不知道在自己被押走之后，程天罡等人的讨论和决定，自然也不知道他迷惑对方的话的确奏效了。

席家村的人会趁着今天晚上在路上布置，如果这帮山贼到时候在路上遭遇埋伏，就会发现自己受骗上当，回来肯定不会饶了席二郎。

但前提是，他们还有命回来。

不过席二郎也不能坐以待毙，他还要找机会逃走，免得真等人回来找自己算账。

所以他在等待。等山贼带人去血洗席家村，寨子里的防守就松懈了，到时候他就能找到逃跑的机会。

这都是师父分析出来的，他深信不疑。

柴房里黑漆漆的，唯有从门板缝隙里透进几丝星光。

山里的夜晚有点冷，但席二郎无事可做，不知不觉就睡了过去。

转眼就是天亮，但没见任何人来给他送饭。一个无关紧要的小人物，饿死就饿死了，程天罡等人正等着晚上血洗席家村，肯定也不会有闲工夫想起他。

席二郎在进寨子之前，身上早被搜了个精光，现在什么也没有，只能哀怨地数着屋子里的柴火，直到厨房的人过来取柴生火，他才赶紧纠缠上去，好说歹说，才得来了一碗剩饭。

他也不挑，三下两下把饭吃下去，填饱肚子，开始担心老村长和顾香生那边。

顾香生的计划是，直接在路上设伏，一来山贼们的目标是席家村，没想到半路上有埋伏，可以杀他们个猝不及防；二来席家村那儿地势不容易守，上次的壕沟是出其不意，这次寨子里出动的都是精英，这一招可以留着备用，但不能全靠这壕沟来退敌，只要对方稍稍留意，完全就可以避开，所以还不如主动出击。

他们设伏的地点，就是上次埋伏射杀山贼的水源处，那里正好有高坡可以埋伏弓箭手，另一条路就不行。

但席二郎并不能肯定他们走的就一定是那条路，该说的他已经说了，现在只能听天由命。

希望师父的判断是正确的，他不断地祈祷。

一天很快过去，除了那一碗剩饭，席二郎没能再得到任何吃的，但他并不着急，而是静静地等到半夜。

隐隐地，一阵密集的马蹄声从远处掠过，听着像是一大拨人出寨的动静。

他逃离的时刻来临了！席二郎想道，他一跃而起，开始用木柴去撬门。

木柴是现成的，这里本来就是柴房，有些柴火比较小，而且被砍下来的时候一头儿比较尖细，适合用来撬门。

没有人在外面看守，柴房也不是什么要地，为了关席二郎才特意上了一把锁，但屋子本身并不牢固，门板之间缝隙有点大，只要撬开一处，接下来就容易了。

席二郎忙活了大半天，终于撬起一小块，大喜过望，又加紧努力。

他不知道时辰，也不知道自己到底用了多长时间才从那间柴房里出来，才刚刚重获自由，还没想好到底要往哪里躲起来，就听见前头传来急匆匆的脚步声。

对方眼尖发现了席二郎："你往哪儿跑？"

席二郎心头一惊，想也不想就转身朝山寨后山跑去。

跑了好一阵，对方还没追上来，他惊魂未定，躲在后山近处的林子里，双眼往寨子里瞧。

只见寨子里静悄悄的，人几乎都被那个大当家带出去了，火光倒还在，望风台上也静悄悄的，除了旗子在风中猎猎作响，几乎没有旁的动静。

但席二郎不敢放松，强忍着腹中饥饿和蚊虫叮咬，一直趴在树后朝下面观望。

山贼们走的是不是那条他们一早设计好的路？他们这么长时间没回来，两边人马是不是遇上了？村子里的人没事吧？

他的紧张一直没有放下，眼睛紧紧盯着寨子入口的方向，生怕最先回来的是山贼。如果是这样，就表示村子的人拦不住他们，也有可能是村子的人都被杀净了。

他可没有听错，之前过来拿柴火的人说得很清楚，那帮山贼今晚是要去屠村的。

月亮此刻已经上了中天，席二郎的紧张非但没有减少半分，一颗心反而高高悬起，就怕出现什么意料之外的状况，手心里全是汗。

也不知过了多久，天蒙蒙亮起来。远远地，进寨那条路，隐约有了火光。

席二郎精神一振，忙睁大了眼睛仔细瞧去。

却见为首之人一马当先，衣袂随风荡起，说不出的俊逸潇洒，头发高高绾起，仿佛有根带子跟着飘扬。

山贼当然不可能穿裙裳，系发带。

那是……

师父？！

席二郎又惊又喜，看见跟着顾香生的好几骑，身形都熟悉得很，也顾不上许多，当即就跳了起来，一溜烟跑下去。

"师父！师父！"顾香生刚刚骑着马进寨，就看见席二郎兴冲冲地跑过来，高声喊着她。

她微微蹙眉。席二郎的举动着实有些莽撞了，万一寨里的人没走光，还有一两个躲在暗处准备偷袭，他这样就很危险了。

不过人家毕竟才十二岁，能孤身上山深入贼窝就已经很了不起了，不能再苛求其他。

顾香生控制胯下马匹的速度慢下来，抽箭上弓弦，以防万一。

“师父，您来了！”席二郎跑过来，仰着头，脸上是难以掩饰的兴奋和喜悦，“你们是不是赢了？那帮人是不是都死了？”

顾香生略略点头：“这寨子里有没有人留守？人呢？”

席二郎道：“我听说是都出去了，应该就剩厨子和……啊哟，不好！”他脸色微变，“我之前被关在柴房里，刚出去的时候，也有人发现了我，但我后来跑向后山，他们却没有继续追，当时周围有点黑，看不清楚，我才想起来，里边有个人可能是这寨子的二当家！”

顾香生问：“一共几人？”

“三个！”

那就是漏网之鱼了。

顾香生想了一下，这次山贼要血洗村子，肯定会带走精锐，寨子就算有人留守，也不可能留太多人，那三个人也许是见势不妙准备先行逃走，或者还躲在暗处观望，现在看见他们进来，肯定知道大势已去，估计就更不会出现了。

“先到处搜查一下！”她转头向身后几人说了一声，当先策马朝寨里驰去。

他们骑的这几匹马，还是他们从山贼那里缴获来的。

村民哪里懂得骑马，此时都还跟在后头一路小跑上山呢。骑马过来的几个人，除了顾香生，就是林泰、柴旷他们。

林泰身后还带着个席大郎，所以速度慢了点。

席二郎愣愣地瞧着顾香生的背影，惊觉自家师父除了教书、射箭，居然还会骑马！

骑术如此娴熟，一看就不是一天两天练出来的。

冷兵器时代，马匹在战场上作用颇大，是重要的战略物资，寻常百姓人家哪里来的马可以骑？就算有幸能骑上一两回，又哪来的工夫去练习骑射？

其实只要席家村的人有心，处处都可以发现她与众不同之处。只不过席二郎没想那么多，他对顾香生的崇拜又多了一层，忍不住跟在后面大喊：“师父，等等我啊！”抬步就要追上去。

后面伸来一只手，捞住他的后领往上一提，将他给提到马上。

席二郎先是一惊，而后嘿嘿一笑：“柴叔，谢了啊！”

“好小子，有胆色！”柴旷笑赞了一句，也不知道是夸他头一回骑马不惧怕，还是夸他孤身上山的事情。

顾香生在寨子里遛了一圈，找到几个妓子和厨子。

他们都是从镇上被叫过来的，不是寨子里的人，听见今晚的动静，早就吓得瑟瑟发抖。

顾香生也没有多难为他们，听他们交代寨子后面的山腰不允许靠近，便下了马，和柴旷等人上山寻去。

天色已然大亮，四周景物变得清清楚楚，山风吹来一阵清凉，席二郎跟在后面，虽一宿未眠，但精神还处于亢奋状态。

“应该就是那里了！”柴旷指着前方一个洞穴道。

一行人走入洞里，看见的便是地上一簇簇、厚厚一层的白色结晶。

崖盐者，生于土崖之间，石穴之内，状如白矾或红土，可直接刮取使用，无须另行制作，几同于天赐之物。

在这个时代，拥有了盐，就意味着拥有了钱，铜钱可能会因为成色不好而贬值，黄金也可能在乱世里用不上，但盐不会，不管什么时候，这就是最值钱的东西，民生必需之物，上至皇帝，下至庶民，没有人不需要盐。

除了顾香生，几乎所有看见这一幕的人，呼吸顿时都粗重起来。

【第二十章】地似人心总不平

晨曦从洞外照射进来，铺洒在那一层白色结晶之上，使其仿佛又蒙上了神圣之光。

席二郎甚至还走上前，捻起一小块白色结晶送入口中："哇，好咸，真是盐啊！"

被他这一喊，众人都回过神，林泰道："娘子，这些东西要如何处置？"

顾香生也许是所有人中最清醒的一个了。

盐虽然是好东西，可他们又不准备长久留在席家村，要盐做什么？

再说了，这年头贩卖私盐是重罪，难不成还想像这帮山贼一样，去干脑袋别在裤腰带上的勾当？

她回头看了席大郎、席二郎，还有其他先跟着马过来的村民们一眼，从他们脸上的神色看出来了，这些人，估计还没想那么多，只以为自己找到了一个无异于金山银山的宝藏呢。

宝藏是不错，可要是运用不当，就有可能从财富变成灾难了。

"先下山，其他人应该也快到了，去和他们会合。"她冷静道，转身便走，没有再多看那些崖盐一眼。

几人下了山，回到寨子，那些村民也气喘吁吁地赶到了。

这次半路设伏，虽然将那些山贼一网打尽，但自己这边也损失惨重。顾香生因为远距离射箭的缘故，无须亲自涉险，但林泰、柴旷等人身上挂了不少彩，有些村民倒霉一点儿的，连小命也赔上了，的的确确是一场血战。

此时那些受伤不重，还能走的村民们，也一步步来到寨子。众人聚集在一块儿，林泰清点了一下人数，原本参加战斗的一百来人，如今只剩下七十余人，其他的不是没了命，就是身受重伤，被带回村子去了。

“焦娘子，这寨子里真有崖盐？”有村民迫不及待地问。

他们之所以这么卖力，除了自己家园遭遇威胁，不能不奋起反抗之外，恐怕也有崖盐的诱因。

顾香生道：“对，但盐放在那里，它自己不会长腿跑，当务之急，先找到那几个逃跑的山贼，然后再回去与老村长他们商讨接下来的对策。”

那几个村民面面相觑，有一个壮着胆子问：“那我们能不能先去看看那个产盐的洞？”

顾香生看了他们一眼，没说什么：“去吧，就在后面的半山腰，等会儿回来如果看不见我们，就先回村子去集合。”

那几人应了一声，高高兴兴地走了。

林泰道：“娘子，这样不大好吧？”

顾香生知道他指什么，摇摇头：“咱们一不是席家村的人，二不打算在席家村久留，这次只是因缘际会并肩作战，没有资格对他们指手画脚。”

碧霄道：“娘子，我们要走之前，带上一点儿盐巴吧，费了老大劲做这些事，要是连点儿战利品都没有，可就太亏了！”

顾香生没说话，却睨了席二郎一眼。

后者笑嘻嘻地递上一个小包：“有事弟子服其劳，这种小事还用得着碧霄姐姐费心吗？”

碧霄接过来打开一看，里头全是白花花的盐巴，不由得咋舌：“方才蹲在那里那么一会儿，你就搜刮了这么多？”

席大郎闷哼一声，对弟弟这样的讨好行径有点不齿。

席二郎没管兄长的反应，径自凑过去，讨好道：“师父，这旱季还没过呢，你们别那么快就走，好不好？”

顾香生拍拍他的脑袋：“不会立马就走的，先回去再说。”

席家村里热火朝天，人来人往，几乎全村的妇孺都动员起来了，烧水敷药，照料伤员。

还有几十具尸体被带了回来，正安放在村头处，那是在跟山贼搏斗中不幸身死的村民，其中还有两具尸体是父子二人，这就意味着有一户人家要同时失去丈夫和儿子。

但没有办法，山贼如此凶悍，如果他们不豁出命来拼死抵抗，现在遭殃的就是整个村子了。

拼了，死几个人，有条生路走；不拼，就算不被屠村，没水喝，也照样是个死。

几家欢喜几家愁，剿灭了山贼，就意味着解除了最大的威胁，村民们还是很高兴的，见顾香生他们回来，都迎上去嘘寒问暖，询问情况。林泰出面简单说了两句，顾香生则与老村长等人进了屋子。

屋子里坐满了人，基本上各家各户都来了人当代表，有些人没位置坐，就只能站着，连门口都显得拥挤。

但这里头独独空着一个座位，在老村长旁边，没有人去坐。

这是留给顾香生的。

顾香生带着林泰和柴旷进去，老村长欲起身相迎，她忙道：“没那么多讲究，席老且坐着吧！”

老村长也不矫情，开门见山就道：“我都听回来的人说了，你们此行着实危险，还差点儿丢了性命，幸好最后将那帮贼匪都剿灭了，咱们村的水源总算保住了！”

听见这话，再想想村外面的尸体，大家都有些黯然唏嘘。

顾香生道：“还跑了个二当家，拢共三个人，至今尚未找到。”

老村长迟疑：“就三个人，应该不妨什么事吧？”

顾香生摇摇头，也不想说什么吓唬他们的话。

老村长又问道：“那个寨子里，当真是有盐？”

顾香生笑了一下：“让二郎来说吧。”

席二郎有幸跟进来旁听，他口齿又伶俐，闻言便将发现盐洞的事情说了一遍。

众人听得脸上发光，仿佛瞧见一大笔取之不尽的财富。

席家村常年贫困，就算丰年，顶多也就是略有富余，若是有了这些盐，以后发家致富就不用发愁了。

老村长也很高兴，但他毕竟克制一些，想了想，询问顾香生：“焦娘子，依您看，这些盐该如何处置？”

所有目光顿时都落在顾香生身上。

身为在场的焦点所在，顾香生恍若未察，并没有半分不自在，只是摇摇头：“我们不是席家村的人，这件事不该插手。”

老村长忙道：“如果没有您带头筹划，现在村子都不知道成什么样了，死的也肯定不止外面那些人，您素来办法多，跟我们这些没见识的乡下人不一样，还请指点指点我们，我们现在也没什么主意。”

顾香生便道：“就算我不说，想必各位心里已经有了主意，不妨先说说你们的想法吧。”

老村长还没说话，旁边就有人当先道：“盐生在这座山，本来就应该是咱们村的，原先被山贼占去，没办法，现在山贼被打跑了，肯定就得归咱们了！”

顾香生脸上没什么异色，点点头：“那你们打算怎么个用法？”

说话的人看了看左右，道：“留一些用，以后家家户户就不缺盐了，也用不着去外头买，再有一些拿出去卖，到时候就不愁没好日子过了！”

“是啊，是啊！”

有了这么个人先开口，在场有不少人当即就附和起来，显然是赞同他的想法的。

老村长皱了皱眉，想说话，但看了顾香生一眼，终是将话先咽下。

顾香生提醒：“但现在各国朝廷都禁止贩卖私盐，你们要卖盐，那就是走私盐，要砍头的。”

有人道：“如果没人说出去，谁会知道呢？”

没有说话的人，脸上神色显然也是有此想法。

顾香生道：“人多就口杂，就算大家都不想泄露秘密，总会有人不小心说漏嘴，到时候给你们带来的就不是财富，而是灾难了。”

有村民就道：“这里都是席家村的人，谁会跟自己过不去，说漏嘴啊？”

话刚说完，不少目光就落在顾香生几个人身上。

“焦……焦娘子，你们以后不会留在席家村吧？”有人期期艾艾地问。

“刘大郎，住口！”老村长拍桌而起，吹胡子瞪眼睛，“焦娘子对咱们村有大恩，没有她就没有我们的活路，你这话是什么意思？”

刘大郎不情不愿地闭了嘴。

老村长颤巍巍地道：“做人不能忘恩负义，要饮水思源，不能忘本啊！咱们跟山贼搏斗的那些尸体可还在村头躺着呢，这血还没冷，就要窝里斗了？焦娘子是什么人，你们难道不比我清楚？她怎么会出卖村子？”

众人都沉默了。

自古共患难易，同富贵难，这是人性，不唯独越王勾践一人，这个小小的村子亦然。

老村长转向顾香生：“焦娘子，救人救到底，还请您给个主意吧。”

顾香生淡淡道：“就算我出了主意，你们也未必会听，但席二郎和陈弗拜我为师，老村长对我们也有救命之恩，我不能不说两句。那盐，除了留下足够己用的一部分之外，最好上缴官府，以免遭祸。”

其实，拿着盐来发家致富也不是不可以，但问题是，席家村现在人心不齐，有山贼的时候尚且可以并肩作战，但现在出现利益纠纷，矛盾就凸显了。

而且他们肯定也没有造反的野心和胆量，如果偷偷贩卖私盐被发现，官府只要派一支官兵过来剿灭，到时候就真的是赔了夫人又折兵了，别说好处没拿着，说不定还要被扣一顶谋反的帽子。

“这是我们辛辛苦苦打下来的，凭什么交给官府！”有人激动了。

“老村长，我一直就觉得这焦娘子可疑得很，谁知道她是不是官府派来的细作！”

“岂有此理！丁六，你是不是狼心狗肺啊！焦娘子帮了我们这么多，不许说她的坏话！”

“若不然，她为何骑马射箭样样精通，还读书习字，难道不可疑吗？说不好只是官府想借我们剿灭山贼，然后坐收好处呢！”

“嘿，焦娘子厉害，倒是碍着你了？你说说，难道你就没受过恩惠，你家小子不是在焦娘子手下学认字的？”

屋子里顿时吵作一团。

席二郎脸上露出愤愤之色，也想张口加入战局，却被顾香生一个眼神给制止了。

老村长气得脸色发红，忍不住大吼一声：“都闭嘴！”

顾香生顺势站了起来：“我毕竟是个外乡人，不好参加你们的议事。至于那盐洞如何处置，自然是村人说了算，过两日我们便走了，也不会将此地的事情泄露出去的，各位就请放心好了。”

她这样超然物外的态度，反让许多原先疑她的人都惭愧起来。

“焦娘子……”有人还想解释。

她摆摆手，走出去了。

顾香生一走，林泰、柴旷自然也跟着走。

席二郎为了表明立场，当即跟在后面。他这一表态，场面就显得有点古怪了，不少村民面面相觑，竟也陆续跟着起身走了出去。

剩下那些方才说得最欢的，脸上都有些尴尬。

人少了大半，这事也议不下去了。

老村长颓然挥挥手：“都散了吧。”

顾香生走了出来，见后面跟了一大帮人，哭笑不得：“你们跟着我作甚？”

“焦娘子，我们没有怀疑你！”

“是啊焦娘子，你带着我们跟那帮山贼拼杀，自己都上阵了，我们都服气呢，是丁六那帮人胡说！”

“是啊！是啊！”

众人七嘴八舌，都表达着自己的立场，只是山里人笨口拙舌，没法说出更好听的安慰话。

顾香生心头一暖。

经过在魏国皇宫的那一段钩心斗角的日子，再看席家村人的态度改变，其实也可以理解。

人心总有利己的自私倾向，有利益就会有争斗，这无可厚非。但世上毕竟不是所有人都如此，有自私的人，同样也会有仗义的人，有忘恩负义的，就会有饮水思源的。人不能因为看到一处黑暗，就觉得天下处处都是黑暗。因为就算再黑暗的境地，也总会有一处温暖。

只要真心相待，就算十个人中有九个凉薄寡义，也总会有一个愿意回以真心，这才是人心的可贵之处。

林泰和柴旷等人原本也是满心不平，但看见这么多人为他们说话，还记得他们的付出，再多的怨怼也消失了大半，反而有些不好意思起来。

“谢谢大家。”顾香生平复了一下情绪，“多谢你们相信我，不过此事是席家村的事，我的确不宜掺和，该如何决断，你们肯定能自己拿主意的。”

“焦娘子，谁敢说你不是席家村的人，我席三牛头一个不放过他！”

“对啊焦娘子，这些日子我们听你的话早就听惯了，虽然你是女人，可比咱们这些男的都厉害，我们服气得很！”

听见众人这样说，席二郎脸上也露出与有荣焉的表情。

但不管他们怎么说，顾香生显然都没有再插手崖盐的意思，摆摆手，径自去帮忙给伤员包扎了。

经过这件事，不单是顾香生，其他人也都有了走的心思。虽说大多数村民依旧是感恩的，可人心不齐，那小部分人足以坏事，他们不想蹚浑水，背黑锅，还是早点儿离开得了。

席二郎心头不安，像小尾巴似的跟在顾香生后面，寻了个机会开口："师父，您别怪阿翁，他年纪大了，没法管住所有人……"

顾香生失笑："我何曾怪过你阿翁，但就算没这件事，我们也是迟早要走的。"

席二郎鼓起勇气："师父，那你能不能带上我？"

"不行。"前半句话一入耳，他立马就蔫了。不过后半句话一出，席二郎又活了过来。"不过我们到了邵州，总要先安顿下来，到时再让人给你送信，你也可以到邵州去探望我们。"

有一线希望，总比没希望的好，他这阵子跟着顾香生，已然学了不少东西，《史记》大半都会背了，心里是真把她当师父来看待的，现在知道以后还有机会见面，就开心了。

少年人好哄，等成了人，就有数之不尽的烦恼，譬如老村长。

老村长内心是愧疚的，他没想到大伙齐心协力打退山贼，到头来反倒出现这样的情况，一个盐洞就让所有人心里的小算计都暴露出来，还连累了顾香生等人。

在他极力挽留之下，顾香生等人才答应多留几天，因为连续多日的旱季就要过了，这两日若是有雨的话，旱情很快就能缓解，到时也不怕去了镇上没水喝了。

收拾善后的事情都料理得差不多了。

这次席家村一共死了三十二个人，其中包括两个伤重不治的，其余都活了下来，假以时日，应该就能慢慢恢复过来。

寨子里的厨子和妓子都是从外头叫进去的，并不知道山贼们干的勾当，但那天他们打山贼的时候，寨里逃了三个人，其中就有席二郎看见的二当家，这三个人是个隐患，如果他们心怀不忿跑去向官府告发，那盐洞也不可能被村民占据太久，这也是顾香生强烈建议他们上缴官府的原因。

这几天陆续有村民去盐洞里刮盐，每家每户都藏了一些，在短期内应该不愁没盐用了，但至于拿不拿盐出去卖，大伙还没商量好。有些人想卖，也有些人反对，老村长更不赞同，这事就这么搁置下来。

打完山贼之后，人人都很疲惫，这几天忙着照顾伤员，学堂也没开了，每天天一黑，油灯也不点了，许多人早早便上床睡觉。

顾香生发现自己打从来到席家村之后，成天忙这个忙那个，这几日还射箭骑马的，没个消停，以前在长秋殿和淮南王府，镇日不出门，大半时间都躺在榻上看书，人都变得柔弱起来，如今这样折腾，虽然到了夜里都很累，但白天反而更加精神，体力仿佛也变得更好了。

说白了，人都是耐磋磨的，生于忧患，死于安乐，若是有人在面前帮自己挡着风雨，任谁都能养成娇滴滴的模样，若是得独自磨炼面对困境，便是再娇嫩的幼苗，也有成为参天大树的潜质。

魏国那边……算算时间，魏临也该登基了吧？

如果能跟严家结盟，他的实力就会大为增强，再有占着王都的这一项优势，而魏善跟程载那边能不能成事，就难说得很了。

不知怎的，她忽然想到程翡，那个曾经跟大姐姐顾琴生并称为“京城双璧”的少女。那么一个漂亮温柔的玉人儿，就这么因为父亲的野心而遭难了。

这样说起来，严氏女郎虽然被家族用来联姻，可比起程翡，那还是幸运的。

不管世风如何开放，女子总是弱势，总要等着别人来安排自己的命运，不知千难万难，才能走出自己的一条路……

就这样胡思乱想着，顾香生不知不觉就睡了过去。

梦里她还在长秋殿，仿佛旧日时光，忽然侍女来报，说严皇后召见，请她过去，于是她起身往外走，一路来到中宫，对着主位上瞧不清面容的女子下拜行礼。只听见严皇后道：“外头下雨了，胡维容还跪在那里呢，你去将人叫进来，免得说我苛待宫妃……”

咦，这都什么乱七八糟的，胡维容怎么会出现在魏临的后宫……

顾香生只觉得啼笑皆非，耳边隐隐传来雷鸣之声，雨哗啦啦地下，把屋檐窗户都打得噼啪作响。

然后……

然后她就被人摇醒了。

“娘子，快醒醒！外头出事了！”碧霄的声音在耳边响起。

顾香生微微一震，脑袋立时清醒了大半。

外头的确传来拼杀声，嘈嘈杂杂的，像极了梦里的雷声，难怪自己会做那么一个梦。

这个念头在脑海里一闪而过，她就想起身下榻，碧霄和诗情连忙拦住她："您别出去啊，外头正乱着呢，有林泰和柴旷在！"

"不怕，我先看看情况。"顾香生一边低声安慰她们，一边凑到窗边，从支起的空隙往外探看。

外头黑漆漆的，连点月色星光都没有，只有不时响起的呼喝跟叫骂，间或还有惨叫，隐约只能看见几道人影缠作一团，其中想必就有林泰和柴旷。

她箭术上佳，却不擅近战，就算会两下子，出去了若是帮不上忙，反倒会拖后腿，到时候林泰、柴旷还得分神照看自己，所以顾香生没有逞英雄地跑出去添乱。

"阿翁！"席大郎的声音陡然在拼杀声中响起，显得异常凄厉。紧接着是隐隐的哭声。

顾香生心头一抽。

老村长出事了？

难道是那三个山贼不甘心寨子被灭，趁夜杀了回来？

没等她想明白，外头的动静又一次激烈起来，这次好像有不少人加入，从声音上来听，应该是村民们被惊醒了，拿着各家的锄头斧子跑出来助阵。

天边传来阵阵远雷，轰隆隆的，好像真要下雨了。

诗情和碧霄紧紧抓着顾香生的袖子，看起来好像是为了阻止顾香生出去，其实是她们心里紧张，将顾香生当成依靠了。

她们之间的关系似主仆又似姐妹，然而早已超越了这层界限，从小到大一路相伴，出门之后生死与共，看似她们在照顾顾香生，其实顾香生又何尝不是她们的主心骨？

屋里除了一把弓箭之外没有别的武器了，此时此刻，顾香生忽然觉得自己总像以往那样依赖箭术也不行，遇上某些意外情况，需要近身作战的，刀剑就能派上用场了，等他们去了州府之后，一定要找个机会给自己买把剑。

屋外吵嚷，屋内静谧，就在这一里一外的鲜明对比中，外头的动静渐渐平复下来。

但雷鸣一声响似一声。

“我出去瞧瞧。”估摸着已经告一段落，顾香生在屋里点了油灯，端起来向屋外走去。

风很大，一阵风吹过，油灯就灭了。不过有些人家点了火把过来，瞬间照亮了一大片。

地上躺了四五具尸体，顾香生粗略看了几眼，发现其中三个明显不是席家村的村民，手里还拿着刀，应该就是那天逃走的二当家及其两个手下。

席大郎和席二郎跪在老村长旁边，村长老妻哀哀哭泣，哭声在电闪雷鸣中显得分外凄怆。

“娘子，这帮人居然勾结了山贼来夜袭我们！”林泰抓了其中两个活口，将他们制伏在地上，又狠狠踹了一脚。

“不关我的事啊！都是刘大郎的主意！”那人哀号求饶。

“到底怎么回事？”顾香生沉声喝问。

那人没什么骨气可言，一问就招了：“是……是刘大郎，他说我们要卖盐，村长肯定不让，还说都是有你们在，老村长和其他人才会总听你们的，只要你们和村长都死了，那些耳根子软的就只能听我们摆布了。”

“所以你们就勾结山贼来杀我阿翁？！”席大郎怒吼一声，跳起来冲向那个村民，直接就是雨点般的拳头落下。

那可不是什么花拳绣腿，对方很快被他揍得奄奄一息，出气多入气少了。

顾香生正要让林泰阻止他，却听得席二郎大叫一声：“阿翁还有气！”

席大郎旋即又扑向老村长那里。

“焦……焦娘子……”老村长的眼睛撑开一条缝，第一句话竟然是要找顾香生。

“我在。”借着火光，她瞧见老村长胸口一个狰狞的血洞，心下一沉。

“多亏有您……我们才有今天，”老村长喘了口气，“是我们对不住您……”

“别说了，您好好养伤。”顾香生黯然道。

他摇摇头，对自己的伤势显然也是清楚的：“我要是不在了，大郎和二郎，要，听焦娘子的，你们要，照顾好，祖母……还有这个村子，我怕……怕会遭祸……”

在他看来，那个盐洞是祸端，没有它，就不会生出这么多事。财帛动人心，一个盐洞就把村子里的人心弄散了，以往席家村穷归穷，却团结，现在居然出了这样的事情，居然有人敢跟山贼勾结，就为了能够贩卖私盐。这样一来，他们和那帮杀人不眨眼的山贼有什么区别?

但老村长不明白，惹祸的不是崖盐，而是人心。因为把持不住，所以才会走上邪路。

席二郎呜咽一声："阿翁，别说了，你会好起来的，不许说了！"

老村长闭上了嘴，他的目光掠过围在他身边的村民们，许多人脸上都有着不加掩饰的担忧和愤怒，这让他微微觉得有些欣慰。跟山贼勾结的毕竟是少数，许多人都是他看着长大的，他看待这些人就像看待自己的子侄，刘大郎等人一不姓席，二来从小就好吃懒做，偷鸡摸狗，会做出这种事情，其实并不奇怪。

然而他的视线，最后却落在顾香生身上。他微微张开嘴巴，血一股股涌出来，却一直看着顾香生。

就连席大郎也看出阿翁这是有话要说，着急起来："阿翁，你想说什么？"

老村长还是没能发出声音，依旧望着顾香生，目光恳切哀求。

顾香生叹了口气："我会帮忙想个法子，确保他们不会被崖盐拖累，再离开。"

老村长的眼睛亮了一瞬，随即又黯淡下去。

席二郎泪流满面："阿翁！"

席大郎蓦地站起来："阿翁若不在，以后村子就由焦娘子做主，你们谁有二话？"

众人大吃一惊，都没料到他会说出这种话。

"我同意，谁要是和焦娘子作对，就是和我席三牛作对！"

"焦娘子以后让我们干吗，我们就干吗！"

"焦娘子对我们家有大恩，我们定是没有二话的！"

"没错……"

一句接一句，村民们纷纷表态，一声胜过一声。

顾香生五味杂陈，一时不知说什么才好。

轰隆一声，一个响雷打过，伴随着席二郎拔高了嗓子的哭喊："阿翁——"

不知何时，老村长永远闭上了眼睛。

豆大的雨点从天上落下，越来越密集，很快就变成一场瓢泼大雨。这是春夏以来的第一场雨，持续将近三个月的干旱，终于在今晚得到了缓解。

雨足足下了三天。

久旱逢甘霖，这本该是人生大喜之一，可因为老村长的死，这份喜悦就冲淡了不少。

不光是老村长，除了那三个山贼之外，那天晚上还死伤了几个村民，不过死的都是勾结山贼当了叛徒的人，他们的家眷也因此在村中抬不起头，但村民们担心他们将崖盐的秘密外泄，又无法将他们赶走。

事情陷入一个两难的境地。

原本能给村民们带来巨大收益的崖盐，转眼成了一个祸端。

财帛固然动人心，可村民们也在想，那地方说不定是受过什么诅咒的，山贼们因此倒霉，现在轮到席家村了。

顾香生自然没有这些想法，但她也觉得，是该好好梳理一下村子以后的问题了。

她让席大郎和席二郎将村民们召集起来。

自从老村长死后，席大郎整个人就以肉眼可见的速度飞快成熟起来，而且很有了兄长的样子，操办丧事，照顾祖母和弟弟，一切做得有条不紊，甚至对顾香生也表现出前所未有的恭敬。

经过村民和山贼勾结这件事，席家村暴露了一个问题，之前赞同老村长，坚决站在顾香生这边的，要么姓席，要么是跟顾香生有渊源的，譬如陈弗他们家。席家村虽然姓席的占多数，可并不全都是席家人，还有其他姓氏的，这就导致席姓族人跟外姓村民之间隔着一层距离，平时也许不显，遇到利益攸关的事情，矛盾就出来了。

席姓族人可以团结在老村长周围，但别的姓氏未必能做到。

顾香生看着在场的村民，几乎每一户都来了人，那些死了男丁家长的，也会有女眷出席。屋子不够坐了，众人都坐在之前小孩儿们上课的棚子里，乍看上去像是顾香生要给他们上课，颇有些滑稽。

她一开口，不是给众人出主意，而是先说明自己的情况："我虽受老村长临终之托，但自家知道自家事，我毕竟是外姓人，也没有在席家村长久安居的打算，咱们这些日子同甘共苦，也算有了些情分，但我不会以为自己真就能当上村长，对你们指手画脚，乱出主意。"

"焦娘子，您说这话，是折杀我们了！刘大郎那些人不懂事，我们却是明白的，您是真心待我们好的！"

"是啊，焦娘子……"

众人七嘴八舌说了一阵，见顾香生做了个手势，又赶紧安静下来。

“我既然答应了老村长，就不会食言，但我想听听你们的想法，对那个盐洞，你们是怎么看的？”

众人面面相觑，一人鼓起勇气道：“焦娘子，你放心吧，我们都想明白了，那盐洞再好，也是老天爷的，不是我们的。那些山贼和刘大郎就是因为贪图自己不该有的东西，才会惹来这些祸端，害了老村长。我们想着，要不将那盐洞给封了？”

其他人听他这样说，也都没露出什么不满之色，反倒纷纷点头。

顾香生啼笑皆非，虽说不贪婪是件好事，可这些村民是一朝被蛇咬，十年怕井绳，完全矫枉过正了！

“盐洞本身没有害人之心，能害人的只有人自己，那些盐若是用好了，同样也可以造福席家村。我这几天想了想，心里倒是有些主意，只是还要与你们商量过方可。”

众人忙道：“焦娘子，您有话只管说好了，老村长不在，我们就都听您的，您说什么，我们就干什么。”

在他们说话的时候，顾香生一直注意观察所有人的表情，见他们所说的确出自真心，心下微微欣慰，想起老村长的死，又有些酸楚。

“如今虽然下了雨，但经过旱季，田地荒芜，要重新播种耕种，也要出外买粮以备过冬，样样都需要钱，盐洞乃天赐之物，正可派上用场。不过你们又不是山贼，不可能靠把持盐洞来过日子，也没有跟官府作对的打算，经过昨夜的事情，你们应该也知道，若当真有官兵过来，这村子里的人，根本不可能抵抗。”

众人听她所说，隐约有了点方向，但还是模模糊糊的，禁不住就问：“焦娘子能否说得更明白些？”

顾香生笑了笑：“我的意思是，趁着官府还没发现这个秘密之前，你们可以拿一部分盐去卖，换取生活所需，但村子的出路不能靠这个，还得另外找活计。”

席二郎年纪虽小，人却很机灵，此时听见顾香生一口一个“你们”，就明白她没有长久留在村子里的打算，心里开始暗暗盘算起来。

有人就道：“焦娘子有所不知，这席家村穷乡僻壤，虽然靠山吃山，得个温饱，可因为通往镇上远不如走另外的路来得方便，只有迷路走岔道的人才会从这里经过，想找活计，难啊！”

顾香生道："以往是难，现在却有个契机，就是这旱灾。旱情持续这么久，席家村人少，大家又有水源，不至于走投无路，但外头不同，久旱成灾，灾后便有瘟疫，有瘟疫就需要药，村子紧挨着的那座山上，不就有不少药草吗？届时只要拿到州府上去卖，定能卖上个好价钱。若是能找到长期合作的药商，定期供货，席家村以后就有额外的生计了。"

众人一听也有道理，但许多人半辈子连镇上都没去过，更不要说州府了，打心底就有些发虚："可是您说的药商要怎么找？听说无商不奸，那些商贾都铆足了劲要坑钱的……"

顾香生道："所以我要亲自去州府一趟，打探情况。不过在那之前，要先将盐拿出一部分来卖，这样你们才有钱买种子和新农具。过阵子，等大家的生计都能安顿下来之后，我建议还是将盐洞的事情告知官府，由官府来处理，这样方可避祸。当然，你们若不想交，我也不会勉强，这件事最终还是得由你们来决定。老村长所托，我会尽力帮忙，但不会越俎代庖。"

席三牛道："焦娘子，您这么为我们着想，我们虽然鲁钝些，却不是狼心狗肺，您怎么说，我们就怎么做，是绝无二话的！"

众人纷纷应是，又有人问道："可既然官府禁止贩卖私盐，咱们这盐又要怎么卖呢？"

顾香生笑了笑："拿到魏国试试吧。席家村隶属南平，魏国管不着，如今魏国忙着镇压内乱和对付外敌，更何况你们要卖的量肯定不多，官府懒得管这种鸡毛蒜皮的小事的。"

她样样都考虑齐全了，村民们自是感恩戴德。事情就这么定了下来。

卖盐之事，顾香生决意不插手，但村民对魏国不熟，她仍是派了林泰跟着席大郎他们一同去，也不叫林泰干涉卖盐的具体事宜，只提了几点建议：一是贩卖的量可小不可大，不要贪心带太多，顶多两担，能卖出去再说，如果发现不妥，把盐舍出去也无妨；二是不要让人知道席家村有盐洞，否则别人起了贪念，肯定会像刘大郎和山贼那样；三是卖盐的价格不用抬得太高，有利润赚即可，也不要一次性卖给同一个人，要分批分量卖，这样才不容易惹人起疑。

经过刘大郎的事情之后，席大郎成长了不少，对顾香生的话也肯听从了，其他村民更不会自作聪明，更何况还有林泰在，这一行想必能够顺利。

安排好一切，顾香生则带着人，前往邵州城。

邵州城的规模不大，在魏国顶多算个中府，但在南平这种小国，已经可以称为上府了。

不过这上府现在却称不上繁华，店铺萧条，行人委顿，一眼望去，好像每个人都无精打采。

"怎么这邵州城还比不上咱们那会儿过来的玉潭镇？"碧霄掀起车帘子往外头探看，对这邵州城评头论足。

"你忘了，先前不是说邵州城出了个惯会敛钱的刺史，把百姓的血都吸光了吗？现在又遇上旱灾，肯定一时半会儿还未能恢复过来。"诗情道。

柴旷在外头赶车，席二郎也死皮赖脸跟来了，这会儿正跟柴旷坐在车头，两人聊天的声音透过车帘子传进来，说的约莫也是这个话题。

顾香生这次来邵州城，不仅仅是为了给村民们搭桥牵线，找一条适合的生计，她也准备暂时先在邵州城安顿下来，住上几个月，再做打算。

碧霄回过头，见顾香生靠在车壁上闭目养神，忍不住凑过去，拉着她的袖子问："娘子，您为什么忽然想在邵州城住下来？"

顾香生睁开眼睛："此处离蜀中尚远，现在赶路的话，去到那里肯定已经是冬天了，那里湿寒，很是难熬，咱们又人生地不熟的，还不如先在这里待到明年春天再起程。席家村那边，我毕竟受了老村长之托，虽然不想再多掺和，但也不好说走就走，这样的距离，正好帮扶他们一阵，又能过自己的日子，离得远了，才不会生出太多麻烦。"

诗情也点头赞同："娘子所虑甚是。席家村毕竟偏远不便，若真想买点什么，还要费上老大功夫。邵州城总归是个大城，眼下虽然萧条些，宅子肯定也因此便宜，咱们想找个地方住，反而方便呢！"

碧霄高兴起来："那起码要租个两进的，不，三进的，这样院子也大一些，娘子喜欢栽花种草，到时候咱们要在院子里都种满了！"

诗情生怕主人想起伤心往事，忍不住白了她一眼："你没听娘子说吗？咱们住一阵就要走的，浪费那些功夫作甚！"

碧霄噘起嘴："住一阵也是住啊，屋子得用心布置了，住得才舒心呢！"

顾香生揽住她们安慰："好啦，好啦，碧霄到时候爱怎么摆弄就怎么摆弄，住到明年开春呢，也不短了，不过咱们现在又没有进项，宅子不用大，够住就行了，虽然暂时不愁钱，也要省着点，有备无患。"

说话间，马车在牙行面前停下。

这年头租赁买卖房子有牙行专门负责，就跟后世的房产中介一样。顾香生他们来邵州之前做了功课，挑的这块地方距离邵州官府比较近，算是邵州城的黄金地段，闹中带静。因为旱灾的缘故，先前有几户人家卖了宅子搬去南平京城投奔亲戚了。牙行伙计效率很快，听了他们的要求，便带着他们到附近转了一圈，将符合条件的宅子都看了一遍。

顾香生看中了一处宅第，朝向好，采光好，隔壁过两条街就是采买的集市和商铺，只是跟她先前计划的还有些区别，这宅子是三进，对他们五个人来说，稍大了些，就算再加两个可能会常来常往的弟子，也过于宽敞了。

不过其他都合适，单单因为大小而推却，未免可惜。顾香生仔细盘算了一下，他们带来的钱，寻常用度，无须节俭，也不过分挥霍的话，三五年还是不成问题的，便答应下来。

碧霄和诗情都很欢喜，她们绕着宅子里里外外逛了一圈，总也看不够似的，席二郎跟在后头，脑袋也跟着转个不停。他自小生在席家村，只到过一回镇上，邵州城更是来都没来过，此时真真就是乡巴佬进城，满脸的新鲜。

牙行伙计见的人多了去了，很看不上席二郎这般大惊小怪的表现，不过碍于顾香生等人在旁边，他没好表现出来，依旧很有职业道德地陪在旁边，给他们介绍宅子各处。

自进宫之后，长秋殿虽然是顾香生做主，但那毕竟只是偌大皇宫的其中一处，许多事情都要看人脸色，瞻前顾后，到了淮南王府，诗情、碧霄虽然有头有脸，却也不能在王府里大喇喇地颐指气使，及至见了这宅子，想想往后自由自在的日子，禁不住就舒心起来，这些日子的种种不愉快和惊心动魄，仿佛也跟着不翼而飞。

“灶房还挺大的，娘子好些日子没喝汤了，到时候这边用来熬汤，那边用来蒸煮……”

“我方才看了，廊下宽敞得很呢，到时候养上几盆花，再弄只鸟如何？”

“还是养只猫吧，以前在顾家的那只没能跟着咱们一道进宫，可惜呢……”

两人叽叽喳喳说个没完，连以往更稳重一些的诗情，脸上也洋溢着难以抑制的喜悦。

她们毕竟没有在外面生存过，少了些阅历，没谈妥价格之前，就贸然表现出对宅子的喜欢，卖家肯定是要坐地抬价的，但看见二人这样高兴，顾香生心头也跟着欢喜起来，不忍心去打断她们，只让柴旷和牙行伙计谈价格，谈好了就直接租下来。

她自己则带着席二郎往外走，在城中各处一边闲逛，一边寻找药铺打听情况。

药材的情况很容易打听，现在旱季刚过，邵州城还算好，周边有几个县镇都出现旱情和饥荒，其中两个县还有瘟疫的迹象，现在邵州城里的人听说消息之后，都想多买些防治瘟疫的药回去以防万一，城中药材的价格一下子就提了上来。饶是如此，还有不少缺货断货的，像其他生病的患者，需要用到同一味药的，就会出现供不应求的情况。

席二郎听了这种情况，初时还很高兴，因为药材价高，就意味着他们从山上采摘下来的药草不愁没人买，而且说不定还能卖个好价钱。

但出乎意料的是，他跟着顾香生一圈转下来，竟没找到个合适的买家。

出来的时候，席二郎背了一小箩筐药草，都是山上现采的，主要是给卖家看看品相，总不能张嘴就说，这样谁也不会买。谁知道他们将药草摆出来，却没有出现对方惊喜交加，赶紧出大价钱把药材买下的情景。

两人所到之处，药铺都诸多搪塞挑剔，言语之间，很是看不上他们的药材，要么说现在不是很需要这几种药材，要么又说品相不好，到最后就算松了口，也把价格压得很低。

顾香生自然不可能接受。于是他们逛了城中三四间药铺，却发现自己带来的药草根本就卖不出去。

席二郎有些气愤："他们不是缺药吗？怎么我们送药上门，他们反而不要了？"

顾香生也觉得蹊跷，但她没说什么，只道："前面还有一家，先去看看再说。"

但凡药铺、赌馆、当铺、食肆一类经营目的明确的商铺，都会在门口一侧挂上望子，写一个字，让人远远就能瞧见。

二人走入药铺，顾香生抬头看了一眼——春秋堂。

这名字倒挺有气魄的，可惜内里有些陈旧了。

有个坐堂大夫在，跟别的药铺不同，这里的病人很少。

药铺伙计看见他们走进来，原本还趴在矮几上打盹的，一下子精神了，赶紧迎上来："两位还请这边等等，还有三位便轮到你们了，不过我们这儿药材不齐，等会儿若是没有你们需要的药材，可能就要麻烦你们去别的地方抓药了。"

顾香生笑道："我们不是来看病的，是来卖药的。"

卖药？

伙计的眼睛一下子亮了起来，旋即又灭了，摇摇头：“我们不买药材。”

一个缺少药材的药铺却不买药材，这是什么怪地方？

顾香生道：“你们东家可在？我想见一见他，买不买药材，也该由他来定才是。”

药铺伙计道：“实在抱歉，我们东家和掌柜这会儿都不在……啊，回来了！”

他径自绕过顾香生二人，迎了上去行礼。

顾香生和席二郎转身，便见几人从外头走进来，为首的是个年轻女子，眉清目秀，年纪跟顾香生应该差不多，想必应该就是这春秋堂的东家了。

“药铺今日如何？”她问的是药铺伙计。

“还好还好，一切安好！”伙计回道。

席二郎积了一肚子气，忍不住出声：“看病的人这样少，你还说还好还好，这不是睁眼说瞎话吗？药铺里明明缺少药材，我们想卖药材给你们，你们却还不要，天下没有比这更可笑的事情了！”

那女子原先应该也以为顾香生二人是来看病的，听见席二郎这样说，脸上就露出点意外的神色，却没有责备伙计，只是微微叹了口气：“两位是来卖药材的？不知从何处而来？”

顾香生道：“此处说话不便，不如寻个安静地方再谈。”

“也好，是我怠慢了。”女子将他们请到后堂，落座之后，先自我介绍，“我姓周，是春秋堂的东家。这位是穆掌柜，还未请教两位姓名。”

“我姓焦，这是我的学生，席姓，行二。”顾香生开门见山，“我们是从席家村来的，席家村靠着座山，山上药草颇多，这次虽然遭逢旱季，因有水源之故，山顶的药草也都还能活下大半，听说这次邵州附近州县遭灾严重，缺医少药，正需要这些。”

周娘子道：“春秋堂在城中虽有三处分号，但陈设古旧，规模也不如其他药铺来得大，不知两位缘何略过那些药铺，独独找上我们？”

顾香生沉默片刻，道：“实不相瞒，我们一开始去的也是其他药铺，但他们都不收。”

周娘子蹙眉：“不收？”

她跟穆掌柜对视一眼，两人好像都有些奇怪。

周娘子道："席小哥脚边那个篓子里可是从席家村带来的药草？能否让我看看品相？"

席二郎看了顾香生一眼，见后者点点头，方才把篓子往前一推："喏，看吧。"

药草摘下来之后自然是先晒过了，顾香生虽然不会品鉴药材，也觉得那些药草品相都不会差。

周娘子和穆掌柜略略看了一下，也都点点头："品相甚佳，能卖个好价钱。"

顾香生看她的表情："周娘子想必知道他们为何不收我们的药草了？"

周娘子叹了口气："是，我明白了，他们不是不收，而是想压你们的价，等你们在城中走投无路，无人肯买，最后还是得回去找他们。"

席二郎道："这城中药铺不少，我就不信找不到一间肯买的！"

周娘子道："两位有所不知，邵州城的药铺分为四大家，沈、林、黄、周。这四大家，我们周家虽然名列其上，但不过是陪衬而已，到了我这一辈，家道中落，已经大不如前，只剩下邵州城这三间药铺，说来十分惭愧。至于其他三家，却掌握着南平近半数的药铺，这邵州城里基本上都是他们三家开的分号，如果他们不收，就算还有零散药铺，那些人肯定也不敢冒着得罪他们三家的风险来收你们的药草。"

顾香生明白了，那沈、林、黄三家，就相当于药铺行业的垄断者，看准了顾香生他们是小乡村里出来的，一无后台，二无背景，所以存心压价，要逼他们贱价出售药草。

但周娘子为什么会解释得这样详细呢？只要稍稍一想，便不难得出答案了。

顾香生微微一笑："别人没胆子收，周家想必不会没有胆子吧？周娘子解释这么多，看来是诚心要与我们做这笔买卖了。"

旁边穆掌柜一听，不由得急了起来："娘子，沈家那边……"

周娘子抬手制止了他的话，对顾香生露出苦笑："你猜得不错，我的确想收，但我还要仔细想想。这其中利害关系错综复杂，非寥寥数语能解释得清，还请你见谅。"

顾香生颔首："我明白。你如果买了我们的药草，就要冒着得罪其他三家的风险，的确应该慎重考虑。"

周娘子有些讶异。不，她的内心远远不止面上表露出来的这么一点讶异。

打从顾香生出现并自我介绍的时候起，她就有股挥之不去的违和感。

她不像席二郎他们，眼界有限，就算看见顾香生诸般厉害之处，也不会多加联想。周娘子自小跟着父亲走南闯北，见识不凡，这番交谈下来，就觉得对方虽然粗布衣裳，但容色清丽，谈吐文雅，浑然不似一个小乡村里走出来的。

对方还能一语道破她现在的困境，这就不由得周娘子不吃惊了。

她斟酌了片刻，在断定了顾香生的确是诚心来卖药，而非别有目的之后，终于决定吐露实情："你说得不错，但这件事情，牵涉的不仅仅是药铺生意，还有邵州城，乃至南平的局势，所以我方才如此犹豫不决，让你见笑了。"

这回轮到顾香生诧异了："买不买药，跟南平局势有何关联？"

【第二十一章】锦绣心胸冰雪面

实际上，国家小不小，跟国内安稳与否是没关系的，只要有利益纠葛，再小的地方也能斗得起来。

南平如今的皇帝是个少年天子，还未成年，便由沈太后摄政。沈家就是太后的娘家，所以底气才那么足。沈家私下经营药材生意，所以周娘子方才提到的“沈、林、黄、周”四家，以沈家为首，垄断了近半个南平。

但南平的混乱不止于此，因为国内各州府都由宗室担任刺史，现在天子势弱，太后当政，底下就有人蠢蠢欲动，不太安分。

说白了，南平看上去还是一个国家，还没到各自为政的地步，但各州府都有自己的小算盘，不会对中央朝廷唯命是从。

只是顾香生之前在魏国，关注的重点是魏、齐两国的局势，顶多再捎带一个吴越，至于南平，因为国家太小，反倒不怎么注意，结果现在一听，好家伙，竟然比魏国还乱！

魏国顶多就分成魏临和魏善两拨人马，南平小小一个国家，疆域仅为大魏的五分之一，却分了好几股势力。

所以现在邵州遭灾，朝廷拨款赈灾是不用指望了，沈家仗着是太后娘家，也拿捏起邵州刺史，一方面是趁机将药材抬价，私下牟取暴利，另一方面，州府现在要赈灾，没钱买药材，沈家就提出以税抵债，也就是说沈家现在提供药材给州府，以后州府每年的税收要拿出一部分来还沈家。

哪个商贾敢这样威胁官府，趁火打劫？放在别处怕是早就被镇压了，但在邵州，州府都被上一任刺史亏空完了，想等朝廷拨款不知道要等到什么时候，新刺史要想有所作为，只能自力更生。沈家正是看中这一点，才有恃无恐。

这种时候，顾香生他们到邵州来兜售药草，肯定是要被压价的。沈家收了价格被压得很低的药草之后，再高价出售，牟取暴利。如果顾香生他们不肯卖给沈家，那么邵州城就没有别的药铺敢收。林家和黄家都唯沈家之命是从，沈家不买，别家就更不敢收了。所以顾香生就算走遍邵州城的药铺，也无济于事。

席二郎听罢怒道："这简直是一手遮天啊，难道邵州刺史就任由他们摆布吗？"

周娘子微微叹了口气。

顾香生倒没有席二郎那样愤怒，因为周娘子和他们说这么多，明显是动了心想收自己的药草的。她还担心自己会按捺不住先卖给沈家，所以才说了这么个来龙去脉，想先稳住自己。

所以对方不主动开口，她也很沉得住气，就这么坐着。

药铺里上的茶是药草茶，里面放了金银花，清热去火，乍一喝味道有些奇怪的酸涩，但入口之后有股甘甜。

果不其然，周娘子忍不住了。

她觉得顾香生简直就是个怪胎，明明是来卖药的，倒整得好像他们求着她卖似的。

"焦娘子，不知你有什么打算？"

"什么打算？"顾香生装傻，"若果真如你所说，沈家刻意压价，大不了我们就不卖了，没有这样欺负人的道理。"

周娘子没办法，只好道："我买你们的药，而且，不压价，按照行价来，能够保证你们的利润。"

顾香生问："你不怕得罪沈家？"

周娘子沉默片刻，苦笑道："老实说，有点怕，所以我需要时间再考虑一下，你们能在邵州城多逗留两天吗？"

"可以。"顾香生点点头，没有说自己已经在城中租了房子。

周娘子似乎舒了口气："多谢，还请焦娘子将落脚处告知我，回头我派人与你联系。"

顾香生道："两日之后，我们还是到这里来找你吧。"

周娘子道："也好。"

她起身，亲自送了顾香生和席二郎出门，又看着他们离去的身影，对旁边的穆掌柜道："这件事不能再拖了，单凭我们，根本不可能和其他三家作对，劳烦你尽快联系相熟的人，替我给刺史递个消息，就说我想尽快拜见他。"

穆掌柜唉声叹气："有用吗？区区一个刺史，难道敢得罪沈家？"

周娘子道："他要是不得罪沈家，迟早要去喝西北风，总得试试吧！"

话虽如此，她脸上却没有什么过多的期待。

那头顾香生和席二郎从春秋堂出来，就收到了一份请柬，请柬上大意是邀请她去参加明晚在福庆庄的宴席。

席二郎在旁边跟着瞄了两眼，莫名其妙："我们刚到邵州，人生地不熟的，怎么就有人送请柬上门了？"

目光扫到落款的"沈"字，顾香生将请柬拿在手里，又折回去，询问周娘子。

虽只有方才寥寥数语，但一番交谈之后，她对这位周娘子还是比较有好感的，起码说话坦诚，有什么难处，需要什么利益，都明明白白摆出来，也没有其他药铺盛气凌人的态度。

当然，这也跟周家现在的没落有关。换了周家现在要是财大势大，不一定会搭理顾香生，但现在满城药铺都跟在沈家后面团团转，顾香生他们初来乍到，的确需要一个突破口。

周娘子见他们去而复返，还有些讶异，看见她递过来的请柬，便道："这是沈家的请柬，他们准备在福庆庄摆宴，邀请了本地官员士绅。"又解释道，"福庆庄就是邵州城最大的饭庄。"

顾香生笑道："我们才刚跟你谈过，他们立马就得知了，还送来一张请柬，可真是神通广大啊！"

周娘子咬了咬下唇，脸色也有点难看。这摆明了是不把周家放在眼里。

"焦娘子，你要去吗？"她问顾香生。

顾香生反问："你觉得我们应该去吗？"

周娘子苦笑了一下："在他们眼里，你们非但不肯按照他们的价格出售药草，还跑到我这里来商谈，请柬是假，下马威才是真。我也收到这样的请柬了，至于去不去，我说了不算，你们自己做主吧。"

顾香生沉吟片刻："想来周娘子应该也是要去的，既然如此，到时候便做个伴吧，你应该不介意多带上一个人吧？"

周娘子其实想劝顾香生别去，因为照沈家的风格，不可能无端端邀请两个刚到邵州城的乡下人去赴宴。他们是开药铺的，又不是开善堂的，肯定不怀好意。

她自己现在虽然是周家的掌舵人，但周家风雨飘摇，已经大不如前，细论起来，和眼前这两人的处境也差不了多少。

“自然不介意。”周娘子道，看了看他们的装扮，又含蓄提醒道，“不过这世上有不少看人下菜碟的势利之徒，二位若是要赴宴的话，这身穿着怕是容易惹来小人非议。不过现做怕是来不及了，若是不嫌弃的话，我让人带你们去成衣铺子买两套新衣裳。”

顾香生却婉拒了：“多谢周娘子的好意，我们自去便可，明晚我们过来找你，再一并过去吧。”

周娘子道：“也好，那我就不送了，你们慢走。”

出了药铺，席二郎问：“师父，沈家的宴会，应该就是书上说过的那种鸿门宴吧，咱们可不就成了刘邦了？”

这弟子举一反三，也忒机灵了，顾香生就笑：“鸿门宴是鸿门宴，可咱们还不够资格当刘邦呢，顶多只是捎带的，他们肯定是想借此胁迫周家低头。像咱们这种小喽啰，去见了那种大场面，指定吓得魂不附体，到时候还不是任由他们搓圆捏扁？至于更多的目的，就不是咱们能了解的了，总得去了才能知道。”

她语气诸多调侃，席二郎也听得有趣。在他心目中，师父几乎是无所不能的，区区宴会，想去就去，师父说可以就可以，根本不需要犹豫什么。

两人回到租好的宅子，一路还顺带逛了一下店铺，买了点米和面，不敢买多，因为现在旱情刚过，物价飙升，许多东西都贵得不得了，再这样下去，只怕整个邵州城都要人心惶惶了。

诗情、碧霄也把宅子收拾得差不多了。诗情和柴旷还顺带去外头逛了一圈，回来同样说起这件事：“娘子，米价现在太贵了，咱们也就罢了，还算有点存钱，可普通老百姓怎么买得起？可别到时候有水喝了，反倒饿死人！”

碧霄奇怪：“官府怎么不开官仓放粮呢？”

顾香生道：“开仓放粮不是那么简单的事情，现在城中还没到无米可吃的程度，寻常人家一般都有存粮，米价贵是因为粮商们有意囤货，抬高价格，想趁着灾难发一笔横财。官仓里的存粮，一般要到走投无路的情况下才会开放赈济，否则官仓粮食有限，人又是每天都要吃饭的，迟早都会耗光，还容易让许多人产生依赖心理，以为一切都有官府在。”

席二郎恍然大悟："那不就跟那帮无良药商一样吗？难怪都说无商不奸呢，个个都瞅准了机会想吸百姓的血！"

见其他人都还不知道他在说什么，席二郎便将他们出去这一趟发生的事情都说了一遍。

碧霄也听得义愤填膺："嘀，真当我们好欺负呢，怕是还想喊我们过去，看我们丢人呢！"

诗情倒是笑吟吟："你气什么，咱们娘子难道是任人宰割的吗？怕是到时候反要吓死他们呢！"

顾香生对两人的恶趣味不予置评："别太早下定论了，我们初来乍到，他们才是地头蛇，我们只是想给席家村后山的药草找一个足以长期来往合作的人而已，没有必要涉入太深。"

收拾这宅子花了不少时间，诗情和碧霄也没空精心料理什么饭菜了，几个人煮好一锅小米粥，就着从席家村带来的酱菜和干粮，一顿晚饭就算解决了。

不像是在席家村，需要三人挤一个房间，来到这里之后，顾香生终于有了独自的居所。因为人少宅子大，诗情和碧霄也可以单独各住一间，居室就在顾香生两边。

被褥是诗情白天特意拿到院子里晒过的，上面似乎还残留着阳光的味道，顾香生躺在上面，望着窗外影影绰绰、稀疏摇曳的树木发呆。

今天是来到邵州的第一天，距离他们离开魏国京城，至今过了多久呢？

她忽然发现，在自己刚刚出来的那几天，晚上有时候还会去数日子，但时间过得越长，心里的印象就反而越模糊，到现在，已经有许久许久不曾去数过日子了。

从春天到夏天，好像是两个月，也好像有三个月了，又或者是更长的时间。

前面还有许多事情等着她去做。不管如何，已经过去的人和事，永远都无法回头了。

魏临的形容自脑海中浮现，也渐渐地，不再像以往那样带着一丝刺痛和惆怅了。

时间总能治愈一切。她的内心，就像外面的明月一样，宁静平和。

傍晚时分，周枕玉已经准备妥当，在等顾香生他们了。

行宴总得有个由头，沈家用的理由是家中小儿一岁生辰。

沈家在本地的少东家叫沈南吕，是当朝沈太后的内侄，关系算是很亲近的。现在沈家当家的，就是沈南吕的父亲，如此说起来，沈南吕在沈家的地位是举足轻重的。

但周枕玉知道，这个所谓的一岁小儿，不过是沈南吕的其中一个庶子，只是正好被他拿来做由头罢了。

由此也可以看出沈家的霸道，你明知道人家给庶子庆生，你还不能不赴宴。

周枕玉觉得这是沈家有意的羞辱，但她没有办法不去，她只能希望昨天那两个人能晚一点来，这样她就可以光明正大地晚一些再过去，好给自己留出更多思考的时间。

穆掌柜走了进来，他这几天都有些愁眉苦脸："唉，娘子，刺史府那边不肯见我们……"

周枕玉点点头，脸上没有意外，还反过来安慰他："我早料到了，你也别急，兴许今晚能见着，沈家举宴，不可能不请刺史的。"

穆掌柜道："我听说那刺史清高得很，就怕他放不下架子，不肯去，而到时候沈家又在宴会上逼我们低头，那可就……"他搓着手，没再说下去。

周枕玉也沉默了，直到门外走进了几个人。

周枕玉抬起头，下意识就愣住了。

而穆掌柜还未认出来，上前几步道："几位，春秋堂今日不接待外客，请移步……"

为首的女子微微一笑："穆掌柜，昨日才刚见过面，你就不认得我们了？"

穆掌柜也结结实实愣住了。

那焦娘子昨日粉黛未施，今日却略施了薄粉，原本就清丽的脸越发容光摄人，乌发还是简简单单绾成发髻盘在头顶，但周枕玉细心地注意到，昨日的木簪换成了玉簪，那身粗布衣裳也换成了素色的半臂裙，没有多余的装饰绣花，也许对方并不想特意突出外貌，但那已经足够令人不由自主地将视线频频落在她身上。

就这样稍稍一打扮，她整个人看起来就完全不一样了。

这并非是说对方打扮起来，容貌就倾国倾城了，她当然是很漂亮的，就算穿着布衣也掩不住姿色，但此刻，姿色却并不是别人注意的重点，反倒是她那通身的行止气度，才是令人过目不忘的关键。

若说昨日这人仅仅是气质容貌出众一些的小娘子，需要通过谈话接触才能更加深入了解的话，那么今日她单单只是站在门口，周枕玉便能断定，这位焦娘子绝对不是寻常人物。

她自己便是大家闺秀出身，可焦娘子看起来，怎么也不像一般大户人家的千金，就连南平京城里那些世家千金，也未必有这样的风仪神采。

破天荒地，周枕玉失了礼数，没有先打招呼，而是按捺不住问了一句："敢问阁下，当真是来自席家村？"

听见她话语里的质疑，顾香生扑哧笑了："周娘子难不成怀疑我捏造来历吗？我们要卖的药草，的确来自席家村，若是不然，我们上哪儿找这么多的药草呢？总不可能自己种吧？"

周枕玉也觉得自己太过多疑了，那一瞬间，她甚至怀疑对方是沈家派来的，但很快她又推翻了这种想法。以沈家的作风，要派也不可能派这样一位女子过来。

她有点儿不好意思："对不住，您这样的神仙人物，别说席家村，就是放眼邵州城，怕也找不出几个，是以我才多问了两句。"顿了顿，她又道，"不过，那宴会上不知会有什么人出席，沈家在邵州城行事霸道，你我毕竟是女流，我怕有些人会……"周枕玉没有说下去，但她觉得对方应该能听得懂自己的意思。

顾香生当然听懂了，她苦笑摇头："可我总不能穿着原来那身衣裳过去吧？"

周枕玉也微微苦笑。其实顾香生的确没怎么打扮，顶多是换了一身衣裳，连发型都没变化，首饰更是一件不多戴，但就算这样，美人就是美人，依旧能够一眼就吸引住别人的目光。

话又说回来了，心怀歹意的，就算她穿着原来那身衣裳过去，难道就可以幸免了吗？

"要不，今晚你不要去了。"周枕玉犹豫片刻，说出这么一句话来。

其实她当然希望顾香生能去，因为不管怎么样，四大家里，只有周家是女性掌舵，而且周家现在不肯跟其他三家合作，正处于备受打压的境地，多一个顾香生，起码心里也能安定一点。然而她还是过不了自己的良心这道坎。

说完这句话，周枕玉就暗自苦笑，心想，活该你把周家经营成这样，对一个素昧平生的女子都下不了狠心。

顾香生笑道："多谢你的好意，不过你跟其他三家不和，我们正好也不想卖药草给他们，咱们现在算是同在一个战壕里，多一个人，起码也多个伴，不是吗？”

周枕玉一怔，两人四目相对，仿佛多了一些之前没有的东西。

周家被其他三家联手打压，父祖昔日交好的朋友不是袖手旁观，就是搪塞推脱，不敢插手得罪沈家，偌大担子都落在周枕玉一个人身上。夜深梦回时，她也曾泪湿枕巾，人前又得默默做事，戴起一副坚强的面具。历尽人情冷暖，骤然听见这样的话，她心头还是禁不住一暖。

连萍水相逢的人都能如此仗义，枉费父亲从前对那些人那么好，他们却……

穆掌柜在旁边道：“娘子，时辰不早了。”

周枕玉回过神，对顾香生道：“那我们起程吧，坐我的马车去。”语气之中多了几分亲近。

“好。”

二人上了马车，顾香生带的是柴旷和席二郎，两人跟穆掌柜一起，坐后面的马车。

周枕玉给她讲起宴会的注意事项，诸如席位如何坐之类的规矩，应该是担心她去了那里被人嘲笑。她说的那些规矩，顾香生都知道，但人家一片好意，她也没有打断，反而认真地听着。

他们到福庆庄的时候，那门口已经人来人往，异常热闹。

今日沈家包下了整个饭庄，在这里进出的人，自然都是来为那沈南吕庶子庆生的宾客。

宾客虽多，女子也有，可都是跟在男宾身后的女眷，少有像顾香生和周枕玉这样，单独作为宾客出席的，不免引来诸多注目。周枕玉毕竟是周家的当家人，还有人过来打招呼。

“你怎么来啦？”说话的是个白胡子老头，看上去与周家还有几分交情，走过来之后没有寒暄，反是说出这样一句话。

周枕玉笑了笑，不答反问：“钟阿翁，您身体可还好？这阵子琐事繁多，我也没能上门拜访，还请您多见谅。”

那钟姓老头子叹了口气，低声道：“宴无好宴，沈家正等着你上门呢！”

周枕玉道：“来了，还有一线生机；不来，就真的走投无路了。”

两人的对话活像打机锋，顾香生也没有深究，她跟着周枕玉往里走，顺带不着痕迹地打量周遭。

福庆庄据说是邵州最大的饭庄，内里自然是富丽堂皇，气派得很，不过比起魏国京城的六合庄来，还是稍逊了几分。

邵州城中正在闹粮荒，这里头却是一派觥筹交错的热闹景象，人人华服，笑容满面，一墙之隔，两般模样。

伙计领着两人入座，不知是有意还是无意的安排，她们俩的座位居然与主位很靠近，也就是在其他三大家当家人的那一拨里。这让周枕玉有点意外，因为她本以为沈家肯定要趁机羞辱她，将她们的座位安排在外围。

附近谈笑的人依旧在谈笑，对二人的到来视而不见。

周枕玉似乎也不以为意，反而给顾香生介绍起附近这些人。

主位自然是沈南吕的位置，不过他还没来。旁边应该是留给邵州刺史的，也还空着。

其他人依次排下来，分别是林家、黄家的当家人，还有邵州城内一些有头有脸的官绅。

虽说士农工商，但商贾一旦与官家搭上关系，其实已经不能算是纯粹的商贾了，像沈家，虽然经营着药材生意，但在南平，谁敢将他们看作一般商人？

“有人向你敬酒，你不想喝的话，就不用多喝。”周枕玉小声对顾香生道。

后者微微点头，表示明白。

这话才刚说完，一行人就走进来了，在座宾客纷纷起身行礼，口称沈郎君。想必为首之人正是沈南吕了。

顾香生和周枕玉也跟着众人站了起来。

沈南吕年纪不大，面容也清秀，就是看着有些城府，不易捉摸。

众人向他行礼，他仅是微微颔首，一路走过来，将架子端得十足。走到周枕玉她们面前时，他却偏偏停了下来，视线掠过周枕玉，停在顾香生身上。

“原来是周当家，好久不见，未知你身旁这位娘子是？”

他看向顾香生的眼里，明明白白有着惊艳。

就连周枕玉这个同性方才乍看顾香生的时候，也生出“漂亮”“好看”之类的感觉，更勿论沈南吕这个异性了。

顾香生没有说话，周枕玉不知道她是不想说，还是被沈南吕的唐突吓坏了，所以她代顾香生回答了一声：“这位是焦娘子。”也没有说明是干什么的，为什么会出现在这里。

沈南吕意味深长地“哦”了一声，却一猜就猜出来了：“我昨日听说有人在城里兜售药草，转了一圈，最后却去了周当家的药铺，想来就是这位焦娘子了？”

顾香生有点惊异于对方的消息灵通，但想想也是正常。现在旱季刚过，药材匮乏，药商又有意压价，所以价格才飞涨起来。他们走遍城中药铺的事情，肯定一早就被有心人看在眼里，通报上去了，否则沈家也不会给他们送请柬，邀请他们来赴宴。

当然，按照她先前的猜测，赴宴是假，下马威才是真，沈家以为他们是毫无见识的乡下人，所以想借着这次宴会，迫使他们将药草卖给沈家。

顾香生含笑道：“不错，就是我。”

沈南吕也笑了，半开玩笑道：“早知焦娘子是这般人物，要多少价格，我也会买的。”

那你到底是买药还是买人？

这句话有点失于轻佻了，但他说话的时候，眼睛也依旧没有从顾香生脸上移开。

后者若无其事地笑了笑，没接腔。

沈南吕还想说点什么，但这个时候，周枕玉却开口了：“沈当家，焦娘子已经答应将药草卖给我们了，周家药铺出了五倍于沈家药铺的价格，若是沈当家有意，只怕得出高于这样的价格，焦娘子才有可能动心了。”

五倍价格听起来有点惊悚，但实际上是之前沈家把价格压得太低的缘故。譬如这次顾香生他们带来的葛根，在魏国京城，一株的收购价是八钱，到了邵州这边要便宜一些，但随着药材匮乏，沈家给他们开的价，应该比八钱高才是，结果之前他们却将价格压到了二钱，这就称得上奸商了。

沈南吕没有想到，之前被打压得濒临绝境的周家，竟敢当众驳自己的面子，还截了和！

他的脸色一下子阴沉下来。

旁边林家的当家不阴不阳地笑道：“周当家这是攀上了什么大树，胆子肥了不少哇，沈郎君先开口要的药材，你也敢抢？”

顾香生也有点意外。之前周枕玉明明还未决定要不要买自己的药草，这才过了一会儿，就敢冒着得罪沈家的风险撂下话了？

周枕玉淡淡道：“东西在没有卖出去之前，价高者得，这素来是做买卖的规矩。我们周家开门做生意，不偷不抢，买卖也都凭着良心来，与胆子肥不肥又有什么关系？”

沈南吕看着顾香生：“这么说，焦娘子也答应将药草卖给周当家了？如果我愿意出比周当家更高的价格呢？”

“沈郎君！”旁边一人忍不住喊，似是提醒，被沈南吕看了一眼，立时噤声了。

顾香生沉默片刻，摇摇头：“抱歉。”

似乎从没被人这么拒绝过，沈南吕的脸色变得很难看。好一会儿，他才道：“那焦娘子可别后悔，我愿意出比周当家更高的价格，可也只此一次，到时候就算你求着我买，我还要掂量掂量！”

周枕玉有点担心地看向顾香生，好像怕她顶不住沈南吕的压力。

却见顾香生面色不变，悠悠道：“这做买卖，都讲究个先来后到，我既然已经和周当家说好了，就没有撇开她再另卖的道理。您家大业大，我们却只是小小的采药人，实在高攀不起。”

“好，好，好！”沈南吕不怒反笑，一连说了三个“好”字。

但周枕玉知道，他内心的愤怒，肯定已经到了一定程度。

像沈南吕这样的人，虽然是做生意的，可因为沈太后的关系，极少有人敢给他脸色看，让他吃挂落，结果眼前两个女人，一个抢走了沈家的生意，另一个拒绝了他。

“郎君，时辰到了，得开宴了。”一名侍从在他耳边小声道。

沈南吕深深看了两人一眼，转身走向自己的座位。

方才的言语交锋告一段落，庆生宴得以开始。沈南吕命人将庶子抱出来转了一圈，在场众人纷纷奉上祝福，将那尚且看不出性情的小孩儿捧得天上有，地下无。

借着旁人没有注意的机会，顾香生低声问：“你不是怕得罪沈家吗？”

周枕玉苦笑，实话实说：“现在邵州刺史也不肯见我，跟你们合作，是周家唯一的机会了，可你难道听不出他方才的意思吗？这是要威胁你别跟我们周家有生意往来，我要是再退让半步，周家没了药材来源，眼看就要败在我手里了。”

女子一人支撑门面本就艰难，在这种男女地位不公的世道，更是难上加难。

顾香生叹了口气，有些同情，其实这也是方才她当着沈南吕的面说要把药草卖给周家的原因。比起沈家，她当然更愿意和周枕玉合作。

珍馐美馔流水般地端上来，沈南吕作为主人家，自然是被众星捧月的那个月亮，众人轮番上前敬酒祝词，很是热闹。

饭庄还有专门说菜的伙计，每上一道菜，他就会高声报出菜名，顺便将这道菜的来历特点描述出来。因着福庆庄是邵州最大的饭庄，每一道菜自然也别有讲究，饭庄东家刻意让菜肴学习宫廷烹调的特点，往复杂里整，以此来凸显饭庄的格调。

别说，还真有挺多人吃这一套。这年头，有些菜谱和香方一样，只在高门世家里流传，外头是吃不到的。譬如像顾家，他们家虽然也冠了个世家的名头，可说白了，在跟着魏国太祖皇帝造反之前，顾家顶多就是前朝一武将人家，往上溯几代就要露出马脚的，所谓香方，也是焦太夫人嫁入顾家之后才带过去的。

顾家尚且如此，民间就不必说了。有钱不代表有地位，有些菜谱，就算有钱也请不到厨子来做。但越是如此，那些商贾就越是愿意追逐这些，所以伙计报菜说菜，众人都听得津津有味。

“这道菜名为南海珍珠，用的是南海里的一味珍珠鱼，诸位且看，这鱼不过巴掌大小，上面却有九九八十一道刀痕，道道横纵不差，为的是蒸鱼的时候能让鱼中鲜味彻底挥发出来……”

顾香生听得疑惑：“南平有海？”

周枕玉笑道：“邵州城西面有个湖，被称为南海，他们所说的珍珠鱼，就是南海里的特产。”

顾香生恍然，再看案上的那盘珍珠鱼，嫩白鱼肉上果然整整齐齐划了数十道浅浅的刀痕。她没有仔细去数到底是不是八十一道，但是乍一看，刀痕深浅长短都差不多，的确很考究功力。鱼肉鲜味伴随着葱丝蒸发出来，让人食指大动。鱼盘旁边则是一碟酱汁，让客人蘸着吃的。那酱汁略略带点甜味，送入口的时候，分不清是鱼肉鲜甜还是酱汁鲜甜。总而言之，味道不比六合庄差。

既然来了，不多吃些，实在对不起自己，这段时间在外面吃多了干粮，再吃到这种精致菜，顾香生觉得自己的味蕾都感动得快要流泪了，心道，这世上最让人恋恋不舍的，其实是美食啊！

席二郎和柴旷二人坐在她身后，两人前面也各有一张小案，这是给随从准备的。他们自然也有菜吃，不过主菜只给主客，没有随从的份儿。顾香生想到弟子长这么大估计还没吃过珍珠鱼，便整盘端起来递给身后的席二郎。

谁知这举动却引来一声嗤笑："想来焦娘子是没吃过这么好吃的鱼，还知道有福同享，也给弟弟捎上了！"

他们不知顾香生和席二郎的关系，还当他们是姐弟，看起来也挺像。

那人刚说完，不少目光就齐刷刷地朝她这边看了过来。

其实在场之人，头一回吃到这种鱼的也不在少数，但人总是要面子的，没吃过也不能露怯，反而要装出一副行家的模样，跟着别人一起嘲笑没有见过世面的人。

沈南吕笑道："来人，再给焦娘子上一份珍珠鱼，让她好好品尝一番，免得让人以为沈家怠慢了客人！"

他事先已经派人打听过，顾香生的确是从席家村来的，而且在邵州租了宅子，不过也仅止于此。

从对方的言谈举止来看，她很可能出身没落的大户人家，就算曾经还不错，现在肯定也落魄了，否则一个单身女子，没有必要带着仆从跑到邵州城来落脚。

沈南吕虽然嚣张，但不是无脑式的嚣张，顾香生的情况，他凭着手头的消息和自己的揣测，也差不多都弄清楚了。

对方跟周枕玉的合作，应该纯属偶然，就算如此，也没什么大不了的，周家行将没落，周枕玉又是一介女子，根本不可能给对方过多的庇护，只要进了邵州城，最后还是得照他的规矩来。到时候还不是人财两得，任由自己摆布？

那头顾香生神色不变，不紧不慢地应道："多谢沈郎君的好意，不过这南海珍珠骨刺颇多，我吃不大惯，还是免了。"

旁边有人忍不住嘲笑："什么吃不大惯，是压根儿就没吃过吧！"

顾香生"嗯"了一声："吃过更好的，自然就吃不惯第二好的了。"

她仿佛说了什么好笑的笑话，这次笑的人就更多了。

"这位娘子倒是说说，连南海珍珠都只能算第二好，那你的第一好是什么？总不会是乡下小溪捉的鱼吧？"

顾香生道："论鱼肉鲜美，珍珠鱼自然是够了，可惜骨刺太多，吃起来殊为不便，我倒是知道一个做法，可以让客人在吃这道鱼的时候不必挑刺。"

沈南吕挑眉："哦？愿闻其详。"

顾香生道："将豆芽中间掏空，鱼肉挑丝塞入其中，大火三分即可，届时豆芽脆甜，鱼肉鲜嫩且无骨，堪称美味……"

“且慢，豆芽纤细如丝，如何还能嵌入鱼肉？你这是痴人说梦吧！”有人提出质疑。

“你想不到的，未必旁人就做不到，福庆庄的厨子必然是有几分见识的，若有兴趣，将他叫来问问便知。”

她本是随口一说，谁知沈南吕好像还真来了兴趣，让人将福庆庄的厨子叫过来。

那厨子战战兢兢，听见这个问题，愣了一下，方道：“的确是有这道菜，前朝宫廷流传下来的，叫银簪白龙，不过光是掏空豆芽的工序，便得有举重若轻的刀功才行，小人学艺不精，不会做，还请郎君恕罪！”

众人听见居然还真有这道菜，不由得都啧啧称奇。

沈南吕眯起眼：“这道菜既然是前朝宫廷流传下来的，焦娘子又怎会知晓？”

顾香生道：“这道菜曾经记载于《遗珠野获编》一书中，乃齐国名士所记的前朝逸事。除了这道菜之外，里头还提到前朝宫宴三十六品，沈郎君若有兴趣，不妨着人拿来一阅。”

她这一说，在场便有人问：“你说的那本书，里头是不是还记了金银蹄、白玉珠等菜肴？”

顾香生颔首：“正是。”

对方看着也是个读书人，经由提醒便恍然大悟：“对对，我也想起来，里头的确是有这道菜！”

沈南吕的表情不大好看，因为他不太喜欢读书，自然也没看过那本什么《遗珠野获编》，本来还觉得顾香生在信口开河，但现在好像变成自己没有见识似的。

不虞之色自脸上一掠而过，沈南吕又露出笑容：“没想到焦娘子不仅人生得好，还是学富五车的女才子！”

顾香生道：“不敢当，只是昔年正好看过那本书罢了，班门弄斧，让沈郎君见笑了。”

刚刚是因为当众被奚落，不能不开腔，现在该服软的时候就要服软。

沈南吕慢吞吞道：“焦娘子一席话，着实让我们也长了见识，我敬你一杯。”

他端起酒杯，朝顾香生示意。

顾香生也端起酒杯。

沈南吕见她将酒杯递到嘴边，沾唇即止，不由得笑了："焦娘子可是瞧不起我沈某，连酒也不愿意喝？"

顾香生很明白，从方才开始，沈南吕就处处在针对自己，说看上自己的姿色也好，想要他们带来的药草也罢，总而言之，不管今日她做了什么，开不开口，低调与否，反正最后都会是这个结果。

打从一开始，她就不可能将药草贱价卖给沈家，否则也没有必要跟周枕玉合作，还前来赴宴了，但单凭周枕玉，肯定是没法与沈、林、黄三家抗衡的，除非有第三方势力的涉入。

至于这第三方嘛……

沈南吕见她迟迟没有动作，似乎正在想办法推托，不由得暗自冷笑，心说，过了这几天，别说你，就是周家，也得跪在我脚边求饶。你什么人不好合作，居然跑去跟周家合作，真是茅坑里点灯——找死！

就在这个时候，外头响起一阵动静，紧接着，一行人从外头走了进来。

沈南吕一愣之后，不得不起身迎上去："徐使君公务繁忙，还拨冗至此，沈某实在是不胜荣幸！"

为首之人，正是这些日子不曾露面，一直神隐在刺史府里的邵州刺史。

对方年纪甚轻，看着和沈南吕差不多，不过那副容貌行止却称得上天人之姿，在场那些没有见过这位刺史的宾客，此时都愣愣地瞧着他。

周枕玉更是轻轻地"啊"了一声，脸上露出十分意外的神色。

自从这位新刺史上任之后，就处处受到沈家为首的商贾压制，周家之所以千方百计想和邵州刺史搭上线，也是因为大家都有共同的目标，她希望能跟官府合作，对付沈家。

但新刺史避而不见，周枕玉恼怒无奈之余，不止一次设想过新刺史肯定是胆小如鼠、懦弱怕事的龟缩之徒。但她万万没想到，新刺史竟是这样一位玉郎君。

原先许多人没少在私底下议论新刺史如何倒霉，接了这么一个烂摊子，又说他如何懦弱，上任至今连个面都不敢露，结果现在刺史本人就站在这里，反倒没人吭声了。这其中，多半都是被新刺史的容貌给震慑住了。

"沈郎君的宴会，我就是再忙，也要来的。"

不仅人生得好看，声音也很好听。

沈南吕满意地笑了，觉得这是对方示弱的表现。

“徐使君言重了。不过您这一来，的确是蓬荜生辉啊！”他伸手一引，“使君请上座。”

然而路过周枕玉和顾香生二人的坐席时，徐刺史却停了下来：“没想到沈郎君这里还有女客。”语气是诧异的。

沈南吕笑着介绍：“这位是周娘子，春秋堂的东家。这春秋堂嘛，徐使君也许有所不知，三十年前，也是城中分号最多的药铺之一。”

周枕玉好不容易见到新刺史一面，也不顾上沈南吕的含沙射影，忙行礼道：“民女周氏，见过徐使君。”

徐刺史点点头：“原来是周当家，幸会。那这位又是……”

沈南吕道：“这位是焦娘子，席家村人。”

他没有介绍顾香生为什么会出现在这里，徐刺史似乎也不在意这些，视线径自落在顾香生脸上，久久没有移开，时间长得旁人都能察觉了。

同是男人，沈南吕怎么会不明白这种视线意味着什么？他心念电转，忽然想到一个不错的主意，声音却佯作诧异：“徐使君？该上座了。”

徐刺史回过神，脸上有点失态的狼狈。

沈南吕看在眼里，笑容更深了一些。

多了一位徐刺史，众人自然多了一个奉迎的对象。虽说徐刺史现在是个空头刺史，号召力说不定还比不上沈家，但不管怎么说，对方都是邵州的地方长官。

席间很是热闹，既有山珍海味，又有歌舞献艺，但徐刺史无心观赏，反而频频朝顾香生的方向看，次数固然不多，但沈南吕坐在他旁边，又怎么会没注意到？

“徐使君，是对焦娘子有意？”他凑过去，低声问。

徐刺史似乎被他的声音吓了一跳，有点尴尬地虚咳了一下：“没有的事。”

沈南吕暧昧一笑：“那焦娘子容色上佳，使君好眼力。我都打听过了，她原是席家村人，到邵州城来投奔亲戚的，虽然梳了个妇人发髻，不过依我看，应该还是个雏儿。”

徐刺史似乎眼睛一亮，又不好表现得太过急色，面上依旧维持着矜持：“她在邵州城有何亲戚？”

还说不是对她上了心，沈南吕心里哂笑，却道：“还未来得及打听，若使君有意，我自有法子，令她言听计从。”

徐刺史显然动了心，却还迟疑：“你的意思是……”

沈南吕意味深长地笑道："女人嘛，还不就是那样？只要被人占了身体，接下来就任由摆布了，徐使君想要的人，我自然会帮忙到底，到时还请使君行个方便，也帮我个忙。"

徐刺史道："身为邵州父母官，违法乱纪之事，我是不可能答应的。"

沈南吕道："使君放心，您也知道，如今旱情刚过，一些州县急需药材，我只是想买焦娘子带来的药草，不过焦娘子听了周氏的怂恿，如今对我有些偏见，还望使君到时为我多说两句好话，请焦娘子将药草卖给沈家。"

两人在说话的时候，陆续有宾客上前敬酒，沈南吕一边分神应付他们，一边还能低声跟徐刺史交谈。

待到周枕玉拉着顾香生上前敬酒时，沈南吕和徐刺史二人停止了交谈。

沈南吕笑道："焦娘子，我听说你还未许人，怎么就梳了妇人发髻？"

周枕玉暗道不好。

顾香生淡淡道："夫君早逝。"

沈南吕一拍手："那可就巧了！我们这位徐使君，妻室远在京城，身边也没个人照顾，他方才见了你之后，便甚为心悦，想纳你为妾，既然焦娘子夫君早逝，不如就由我来做这个媒如何？"

周枕玉完全愣住了。

刚才她们一入席，沈南吕就表现出对顾香生别样的兴趣，她还以为对方心怀不轨，不免暗暗为顾香生担心，谁知此刻居然是要给刺史做媒！

但是，当人妾室……

她不由得望向顾香生。

当妾室对良家女子而言，怎么也不能算得上抬举，但现在女方已经嫁过人，男方又是一州之长，若是能成，反倒是一桩良缘了。

众人便都纷纷叫起好来。

顾香生抿了抿唇，将手中酒杯微微举高，在旁人完全来不及反应之前，忽然往沈南吕脚边狠狠一掷！

旁人一阵惊呼，忙不迭躲闪。

碎片飞溅起来，好巧不巧，其中一片划过沈南吕的脸颊，霎时一条血痕浮现！

还没来得及等沈南吕发火，他的另一边脸又挨了一巴掌。

众人只听得焦娘子怒气冲冲地说了一句"士可杀，不可辱"，便直接转身拂袖而去。

周枕玉眼睁睁地瞧着顾香生离去，连喊住她都来不及，也不知道自己要不要跟上去，竟是愣在当场。

虽然看着沈南吕挨揍，心中暗爽，但她也知道，像沈南吕这样的人，今天被打了一巴掌，他日肯定要十倍百倍还回去。

还有徐刺史，现在被当众驳了面子……

周枕玉想替顾香生解释："沈郎君，徐使君，焦娘子也是一时冲动……"

沈南吕气得破口大骂："贱人，竟敢打我！还不将人给我追回来！"

现场登时一片混乱，好好一个庆生宴，被这么一搅和，自然也进行不下去了。

周枕玉自然没能找到机会跟徐刺史搭话，她有点担心顾香生会中途被沈南吕的人截下来，到时候还不知要遭遇怎样的对待，所以也跟着匆匆离场，打算先回药铺看看。

谁知马车行至半路，却让人给拦了下来，对方客客气气地说自己奉使君之命，请她过府一叙。

换了今天之前，周枕玉肯定欣喜万分，但在看见沈南吕和徐刺史勾结，想逼迫顾香生就范之后，她就对和官府合作这件事情没抱什么期望了。

饶是如此，刺史有请，依旧是不能不去的。

周枕玉跟着人来到州府，又被人带着一路来到后院书房。她心头隐隐不安，总觉得自己是不是落入什么陷阱里了。

"使君就在里头，我们不便进去，周娘子请。"刺史府下人站在门口道。

周枕玉把心一横，让跟着自己的穆掌柜在外头等着，便推开门，举步入内。

进了书房，绕过屏风，看见坐在那里似乎正等着自己到来的二人，她不由得惊愕万分。

这两人，一位是不久前才见过的徐刺史，另外一位，却是刚刚掌掴了沈南吕的顾香生！

"这……这到底是怎么一回事？"

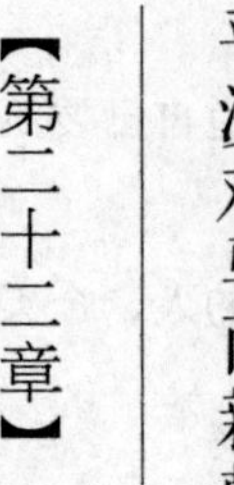

【第二十二章】平沙戏马雨新乾

“这是我们合演的一出戏。”顾香生朝站在那里发呆的周枕玉嫣然一笑，“虽然计划仓促，不甚完美，颇有遗漏之处，不过暂时应付沈家那边，应该也足够了。现在沈南吕肯定觉得我不识抬举，又觉得徐使君对我求而不得，恼羞成怒了。”

周枕玉呆呆点头：“我也这么以为。”

看见她这副样子，顾香生不由得笑出声。

周枕玉只觉自己脑子有点混乱，连本应该给徐刺史行的礼也忘了，就这么站在那里。还是徐刺史先招呼道：“周娘子请坐下说话吧。”

她如梦初醒，脸上有些窘迫，急急走过来行了礼，方才落座。

“我心中着实有许多茫然，还请使君与焦娘子为我解惑。”

顾香生见徐刺史没有开口的意思，便接道：“沈家在邵州城称王称霸，联合其他两家，意欲垄断药材生意，是以方才对你多方压制，然而他们压低药价，且提出用邵州税赋换取药材的行为，更是明摆着不将徐使君放在眼里，更想趁机架空使君，把持邵州。”

周枕玉点点头。正因为如此，她和徐刺史都有共同的敌人，她才三番五次求见徐刺史，想要与他合作，共同对付沈家。谁知道这位徐刺史忒怕事，成日里躲在刺史府里，半步也不敢出，更别说对付沈家了。

在今晚的宴会之前，其实周枕玉心里隐隐已经有了判断，觉得徐刺史根本就不敢得罪沈家，自己的想法只怕要落空。

在宴会上看见沈南吕和徐刺史勾搭成奸，意欲强纳顾香生时，周枕玉更是彻底寒了心，觉得自己先前的想法根本就是个错误。没想到事情峰回路转，竟然有了出乎意料的发展。

顾香生道："徐使君这些日子闭门不出，其实是在蛰伏以待时机。"

她说到这里，那看似高冷不发一言的徐刺史方才苦笑一声："可惜一无所获。"

他俩一说一和，周枕玉总觉得二人关系似乎非同寻常，仿佛早已相识，但想想又觉得好像是自己想多了。这位徐刺史刚从京城上任不久，焦娘子却是席家村过来的，怎么看也八竿子打不着。

顾香生继续道："所以昨日在收到请柬之后，我便设法送信给徐使君，请他配合演这一出戏，降低沈南吕的戒心，让他觉得徐使君是好色之徒，可与沈家同流合污。"

她看了徐刺史一眼："可惜徐使君生得比我还好看，扮个登徒子也扮不太像，差点露了破绽。为免沈南吕起疑心，只怕接下来数日，使君都要多多与他接触，降低他的防备才好。"

徐刺史被她这样说，竟也不生气，反是露出无辜的神色，脸上明明白白写着"我又不是登徒子，怎么可能扮得像"，如此俊美的容貌做出这等表情……饶是周枕玉，也瞧得心神一荡，忙移开视线。

这下她可以确定了，这位徐使君和焦娘子，果然是旧识。非但是旧识，而且关系匪浅。

焦娘子果然不是寻常人家出身，周枕玉想，可人家跟自己萍水相逢，是何来历，与徐使君有何渊源，又有什么必要对自己交代清楚呢？

顾香生似乎看出她的心事："我从前的确与徐使君有些来往，但无意瞒你，还请你见谅。"

周枕玉含笑点头："我明白的。"

她抛开杂念，回转正事："若我猜得不错，徐使君假作对焦娘子有意，只是迷惑沈南吕的第一步，接下来我们该做什么，可有我能帮得上忙的？"

徐刺史轻咳一声："沈南吕有沈太后撑腰，从不将我放在眼里，如今邵州府兵人心离散，我初来乍到，他们也不会听从我的指挥。沈家在邵州又是地头蛇，我虽然暗中派人收集了他的一些罪证，却不敢保证上禀朝廷之后，朝廷一定会严查。”

周枕玉有些失望。

她对徐刺史寄予了无限希望，因为他是邵州城内唯一能够跟沈南吕抗衡的人，可如果连他都没办法，那还有谁能对付得了沈家？难道她真得向沈家低头求饶不成？

“既然如此，焦娘子与徐使君费心拖延时间，又有何用？”她忍不住叹息一声。

顾香生却没有露出颓丧的表情，她似乎早已料到徐刺史会说的话，闻言也没有变色，依旧沉稳地坐在那里，徐徐问道：“敢问使君，我听说如今南平国内州县各自为政，天子虽在京城，却未必能号令四方，可是如此？”

徐刺史倒也没有隐瞒：“各州县长官皆为南平宗室，许多人不满沈太后把持朝政，又见天子年幼，是以心有不服。”

寥寥数语，就将现在南平的局势点了出来，无须说得更明白，顾香生与周枕玉就大致明白现在是个什么情形了。如果有外敌入侵，又或者天子出现什么意外，可以想象，南平内部立马就会四分五裂了。

“那么徐使君呢，您的想法又如何？”顾香生问。

徐刺史面色微变，没有言语。

顾香生这句话，一下子就问到他现在面临的困境。

邵州没钱，离京城又远，是个苦差事，这人人都知道，所以像他这种在南平毫无根基的人，才会被发配过来。徐刺史原也没什么想法，只希望来到这里之后，恪尽职守，就算做不出什么大事，也别像上一任那样，变成人人喊打的贪官污吏。

谁知道情势比他想象中更加艰难，别说自己初来乍到，底下的人面服心不服，就连那帮粮商，见到沈南吕作威作福，也跟在后面助长其气焰，把堂堂邵州使君视如无物。

徐刺史怎么可能不恼怒？只是他尚未想好要如何突破这个局面。

就在这个时候，故人来信。二人睽违数年，终于重逢。

然而在这雅室之内，谈论的却不是离情，而是枯燥无趣的正事。任是他之前设想再多两人重逢之后的场面，也料不到是这种情况。

想及此，徐刺史苦笑摇头，也不知是觉得失落还是滑稽。他沉默良久，方开口道：“擒贼先擒王，为今之计，唯有先扳倒沈氏。沈氏一去，余等不过是细枝末节，对付起来要容易许多。”

见他还是挺明白的，顾香生微微一笑："不错，只要使君下定决心，不忌惮得罪沈太后，我们便可从长计议。"

徐刺史道："如若可以，我倒是不想大动干戈，但现在沈氏不倒，我在邵州城也是个空壳刺史，不过你将周娘子叫到此处来，我却有些不解。以周家如今的光景，怕是不足以跟沈氏抗衡的。"

周枕玉听得他对顾香生和言细语，而顾香生也面色自如，心中越发吃惊，及至听见自己的名字，却是脸上一红，忙道："周家如今虽然算不得什么，不过使君若想从药铺着手整治沈氏的话，周家愿意倾力相助，追随使君。"

徐刺史笑了："都说商贾是无利不起早，周当家这样帮我，是想要得到什么好处呢？"

这一笑，登如明月初升，周枕玉忙移开视线，免得被美色所惑。她定了定神，道："周家向来安分守己，但自从先父过世之后，沈氏本欲将周家纳为麾下走狗，又提出让我与沈家旁支子弟联姻，我不愿听从，他便勾结前任刺史，仗势欺人，切断周家的药材供应来源，又强令原先与周家有生意往来的商户不得再提供药材给我们，更不让邵州百姓到周家药铺看病！

"亏得先父在世时妙手回春，救了不少人的性命，也还有一些百姓敢于不畏惧沈家权势，依旧过去看病。但这些不过是杯水车薪，沈家一日不倒，周家便无法重振旗鼓！即便是为了先祖的心血，我也不能让周家败在自己手上。"

她起身拜倒："唯愿使君将沈家扳倒之后，还周家一个公道，让我们可以继续经营下去即可，除此之外，别无他求！"

徐刺史颔首："周当家虽为女子，却有不让须眉之高义，假以时日，定会还你公道。"

周枕玉盼了好多天，终于盼来徐刺史的这一句承诺，虽然眼下这句承诺跟水中月差不多，不过也聊胜于无，起码这位徐刺史比沈南吕要好打交道多了。

她当即大喜拜谢："民女代周家上下，谢过使君！"

顾香生在一旁笑吟吟道："使君既然有决心扳倒沈氏，那么接下来的事情就好办多了。"

徐刺史问："此话怎讲？"

顾香生道："你多日龟缩刺史府中，已然给沈南吕留下懦弱怕事的印象。"

听到"龟缩"二字时，徐刺史嘴角一抽，心说，你怎么还是那样促狭？话没出口，又觉得失于轻佻，只好强忍下来。

对方的话语却未停："今夜宴会上的一幕，也让沈南吕相信了你是个急色之徒。沈家不怕你好色贪婪，就怕你不和他们狼狈为奸，现在他看到了你的弱点，肯定会主动来与你接触，使君正可以我为借口，表面上和沈南吕多多亲近。"

徐刺史也认真起来："亲近之后呢？"

顾香生道："亲近之后，私底下就可以做自己想做的事情了——整顿府兵，以待时机，将邵州沈氏一网打尽，不要给他任何翻身的机会，更不能让他有去京城向沈太后告状的机会。"

徐刺史脸皮一僵，那不就是杀人灭口？

反倒是周枕玉，听见顾香生的暗示之后，并没有多少不适。

她当众拒绝沈南吕的提议，已经毫无选择地必须站在徐刺史这边，沈氏不倒，她就没好日子过，徐刺史能赢，对她来说当然是最好的。

周枕玉道："使君，沈家在邵州城欺男霸女，前任邵州刺史贪污敛财，其中也多有沈南吕的功劳，只不过他仗着背景深厚，不被追究罢了，若以国法论处，此人便是死上十次，也不足惜的。"

徐刺史暗自苦笑，优柔寡断要不得，总不能还要两个女子来劝说自己吧？

他深吸口气："事已至此，无须多言，我自是明白的。"

见他下定决心，顾香生这才放下心，又对周枕玉道："这个计划里，可能还需要暂时委屈你一下了。"

三人商量了一番，直到将近深夜，周枕玉才告辞离去。为了不引人注意，她走的是刺史府的后院小门。

余下顾香生与徐刺史二人，四目相对，两两无言。

还是顾香生先忍不住，扑哧一笑："你一点儿都没变！"

徐澈苦笑："谁说没变，我老了，禁不起吓了，你以后能别这么吓唬我吗？刚收到你来信的时候，我还吓了老大一跳。"

这才三四年，美徐郎还是那个美徐郎，要说变化，兴许就是原先无拘无束的飘逸之气少了一些，取而代之的是稳重的烟火气。

顾香生笑嘻嘻："怎么，你以为见鬼了吗？还是以为有人假冒我的名字写信给你？"

在徐澈看来，顾香生的变化却要多得多。

除却发型，她的身量似乎又高了一些，轮廓更加长开了些，容貌自然不消说，从前便清丽若兰，如今只有更美的。

但徐澈心里的疑问实在是太多了。原以为两人一别，往后就再无见面的机会，即便有，也可能是许多年以后的事情了，更何况对方嫁的是魏国前太子，淮南王魏临。他们彼此相隔千里，山水迢迢，昔日的山盟海誓、柔情蜜意，也都一去不复返了，多少次夜半梦醒，徐澈也曾辗转思念，惆怅叹息。

但他万万没有想到，两人竟会在此地重逢。惊喜之余，震撼和疑问铺天盖地地涌来，简直让他不知道该从何问起。

徐澈理了理心情，尽量缓和声调，免得因为惊异过度反而吓着了对方：“你离开了魏国？可是……”

顾香生见他拧着眉头，望着自己，脸上露出七分疑问，三分关切的神色，心头不由得一暖，忍不住又说了和方才一模一样的话：“你真是一点儿都没变！”

这一次，则是感叹居多。

没有向往功名利禄的野心，也没有汲汲钻营的心思，清贵的出身和恬淡的性格注定了徐澈生来就有隐士之心。在这乱世之中，人人都争名夺利，他却如同闲云野鹤，即使身在邵州刺史的职位上，身上散漫闲适的气质也没有改变，这样的人，肯定不是能臣干吏的料子，更不可能当什么乱世枭雄。

但他是独一无二的徐澈，也是顾香生心中一处珍贵的回忆。想了想，她没有回答对方的问题，而是先问道：“魏国那边的事情，想必你也知道一些了？”

徐澈迟疑片刻，终是点点头。

顾香生道：“我自离开魏国之后，便在一处小村庄栖息，直至近日才来到邵州城，也无暇多打听，魏临应该登基了吧？”

徐澈道：“前阵子，魏国新帝登基，齐国因回鹘侵扰，无暇南顾，是以魏、齐和谈，齐人退兵，益阳王在江州自立，魏帝指其反叛，派兵出剿，战事未歇，我便离京来邵州，如今也不知如何了。”

“那我呢，魏国没有提及吗？”

徐澈动了动嘴唇：“新帝登基前夕，淮南王妃急病亡故，魏帝为其服丧百日，至于是否另立新后，在我离京前并未听说。”

顾香生自嘲一笑，倒是不怎么意外。她无故失踪，肯定要有一个原因，否则谁也没法解释淮南王妃怎么好端端就没了，再没有比急病亡故更合情合理的了。

按照她对魏临的了解，对方事后应该是有派人找过她的，但追回去又能如何呢？如果她不愿意屈居人下，魏临就得强逼她低头，到时候日日相见，从前再好的两人也要变成怨偶，说不定还要平地生出不少风波。

她明明已经答应了妥协，转头却直接不告而别，在魏临看来，她才是那个背信弃义、背叛了他的人吧。

如今魏国没了淮南王妃，魏临也不必担心自己因为休弃发妻而惹来非议，大可名正言顺另立新后，即便她如今回到魏国，也没有人会承认她是顾香生，自此山高水长，两不相干。

早就料到的结果。

徐澈看着她，叹了口气：“阿隐，你样样都好，就是外柔内刚，倔强得很，平白受了许多苦。有什么事情不能好好说，非得一走了之呢？我从前在潭京时，也曾与魏临有过几面之缘，他为人看着和善，实际上内里自有主张，偏爱的也是温柔小意的女子，你这样做，反倒弄巧成拙了。”

若非出于真心关切，他大可暗自幸灾乐祸，而不用说这一番话。

所以顾香生没有丝毫不快：“你兴许还不知道他要与严家联姻之事吧？”

徐澈果然一愣：“什么联姻？”

他离京的时候既然还没听说立后的风声，肯定也就猜不到魏临和严家之间的合作。顾香生将事情简单说了一下。

徐澈半晌无语。

按照时下的观念立场，顾香生固然受委屈，但当了帝王的妃子，以后若能诞下长子，兴许还有扳回一城的机会，不单女人觉得阴丽华足可为楷模，连男人也觉得阴丽华这样的女子，方是进退得宜、贤良大度的典范。像顾香生这样，宁为玉碎，不为瓦全的，并不足以称道。

徐澈虽然也不认为出走是个好主意，但这并不妨碍他心疼对方。

当年两人分开，实属不得已，在那种情势下，顾香生不愿随着他回南平，徐澈虽然难受，却也可以理解，觉得那样对两人来说，都是最好的结局。因为他知道自己一旦回到南平，前途性命都是身不由己的，更遑论保护顾香生了，但他依旧希望顾香生能过得好。这份情意，直至如今也未曾变过。

不是无情，而是无缘。

然而自己所珍惜的人，终究还是没能夫妻和顺，白首到老。以顾香生的性格，既然已经离开了，当然不会再选择回去，就算回去，也未必就能过得好。

“你……”沉默了很久，嗓子有点喑哑，他轻咳一声，“你是怎么过来的？以后有什么打算？”

顾香生道：“先前我取道邵州，是因为如今魏国与南平还算交好，玉潭镇往西虽是南平国境，但从此处入南平，无须通关凭证，无须被查验拦截，并不知道你在这里，若是知道，一早便来投奔了。”

她最后开了个小小的玩笑，但徐澈心头的沉重并没有因此消散。

“既然来了，那就暂且不要走了，我虽然不济，起码也是个刺史，还能护着你一些。”

“再说吧。”顾香生并没有给他一个确切的答复。

这让徐澈不由得蹙起眉头：“你总这样，看着和软，却喜欢做些让人吓一跳的事情，这样敷衍我，必是不准备久留了。”

顾香生扑哧一笑：“好啦，你别做出这副郁闷模样，怪瘆人的，美人皱着眉头，也不如平时笑着好看！这次来找你，其实是有事想与你商量，有一桩大买卖要送给你。”

徐澈叹气，也不知道是在为她担心，还是觉得她胡闹：“你说吧。”

顾香生先将席家村有盐洞的事情说了一下，末了，她看着徐澈震惊的表情笑道：“我听说你如今连饷钱都快发不出了，有了这个盐洞，正如久旱逢甘霖，可以解决许多难处。不过，虽说官府禁止贩卖私盐，但这崖盐毕竟是席家村所有，若是这样就被你拿去，村民无以为继，也是不好的，所以我想与你谈个条件。”

虽说盐洞迟早要上缴官府，但早不如迟，起码也得等席家村的人能够吃饱穿暖，不愁生计之后再说。今日邵州刺史若换了旁人，顾香生也不可能轻易吐露这个秘密，不过对方是徐澈，而且是没有性情大变的徐澈，自然是能够信任的。

徐澈问：“什么条件？”

顾香生道：“崖盐定期由席家村村民取出，上缴官府，由官府发落，不过必须留给村民足够的日常用盐所需，而且贩盐所得利润，官六民三，席家村村民必须得其三分利润，如何？”

徐澈能说“不”吗？这是凭空掉下来的钱，如果顾香生不说，他还不知道要多久才能发现这桩秘密，现在邵州府一穷二白，这笔钱就是雪中送炭。

“……等等。”他忽然觉得有些不对，“官六民三，这不是才九分吗？还有一分哪里去了？”

顾香生“啊”了一声，笑嘻嘻道：“差点儿忘了，这一分，是我想取的，不过只在我于邵州逗留的这段时间，等我离开邵州之后，那一分利润，随便使君想如何处置，我就无权过问了。当日打跑山贼取回盐洞，我也算是出了点力，而且这段时间还要给你出谋划策扳倒沈氏，以徐使君的品性为人，想必不会不肯答应这点小小的报酬吧？”

徐澈扶额无语。

从他的表情来看，估计很想说一句话：阿隐，你怎么成奸商了？

这半个月，沈南吕的心情很不错。捏着手上的请柬，他笑出了声。

“沈郎何事这般高兴？”问话的女子叫凤竹，是他新纳的妾婢，宠爱异常。

沈南吕没有急着回答，而是将手中请柬递给她。

凤竹展开一看：“徐刺史要设宴？他不是昨日才上门来拜访过郎君吗？”

堂堂一州刺史主动上门来拜访一个商贾，这听着就令人无法置信。

但在邵州，这是有可能发生的，因为商贾不是寻常商贾，沈南吕是太后内侄，邵州刺史换了几任，他还稳如泰山。

“他应该是要找我借钱。”

“啊？”凤竹愣愣道，“徐刺史还要跟郎君借钱？”

沈南吕拧了她的脸蛋一把，调笑：“你这是什么反应？前任给他留下了那么大一个烂摊子，他这个刺史当得一穷二白，连饷钱都快要发不出来了，不跟我借，他上哪儿弄钱去？我还当这徐澈能坚持多久呢，结果上任至今，连一个月都没能撑过去！”

这里没有外人，不妨碍他对徐刺史大声嘲笑，并表达鄙夷之情：“有色心没色胆，连要个女人都得思前想后，犹犹豫豫，我建议他下药，直接先把人弄过来，生米煮成熟饭，届时想如何便如何，还不是听凭摆布？结果他居然说要让她心甘情愿跟着自己，哈！真是滑天下之大稽，那女人就算有几分姿色，也不值如此！”

凤竹见过徐澈几回，对方风姿卓绝，她虽然面上不显，内心对这样的俊美郎君自然也是暗生好感的，只是这种好感不能在沈南吕面前表现出来。她强忍住想为徐澈辩解的念头，笑道：“郎君口中的女人是谁？让我来猜猜，莫不是周家药铺的女当家？”

沈南吕哈哈大笑：“那你可就猜错了，焦氏比周氏还是要多几分姿色的。半个月前的庆生宴，那会儿你没有出席，自然也没有瞧见徐澈看愣了眼的模样，我还当他有多清高，还不是见了女人就腿软的货色？”

他撇撇嘴，想起顾香生，又啧啧出声：“不过话说回来，若非徐澈看上了焦氏，我又想借此笼络他，那焦氏我自己便收了，哪里还轮得到他！”

凤竹娇嗔：“焦氏当真就那么漂亮吗？比妾还要好看？”

沈南吕似乎并不顾及爱妾的心情，居然实话实说："嗯，的确比你好看，那等姿色，饶是我从前在京城，也没见过几回。"眼看爱妾的美目都快要委屈得溢出泪水了，他才哈哈笑起来，揽过美人亲了一口，"好啦，吃什么干醋，这不是让给徐澈了嘛！"

大多数女人对于同性更能博取异性的喜爱这一点，总是抱着敌意与嫉妒，更何况是徐澈看上的人，凤竹不愿再从沈南吕口中听见焦氏的好话，便顺势撒娇转了话题："徐刺史先前不是清高得很吗？闭门不出，连您下帖子去拜访也不见，怎么这会儿又改了主意？难道就为了区区一个女人？"

沈南吕哂笑："怎么可能？他先前清高，只是他还没能看清形势，端着宗室子弟和刺史的架子呢；现在低头，那是因为他知道，不对我低头，他在邵州永远就是个空头刺史，寸步难行，到时候邵州出了什么事，朝廷追究下来，还不是要他负责？现在旱情刚过，有几个州县闹起瘟疫，他们肯定会上书请州府拨款赈济。粮商那边也开始闹了，徐澈不来求我，还能求谁？"他言语之间，颇为得意，"当年太后还说我不争气，不上进，没能立足朝廷，为沈家争光，可她老人家那会儿肯定没想到，我不当官，不照样能把那些官儿玩弄于股掌之间？什么宗室子弟，还不如我一个外戚呢！"

凤竹咯咯一笑："南平宗室那么多，郎君却只有一个，他们如何能与郎君比？"

沈南吕听得通体舒畅，拈了颗葡萄往她嘴里送："就你这张小嘴会说话！"

凤竹问："那郎君还去不去刺史府？"

沈南吕道："当然要去！你还不知道吧，我先前提出让徐澈用邵州税赋来抵债，他先时不肯答应，这回怕是要服软了。"

凤竹很吃惊："用税赋来抵？"

沈南吕哼笑："现在州府没钱赈灾，朝廷又拨不出钱，他除了向商人开口，还能向谁借？在这邵州城里，如果我不开口，有谁敢借钱给他？借了钱，当然要还债，我让他拿赋税抵债，不是天经地义的事情嘛！那些愚民将前任刺史赶走了有什么用，到头来邵州还不是我说了算？"

凤竹挨着他，娇声道："那郎君能不能也带上妾，妾还从未去过刺史府呢！"

沈南吕斜睨她一眼："你是看上了徐澈吧？"

凤竹心头一惊，忙想说点什么话来辩解，却听得外头下人来报，说周家药铺的当家求见。

沈南吕也顾不上教训小妾了，闻言挑起眉："她来作甚？"

下人道："周当家带了礼物，说是要来给郎君赔礼道歉的。"

沈南吕明白了，周枕玉肯定是看见新刺史对他的态度，心知无法与他抗衡，终于要来低头了。想及此，他哈哈一笑："让她进来！"又对凤竹道，"你不必避开，正可瞧瞧，那周氏先前何等硬气，还不肯屈从于我，这会儿还不是要乖乖过来认错？"

这话说了不一会儿，沈家仆从便领入两人，一个是周枕玉，一个是跟着她过来的穆掌柜。

沈南吕端坐不动，怀里依旧搂着凤竹，态度十足轻佻，也不让人奉茶："周当家，好久不见，别来无恙啊？"

周枕玉勉强笑道："沈郎君贵人多忘事，半月前庆生宴上，我们方才见过的。"

沈南吕"哦"了一声，慢吞吞道："好像是有这么回事。我记得，当时你非但不肯跟我合作，还说要买下焦氏的药草，是吧？"

周枕玉道："我这人生性冲动莽撞，常常得罪人，今日是特地来赔罪的，还请沈郎君不要放在心上。"说罢，她起身行了一礼。

沈南吕当然会放在心上，他本来就是一个记仇的人，当下说道："周当家说笑了，我这人最讨厌的，一是有人抢我看中的买卖，二是有人自作聪明，偏偏你两样都占全了。女人本来就应该安安分分待在家里相夫教子，你却毫无自知之明，明明没有做生意的本事，还偏要强出头！我于心不忍，提议周家与沈家联姻，你却将我一番好心当成驴肝肺，想也不想就拒绝了，现在后悔了吧？我告诉你，迟了！"

周枕玉藏在袖下的手悄悄攥紧了。什么好心好意，沈家当初提出联姻，分明是觊觎周家密不外传的那几份独家丹药方子，结果到了沈南吕口中，却都黑白颠倒了！

她隐忍道："昔日少不经事，不知经营艰辛，以至于让周家在自己手中一日日衰落下去，身为周家子孙，我着实寝食难安，每每思及沈郎君当初的提议，就觉得自己的确是不识好歹，还请沈郎君给我一个赔罪的机会。"

看着她低声下气的模样，沈南吕大感快意，他就喜欢看别人在自己面前求饶，尤其是那些一开始自诩有骨气不肯屈服的人，求饶的声音就更美妙了。

"焦氏的买卖，你还抢不抢了？"他慢条斯理地问。

"如今再给我一百个胆子，我也不敢与沈郎君抢了。"周枕玉面色苍白。

沈南吕问：“联姻的提议呢？”

周枕玉沉默片刻：“沈郎君的意思是？”

沈南吕道：“你别怕，你这种姿色，我还看不上，我也没兴趣收你当小妾。从前提议的那桩婚事，我那堂兄如今已经成了亲，也只好作罢。不过呢，我还有个堂弟，经常跟在我身边做事，叫沈南秋，想必你也见过的。他的正室两年前死了，如今还差一个打理中馈的，若是你愿意，倒是一桩门当户对的姻缘，你看呢？”

周枕玉的脸色更白了一点。沈南秋她的确是见过的，生得膀大腰圆，一双色眯眯的眼睛成日不安生，见了女人就往对方身上瞟，身边的侍妾也不知有多少个了，周枕玉都怀疑他的元配是被活活气死的。只因沈南秋对沈南吕言听计从，且办事勤快，很得沈南吕的喜爱，在邵州城也算得上一号人物。

若换了往日，以周枕玉的脾气，她估计直接就随手抄起点什么东西朝沈南吕扔过去了。但此刻，她也只是咬咬牙，低下头，声如蚊蚋：“妾……没什么可说的。”

这就是默许的态度了。

穆掌柜睁大了眼睛，忍不住急道：“当家……”

周枕玉打断他：“别说了！”

沈南吕呵呵一笑：“周当家何必做出这等不情不愿的架势，我沈南吕可没有逼良为娼，你若不愿意，我也没有强迫的意思啊！”

周枕玉忍气吞声：“多谢沈郎君的抬举，我……我只怕自己年纪大了，不太合适……”

沈南吕摆摆手：“年纪大些也无妨，反正我那堂弟是娶继室，他也不是缺女人，你这样的，正好。”

评头论足似的语气，让周枕玉几乎咬碎了一口银牙，可她还不得不道：“那就……听凭沈郎君做主。”

沈南吕拍拍手：“这就对了，识时务者为俊杰嘛！”

周枕玉很是明白他要什么：“……周家祖上流传下来几张药方，凭着它们，方能维持周家这么多年的声誉和地位，若沈郎君不弃，我愿将这几张药方列为嫁妆之一，还请沈郎君高抬贵手，帮忙保全周家，周家不能在我这个不孝女手上败落。”

沈南吕笑吟吟道：“放心吧，等你嫁入我们沈家，成了沈家妇，周家的事自然也是沈家的事，我不会袖手旁观的！你看你，早点开窍不就好了？非要吃了苦头才知道后悔，早些嫁进来，周家就还是邵州城的四大家，保你荣华富贵，一样不差！”

正事谈妥，他也没兴趣再对着周枕玉，挥挥手，像赶苍蝇似的：“行了，那你走吧，婚期我会和南秋商量，你就在家等着准备嫁妆好了！”

周枕玉起身，默默行了一礼：“那我就不叨扰沈郎君了。”

她竭力控制自己的步伐更沉重一些，直至出了沈府，上了马车，方才长长松了口气。

马车上坐着另一个人，见她如释重负，不由得笑道：“周姐姐的演技可比徐使君好多了，不必这么担心。”

周枕玉没听过“演技”二字，但也能明白大致意思，叹道：“方才我真怕自己控制不住，一巴掌掴过去，到时候就坏了大事了。”

顾香生扑哧一笑。相处越久，她就越觉得周枕玉是个有趣而且不错的人，行事坚强独立，虽然处处被打压，但骨子里依旧有股不输给男人的韧性。

“沈南吕提的条件，你都答应了？他没起疑吧？”

周枕玉点点头：“他素来就瞧不起我，之前提出联姻，也是因为看中了我们周家的几张丹药方子，现在的情势，任谁看来，我都已经走投无路了，除了向他低头妥协之外，没有别的选择，所以他对我的来意并没有起疑。”

说罢，她还是有点担心：“不过，你们的办法当真可行吗？沈南吕是太后侄儿，若他出了事，朝廷肯定会追究徐使君的责任……”

顾香生笑道：“所以我们准备了半个月的时间，就是为了能够收拾将沈南吕扳倒之后的局面。”

周枕玉不解：“难道你们派人去京城贿赂朝中重臣，让他们到时候能为徐使君说好话？”

顾香生道：“求人不如求己，那些人说上一万句好话也没用，关键在于沈太后现在有没有能力对付我们。”

周枕玉摇摇头，表示没有听懂。

顾香生道：“我且问你，前任刺史闹得民怨沸腾，当时朝廷除了将刺史撤职之外，可有调兵过来镇压？”

“那倒没有，当时仅仅是命邵州长史暂时充任刺史一职，然后让他安抚下属，又命邵州府兵去平叛，后来邵州长史不得不开仓放粮，又抓了两个贼首砍头示众，其余的人方才被镇压下来。”

“那便是了，我也听徐使君说，如今各州府暗地里不听调遣，朝廷如今在京兵力不过五万，要用于拱卫天子、太后尚且不及，不可能再有多余的兵力来镇压地方叛乱，所以只能让各州府自行平叛。所以，就算到时候沈南吕被抓，只要有正当的罪名，朝廷顶多也只能申饬训斥，又或者免了徐使君的官职，却无法为此大动干戈，派兵过来的。”

周枕玉“啊”了一声：“朝廷会免了徐使君的官职？那他岂非白白受连累？”

顾香生道：“到时候，徐使君走不走，是由邵州百姓说了算，而非朝廷说了算。”

周枕玉听了这语焉不详的话，知道顾香生他们一定是另有打算，便也没有多问。

她此刻更担心的，自然是沈南吕到底会不会倒霉，如果沈南吕不倒霉，那倒霉的可就要换作她自己了。

顾香生仿佛看出她的忧虑，拍拍她的手，安慰道：“周姐姐就算不相信我，也该相信徐使君才对。我们既然请你合作，就不会让你身犯险境的。”

周枕玉闻言反是一笑：“其实比起徐使君，我对你更信任一些。”

顾香生奇道：“这是为何？”

“徐使君固然比前任刺史好上太多，但我看得明白，他做事怕是少了些魄力，若非你极力说服，说不定现在他还没有下定决心对付沈南吕。徐使君毕竟是宗室，就算被沈南吕逼得无路可走，大不了去职回京就是，于性命无碍。我却不同，如今周家生死全在我一念之间，正如背水一战，没有任何退路，我也输不起。”说到这里，她朝顾香生微微笑道，“毕竟徐使君可没有陪着我去赴鸿门宴，单凭这一点，我就得领你的情。”

顾香生故作无奈地摊手：“周姐姐说得我顿感责任重大，若是此事失败，我可没法变出一个周家来赔给你，看来只能硬着头皮全力以赴了。”

马车行至半路，她与周枕玉说了一声，先行下车，带着柴旷直接往刺史府而去。

刺史府上下对她早已熟悉，见她到来，也无须通报，直接就引着人朝花厅方向走去。

“使君没在书房吗？”她问。

“焦娘子，使君说了，您一来，便让您过去。”这仆从是跟着徐澈从京城过来的，叫徐厚，忠诚度毋庸置疑。许是徐澈之前吩咐过他什么，他对顾香生的问话素来爽快得很，有问必答。

徐厚低声道："照您的吩咐，使君将司兵参军事宋暝、都尉于蒙等人都召过来了，不过好像因为俸禄的事情，谈得有些不愉快。"

这事之前徐澈曾经跟顾香生说过，朝廷国库现在没钱，俸禄也没能发够足额，只发了七八分，连续数月都如此，加上前任刺史亏空，徐澈刚上任的时候也发不出钱，府兵们早就心有不满。

这半个月里，席大郎和林泰等人从魏国那边回来，成功将盐卖了出去，又买了不少农具、种子带回席家村。

对于顾香生将盐洞盈利的大头交给邵州官府这件事，村民们并无不满，反是感激，因为他们都明白，若非顾香生从中斡旋，以后被官府发现这个宝藏，他们就一分钱都别想得到了，如今还有三分盈利，等于坐地收钱，已经足够好了。

经过老村长的事情之后，席大郎也成长起来了，他非但没有反对顾香生的决定，还帮忙劝说村民，让他们心悦诚服地接受这个结果。

有了卖盐的这一部分钱在手，徐澈现在也能补足俸禄给底下的人了。

按理说，能够发足俸禄，邵州府的属官兵员们应该欢天喜地才对，又怎么会谈得不愉快？

顾香生有些奇怪。

她让徐厚领着自己从花厅后门进去，在屏风后面站定，朝徐厚做了个手势。

徐厚心领神会，点点头，悄声退下。

厅中的人没有注意到她的到来，依旧在继续对话，从语气上听，的确不那么愉快。

"使君，我于蒙是武人，说不来文绉绉的那一套，请恕我直言了，你愿意自掏腰包给我们发薪俸，我们不是不领情，也不是不感激，但若是要让我们与沈家作对，却是办不到的！"

徐澈的声音也有些生气了："沈家不过一商贾耳，沈南吕在邵州城作威作福，至今无人敢管，朝廷自有朝廷的法度，他趁着旱灾抬高药价，又威胁我以邵州赋税抵药钱，这等无法无天的行径，换作旁人，早已被砍头十次不止了，缘何还能毫发无伤？尔等身为邵州官员，自该为邵州百姓着想！"

于蒙冷笑一声："使君，您说的这些大道理，我不懂，也不想懂！我只知道，您得罪了沈南吕，届时朝廷一纸敕旨下来，您拍拍屁股就能走，我们却还是要在邵州继续混下去的。得罪了沈南吕，到时候让折冲府的弟兄们去喝西北风吗？"

邵州地处南平与魏国边境，原本应该设有军镇边防军的，但因为南平国小力弱，朝廷国库空虚久矣，目前跟魏国也没有战事，南平就将这一支边防军给裁撤了，又因两国边境商贸往来频繁，南平又不足为虑，魏国那边索性也就撤去关口盘查，只余边防驻守，也就是说，从玉潭镇进入邵州，有军队驻守，但无须盘查，这也是顾香生为什么当初选择从这里走的原因，因为很方便。

那么问题就来了，没有军镇边防军，邵州就剩下一支军事力量，也就是于蒙现在统领的折冲府。

徐澈来上任的时候，自己也带了数十人，足可信任，但他在邵州，以后不可能长期依赖这几十个人，有事还是得靠于蒙这样的武官。

但于蒙的态度很明确：有钱领，很好，我们要，但让我们去抓沈南吕，没门儿。

眼看气氛有些僵凝，宋暝打圆场道："于蒙，使君在此，岂可无礼？使君，您不要与于蒙一般见识，他说话就这样，直来直去。您初来乍到，不太了解邵州的情况，沈南吕虽为一介商贾，但他有太后撑腰，且在邵州经营多年，军中也颇有人脉，许多事情，不是我们说了算的。抓人的事情，还须从长计议，不急于一时。"

他慢条斯理，说话的确比于蒙要让人顺耳多了，但两个人的意思其实都一样：他们不想掺和徐澈与沈南吕之间的恩怨。

徐澈没有想到，之前手头没钱，他寸步难行，如今手头有了钱，却依旧没法发号施令。

邵州府属官不少，各成一派，大家都有各自的小算盘。

这些日子徐澈也不是光闲着，他仔细观察了底下的人，发现于蒙和宋暝这两个人，并没有和沈南吕勾搭到一块儿去，还是属于可以拉拢收用的那一拨。

谁知道，人家压根儿就不想蹚这趟浑水。

场面一下子冷了下来，徐澈没有说话，其他两人也没说话，花厅里安静得连屏风后面的脚步声都能听见。

屏风后面……的脚步声？

于蒙和宋暝俱是一愣，不由得抬头望去，便见一名女子自那里走了出来。

"沈南吕所作所为，早已天怒人怨，两位虽然口口声声说不参与，但心中对此人未必是没有怨言的吧？"

对方似乎并不觉得自己出现在这里是一种突兀，淡定自如地笑了笑，声音出奇地好听。

但宋暝皱起眉头，没有像于蒙那样被对方的容色摄住心神："没想到在使君这里说话，还要防备隔墙有耳呢。”言下之意，是暗暗讽刺徐澈放纵家眷在这里偷听。

顾香生不以为意，盈盈一笑：“我姓焦，是徐使君的表妹，方才怕唐突了二位，是以没有及时出现，并无窃听之意。”

骤然间多了个“表妹”，徐澈刚入口的茶差点呛到鼻孔里去。但他素来拿顾香生没有办法，从前如是，现在也如是。

略带无奈地想着，他听到顾香生对宋、于二人道：“使君此番请二位前来，其实并不是想让二位帮忙，而是想要二位一个承诺。”

见宋暝、于蒙都看向自己，徐澈只得点点头：“她的意思就是我的意思。”

宋暝问：“什么承诺？”

顾香生道：“我知道两位素有风骨，不肯投靠沈南吕，但也有所顾忌，不敢贸然支持使君，这点我们并不勉强，只希望届时不管我们与沈南吕那边起什么冲突，两位都能保持中立，尤其是于都尉，还请辖制好自己手底下的兵员，别被沈南吕给利用了。”

于蒙有些恼怒，觉得这女人漂亮归漂亮，说出来的话却一点儿也不可爱，想也不想便道：“沈南吕那龟孙子，如何能指使得动我？我自然不可能偏帮他！”

“于兄！”宋暝还要阻止，却已经来不及了，对方明摆着知道于蒙是两人中比较冲动的那一个，所以先设下点语言陷阱引他上当。

顾香生转向他：“宋兵掾想必也答应了？”

宋暝暗叹口气：“我们自然不会插手，但使君若要我们帮忙，我们也爱莫能助。”

顾香生点点头：“只要不插手便可以了。”

以后有你们主动上门的时候。

“还有一件事，”她道，见宋暝、于蒙一凛，又笑着补充，“与方才之事无关，二位不必紧张。是我先前路过折冲府，瞧见都尉手下兵员在训练的情景，那场面……”

于蒙还当她要说些趋奉讨好自己的话，便冷笑：“怎么，那场面吓着你了？那不是你一个妇道人家应该看的！”

顾香生这才把没说的话说完：“那场面，实在不堪入目，我从未见过箭术烂成那样，刀枪使得那样有气无力的府兵，真是大开眼界了。”

于蒙的脸色一下子就黑了。

【第二十三章】天上有香能盖世

徐澈身为邵州刺史，于蒙的上官，即便他说这番话，于蒙尚且会不痛快，更何况是徐澈不知道从哪儿冒出来的劳什子表妹！

被一个女人当面说没用，简直就是奇耻大辱！于蒙冷笑，却理也不理顾香生，直接对徐澈道："徐使君好家教，竟教出这等不知礼数的表妹来！于某看多了伤眼，就不奉陪了！"他腾地起身，直接就要往外走。

顾香生悠悠道："于都尉被我一语道中弱点，便要一走了之了？箭术枪法，孰强孰弱，这些都是实打实的功夫，不是光靠嘴皮子就可以争个胜负高下的。若于都尉心中不服，不如来一场赌约如何？"

于蒙恶声恶气："什么赌约？"

顾香生道："我平日里爱骑射，箭术还可以，于都尉手下必然也有擅长射箭之人，咱们可以来比一比。至于刀枪剑法，我手底下也有两个家奴，身手尚可，于都尉若有兴趣，不妨也一道比试比试。"

柴旷和林泰自然不是家奴，这只不过是跟对方说话时的一种策略。

于蒙睁大了眼，上上下下打量顾香生，眼神里不是惊艳，而是不可思议与嘲笑："就凭你？要跟我手底下的人比箭术？焦娘子，我有公务在身，没空陪你逗乐玩耍！"

顾香生叹了口气："于都尉连凭真本事和一个女子打赌都不敢，以后还谈何上阵杀敌？也罢，是我不该说这话，不过您手下那些人以后要操练，最好还是寻个无人的地方关起门来悄悄操练，免得丢人现眼，不堪入目。”

这话委实说得太过了，宋暝担心于蒙会暴起揍人，忙打圆场：“有话好说……”

“比就比！”于蒙已经被彻底激怒了，“比箭术和刀枪是吧？可以！我亲自下场，让你输得心服口服！不过赌约要有彩头，若你输了……”他冷笑一声，“若你输了，不如嫁与我为妾算了！”他说这句话，当然不是因为看中了顾香生的美色，而是有意折辱对方。

徐澈终于不能不开口了，他的声音也带了点怒意：“于都尉何故连堂堂正正比试的君子之风都没有？我家表妹早已嫁过人了！”

宋暝也道：“使君勿气，于都尉说的是戏言……”

“谁说的是戏言？”于蒙一挥手，“徐使君纵容女眷胡闹，口口声声逼着我打赌，如今我将彩头说出来了，怎的反倒龟缩了？难道令表妹是奉了使君之命，特意来占我的便宜不成？”

“我与你打赌的事情，不必牵涉徐使君。”顾香生脸上犹带笑容，“我虽嫁过人，不过夫君早逝，如今也算自由之身，就按于都尉说的办吧。不过话说回来，若于都尉输了，又当如何？”

于蒙没好气：“你说如何？”

顾香生道：“妾室与婢无异，我也该想个差不多的彩头才好。若于都尉输了，以后便当对我言听计从，不得违逆，连带你手下的邵州府兵，同样要听从我的命令，如何？”

“可以！”于蒙压根儿就不觉得自己会输给一个女人，还是一个娇滴滴的女人。

“不行！”徐澈沉声道，“阿焦是我表妹，身份非同一般女子，你们要比无妨，彩头还是另换一个吧！”

于蒙冷笑：“想来使君也对令表妹不放心得很啊！我发妻早逝，家中只余稚儿幼女，无人主持中馈，以令表妹的姿色，别说纳为妾室，便是直接娶为续弦也是可以的，只不过她这性子，一看就不是温顺贤淑的，如何堪为良配？便是让我娶，我还得考虑考虑呢！”

徐澈如何容得旁人如此诋毁顾香生？当即便面露怒意，一拍桌案：“于蒙敢尔！”

顾香生道：“阿兄莫急，我既然提出这个赌约，对自己的箭术必然有信心，于都尉，不知何时进行比试？”

“你说何时便何时！”

“那就明日卯时，在折冲府的操练场如何？”

于蒙不愿占她的便宜，日后被人说自己之所以能赢是靠着地利来的，便道：“在刺史府单辟一块空地也可！”

顾香生笑了笑：“既然于都尉秉性高洁，不愿落人话柄，那便直接在郊外飞云校场吧。”

那个飞云校场，以前是军镇边防军的校场，后来这支军队被裁撤了，校场也随之荒废，无人问津，倒是一处可供比试的好地方，顾香生会提起这个地方，也是另有打算。

于蒙道：“可！”

虽说约定了打赌，但气氛着实不大愉快，于蒙懒得应付，直接就告辞离去。宋暝连连苦笑，只得起身朝徐澈拱手，然后跟在后头匆匆离去。

两人一走，徐澈便不再客气，他一反先前的慢条斯理，甚至有些气急败坏：“你可知你在作甚！阿隐，我知道你想帮我收服他们，可也无须搭上自己！这个赌约不能履行，明日你不必去校场，我代你去说明就是了，如今我好歹也是一州刺史，于蒙不敢不给我这个面子的！”

顾香生和声细语：“你别着急，先听我说完，说不定你会改变主意呢。”

从前二人交往时，为了给心上人留下一个好印象，免得将人给吓跑，加上从小在顾家受的教育，顾香生言行还是比较谨慎克制的，直至嫁给魏临，到了宫中之后，处处杀机，更不能不步步小心，然而自打离开魏国之后，她仿佛一下子脱掉枷锁，行事多有跳脱之处，在旁人看来，简直胆大妄为，其实这才是她骨子里最真实的一面。

徐澈拿她没办法，分别数载，本以为没有机会再见，却还能看见她坐在眼前，对着自己说话微笑，虽然嘴上不说，心中未尝不是小心翼翼、倍加珍惜的，别说怒目以对，就是冷淡一点的言语，他都觉得说不出口。

顾香生道：“纵观邵州官员，自私自利，各有打算的不在少数，像宋暝、于蒙这样，虽然也明哲保身，但起码他们心中还有良知，比起那些为虎作伥、狼狈为奸的人，不知好了多少，也是值得使君去拉拢的。”

徐澈点点头，这话他倒是同意，否则也不会将二人请到这里来商量。

顾香生道：“等我们的计划施行成功，他们心中一定会有动摇，十有八九会回来向你投诚。于、宋二人倒是可用，但他们底下的人实在不行，尤其是折冲府那些士兵。我先前看过他们的操练，懈怠惫懒，别说比不上齐人，连魏军也比不上。这样一支军队，如何指望他们在有事的时候能够助你一臂之力？所以我借着赌约引于蒙跳坑，若他输了，正可趁机将这支府兵磨砺一番，收归己用。”

徐澈蹙眉：“收不收归那支府兵，反是次要，你如何断定你打赌能赢？”

顾香生笑道：“这天底下哪里有十拿九稳的事情，无非是对自己有些信心，继而全力以赴罢了。”

徐澈沉下脸：“胡闹！若是输了呢？难道你真要履行赌约？”

他越发后悔自己刚才没有阻止对方，转念又想，如果顾香生输了，自己也万万不可能让她去当什么于蒙的侍妾，大不了到时候直接毁约好了，他就不信于蒙还敢如何。

顾香生狡黠一笑，却早有谋算：“焦芫和他打赌，又不是顾香生和他打赌。再说，我本来就不准备在邵州久留，到时候万一输了，大不了一走了之，他还能怎样啊？”

徐澈：“……”

敢情你打的是这个主意！

顾香生嘻嘻笑道：“使君，你也太实诚了，这种事情怎能说话算话呢？于蒙、宋暝二人可用，我这是想方设法在为你收拢人心啊。那个于蒙一看就瞧不起女人，若是败在我的手下，还不知会受何等打击，到时候使君出马，温言抚慰，柔情万千，还不手到擒来吗？”

徐澈：“……”

柔情万千是这么用的吗？

他本来以为经过魏临的事情，顾香生虽然面上言笑晏晏，心里不定怎么黯然神伤，可如今看来……好像是他想太多了。

徐澈无力扶额：“阿隐，以后有什么事，你须先和我商量一声，切不可这般贸然行事，就是没病也要给你吓出病来了。”

“遵命，阿兄！”

她如今尚未过双十，虽说平日里处事缜密，看着稳重，但偶尔这样说俏皮话的时候，那股属于少女的烂漫气息便又浮现出来，夹杂着成熟与天真的双重风情，令人移不开眼。

说句心里话，这样的顾香生，反而比从前更加真实，也更让徐澈难以放下。

他很明白，他对顾香生，依旧是有情的。然而这份情意在自己已经娶了妻子的前提下，就显得多余而可笑了，即便这个妻子乃天子赐婚，并非出于自己的意愿，而对方听见他要来邵州赴任时，也不肯与之同行，生怕邵州苦寒，不如京城安逸。

但无论多少理由和借口，都无法改变他有妻室的事实。顾香生会因为魏临另立新后而选择出走，自然也不可能去屈就一个妾室之位，与其说出来让双方都尴尬，倒不如一开始就不要开口。更何况，徐澈也舍不得她受这份委屈。

香生，香生，依香而生，本就该被人珍而视之，魏临为了大业而选择舍弃她，自己又如何还能让她再伤心？只要像现在这样，能看着她的笑容，便也足矣。

心中万千思绪浮上心头，徐澈慢慢道："阿隐，你既然自称我表妹，往后人前，你我不妨也暂且如此称呼。"

顾香生知道徐澈这是为自己着想，如果她离开邵州，肯定还要经过南平其他州县，到时候跟别人自报家门，说是邵州刺史的表妹，的确可以省下许多不必要的麻烦。

她的心头忽然涌起一股悲意，酸涩涨满心间，几乎要落下泪来。如果当初徐澈没有回去……如果当初两人没有分开……然而没有如果。

岁月就像流水，一路往前，再也回不去了。

两人四目相对，即使什么话也没有说，徐澈仿佛也能读懂对方的心思。他的眼睛也跟着酸酸涩涩的。

"徐郎阿兄？"

"嗯？"这是什么怪称呼，徐澈有点哭笑不得，酸涩的心情也消了一些。

"我饿得很，你府上难道不留饭吗？"

"……"

于蒙带兵很有一手，战斗力好不好且不说，起码底下人心还比较齐，于蒙也很得将士的心，因为他不像那些贪污克扣吃军饷的武官，也不会把手下人的功劳挪到自己头上，还愿意带头吃苦，身先士卒。

当兵的没多少讲究，无非是吃口饱饭，追求更高点的，就是建功立业了，能够遇上于蒙这样的头儿，是他们上辈子修来的福气，大伙对于蒙心服口服，言听计从，听说他居然跟一个娘儿们打赌，都纷纷围上来。

“都尉，您怎么会答应跟女人打赌啊？”

“是啊都尉，一个女人箭术再好，怎么可能比得上您？”

“听说那娘儿们漂亮得很，说如果输了就当都尉的侍妾，她肯定是早就看上了都尉，又拉不下脸，才想出这么个法子！”

清晨的飞云校场，天色还未大亮，众人就被于蒙给喊到这里来，听说了赌约的事情之后，更是嘻嘻哈哈，没一个当回事。

于蒙直到现在都还后悔自己昨日怎么就一时口快答应了对方，不是因为他怕输，他根本就不认为自己会输，而是和女人打赌，不管输或赢，都太丢人了！

耳边听着众人的调侃，他有点烦躁：“谁愿意看上那娘儿们，没半点温柔不说，倒贴我都……”话说了一半，就生生停住了。

远远地，一行人从校场门口走过来，有男有女，为首的自然就是顾香生了。

她还是那一身简单的装束，头上绾着发髻，除了一根木簪之外，没有多余的饰品，然而那一张脸，已足以令人过目不忘。

折冲府的兵士都看呆了，还有人小声嘟囔：“挺漂亮的啊，都尉怎么还老大不高兴，要不让给我算了！”

于蒙闷哼一声，忍住没回头呵斥。他注意到徐澈没有来，许是徐使君也觉得表妹必输无疑，所以不想跟来丢人现眼。宋暝倒是来了，跟在顾香生后面，施施然，一看就知道是过来凑热闹的。

于蒙将视线收回来，落在顾香生身上，也懒得打招呼，开门见山就问：“怎么比？划个道吧。”

“于都尉起得好早，倒是我们来迟了。”顾香生含笑道，“箭术三场，三局两胜，如何？”

于蒙道：“可以，单射靶子不过瘾，最后一场不如骑在马上射活物，如何？”

“好啊。三场都由我来，于都尉那边想派什么人，悉听尊便。”

他这话完全是带了一点挑衅的，没想到对方轻轻松松就答应下来，于蒙反而有点吃惊，心里对顾香生的胆色多了点佩服。

箭术三场，长枪一场，刀法一场，空手一场，合共六场。

于蒙已经把话撂下了，如果顾香生这边能胜过半的场次，便算她赢。

碧霄忽然道：“既然有赌约，比赛也定了，不如立下契约如何？免得一方反悔，口说无凭，届时赢的那一方可就没地方哭了！”这话明摆着就是说顾香生会赢，于蒙会赖账了。

于蒙大怒：“大丈夫一言九鼎，立约就立约！”

宋暝忙道：“这不就是几句玩笑话嘛，当不得真，焦娘子您……”

顾香生拢着袖子慢声细语：“若是于都尉不肯立约，那也无妨的，就当是过过手，切磋罢了。”

这一唱一和地压下来，宋暝都不好开口了。

于蒙气得须发皆张，当即就让人送来纸笔，让宋暝做中人，帮忙写好，然后接过来看了几眼，唰唰唰写上自己的名字。

待顾香生也写好名字，这份契约就算是生效了。

第一场，先比射箭，而且是最简单的射靶子，只不过没说比多远，于蒙故意让人将靶子挪到一百五十步开外，这种距离，别说一个女子，就是大老爷们要想射中红心，也是很不容易的。

他也干脆利落，直接拿了弓箭就上场，对准靶心，“咻”的一声，箭矢离弦。少顷，负责看靶子的士兵喜气洋洋地高声喊了起来：“正中红心！”

于蒙连射了三支箭，两支正中红心，一只在红心外头，但也没有离多远。他的箭术可见一斑，难怪会瞧不起顾香生。

见顾香生从婢女手中接过弓箭，他忍不住讥讽：“焦娘子若是后悔了，现在也还来得及，我于蒙可没兴趣纳一个牙尖嘴利的女子为妾。”

须知射箭一道，靠的不光是目力准头，还要有足够的臂力，否则你连弓都拉不开，谈何其他呢？就算时下贵族女子大多流行骑马射箭，可这样的距离委实也太远了，对方的败局几乎已经可以预见。

然而他的话刚说完还不过片刻，那头顾香生已经站定位置，拉弓，瞄准，松手！箭稳稳地离弦而出，直射向前方。

所有人都瞪大了眼睛，看着那一条划过半空的痕迹，看着它仿佛遥遥落在箭靶上。

目力好的人已经瞧见了结果，不等士兵回报，碧霄便已抢着道：“我家娘子正中红心！”

“……正中红心！”这时候看靶的士兵也才遥遥喊道。

别说宋暝和折冲府一干旁观看热闹的士兵大为吃惊，交头接耳，于蒙更是最意外的那个人。粗中有细的他，此刻已经意识到，自己小看了顾香生。对方之所以提出赌约，的的确确是因为有真本事。他深吸了口气，终于多了几分认真和郑重。

接下来的两箭，顾香生都正中红心，比起于蒙来说，技艺还高了一筹。

这下子，所有人的目光都变了。

不再是嘲笑、轻佻、看好戏的眼神，而是吃惊、骇异、不可置信，甚至是有点儿佩服。

宋暝更是合不拢嘴。

碧霄忍不住扬起嘴角，与有荣焉。

第二场是骑马射箭，同样也是三箭，于蒙心里不太服气，有意提高难度，于是索性骑在马上一路小跑，三箭齐发，全都正中靶心，现场欢声雷动，兵士们喝彩不止。

轮到顾香生时，她同样搭了三支箭在弦上，同时射出，同样正中靶心，不过中间那一支没能射在红心上，而是偏离了少许，所以算是略逊一筹。

没等于蒙开口，她自己倒是先道："这场是我输了，于都尉好箭术，不愧百步穿杨！"

于蒙脱口而出："不，你的箭术已经很不错了，比我手下这帮人，比整个折冲府的人加起来都强！"

听完自家都尉一席话，一众府兵臊得慌，纷纷低下头。

于蒙心里有点五味杂陈。一开始他对这场赌约是排斥的，甚至觉得是丢人的，跟一个女人比骑射，就算赢了也不是件光彩的事，只是顾香生欺人太甚，咄咄逼人，他才会跟对方打赌。

但是，他的心态在很短的时间内发生了很大的变化，不再是不耐烦的，烦躁的，连带对顾香生的观感，也发生了隐隐的改观，开始将她作为一个对手，而不是女人来看待。

在许多男人眼里，女人只有两种，一种是可以怜爱怜惜的，另一种则是让人提不起劲的。

顾香生的容貌无疑属于第一种，但在她开口要求跟于蒙比试之后，她在于蒙眼里就变成了第二种。

然而现在，于蒙觉得，在他面前的焦娘子，虽然生就一张娇弱得像花朵儿的脸，却绝对不是需要怜惜爱护的弱女子。当然，也不是那种让人生厌，连看都懒得看的女人。至于到底是什么，于蒙一时之间也说不清了。

面对他的夸奖，顾香生嫣然一笑，没有下马："还有第三场，是射活物吗？"

活物指的是麻雀，早就捉了来的，由士兵在不远处林中放出，射得中，射得多，自然为胜。

见二人都已经准备妥当，近处的人一吹哨子，林中一扯网，呼啦啦一群麻雀从林间冲了出来。

"驾！"

二人同时策马向前，抽箭搭弦，举手弯弓。

马匹往前小跑，再稳也不可能像站在地上那样稳，麻雀扑棱扑棱飞得更快，不一会儿便都成了小黑点。

当局者不见得如何，旁观的倒是紧张得不行，连宋暝这等置身事外的，都伸长了脖子，生怕错过一丁点儿精彩。

箭很快离弦而出。

两人射完手上的，几乎毫不停留，直接又从后背箭筒里抽出一支搭上。

箭矢如道道流星划向天际，天上的"黑点儿"也相继掉了下来。

一只、两只、三只、四只……

待麻雀飞得没影，完全消失在视线中时，两人这才罢了手。

那头的士兵按照箭矢上的标记开始数麻雀，而后喜滋滋地宣布："于都尉射中五只，焦娘子射中四只！"

还是于蒙赢了。

一干士兵不知道是该松口气，还是应该佩服作为于都尉对手的女子。

论箭术，于蒙在邵州城无出其右，所以当时顾香生提出要比箭术，才会遭到蔑视和嘲笑，因为他有这样的本钱。

但三场比下来，别说这些士兵，连于蒙自己也收起了轻视之心。

五只和四只，虽然一箭之差，于蒙更胜一筹，但绝不能由此就说顾香生的箭术不好。

"不过一只麻雀罢了，焦娘子请勿介怀。"于蒙竟然反倒安慰起她了。

顾香生却让人将麻雀都拿过来。

于蒙不明所以，只当她生性倔强，不肯认输，等看到那几只被射中的麻雀时，不由得倒抽了一口凉气。自己射中的那些麻雀，都已经穿肠毙命了，而顾香生射中的那几只，箭矢却只穿过翅膀。每一只都如此，毫无例外！

这说明什么？

说明对方不是没法射中五只，只是她想留着那些麻雀一命，要对准翅膀射，难度和花费的时间自然比于蒙更多！

是夜。

华灯初上。

刺史府门口停了几辆马车，数量不多，但能够停在这里的，定然是邵州城中非富即贵的人家，平日的宵禁对于他们而言，仅仅是一纸空文。

沈南吕下了马车，身边还带着那个新宠凤竹。他虽然喜新厌旧，但喜爱一个人的时候，必然也会将她捧到天上去，更何况凤竹比起以前那些妾室，更加善解人意，更加温柔体贴，沈南吕没有理由不宠爱她。

凤竹很注意分寸，她并没有恃宠生娇，跟沈南吕并肩同行，而是稍稍落后半步，好奇地打量着刺史府的内部。直到一个男人在旁人的簇拥下从内厅走了出来。

是邵州刺史徐澈。

凤竹的视线落在对方的容貌上，目不转睛，心里再一次暗暗赞叹他的风姿仪态。只是为了不让沈南吕发现，她不能将这种赞叹表现出来，看了几眼便强迫自己移开目光。

随即她注意到，徐澈作为邵州刺史，竟然亲自迎了出来，与他一起的还有邵州府的属官，以及提前到达的林家、黄家的人。噢，还有周枕玉，那位周家的当家。

凤竹对周枕玉其实没有太多的恶感，也许缘于同是女人，也许是那天周枕玉在沈家低声下气的表现勾起了凤竹的同情心，她不由得多看了周氏几眼。

对方跟在林家人后面，低眉顺眼，穿着也很普通，几乎没什么存在感。

谁让你得罪了沈家呢？凤竹暗暗叹了口气。就连徐使君也得低头呢。

一行人寒暄几句，入内就座，凤竹就坐在沈南吕旁边，与他同用一张桌案。

其他人都没有带侍妾出席，但谁也没有对沈南吕带着凤竹表示什么不满，就连徐澈也没有。

徐刺史拍拍手，侍女鱼贯而入，手中端着果品菜肴，琵琶声随之响起，若溪水璁珑，为平静的夜晚平添几分温情。

“也不知沈当家喜欢什么，今日便没有让人准备歌舞，只以琵琶伴奏，也方便谈话。”徐刺史道。

凤竹仔细一听，果然发现这琵琶乐声另有玄虚。声音若小若大，凝神去听的话自然能够听得见乐曲，但若将注意力放在眼前的对话上，乐声就成了背景。

很妙。

沈南吕显然也挺满意：“徐使君费心了。我听说如今官仓内虚，连俸禄都快发不出来了，今晚这乐师菜肴，莫不是使君自个儿花钱请的？”

凤竹心头一跳，她心里早已暗暗偏向徐澈，觉得这话说出来，徐刺史不定会如何难堪。

但徐刺史似乎一无所觉，反而叹了口气：“沈当家真是一针见血。如今旱情刚过，各州县的赋税都收不上来，其中还要抽出不少上缴国库。我自来到邵州之后，便觉得处处掣肘，寸步难行，还真不如在京城的时候，无官一身轻呢！”

沈南吕哈哈大笑：“徐使君会这样说，只不过是还没体会到当官的妙处，若等你体会到个中三昧，就是让你辞官，你怕也舍不得走了！”

好戏来了！

便是凤竹这等不参与其中的无关人等，也察觉到场面在那一瞬间紧绷起来。

其他人虽然在低头品菜，又或是低声交谈，但沈南吕的话刚出口，他们的动作便都顿了一顿，悄悄竖起耳朵。

徐刺史道：“不知当官的个中三昧是什么，沈郎君可否教我？”

见他昨天明明答应得好好的，现在却在众目睽睽之下装傻充愣，沈南吕的笑容一收，将酒杯往桌案上重重一放，也懒得与对方周旋废话，直接便道：“使君现在不是缺钱缺药吗？我听说本月邵州府连俸钱都发不出去了，丹县与嵩县已经开始有瘟疫的苗头，若是使君愿意，我即刻便可奉上钱与药，保管使君不必再为此发愁。”

徐澈苦笑：“在场都是熟人，我也就不瞒你们了，如今州府的确拿不出钱，也没钱买药。上回沈郎君所言的以税赋抵债，我也仔细想了想，你提的两成，实在太多了，每年州府赋税交上来，七成要给国家，州府只余三成，若是你拿走了两成，等于州府就剩一成，只怕难以为继啊！”

听着徐刺史用近乎商量的语气讨价还价，凤竹心里有点难受。可现实由不得她做主，她连插嘴的资格都没有。

沈南吕似乎以为难徐刺史为乐，自然不会有半分退让：“徐使君应当比我清楚，天底下没有白吃的午餐。按照沈家借出的东西来算本利，便是这两成税赋，使君也得连着还三年才能还清呢！”

刺史三年一任，他说三年，这就是想将徐澈在任期间都牢牢捏在手心。如此一来，即便是刺史，也不过傀儡一个。

徐刺史脸上果然露出难堪的神色，他不由得看向在座的其他人，似乎想让他们出来打个圆场或者说句话，可惜被他看到的众人，要么低下头，要么纷纷移开视线，没有一个人敢开口。

也是，在邵州，谁敢违逆沈南吕呢？

沈南吕看着徐刺史表情的变化与挣扎，心头暗自得意，举起酒杯兀自喝了一口，心想，刺史府的酒味道居然还不错，回头要问问是从哪个饭庄买来的，自己也去进一批。

过了好一会儿，徐刺史终于出声了：“……就依沈郎君所言吧。”他的声音有些喑哑，似乎经过了剧烈的心理挣扎。

沈南吕忍不住嘴角上扬：“徐使君真是通达明理之人，有您这样的父母官在，邵州城很快就能恢复往日繁华了！”好处到手，他不吝于给对方一顶高帽子戴。

徐刺史苦笑了一下：“如今州府属官小吏之俸禄仅发了七成，丹县、嵩县两县百姓正等着米粮下锅、药材治病，还请沈郎君赶紧向城中粮商打声招呼，好让我派人向其购粮赈灾。”

“自然，自然，药草和粮食都是现成的，只要使君一声令下，明日我保证准备齐整！”沈南吕看向其他人，“想必其他各家也是如此。”

林家、黄家的人也附和沈南吕的话，纷纷应是。

沈南吕在邵州城的影响力可见一斑。

在这里当刺史，似乎只有两个选择：要么跟前任一样，和沈家狼狈为奸，一起贪污坑钱；要么跟沈南吕唱反调，然后被灰溜溜地赶走。

在两人达成初步协议之后，场面立时比之前活络了许多。凤竹不着痕迹地暗中观察徐刺史的表现，发现他依旧谈笑风生，看上去似乎没什么不适。她心里有些难过，因为她觉得像徐澈这种人，更适合当个游山玩水、谈诗论道的名士，而非在污浊的官场里染上一身腥。

不单凤竹觉得徐澈辛苦，徐澈自己也觉得辛苦。为了等待即将到来的时机，他不得不跟这些平日里自己最讨厌的人打成一片。

在跟沈南吕接触之前，徐澈没少私底下派人调查，对沈南吕在邵州城做的事情，他说不定比沈南吕本人还清楚。

有一次沈南吕看中了一个女人，这女人生得很美貌，可已经嫁了人，还有个七岁的女儿，沈南吕便让人去向这女子的丈夫要人，对方自然不答应，沈南吕并没有因此罢休，他也不玩强抢民女那一套，而是设计让这女人的丈夫在童生试中屡考不中，使其灰心丧气，又指使对方的朋友将其带到赌馆赌钱，使其欠下巨资，让男人将妻女卖掉来抵债，那母女二人，最终还是落入沈南吕的手中。

不过故事并非以沈南吕霸占那女子为妾而告终。他玩弄了那女子几回，厌烦之后，便当着那女子的面，亵玩其女。女子大受刺激，当场崩溃，又被失去了兴趣的沈南吕随手卖入风尘。至于那个被亵玩的小女孩，后来也不了了之，无人知其下落了。

这样一个恶行累累的人，如果不是为了配合顾香生的计划，徐澈是绝对不可能在这里跟他说话的。只是顾香生那边，到底顺不顺利呢？他手中无意识地转着酒杯，一时没注意旁人到底说了什么，直到有人道："徐使君以为如何？"

徐澈才回过神，朝对方笑了一下，又怕露了形迹，只好随意胡诌了个借口："离京日久，心头有些思念，一时忘情了。"

对方明显是不信的，暧昧一笑："徐使君莫不是在思念哪个美人儿不成？"

说话的是林家一个子弟，旁人见沈南吕对徐澈不甚尊敬，自然也有样学样。

沈南吕哈哈一笑："你倒是说对了，徐使君的确看上了一个美人，不想那美人居然挺有骨气，还敢婉拒了徐使君想纳为妾室的提议，如今使君正发愁着要如何将人弄到手呢。"

那林家子弟很觉不可思议，估计是觉得徐澈外表、身份都不逊色，居然还有女人不买账。

徐澈心头反感至极，面上还得配合他们的调笑，露出无可奈何的表情："用强无甚趣味，还是要心甘情愿才好。"

"其实用强也别具一番滋味，与驯服一头野兽颇有异曲同工之妙！"

这话说完，便引来好几个人心照不宣地嘿嘿直笑。

除了周枕玉和凤竹，在场宾客都是男人，面对一个弱势的刺史，谈论这种话题更不必忌惮失礼。

众人谈兴正高，外头忽然匆匆走入一人，步伐飞快，衣袍扬起的风几乎令厅中的烛火都晃了一晃。

所有人都朝他望去。

那是一张很陌生的面孔。

沈南吕跟徐澈打的交道还不多，一时也无法肯定他身边是不是有这么一号人物。

只听见对方朝徐澈拱手，掷地有声："使君，都办妥了！"

办妥了？

办妥什么？

听见这句话，众人皆是一头雾水，沈南吕心下暗觉不妥，皱眉便想说话。

然而徐澈的动作比他更快，下一刻，他直接就将酒杯往地上狠狠一扔。

沈南吕忽然想起那天庆生宴上，自己想撮合焦氏嫁给徐澈为妾，那个不识抬举的女人也是这样举起酒杯往地上一扔，碎片还溅伤了他，这绝对不是一个美好的回忆。

徐澈现在的动作怕是用上了十成力道，比焦氏还要显得更猛烈。

掷杯为号？

沈南吕读书不多，但这个典故他还是听过的，脑海轰的一声，像是有什么炸起，他腾地站起来，差点让倚靠在他臂膀上的爱妾一头栽倒在地上。

然而已经太晚了！

就在他刚刚起身的那一瞬间，被来自身后的巨大压力扑倒，整个上半身被按在桌案上动弹不得！随之而来的是脖子上冰冷的触感，以及凤竹惊慌失措的尖叫声。

沈南吕从未感觉死亡离自己如此之近，就算当初前任刺史惹了众怒，刺史府差点被围起来的时候，沈南吕也一早就得到风声，跑回京城去避风头了，转眼拍拍屁股又回来了，毫发无伤。脑子里空白了好一会儿，他才反应过来，发出怒吼："徐澈！竖子敢尔！"他左右两条胳膊被狠狠扯了起来，人旋即被五花大绑，捆成一只粽子。

徐澈！

徐澈！！

区区一个宗室子弟，还是去过魏国当质子，在南平根本说不上话的宗室子弟，哪里来的胆子，居然敢这样对他？

身边传来惊呼声和怒骂声，那些埋伏已久的人手不知从何处忽然蹿出来，把厅中所有人都包了饺子，连同凤竹在内。这些人似乎并不顾及凤竹的性别，同样也给她来了个五花大绑。

哦不，还是有一个例外的，是周枕玉。只有周枕玉毫发无伤。

这他娘的到底是怎么回事？沈南吕觉得自己的脑子有点不够用，一方面他不认为徐澈有这么大的胆子，另一方面事实又摆在眼前，由不得他不承认。

徐澈终于开口了。他的声音变得很冷，与之前的软弱、赔笑，甚至低声下气相比，完全判若两人。

“沈南吕，你勾结前邵州刺史，贪赃枉法，鱼肉百姓，凌虐良善，肆意妄为，更兼私制私藏天子冠服，包藏祸心，恶逆已极，你可知罪？”

沈南吕抬起头，对上徐澈冰冷的视线，呸了一声：“你他娘别乱给我栽罪名！什么私制天子冠服，我不认！”

徐澈冷冷道：“沈家刚刚搜出一套天子冠服，如果不是你藏的，难不成还是你那些小妾藏的？”

沈南吕睁大了双眼，饶是他再不敢置信，这下也肯定了，自己由头到尾都被这个看似无害的徐澈给算计了！

他先假意服软，借宴会之名将自己引过来，然后拖延时间，转头却让人去抄沈家！

“徐澈，你这厮好大的狗胆，竟敢抄沈家，还往我头上泼脏水，不要命了吗？有本事你就把我杀了，看你到时候怎么跟我姑母交代！”沈南吕仰着脖子大声叫嚣，一点儿也不把自己目前的处境当回事，因为他坚信徐澈完全是疯了。

普天之下，莫非王土，南平虽然是个小国，可在南平境内，自然是由把持朝政的沈太后说了算，徐澈就算抓了他又如何？沈太后一纸申饬下来，难不成他还要抗旨不遵？

徐澈挑眉：“太后她老人家公正严明，从不徇私，我相信若她知道你的所作所为，也定然不会姑息的。带下去！”

他扬起手，沈南吕等人随即被押了下去。

在骂骂咧咧的余声中，外头走入一个人。

徐澈长嘘了口气：“你回来了。”

顾香生含笑：“我本来以为你会下不了手，如今看来，使君手段堪称雷厉风行啊！”

徐澈摇摇头：“既然已经开始，就不能反悔。”

“那我们接下来应该怎么做？”周枕玉不如他们轻松，面对沈家，她始终有股压力在，并不觉得对方会这么轻易垮台，更何况背后还有沈太后这座大靠山。

徐澈看向顾香生。周枕玉不知道他们接下来的计划，会担心也是情理之中的事情。

顾香生道："接下来，使君会向朝廷呈禀沈南吕的罪状，单是私制天子冠服一项，便足以令他翻不了身。"

周枕玉蹙眉，什么罪名没关系，问题是朝廷肯定不会相信啊，到时候追究下来，徐澈还不是要倒霉？

顾香生似乎看出了她的心思，解释道："太后肯定会追究，但现在天子无兵，她不可能派人来讨伐徐使君，其他各州早已对沈家不满，充其量也只会看好戏，而不可能听凭太后驱遣，所以太后只能以天子敕旨的形式对徐使君加以训斥，并要求他立即放人。"

周枕玉经商的手段还不错，但对于朝廷官场上那些钩心斗角就明显认识不足了："那到时候我们再放人？"

"非也。放了人，我们岂不是前功尽弃了？"顾香生笑道，"太后得知此事需要时间，天子的旨意到邵州也要一段时间，使君还要上疏为自己申辩，可到时候，沈家早就被抄干净了，我们该做的事情也都做了，太后迫于民心，最后也只能无可奈何，不了了之。"

"民心？"

顾香生点点头："邵州民风质朴剽悍，如徐使君这样为百姓着想的父母官，百姓自然也会由衷爱戴，民心可用。"

周枕玉觉得跟顾香生说话，对方总是会冒出一个又一个的谜题，让自己不停地去动脑筋猜测。

徐澈刚到邵州不足一月，邵州城的百姓都未必知道刺史换了人，哪里又会有什么民心可言？

大家对沈家倒是咬牙切齿，说不定徐澈今晚抄了沈家，大家会因此额手称庆，对新刺史刮目相看，从而死心塌地地爱戴追随，这也不无可能。

就在她绞尽脑汁苦苦思索的时候，徐、顾二人却相视一笑，彼此心照不宣。

周枕玉虽然未能猜出全部真相，但她很快就会知晓了。

八月十三日，就在沈、林、黄三家刚刚被查抄的隔日，徐澈宣布开仓放粮，其中一半用于赈济邵州府因旱情而三餐不继的灾民，另外一半运至丹县、嵩县两地，用于更进一步的赈灾。

与此同时，源源不断的药材也同时运往这两个地方，同行的还有周家的大夫。为了此行顺利无碍，周枕玉亲自随行，有她在，顾香生可以放下大半的心，着手做其他事情。

因着这次旱情，不少农田至今无法耕种，眼看初冬将至，若没有徐澈及时宣布开仓放粮，到了冬天，饿死冻死的人很可能成千上万。

对比前任刺史不顾百姓死活的行径，徐澈刚刚上任不过一个多月的作为，足以让许多人感恩戴德。

然而如果事情仅止于此，邵州百姓顶多也只是对徐澈心怀感激，而不可能为了他去反抗朝廷。

八月廿五，朝廷的旨意终于抵达邵州，奉旨的官员盛气凌人地将徐澈申饬一通，末了传达太后懿旨，将徐澈当场免职，着他随自己回京听候发落，至于邵州刺史，朝廷也已经另外派了人过来暂代。

徐澈被罢官的消息随即传了出去，市井传言，徐澈将被押回京城问斩，目前被关在州狱的沈南吕也将东山再起，已经发放出去的粮食和药草又要重新收回来，更有甚者，据说沈南吕在狱中扬言，那些用了他沈家钱粮药材的人，等他出去之后，通通都要加倍索取代价。

传闻愈演愈烈，邵州百姓奔走相告，人人惊惶。

“四娘，四娘！”

周枕玉从外头匆匆进来，神情紧张：“听说徐使君今日就要被押送回京了？”

顾香生虽未将自己的真名相告，却和周枕玉说过自己排行第四，于是周枕玉理所当然地以“四娘”称其。

这段时间为了帮徐澈，也为了周家的振兴，周枕玉没少带着药铺的大夫伙计，跟在官府的队伍后面往各县跑，一来二去，人也黑了不少。

“你来啦，坐。这是芡实饮，京城很流行的，尝尝。”顾香生似乎料到她要来，旁边多摆了一碗没喝过的。

“你……你倒是淡定。”周枕玉顿足苦笑，“如今外头都闹得很不像话了，你知不知道？”

顾香生摇摇头：“我方才去飞云校场了，刚刚回来，没看见有什么大事发生。”

那天箭术打赌之后，原本还有三场，但于蒙不知怎的，居然没有坚持比下去，还当场认输。

愿赌服输，两人的赌约自然要履行。

顾香生对于蒙没有兴趣，她感兴趣的是于蒙手下那支府兵。

想帮徐澈收拢势力，首先就要先将那支府兵收归己用，但于蒙不是吃素的，他不可能白白拱手相送，所以顾香生才提出赌约，先诱他入坑。

不过就算在箭术上胜过于蒙一筹，充其量就是打消他的气焰，让他和他手底下的兵员对顾香生服气，还不足以让他们效忠徐澈，为徐澈所驱使。

所以顾香生只字不提此事，这段时间有空就往飞云校场跑，为的就是先潜移默化插手府兵的训练，等时机成熟了，再摘果子也不迟。

现在，这个时机终于到来了。

周枕玉听见她轻描淡写的话，叹气道：“那想必是你没经过刺史府那条路，眼下正被堵得水泄不通呢！”

顾香生问：“怎么了？”

“百姓将刺史府围了起来，说是不让钦差将徐使君带走！”

“钦差肯定恼怒得很。”

“不错。钦差带来的人，正与邵州百姓对峙，还要抓带头闹事的，我进不去，只好来找你了。四娘，赶紧想想法子吧，徐使君不能回京，这事也不能闹大！”

顾香生摇摇头：“那你觉得应该如何解决？将沈南吕放出来吗？”

“不行！”周枕玉想也没想就拒绝了这个提议。

沈南吕一旦出来，周家肯定是他要反攻倒算的目标之一。

顾香生问：“你还记得我半月前与你说过的话吗？”

周枕玉一愣：“什么？”

“民心可用。”

话刚落音，碧霄从外头跑进来：“娘子，外头出事了！百姓冲进州狱，将沈南吕拖出来活活打死了！”

“什么？！”周枕玉大吃一惊。

她似乎想起什么，蓦地回头看顾香生，却见对方面色波澜不惊，仿佛早有预料。

这就是她说的民心可用？周枕玉忽然有点明白了。

【第二十四章】一笑丘壑写高怀

虽然有点明白，但周枕玉还是觉得：这事闹大了。

当然，沈南吕的死是大快人心的，如果周枕玉不是周家当家，说不定她现在也要冲出去，跟邵州百姓一道施以拳脚，看沈南吕如何求饶惨死。

但现在，不管是周家利益，还是私人感情，周枕玉都牢牢站在徐澈和顾香生他们一边，这不能不让她为两人担心。

沈南吕死了，沈太后能罢休吗？

除非你准备造反，否则你能视沈太后的懿旨为无物吗？

“我们现在该怎么办？”她发现自己完全摸不清顾香生和徐澈他们的思路。

沈南吕死了，固然可以解决很多麻烦，可随之而来的是更大的麻烦。

而且百姓闹事是那么好平息的吗？弄不好便会反噬其身。

顾香生果然也站了起来：“我们出去看看。”

“去州狱？”

“不，去州府。”

见周枕玉不太明白，她便解释道：“杀了沈南吕之后，有一部分人会担心后怕，有些人则会觉得意犹未尽，索性一不做，二不休，干脆去找钦差算账。不管如何打算，他们都会往州府而去，徐使君出面的时机到了。”

周枕玉被她的话吓了一跳，那些人还要杀钦差？

钦差一死，事情更加没法收拾了吧？

但顾香生似乎无意解释再多了。二人出了门，也无须乘坐马车，若是遇上人流反而堵塞浪费时间，从这里去州府，走上一段路便到了。

越靠近州府，人果然越来越多，群情汹涌，都在议论沈南吕和徐澈要走的事情，众人手持棍棒火把，有人担心，有人愤慨，有人幸灾乐祸。人性百态，不一而足。

说白了，这些百姓固然有为徐澈出头的成分，但更多的，还是为了他们自身的利益。

因为徐澈一走，他们现在的所有供给就会断掉，继任者不太可能继续开仓放粮，更不可能拨款赈济，就连州府属官吏员，他们的俸禄也可能没法再如期发放，如果新调来的刺史和前任刺史一副德行，到时候受苦受难的，也只会是邵州百姓。

几乎所有人的切身利益都受到损害，他们自然而然就站在徐澈这边。

然而这场混乱应该如何收拾?

民心固然可用，但要是疏导不及时，民情就会像泛滥的洪水一样，冲垮堤坝。

虽有柴旷护持，她们打扮也低调，但这一小段路，周枕玉也走得有点心惊胆战。

让她佩服的是走在前面的顾香生，对方的步伐始终很稳，不快也不慢，似乎没有任何事情能够撼动她。

有了这样的参照，不知不觉中，周枕玉的心情也跟着稍稍安定下来，加快脚步，跟在后面。

她们到得早，刺史府门口的人还不多，为了不引人注目，顾、周二人走的是后门。

过来迎接的是徐厚，他看见顾香生的同时，几乎是松了口气："您总算是来了，朝廷派来的那位大臣正在里头与使君僵持着呢！"

顾香生与他一边说话，一边往里走："他还想让使君回京？"

"是。他还说，这些事情都因使君而起，只要使君到外头一说，那些百姓自然就会散了，若不然，还要加一条煽动百姓抵制朝廷法令，图谋不轨的罪名。依小人看，此人是不见棺材不掉泪呢！"徐厚自然心向徐澈，愤愤不平道。

顾香生与周枕玉进去的时候，厅中果然传来争执声。

但仔细一听，其实高声吵嚷的只有那名从京城派来的御史，相比之下，徐澈的声音几乎可以忽略。

她们俩的出现惊动了里面的人，穿着南平御史官袍的中年男人转头看见她们，皱眉呵斥："何人？胆敢未经通报擅闯此地！"

"邵州百姓就在外面，冼御史难道听不见动静吗？"顾香生没有回答他的问题，反而如是道。

冼御史脸色一变。

顾香生道："我来的路上，瞧见他们手中拿着棍棒刀具，气势汹汹，此事只怕难以善了。"

冼御史也顾不得追究顾香生她们的身份来历了，忙对徐澈道："此事是你惹出来的，理应由你善了！你还不快快出去，让那些刁民束手就擒？"

徐澈失笑："我又非观音大士，如何就能三言两语说得旁人束手就擒？说到底，这件事还是沈家惹出来的，如今沈南吕虽死，但邵州百姓久受欺压，积怨已深，沈南吕的死，充其量只是引子，将他们的怒火引出来，我都要被押送回京了，又何德何能，让他们听我的话？"

提到沈南吕的死，冼御史的脸色又白了一分。这桩消息刚刚传来，当时他直如晴天霹雳，五雷轰顶，仿佛预见了自己回京之后的黑暗前程，更恨不得即刻就将眼前的罪魁祸首押回去让沈太后发泄怒火。

顾香生接上徐澈的话："我看冼御史还是别急着为自己的仕途打算，徐使君虽才在邵州不过一月有余，可他所施行的德政却比前几任的刺史还要得人心，若非如此，邵州百姓焉肯为他出头？你强要定徐使君的罪名，押他回京，就是和邵州百姓作对。民心可畏，照他们看来，反正沈南吕死了，他们也得罪了沈太后，再杀一个御史，肯定也算不了什么，是不是？"

冼御史被他们一唱一和，说得脸色发白，脚下一软，差点就站不住，连忙扶住旁边的矮几。

"不好了！不好了！"刺史府的人从外头跑进来，"徐使君，不好了，外头聚集了许多百姓，都说不让御史把您押回京呢！还说……还说……"

"还说什么？"徐澈沉声问道。

"还说……"仆从看了冼御史一眼，"还说沈南吕是他们打死的，与徐使君无关，若是朝廷钦差坚持要将您押走，就索性将钦差也打死了事！"

“胡闹！”徐澈斥道。

冼御史吓得连先前的气势也没了，只差牙齿没打战。

因为一墙之隔，外头那些叫嚷怒骂声都传了进来，其中不乏“狗官”“沈南吕死得好”之类的声音，冼御史听得清清楚楚，这可不是刺史府的人瞎编，而是真真切切的威胁。

那些刁民……那些刁民……他们连沈南吕也敢杀，是真有胆子做出这种事的！

“徐使君，你说现在该怎么办？”冼御史终于稍稍收敛一些，不像之前那样气焰嚣张了，而是带着商量的语气。

见徐澈沉吟不语，他又连忙补充：“若真让那些刁民冲进来，届时就算我不押你回京，也自然有别人奉命过来，除非你想造反，否则就没法对朝廷那边交代。我也是奉命办事，你还是别为难我了！”

顾香生道：“现在民情激昂，徐使君单独出面只怕没什么效果，还得冼御史一道去才好。”

冼御史忙道：“我去作甚？我就不用去了吧！”

顾香生淡淡一笑：“百姓又不是傻子，徐使君说一切都解决了，他们就真会相信？”

徐澈对冼御史道：“不错。为今之计，只有你与我一起出现，别人才会相信。”

此时外头的声浪又一度高了起来，冼御史原本还面露迟疑，闻言赶紧问：“那我要说什么？”

徐澈失笑：“要说什么，自然由冼御史自己说了算，难不成我让你说什么，你就会说什么吗？此事关系到冼御史自己的安危，我相信你不会和自己过不去的。”

话虽如此，冼御史却不大愿意出去，直到又有两三个仆人进来通报情况，说那些刺史府的守门士兵要坚持不住了，那些百姓快要冲进来的时候，他才答应下来。

“徐使君，待会儿你可要保证我的安全啊！”出去的路上，他忍不住再三提醒道。

“放心吧，别人要伤你，也有我挡在前面。”徐澈有点无语，这都第几遍保证了？

顾香生跟在后面，也对这位冼御史的贪生怕死有了新的认识。若沈太后所把持的朝廷都是这种人物，那么别说外敌入侵，哪怕是南平内斗，诸侯围攻天子，又如何保证这些人能够维持节操风骨，保护天子安危？

只怕是不行的。

约莫是刺史府的人先在外头说过了，等徐澈等人出现在门口的时候，外头的百姓倏地静默了片刻，又纷纷爆出此起彼伏的声音。

“徐使君！”

“使君，您总算是出来了！”

“使君，您没事吧？”

说起来，邵州百姓对这位徐使君并不熟悉，很多人甚至是头一回见。

但一来徐澈的模样举止都很能令人生起好感，说白了，就是一看就知道不会是坏人的那种长相，令邵州百姓的亲切感油然而生。

二来徐澈做的那些事情，邵州城的百姓是得利最大的，众人有目共睹，感同身受，再跟徐澈的前任一对比，越发衬托出徐澈的可贵。

然而这样一个好官，却连屁股都还没坐热，就又要被罢免，众人怎么可能不着急？

现在死了沈南吕，热血过后，大家冷静下来，未免也有一些后怕。过来留住徐澈，其实也是想让徐澈为他们出头，若没了徐澈在头上顶着，朝廷若想追究，今天闹事的人还指不定要如何倒霉。

所以若能把徐使君留下，你好我好大家好。

不过说到底，若徐澈是个贪官奸吏，众人也犯不着闹出这些事来，这些问候里，还是关切的居多。

徐澈微微一笑，抬手往下压了压，这是有话要说的意思，人群嗡嗡一阵，很快又逐渐平息下来。

“多谢各位的关心，我很好。今年旱情之严重，始料未及，虽然我到任不久，然而救灾如救火，身为父母官，赈济灾民，安抚百姓，本是分内之职，沈氏鱼肉乡里，欺压良善，更非法度所能容，我处置他也好，救灾也好，不过皆是秉持良心职责，并无任何值得夸耀之处。百姓受灾，官员责无旁贷，你们受苦了！”

底下有人想说什么，又听见他继续道：“因沈氏之事，朝廷想追究罪过，我也无话可说，但我万万没想到，诸位会冒着危险，为我出头，徐某心中感激，却无以为报，只能请诸位受我一礼！”

说罢，徐澈跪坐下来，像对天地君亲师那样，双手交握，高至头顶，复又俯身，深深一拜。

所有人都被他这个动作惊呆了。

民为贵，社稷次之，君为轻，这句耳熟能详的圣人教诲，不知有多少人将其背得滚瓜烂熟，可自古以来，何曾见过几个当官的真把这句话放在心上？即便有那么几个好官，又何曾见过会给百姓下拜的官？

在场的邵州百姓，他们之所以闹事，打死沈南吕，其动机并不单纯，当然有为徐澈抱不平的，但更多的还是因为他们自己的切身利益受损的缘故。然而此时此刻，看见徐澈这样的举动，几乎所有人的眼眶都热了，几乎所有人心里都涌起这样的念头：能够换来使君如此对待，自己这么做是值得的。

原先的彷徨和恐惧消失大半，取而代之的是感动和激动。面对徐澈的大礼，许多人不知所措，也有人抢上前要扶起他，还有人也慌忙跟着跪下来行礼。

“使君这是作甚！”

“使君快快请起！”

“是啊使君，您这是要折杀我们吗？我们受不起啊！”

“使君，您放心，我们不会让朝廷将您押回去治罪的！”

“是啊，是啊，使君这样的好官，为什么不能留在邵州？”

“那钦差在哪里？我们去找他说理，不能让使君被他们带走！”

“对，使君不能走！”

冼御史在徐澈后面听了个分明，眼见徐澈如此得民心，他早就面无血色，还想悄悄退到门后，却被顾香生紧紧拽住手臂。

没等他出声怒斥，百姓便发现了他。

“他就是朝廷的钦差吧！”

“对，就是他！”

冼御史之前奉帝命过来宣旨，为了表现威仪，特意骑着马从城门走进来，前呼后拥，威风是够威风了，同时也被不少人记住了面孔。

跑也跑不掉，他只好干咳一声：“诸位，诸位，勿要激动，有话好说！”

“呸，还有什么好说的！前任刺史那么浑蛋，跟沈南吕勾结，连年征敛，比朝廷征收税额多收了那么多，也没见你们出个头，如今徐使君不过是刚为咱们邵州人做了点好事，你们就赶过来要治他的罪，这算什么朝廷？”

“没错，狗官！跟沈氏一伙的，不如一并打死算了！”

当一个人面对平日里不敢直面的人事时，他或许还没有那么大的勇气。

然而当许多人加起来时，情况就不同了。

眼看局面就要失控，冼御史连忙大叫：“你们误会了，误会了！我没想带他回去，我知道徐澈是冤枉的，如今了解情况之后，正要回朝廷禀报呢！”

“没想抓徐使君回去？”众人听见他的话，停下动作，狐疑道。

“对对！”冼御史满头大汗也顾不上擦，偏生徐澈等人都作壁上观，让他不得不独自和这些人解释，他心里恨透了，却又毫无办法，“我知道徐使君是冤枉的，可朝廷不知道啊！如今沈太后的内侄一死，事情更加闹大了，总得容我回去禀报陈情再说吧，你们说是不是？”

“那朝廷还是执意要抓徐使君怎么办？”

“不会的，我会竭力为徐使君求情的！”会才怪！冼御史暗自狠狠道，但面上依旧挤出一丝笑容，说着言不由衷的话，“像徐使君这样的好官，百年也难得一遇，我身为朝廷命官，既要秉公执法，也要体察民情，所以我不会强迫徐使君回京的，诸位尽可放心了吧？行了，散吧，散吧！”

那些百姓没有看他，反而将目光投向徐澈。

徐澈肃然拱手道：“多谢诸位为我出头，沈氏未定罪而先死，理应追责，但你们是为了我才会如此，此事理应由我一肩挑起，还请诸位回去吧！”

众人一听这话就急了：“如果朝廷要因为沈氏之死追究徐使君，那我们做的这些还有何用！”

一名老人越众而出，大声道：“大家先冷静一些，我们现在再闹，就是给徐使君添麻烦，既然朝廷钦差说不会强将徐使君带回去，我们也都听见了，假若钦差出尔反尔，届时我们再来也不迟！”

他的话让人群逐渐平静下来，徐澈趁机又劝了一阵，加上冼御史在旁边信誓旦旦地保证，人群才慢慢散去。

为免场面失控，之前顾香生在百姓里也安插了人手，不过这些人手都没有派上用场，今天出奇地顺利。

但对于冼御史来说，他的感想则是死里逃生，躲过一劫，直至回到刺史府的厅堂里，他方回过神：沈南吕被打死了，尸体可还在州狱呢，如果他不把徐澈带回去，又要如何向沈太后交代？

顾香生见他脸色乍青乍白，不用多想也知道他在犹豫什么：“冼御史可是担心回去之后无法交差？”

若是徐澈发问，冼御史可能还会搭理一下，他至今都不知顾香生是个什么身份，加之内心焦灼，便连眼皮也懒得掀了。

徐澈道：“这位是我表妹，姓焦，许多大事，我不瞒她。”

冼御史这才看了顾香生一眼，心想，你徐澈京城还有妻室呢，刚来邵州便迫不及待纳了个新妾，还盛宠如斯，也太不像话了。

顾香生没管冼御史在想什么：“据我所知，南平如今朝局不稳，这次沈太后因侄儿一死，必然大怒，但徐使君天高皇帝远，她一时半会儿也奈何不了，冼御史若是担心被怪罪，不妨请朝中说得上话的人代为说项，尤其是亲近天子的大臣。”

天子如今已经十几岁了，再年幼也快到了亲政的年纪，朝政却被亲妈把持着，要说他内心没有想法，那是不可能的。

这些话让冼御史心头一动，倒是有了些想法。

不过经此一事之后，他是死活不肯再回官驿去住了，就怕那些百姓疯起来，直接冲进官驿去，到时候他也要重蹈沈南吕的覆辙，所以冼御史无论如何也要留在刺史府，好歹这里还有个徐澈。

徐澈拿他没办法，只好亲自带他过去安顿，又让人将冼御史放在官驿的行李都带过来。如此折腾一番，不必细表。

沈南吕的麻烦暂告一段落，却不代表所有问题都迎刃而解，城中那些为富不仁的粮商，还有之前跟在沈南吕后面作威作福的林家、黄家，才是徐澈将要面对的关键。

这段时间忙得不可开交，等到终于能坐下来好好吃顿饭时，徐澈却发现旁边空荡荡的，连个陪吃饭的人也没有。

徐厚端着一碟凉菜进来，见他举箸发呆，便问：“郎君，可是饭菜不合胃口？”

徐澈回过神，摇摇头：“没有，挺好的。”想了想，又问，“你年纪不小，也该成亲了，若是有什么中意的人选，便和我说，若是合适，我去给你提亲。”

徐厚哭笑不得：“郎君，您忘了？我成过亲的呀，只是妻女都在老家，没跟过来呢！”

徐澈有点尴尬：“我给忙忘了。”

徐厚小心翼翼：“郎君是不是想家人了？要不您将京城的娘子接过来？”

徐澈想也不想便摇摇头，他的妻子崔氏出自南平名门，正如顾香生所说，当日他回到南平之后，皇帝便赐下这么一桩亲事，门当户对，推都推不掉，也因为如此，他不知多少次庆幸当初没有带顾香生回南平，否则对方肯定要跟着自己受许多委屈的。成婚之后，崔氏想要丈夫上进，徐澈却不喜汲汲于名利，彼此三观不合，感情更无从谈起，他来邵州赴任，崔氏不肯跟随，他也没有勉强。

如此一对夫妻，就算让崔氏过来，也谈不上什么团聚欢乐。

见徐澈摇头，徐厚便又道："那要不……反正郎君在邵州也无人打理内宅，娘子又远在京城，小人看焦娘子人美也能干，不如干脆纳为……"

未竟的话没能说完，直接就噎在喉咙里。

因为徐澈正盯着他看，神色冷然："以后这种话不必再提，更不能在焦娘子面前说，若是被我发现，你就回京城去吧。"

徐厚吓坏了："郎君恕罪，小人不知……不知……"

他忠心归忠心，却是徐澈回南平之后才收的仆从，没有跟着他去过魏国，自然不明白其中内情。

徐澈稍稍缓和表情："你有所不知，焦娘子从前与我是旧识，如今便如我妹妹一般，但我们之间，清清白白，我更不会委屈她为妾室，这一点，你要明白。"

同为男人，徐厚如何瞧不出来，郎君和焦娘子之间的渊源深厚？必然不是他所说的那样简单。然而既然徐澈都这么说了，他也不能反驳，只好忙不迭地点头："小人明白了！"

被他这么一说，徐澈也没了胃口，匆匆吃完，又不想回书房，更不想跑去找冼御史谈心，只好带着徐厚出了刺史府，一路闲逛。

此时还未宵禁，街上的人来来往往，比旱情刚结束的时候多了不少生气。

徐澈的努力没有白费，如今灾情已经有所缓解，但百姓一年的收成没了，很多人秋天收不到粮食，冬天就没法过，必须依靠官府赈济，明年春天才能重新开耕播种。

旱情缓解之后，不少原先往外头逃旱的人家也陆续回来，这里本来就是连接南平与魏国的通道之一，加之是唯一一个不设防的边境，通关比别处方便许多，很多往来魏国与南平的商贾都选择从这里走，邵州城正以惊人的速度在恢复。

徐澈还记得自己刚来邵州城时，正逢旱灾，街上没几家商铺是开门的，而现在，越来越多的商铺重新营业，除了那些经营与食物有关的面点铺、饭庄略有萧条外，其他的都跟平日里没什么区别了。

老实说，徐澈虽然更喜欢游山玩水，自由自在，意不在仕途，然而看见此情此景，他同样也会觉得高兴欣慰。

而这其中大半，都要归功于顾香生。

“徐使君，您怎么站在外头也不敲门？”碧霄惊奇道。

徐澈回过神，这才发现自己不知不觉来到顾香生他们的宅子外面。徐厚刚刚才被骂过，也不敢提醒他，两人就这么站了好一会儿，才被开门的碧霄发现。

“你们娘子在吗？”徐澈尴尬地摸摸鼻子，瞪了徐厚一眼。

徐厚心里那个冤枉啊，也不敢辩解，只能低头装没看见。

“在呢，您快请进。用过饭了吗？”碧霄招呼他进来。

“用过了。”

徐澈四下一看，这宅子不大，倒是处处透着生机，花种了很多，即便是傍晚，也能感觉到姹紫嫣红的绚丽。

他忽然想起当年自己离京时，顾香生送给他的茶花，那盆六宫粉黛，自己来邵州前却忘了带，就这么被遗落在了京城。

也不知何年何月回去之后，还能再见到。

心下掠过淡淡喟叹惆怅，他跟着碧霄走进厅堂，顾香生也闻讯迎了出来。

“打扰你们吃饭了。”他歉意一笑，“我用完饭出来随意走走，就走到这儿来了。”

“自打我们搬到邵州，你还未上过门呢，说起来还是我失礼了，改日请你和周姐姐一道过来做客才是！”顾香生笑嘻嘻的，见徐澈兴致不高，有点奇怪，“怎么了？是冼御史那边又为难你了？”

徐澈摇摇头，将脑海里乱七八糟的想法抛开，说起正事：“明日跟林、黄等人以及粮商们的会面，我希望你也能露面。”

顾香生一愣：“这不大合适吧？”

迄今为止，顾香生也没有撇开徐澈，自己出风头的打算。

她之所以做这么多，一开始只是为了不负老村长临终托付，给席家村村民谋条出路，正好邵州刺史是徐澈，她对徐澈的人品足够信任，所以可以放心将盐洞交给他；又帮着徐澈解决了沈南吕的事情，这些都是阴差阳错，自然而然不是打一开始就准备这么干的。

她没有想过从中获得多么大的利益，更没想过借此在邵州立足。

睽违数载，故人重逢，可也仅此而已。

旧情难续，旧梦难圆，彼此能够坐在一起说话谈天，就已经是上天最大的恩赐，也是最好的结局，他们其实都明白，再也不可能回到从前了。

说白了，这些日子，顾香生完全是看在往日的交情上义务帮忙，因为单凭徐澈一个人，加上他近乎与世无争的性情，根本做不来这些事情，更别说收服于蒙和宋暝等人了。

想了想，她的疑问句又变成肯定句，摇摇头："那些人如今还只当我是与周姐姐合作的，并不知你我关系，我贸然露面，只怕不太合适。先前跟于蒙等人打交道，也是迫不得已，否则若由你出面震慑，效果会更好。"

"我不擅长这些。"徐澈长嘘口气，对送来酸梅汤的碧霄点点头，不惮于在顾香生面前自揭其短。

"你知道，我以前许多年都在魏国过的，那时候只是闲人一个，没有机会参与这些事情，而且也与我的性子不合。这次来邵州之前，我已经设想过会遇到种种困难，但现在这些困难依旧出乎意料，若非有你在……"他顿了顿，"若非有你在，这次的难关不可能那么轻易就渡过。"

"春阳，"顾香生放柔了声调，"你何必妄自菲薄？我充其量只是从旁推波助澜而已。"

徐澈摇头失笑："你不用安慰我了，我对自己几斤几两清楚得很。我这人有些书生意气，不适合打理庶务，更不适合掌一方权柄……其实我的意思是，你离开魏国，本来也没有非去不可的地方，之所以想入蜀，只不过是因为那边离魏国远一些，可以免于打扰。然而蜀道难行，且不说一路上会遇到多少难题，去了之后，那边也未必就适合久居。如今邵州琐事繁多，离了你，我还真就不知从何做起，你就当是给故友帮忙，能否多住几年？好歹等我能独当一面之后，再走不迟。"

他说了这么多，表面上是要顾香生帮忙，但顾香生何尝不明白，这只是对方关心自己的一个借口。入蜀路途遥远，徐澈担心她会遇上麻烦，所以才希望她能留下来，又怕她多想，便将自己说得很无用，绝不让她有一丝难堪。

顾香生心底暖洋洋的。

即使彼此没了做夫妻的缘分，能够当朋友，也不失为一件好事。

徐澈这个人，虽然在有些人看来，未免少了上进心和勃勃野心，注定在雄图霸业上不会有什么寸进，但他拥有比许多人更可贵的品质。

“我如此出众，若抢了你的风头，该如何是好？”她忍不住开玩笑道。

徐澈扑哧一笑：“只管抢去，你若是愿意，刺史也由你来当，我巴不得能镇日埋首诗画呢！”

这完全是心里话。

顾香生白了他一眼：“想也别想，我可不是白干活的，你得付我俸钱才行！”

徐澈抚胸叹气：“当年善解人意的阿隐去哪儿了？怎么现在开口闭口都是铜臭味？”

顾香生笑眯眯，浑不当一回事：“铜臭可是好东西，没有它，你上哪儿买粮买药赈济灾民呀？”

不知怎的，坐在这里说了半天话，徐澈原先那股没有来由的低落惆怅反而因此消散了许多。

“春阳，你是否心绪不佳？”顾香生关切地问。

“原先是有些烦扰，不过既然你答应帮忙，我就什么烦恼也没有了。”徐澈笑道。

其实他心里还有一个更重要的决定，不过顾香生刚刚答应长留，现在开口并不是一个好时机，还得再等一等。

隔日一大早，林家、黄家以及邵州城有头有脸的粮商，就都出现在刺史府的厅堂之内，一个不落。

换了平时，即便三催四请，这些人还未必能到齐，但现在，徐澈仅仅是派人到他们那里说一声，连帖子都没下，他们就全都出现了。

时移世易。

今时不同往日。

经过昨日沈南吕之死，所有人都见识到了这位新刺史的厉害，他们不愿意再在这种小事上得罪对方。

试想，连太后的侄儿都难逃一死，他们这些人，难道后台会比沈南吕还硬吗？

沈家已经被抄空了，他们不想跟着步上后尘，所以都坐在这里，免得转头被新刺史逮住把柄，一锅端了，到时候就连哭都没地方哭了。

但话说回来，他们根本没想到新刺史有这么大的胆子，居然敢一上来就对沈南吕下刀子，朝廷追究下来，他要上哪儿去找个侄子赔给沈太后？

据说昨天那些刁民还围攻刺史府，想对朝廷钦差下手，真不知道徐澈最后要如何收拾！

正主儿还没到，众人只能坐在厅中枯等，这些念头在他们心中闪过，有幸灾乐祸的，也有不得其解的。

不过无论如何，朝廷一定会追究徐澈的责任，他在邵州的日子不长了！

徐澈还没到，有的人开始不耐烦了，又不敢起身走人，只好叫住一个过来上茶的下人："敢问徐使君为何还没来？"

对方斜了他一眼，将茶盏放下："使君忙得很，等着吧！"

林羯气得浑身发抖，万万没想到有朝一日自己在刺史府里也会遭遇冷眼，要知道以前他们这些人可是自由出入刺史府的，如今这新刺史上来，竟然敢给他们脸色看了？

他正欲发火，旁边黄景扯了他一把，林羯忽然想起沈南吕的死，到嘴的骂声又咽了进去，心想，再让你得意几日，自然有你倒霉的！

黄景将手边茶盏端起来一看，里头非茶非饮，竟然只是普通的清水。

这……

"邵州灾情尚未完全平息，钱粮可贵，刺史府上下均须节约用度，更无余钱享乐，聊以清水待客，还请诸位见谅。"

伴随着这个声音，徐澈从外面走进来。

林羯一看他后面跟着的人，差点笑出声！

堂堂邵州刺史，居然连个心腹佐官都没有，还要让两个女人来充场面？

周枕玉跟着徐澈进了内堂，便寻了个末尾的空位落座。

顾香生则坐在徐澈下首的位置。

众人面面相觑，黄景当先道："使君这是何意？周当家代表周家药铺，出现在这里也就罢了，您却还让一名女子的座次先于我们，莫不是存心羞辱我等？"

换了顾香生，她肯定就会说"是又如何"，但徐澈毕竟不是顾香生，他骨子里还是个儒雅君子，说不出这么蛮横霸道的话。

"焦娘子乃我之客卿佐属，不坐在这里，又坐在何处？"

"她明明是跟周氏一道的……"

话没说完，他自己先停住了。

不错，他们之前都见过顾香生，知道她姓焦，也知道她手头有药草，想卖给周枕玉，沈南吕不让，这事就没成，后来周枕玉向沈南吕低头，这焦氏也被新刺史看上，还想纳为新妾。

可怎么就忽然来了个始料不及，对方怎么就摇身一变，成了刺史幕僚了？

这是在玩什么把戏？

难不成这位徐使君闲得发慌，想用这种方式来博取美人欢心？

再看徐澈旁边的冼御史，眼观鼻，鼻观心，居然也没有表示不满之意。

见所有人都愣在那里，徐澈似乎也无意多做解释，开门见山便道："昨日之事，想必诸位也有所耳闻了。沈氏之死，实属遗憾，然则百姓之怒，犹如洪川崩溃，只可疏导，不可堵塞。昨日百姓误伤了沈氏，又冲至刺史府来找冼御史，被我好说歹说，方才劝回去，然则余怒未平，诸位这些日子，还是小心谨慎些为好，免得重蹈沈氏覆辙。"

他不说这话还好，一说众人便得不由得打了个寒战。

活活打死啊，这得使多大的劲，有多么大的愤恨，才能将一个人活活打死？

沈南吕的嚣张跋扈，全邵州城没几个不知道的，从前也没人敢对他怎样，如今徐澈一来，沈南吕就被打死了，若说其中没有徐澈的手笔，那林羯他们是打死也不相信的。

大家的目光都落在冼御史身上，似乎希望他能站出来说句话。

谁知道冼御史似乎并没有接收到他们的求助，愣是一言不发。

黄景忍不住了："使君，兹事体大，沈郎君作为沈家的当家人，竟然在光天化日之下被刁民活活打死，且不说朝廷还未治他的罪，就算朝廷治罪了，也该由朝廷来执行，几时轮到那群刁民放肆！此事须从严查处方可！"

徐澈看了他一眼："黄当家是否有什么误会，我何时说过沈氏是被百姓打死的？我只说了，是误伤。"

黄景抗辩："可沈郎君死了！"

徐澈道："沈南吕的确是死了，可他是被百姓误伤之后，心头烦闷，酗酒过度而死，仵作已经查明了，此事与百姓无关。怎么，你们是从哪里听说他被百姓打死了的传闻？此事我自会严查到底，不令流言四起，扰乱民心。”

黄景瞪大了眼睛。

沈南吕明明是被乱民从州狱中拖出来群殴致死，这是所有人都知道的事情。

什么叫睁眼说瞎话？这就叫睁眼说瞎话！

“好啊，原来冼御史与徐使君狼狈为奸，企图掩藏沈郎君的死因！我倒要看看此事揭发出去，朝廷追究下来，二位当如何自处！”林羯冷笑，腾地起身，也懒得与徐澈继续装样子了。

“放肆！谁和徐使君狼狈为奸了？”冼御史当先拍案而起，指着林羯的鼻子大骂，“你们这几个商贾，别以为在邵州城作威作福，就连本御史都敢随意污蔑了！”

徐澈缓缓道：“沈南吕的死因，我自会呈禀朝廷，由朝廷定夺，不必多做纠缠，今日请各位过来，乃另有要事。如今州府开仓放粮，又有周当家扶危济困，慷慨解囊，赠药治病，然而州府之粮有限，周当家一人之力更有限，诸位在邵州城经商多年，也赚了不少钱，算得上与邵州百姓互惠互利，如今百姓有难，理当出手相助，我想代邵州百姓，向诸位借些粮药以渡难关，不知各位意下如何啊？”

其实官仓的粮食现在还算够用，而且有了盐洞的收入，州府也不至于一贫如洗，但林羯、黄景这帮人多年来跟着沈南吕吃香喝辣，也不知在邵州城捞了多少好处，如果不从他们身上敲点出来，连徐澈这种厚道君子都觉得过意不去。

更重要的是，这些人对沈南吕言听计从，现在沈氏一死，顾香生认为，收服他们的时机到了。

听了徐澈的话，林羯等人也顾不上关心沈南吕的死了，当即便纷纷道：“使君有所不知，这旱灾一来，我们也难过，药草也都枯死了，什么都没有啊……”

“是啊，是啊，我们也是，粮食颗粒无收，都没东西卖了，还哪里来的余粮！”

一个接一个地诉苦，声泪俱下，七情上面，比刚才为沈南吕出头，不知要真挚多少倍。

徐澈微微皱眉，他不擅长与人争辩吵架，遇上这样的场面，便有些卡壳。

他下意识地望向顾香生。

后者不负所望，即便没有接收到他的视线，似乎也知道徐澈的为难，当即便微微一笑，对那些人道：“据我所知，刘嘉、祝永春、高扬，你等家中地窖里，不就藏了不少粮食吗？”

她所说的那三个人，俱是城中的大粮商。

高扬道：“胡说八道！我等何时在家中藏粮了？使君若是不信，不妨带人过去搜搜，小人家中如今一日两餐，餐餐都是稀粥，家中下人便可做证！”

顾香生笑了笑：“不是藏在城中的家里，那就是藏在郊外别庄了？邵州毗邻怀州，怀州的旱情比邵州严重，米价理所当然也比邵州贵，高家、刘家、祝家的马车，这些日子时常往怀州跑，莫不是将这些粮食高价卖到怀州去？”

祝永春怒道：“信口雌黄！你说的这些事情，我们压根儿就没做！徐使君，难道你就坐视此女污蔑我们吗？士可杀，不可辱，恕在下不奉陪了，告辞！”

他腾地起身，怒气冲冲便要离去，却不料柴旷、林泰早已持刀等在门口，冷冷地望住他，让祝永春的脚步生生停住。

其他人见此情状，又惊又怒：“使君这是何意？难不成还想将我们强押在此处吗？冼御史，您就眼睁睁地看着他如此胡作非为吗？”

冼御史轻咳一声：“徐使君，适可而止吧，闹出人命来就不好了。”

这句话说得不痛不痒，祝永春等人这下万分肯定，冼御史这厮怕是被徐澈给收买过去了。

可杀害太后亲侄这么大的事情，难道冼御史就不怕回去之后被治罪吗？

顾香生道：“既然冼御史发话，我就给他一个面子，若你们肯将家中存粮、药草出借一半，此事可以不必追究。”

众人面色大变。

说是借，可谁知道什么时候还？如果到时候官府赖账，他们又没有沈南吕那样的背景靠山，又拿什么去和官府抗衡？

顾香生仿佛看出他们所想：“你们不必担心，有借当然有还，三年内，徐使君任职期满之前，必然会将借你们的粮食和药草都还上，这你们总该放心了吧？”

放心……个屁！

等上三年，黄花菜都凉了，而且还没有利息，这跟肉包子打狗有什么区别？

刘嘉咬咬牙：“……若是我们不从呢？难不成使君还要强留不成？”

顾香生笑道：“使君乃厚道之人，如何会做这种事？你们要去便去，我们自然不会强留。”

其他人尚且还面面相觑，将信将疑，祝永春和高扬却早已按捺不住，连告辞都不说，直接起身就往外走，生怕再晚走半步，徐澈就会反悔似的。

顾香生只管笑眯眯地看着，也不阻拦。她没开口，徐澈也不出声。

看见这个笑容，林羯和黄景终于断定，顾香生的的确确不是什么金屋藏娇的产物，在这里，她有权代表徐澈发话。再想深一层，煽动民心，制造混乱，间接害死沈南吕，说不定也有这女人的大半功劳。

想及此，他们的屁股好像牢牢粘在坐席上，不动了。

顾香生转向林羯等人，奇怪道："林当家、黄当家不与他们一道走，想必是深明大义，愿意出借药草了？"

林、黄二人相视一眼，林羯斟酌道："二位，如今灾情刚过，许多药草枯死，我等收成实在不多，这一半的数量，怕是经受不起，能否折中一番，我等愿出存货两成，权当是赠送，也无须使君偿还了。"

这两人倒是比那些粮商聪明多了，顾香生笑了一下："嵩、丹二县出现疫情，药草供不应求，如今天气炎热，尚未转凉，使君又担心怀州疫情会传至邵州来，届时其他各县还会陆续出现疫情，两成之数怕不足以应付，但二位既然一片诚心，使君也不愿令你们为难，便减至四成好了。"

林羯和黄景几乎要吐血，四成，还是白送的，这是要他们的老命吗？

"这位……焦娘子，不是我们不尽心，四成实在是太多了，能否再减一减？三成如何？"二人忙不迭道。

听着他们买卖似的讨价还价，徐澈忽然有种滑稽感。

一个月前，刺史府门前冷落，没有人愿意主动上门，沈南吕那边在等着他先去低头，刺史府上下多的是别人安插的耳目。

而现在，沈南吕死了，那些商贾也没了原先的趾高气扬，双方的底气和地位完全颠倒。

这不能不说是一桩很奇妙的事情。

换作别人，怕是会因此对权力在握食髓知味。

不过对于徐澈而言，他只会觉得当个刺史真不容易，如果没有顾香生在，他怕是依旧要坐困愁城，不知如何破局。

那头却有仆人来报，说几名粮商去而复返，想求见使君。

刺史府不是想来就来，想走就走的地儿，徐澈沉下脸："让他们在外头等着吧！"

这下林羯和黄景更是肯定，徐澈必然是背后又使了什么诡计。

兔死狐悲，同情那些粮商之余，他们也暗暗庆幸自己刚才没有跟着走。

“那个，小人愿献林家名下所有存货的四成药材，以救当地百姓，还请使君笑纳！”咬咬牙，林羯终于下定决心。

沈家都被抄了，他们还在这里讨价还价，不啻找死，到时候若是徐澈下狠手，别说四成，就是全部搬光，他们不也无可奈何？

何苦在这里做无谓的挣扎？

徐澈击掌：“林当家果然有仁义之心！”

又看向黄景：“那黄当家呢？”

黄景：“……”

就在黄景等人于刺史府中备受煎熬时，另有两人，内心同样正在进行着剧烈的挣扎。

“于兄，要不就我说，你去给使君服个软，我观察他多日，使君生性厚道，你若肯服软，想必他不会多多进逼的。”宋暝见他走来走去，晃得自己眼花，忍不住轻咳一声道。

于蒙唉声叹气：“我倒不虞徐使君发难，你又不是不知道，可怕的不是徐使君，是焦娘子啊！”

宋暝一口茶水从嘴里喷出来，呛咳几声，调侃道：“我都不知你几时连一个女子都怕，这还是勇猛无双的于都尉吗？”

于蒙怒视：“好你个宋秋涯，你存心说风凉话是不是？她在校场与我比试的时候，你没在旁边看？这段时间她有事没事就往我这儿跑，我手下那帮龟孙子比以前还要勤快几番。若是徐使君让她来管府兵，哪里还有我说话的份儿！”

宋暝道：“好了，好了，我看你也想太多了，一个女人再如何厉害，也不可能接管府兵，朝廷法度又不是摆着好看的，哪里有女人当官的说法？你若是不情愿，那就当没这回事好了，反正使君现在忙着收拾那帮商人，也没空管我们。”

于蒙嘟囔：“沈南吕一死，那帮商人根本不足为患，朝廷派来的钦差又软弱得很，至今连个屁都不敢放，怕是早就被徐澈收买了！”

别说他，便是宋暝自己也觉得世事无常。

当日沈南吕势大，他们不愿得罪，所以采取两不相帮的策略，坚决不蹚浑水。

可谁能想到，不过短短半个多月，随着沈南吕身死，徐澈直接大获全胜，那帮商人纵然现在还在做垂死挣扎，可弃械投降也是迟早的事情。

到那时候，徐澈就是名副其实的邵州刺史。

如此一来，于蒙、宋暝的坚持就成了可笑之事，徐澈收拾沈南吕，压根儿就用不着他们，在徐澈掌握邵州之后，难道于蒙还能拒不听命吗？

“我只是觉得……”他对宋暝叹道，“我只是觉得，沈南吕的死，肯定跟焦氏脱不开关系，那女人居然在背后煽动民心，真是太厉害了，厉害到有些可怕了！若是她提出接管府兵，我总不能带着人出走邵州吧，那不成造反了？”

于、宋二人这一纠结，就纠结了整整三天。

在这三天里，林羯、黄景等人终于彻底屈服，不再企图和徐澈，确切地说是和顾香生讨价还价，认命地将四成药材贡献出来。而那些粮商因为当时便拂袖而去，事后却发现自家运载粮食意欲偷偷前往怀州的马车被中途拦截扣押下来，他们不得不又回来向徐澈低头，徐澈晾了他们两天才放他们进去，最后以粮商们含泪半卖半送掏出一半粮食给州府而告终。

说是半卖半送，其实就是用州府一成的钱买一半的粮食，其实也就相当于粮商们白送。

粮食可比药材贵多了，虽然自己倒霉，可看着别人倒霉，心里总算也有些安慰，林羯、黄景等人便是如此。

沈家被抄了个精光，粮商们也大出一次血，相较而言，林羯他们起码保住了家业，不幸中的大幸，可喜可贺。

州府虽然先前开仓放粮，但有了这些粮食，坚持到明年春天应该是不成问题的，毕竟府城灾情并不严重，最严重的那两个县，现在也已经得到妥善安置。随着时间的过去，邵州城会慢慢恢复元气，如果不出意外，明年春天开耕播种之后，到了夏秋季节，收成就不成问题了。

这其中出力最多的，自然不是林羯、黄景等人，而是周枕玉。自从药材到齐之后，她就跟着四处奔波，甚至还亲自押送药材到丹、嵩二县。顾香生也曾劝过她不必太辛苦，这些事情自有周家药铺的伙计去办妥，但周枕玉说，自打她接管周家以来，周家就每况愈下，分号关了一间又一间，从前父母在世时，她也是倚靠荫庇的女子，如今周家交到她手里，她自然有责任将其经营得更好。

若非迫切想要重振周家，当初她大可不必帮着徐澈、顾香生和沈南吕作对。如今沈南吕一死，压在头顶的巨石一去，最高兴的人也许不是徐澈或顾香生，反而是周枕玉了。在最艰难的时候，她也没有想过屈服于沈南吕，为虎作伥，尚且能够苦苦坚守良心底线，这是顾香生最敬佩和欣赏的地方。

事后冼御史也离开邵州，起程回京了，他带走的不仅有沈南吕的尸体，还有沈家一半的家财，用了整整八大车才拉走，可见沈南吕家底之厚。

在顾香生的建议下，徐澈开始对州府内部进行大清洗。

他刚来邵州的时候，仅仅是一个空壳子刺史，没有人服气。

好一点的，像于蒙、宋暝等人，采取两不掺和的策略，没有给徐澈拖后腿，就已经算是帮大忙了。

差一点的，直接就跟沈南吕那帮人勾结到一起，反过头来对付徐澈，甚至在刺史府中安插耳目，以便窃听机密。

这其中以邵州长史张思最为典型。

长史为刺史佐官，刺史不在时，长史可暂时代任刺史一职。当初前任刺史将邵州弄得一团糟，最后乱民起事时，是张思出面将这股小规模的叛乱镇压下来，说起来，他还是有功之臣。

但有功归有功，张思本来就不是个愿意屈居人下的，奈何南平的州刺史向来都由宗室子弟担任，张思再努力也没有他的份儿，所以他果断站到了沈南吕一边，借由沈南吕以及自己在邵州经营多年的势力，直接把徐澈给架空了。

然而张思万万没想到，徐澈会如此快速地突破局面，沈南吕倒了，那些商人倒霉，又没有人能在钱财上钳制徐澈，他自己掏钱将州县官员的俸禄差额补上，拿人手短，吃人嘴软，那些官员很快就倒向徐澈，就算不支持徐澈的，起码也会想着不拖后腿，如此一来，张思能发挥的余地就大大减少了。

他本来以为，像徐澈这种毫无理政经验，只会吟风弄月的宗室子弟，到头来还是得求助到他头上。

谁知徐澈直接就绕过他，对掌管财政、农田、刑法、户粮等职责的诸曹参军下手，分化拉拢，将那七个人玩得团团转，加上有了盐洞盈利的那笔钱，徐澈根本就不需要通过州府来划拨财政，也就不会受制于人。

如此折腾一大圈，张思惊恐地发现，自己居然被架空了！

虽说长史原本就没有实际职务，但经过前任刺史那种饭桶，又有沈南吕撑腰，张思早就成为有实无名的刺史，跟沈南吕一道掌控着邵州的局势，结果人家忽然来了一道釜底抽薪，沈南吕挂掉了，靠山没了，风云一夕突变，局势逆转，张长史彻彻底底成了一文不名的长史。

于蒙和宋暝回过神的时候，就发现不知不觉间，邵州的天已经变了，徐澈如今要摆平对付的，就只剩下他们了！

假若自己不遵从的话会怎样？

于蒙不是没有想过这个可能。徐澈杀了沈南吕，沈太后肯定不会善罢甘休，但他也很清楚，朝廷如今没有实力发动对徐澈的讨伐，充其量只能罢免他的职务，如果徐澈死赖着不回京，朝廷还能拿他怎么样？难道把他在京城的老婆杀了吗？

听说徐澈与原配感情不谐，所以对方不肯跟着他来邵州吃亏，徐澈父母早逝，说不定杀了他老婆，徐澈反而巴不得呢，转头又可以去娶新人了。

那自己带着这支府兵又能去哪里呢？于蒙想，去京城是肯定不可能的，府兵非上命调动不得擅自离开属地，再说他也厌烦了京城那些钩心斗角，宁愿在邵州这里安安生生地练兵。造反就更不可能了，单凭自己这支几万人的兵力就想造反，那是天大的笑话，于蒙也没这个胆子。

维持现状好像也很难，这年头的刺史权力很大，行政军事一把抓，只要不是个傻子，谁都不会愿意自己治下的军队不听调令，且掌握在别人手里，徐澈迟早都会向于蒙伸手的，只是时间早晚的问题。

单是徐澈一个人，还不足为惧，于蒙其实不太愿意承认，他更忌惮的是顾香生，那个比自己见过的女人都漂亮、骑射又厉害得不行的女人，说话慢声细语，却不动声色就借刀杀人，解决了本该最难解决的沈南吕。

这份谋略，谁不忌惮？

他与宋暝商量了许久，两人决定先去找徐澈，放低姿态，诚恳道歉，看看对方反应如何。

如果徐澈一味强势，要收走他手中的兵权，那他就假意拖延，等朝廷那边的旨意下来。如果朝廷要对沈南吕的死追究到底，那就好办了，他也用不着搭理徐澈的命令；如果朝廷那边不予追究，那他和宋暝再从长计议也不迟。

定计之后，二人去刺史府拜访徐澈，却被告知徐澈和焦先生登高去了，今日傍晚才会回来。

于蒙与宋暝面面相觑，前者问："哪个焦先生？我怎么没听说使君府上来了位先生？”

不会是他想的那位吧？

刺史府下人道：“便是焦娘子。使君尊她为先生，让我们也要改称呼，不能再唤焦娘子了。”

“先生”二字，可以用于学识、品行超乎寻常之人，不唯独称呼男子，可古往今来，几时见过堂堂一州刺史称呼一个女人为“先生”的？

于蒙和宋暝觉得有些不可思议，又有些可笑，然而想想顾香生那些手段，他们又笑不出来了。

“两位若是要求见使君，还请明日再来吧。”下人见他们发呆，便提醒道。

“敢问使君去的是哪座山？”宋暝问。

“云雾山。”

云雾山是邵州当地最有名的一座山，每逢阴雨之时，山上云雾缭绕，故得此名，不少文人墨客来了邵州，肯定是要去一去此山的。

被对方一提醒，于蒙、宋暝才想起来，今日已经是九月初七了，再过两日便是重阳节，重阳登高，素来是传统。往年邵州附庸风雅，总要弄些什么重阳诗会，不过沈南吕又不爱读书，更不爱作诗，这种诗会最后只会变成吹捧大会，质量可见一斑。

于蒙是个粗人，对诗会这些东西从来没兴趣，宋暝却是文官出身，曾兴起去凑过一回热闹，结果不过半个时辰就回来了，从此再也没参加过。

他闻言便笑道：“使君在魏国素有文名，听说回南平之后也有不少名篇问世，我本以为今年他会趁机广邀邵州文人办重阳诗会的。”

于蒙有点不耐烦：“甭管什么诗会了，现在怎么办？我们要等明天再过来吗？万一他明天又找借口不见我们呢？”

宋暝看了他一眼，这位老友明显还没有搞清楚状况，他们现在要去找刺史和解，当然要先表现出诚意。

“那人方才说了，使君要傍晚才回来，现在想必还在半山腰流连于风景，我们追上去，说不定还来得及。”

于蒙一愣：“要上山啊？”

“不然呢？”

于蒙带着怀疑的目光上下打量他：“我是没问题，你行吗？”

宋暝气结："我怎么就不行了？老子是缺胳膊还是少腿了？"

"行行行，那就快走吧，你先想好见了人要说什么。"

"凭什么要我想……"

就在两人边吵嘴边上山的时候，那头徐澈与顾香生二人早已登顶，正在山顶的凉亭里烧水沏茶，坐望云雾。

云雾山本来就不算很高，他们天刚亮时就过来，眼下将近中午，行程刚刚好。

碧霄和徐厚也跟着来了，他们从旁边寺庙里买来斋菜，一份份地端过来，摆上桌。

那寺庙的住持先前听说刺史驾到，还亲自出来打了招呼，不过两人在寺庙里逛了一圈，上了炷香，却都觉得还是外头风景好，宁愿选择在这里用饭。

山下还很闷热，这里却清凉得很，山风灌入薄衫，扬起袍袖，颇有点遗世独立、飘然成仙之意。

云雾中送来淡淡的草木之香，远处山峦起伏，若隐若现，令人不由得想抛下尘世一切烦恼，在此隐居到老。

再看徐澈，果真已经一脸陶然忘我，魂儿似乎都已经穿过重重山云，直入那虚无缥缈的仙境了。

顾香生忍不住扑哧笑出声。

徐澈回过神，摸摸鼻子："若是能让我在这里住上三个月，给我个刺史我也不想当。"

"若是放在太平盛世，你这个愿望定然可以实现。"顾香生笑道。

现在嘛，自然是不可能的，乱世离人不如狗，就算是徐澈这样锦衣玉食的宗室子弟，哪天南平乱起来，他同样难以置身事外。

徐澈自己显然也明白这个道理，叹了口气："也不知何年何月才能天下太平，只愿我在有生之年，还能看见这一幅光景！"

顾香生想了想："齐君如何，我没见过，也不好评价。先说南平，国小力微是其一；主少国疑、外戚秉政是其二；各州府如今离心离德，是其三。长此以往，难免要重蹈唐末藩镇割据的覆辙。单是这三样，压得南平不堪重负，数十年内难有改观，即便将来有朝一日会有明主统一天下，只怕南平机会也很小。"

徐澈来了点兴趣，也参与讨论："吴越已灭，大理虽然不小，却偏安一隅，没有逐鹿中原的野心，如此说来，有资格问鼎天下的，便剩齐、魏两国了。"

顾香生点点头："齐国北有回鹘为患，魏国内忧未平，大家都是五十步笑百步，一时半会儿还没法看出赢家，不过不管谁赢，南平依傍着大国，自身却太弱小，这是很危险的苗头。两虎相争，说不定哪天其中一只老虎看见旁边还有南平这么一块肥肉，掉转头打起南平的主意，那就不妙了。"

徐澈叹道："不错。吴越大南平三倍，尚且被灭，何况是南平这种蕞尔小国？"

顾香生夹起一块米糕送入口中。这寺庙的斋菜做得很是不错，灾荒之年，寺庙里的米也不多，这米糕还是因为徐澈他们到来，寺里才现做的，里头夹杂了桂花和芝麻，不黏不腻，淡淡的甜味在口中流淌，让人吃出平淡幸福的感觉。

"其实现在说这些还言之过早，局势千变万化，魏、齐之争，胜负难定，他们未必会有精力注意到我们，就算注意到了，邵州毗邻魏国，反而是南平境内离齐国最远，到时候要打肯定不会先打我们，若实在无法，大不了你收拾收拾包袱，随我一道去逃难了便是。"

这纯粹就是玩笑话了，徐澈苦笑摇头。

"阿隐，有件事想与你商量。"

顾香生停下手头的动作，嘴巴里被米糕填满了，这使得她必须鼓起两颊望住徐澈，看起来更像只松鼠。

徐澈忍笑扭过头，虚咳一声，方又转回来："我想给你一个名分，你看如何？"

顾香生刚咽下米糕，喝了口桂花茶，听见这话，手上的动作便是一停。

一看她的表情，徐澈就知道她是误会了，忙解释道："我的意思是，如今我虽然交代了府中上下，对你以先生相称，免得有些不长眼的冲撞了你，但外头许多人尚不知道这次扳倒沈南吕，你居功至伟，单是当刺史幕僚，我觉得还是屈就了你。张思虽为长史，但他目中无人，不将我放在眼里，我翻阅了他过去几年的履历，此人除了与沈南吕互相勾搭、狼狈为奸之外，别无建树，我迟早也要将他罢职。届时长史一职出缺，我便上书朝廷，由你充任，如何？"

对方如此尽心尽力为自己打算，顾香生如何不感动，但感动之余，她依旧理智地拒绝了。

"这样不妥。"

"为何？"

"一来女人为官，少之又少，未免惊世骇俗；二来我也不想引人注意，虽说用了化名，可魏临若想查，不一定查不到。"顾香生笑了笑，"春阳，我留在这里，非为名，非为利，只是想帮你，仅此而已。"

徐澈柔声道："我知道，正因为知道，所以才不想委屈你。论能力，你不逊于那些长史、司马，于我更助益良多，然而他们仅仅因为是男子便能为官，你却因为是女子而必须退隐幕后，这对你不公。"

顾香生扑哧一笑，这世道男尊女卑，她没想到徐澈一个男人，居然还有这等尊重女子的想法，即便这由头是为自己抱不平，也弥足珍贵了。

"的确，这世间对女人的种种禁锢限制，不过是男人担心女人会超越自己，方设下的规范。不过你身为男子，却能说出这样的话，我该代全天下的女子向徐使君道谢才是！"

顾香生先是起身行礼，自己倒忍不住抱着肚子笑了半天，方才在徐澈略显尴尬的神色中停住笑声，回归正题："不过现在还不是时候，以后再说吧，其实现在也挺好的。我更想知道，你对邵州刺史这个位置，究竟是什么样一个想法？"

"你指的是什么？"

"你在邵州还有三年，这三年内，天下局势很可能会有变化，旁的不说，如南平现在，主弱臣强，州县不听指挥，难保会有一两个出头自立，届时若朝廷征召各州讨伐叛逆，你要如何做？"

徐澈一愣，继而缓缓皱起眉头。

这些事情，他的确从来没有考虑过。

"愿闻其详。"

顾香生道："之前我说收拾包袱逃跑，那肯定是说笑的，你既为刺史，辖下一州百姓都仰赖于你，战乱若起，你总不能将他们丢给乱兵。求人不如求己，最好的法子，还是自己强大起来，否则柿子挑软的捏，谁都可以来欺负一下，即便咱们没有逐鹿天下的雄心，也得让人不可小觑才行。"她顿了顿，"逐鹿天下的话我就不说了，你不是那样的人，别人追逐名利是乐事，于你却是苦差。但即便不为了争霸，自强也没有坏处，起码将来若是得遇明主，还可以把自己卖个好价格，得个善始善终。"

徐澈若有所悟，陷入沉思。

在这之前，他觉得摆平了沈南吕，也想了法子应付朝廷那边可能会有的刁难，自己应该可以就此安生，只要爱惜百姓，公正廉明，就能当好一任父母官，在邵州太太平平地度过这几年。那些强国争霸、问鼎中原的事，他的兴趣并不大。

然而顾香生的话为他打开了一扇新的大门。

“依你看，我该如何做起？”他虚心求教。

徐澈最大的好处是听得进人言，无论说话的人是男是女，只要有道理，他就乐意听从。他固然没有野心，却有起码的良心和责任心，知道自己要为治下百姓负责，所以愿意仔细去思考顾香生说的这些。

顾香生笑道：“说曹操，曹操便到。有兵才有权，有权才能细论其他。你看，这不就有人送上门来了？”

徐澈循着她所指的方向望去，顿时也笑了。

从他们所站的这个角度，正好瞧见林木掩映中，在蜿蜒的山道上，有两人正一步一步地爬上山。

不是于蒙、宋暝又是谁？

等于蒙和宋暝二人气喘吁吁地终于爬上山顶，便瞧见他们二人正坐在凉亭里，好整以暇地冲着他们笑。

他娘的，老子累得像条狗，你们倒是好生闲情逸致！

于蒙在心里暗骂，但依旧得老老实实地过去行礼：“使君安好。”

他有意无意，没去看旁边的顾香生。

宋暝道：“使君安好，焦先生安好。”

于蒙：“……”

就你会拆我的台！他气得要命，只得道：“焦先生安好。”

看他不情不愿的样子，顾香生笑得肚子都快疼了，可还得装出面无表情的严肃来。

徐澈也觉得好笑，他功力没顾香生那么好，便只得借着袖子的掩饰轻咳几声，方问道：“人生何处不相逢，两位也是趁着重阳佳节来临，上山来登高望远的？”

宋暝还想说什么，于蒙心想，这次再不能让你抢先了，便直接道：“我们是来负荆请罪的！”

一听这话，宋暝简直想掐死他，自己倒还想绕一下弯子，探听探听对方的态度和底细呢，这蠢货倒好，直接一上来就交底了！

宋暝的脸色忽青忽白，跟打翻了染料似的十分精彩，于蒙站在前面背对着他没有瞧见，顾香生和徐澈却看得一清二楚。

他们再也忍不住，笑得肩膀都发抖了。

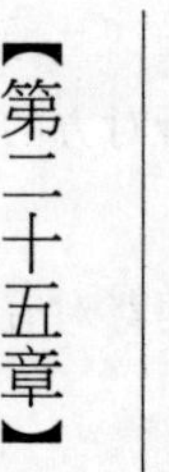

【第二十五章】回首但觉海天阔

宋暝见于蒙面色涨红，忍不住翻了个白眼，过了好一会儿，才大发慈悲地帮忙解围：“先时我们见使君初来乍到，多有怠慢，又因沈南吕在一旁虎视眈眈，是以不敢与使君频繁来往。如今您扳倒沈南吕，又将邵州吏治上下涤荡为之一清，其雷霆手段，实在令人钦佩不已，我等心中有愧，故特地前来，向使君请罪，还请使君大人有大量，不要与我等计较。”说罢深深一揖。

于蒙张了张嘴，自己要说的话都让宋暝给说完了，他只好也跟着行礼。

徐澈一笑，抬手将两人虚扶了一下，没有起身：“二位不必如此，俗话说识时务者为俊杰，当时沈南吕势大，谁也想不到他会瞬间倾覆，你们能保持中立，而非投靠他，已经殊为难得了。”

宋暝道：“使君这话真是折杀我等，愧不敢当！”

于蒙觑了徐澈一眼，试探道：“不知使君意欲如何处置折冲府兵，我等鲁莽，底下人却只是听命而行，并非刻意与使君作对，卑职斗胆给他们求个情，还请使君高抬贵手，只罚我等便可。”

好的歹的都被他们说完了，自己还能说什么？徐澈敛了笑容，淡淡道：“那好，我若是让你自行在家闭门思过，不能插手府兵操练，你可服气？”

这跟说好的词儿不一样啊！

于蒙微微张了嘴，忍不住去看宋暝。

后者被他看得火起，蠢货，人家是试探你呢！

于蒙自然不是蠢货，他能说出那番投石问路的话，已经可见粗中有细，但他们小看了徐澈，还以为徐澈当真软弱无能，只会听顾香生的话行事，殊不知他能不拘一格重用顾香生，听取她的意见，这种胸襟便已经胜过许多人了。

宋暝不得不开口为于蒙转圜："使君，那些府兵桀骜不驯，若无于都尉在场，怕无人能压制……"

徐澈道："这阵子焦先生不是经常去校场吗？听说那些府兵对她也挺服气的嘛！"

于蒙急了："使君有所不知，那些府兵俱是血气方刚，焦先生又如此……呃，年轻貌美，若是无人在旁边管束压制，怕是会冲撞了焦先生。再说了，焦先生一个女人，常往校场跑，也不大好吧？"

他此刻只怕徐澈会借由他们之前不出力的行为，态度强硬地把自己架空。

虽说他的官职乃朝廷所封，徐澈个人没有权力撤掉，但天高皇帝远，徐澈是一州刺史，本身就有领兵权，他有无数种办法可以让于蒙闲着没事干，到时候撕扯起来，只会是两败俱伤，所以非万不得已，宋、于二人都不愿意和徐澈闹翻。

见他绞尽脑汁想着措辞，急得满头大汗，顾香生终于出声笑道："于都尉多虑了，我没有越俎代庖的意思。你在邵州带兵数年，那些人对你服气，自然还是由你来带，使君不过是与你开个玩笑罢了。"

于蒙停下话头，狐疑地瞅了徐澈一眼，见他低头喝茶，没有表示反对，这才缓缓放下心来，又觉得自己是以小人之心度君子之腹，有点讪讪地奉上："其实焦娘子的骑射，于某也是佩服得很，使君扳倒沈氏的手段，更是让人五体投地！"

相形之下，宋暝的话则要显水平许多："如今沈氏一倒，邵州城内已无恶人当道，不知使君接下来有何打算，蒙使君不弃，下官二人愿效犬马之劳，还请使君示下。"

徐澈微微一笑："宋兵掾有何高见？"

宋暝早有腹稿，闻言便娓娓道来："依宋某之见，邵州城当务之急，是沈氏之死如何向朝廷交代。冼御史回京复命，然而不管他说什么，太后之侄在此横死，她是必然不肯善罢甘休的，届时一纸敕令下来，要求使君免职回京，使君当如何应付，咱们还是得先想个法子，好渡过这个难关。"

徐澈颔首："多谢宋兵掾提点，不过此事我们早有定计，你不必担心。"

宋暝有些讶异，不由得看了徐澈和顾香生一眼，见对方面无异色，神情平静，想来的确是已经想好办法了。

他在来的路上，原是想好了的：之前他们袖手旁观，虽说两不得罪，但也给人留下滑头的印象，现在徐澈料理了沈南吕一党，有余力来找他们算账了，大家要想达成和解，宋暝他们这边光是请罪还不够，起码得拿出诚意来。

宋暝原是想了不少办法，帮徐澈渡过沈太后那一难关，谁知对方语调轻松，竟把一桩天大麻烦给解决了。

沈南吕的死已成既定事实，徐澈他们能有什么办法？总不会是抗命造反吧？

他这头心念电转，徐澈已笑道："宋兵掾不必多想，到时便知。你与于都尉二人，对邵州兵事知之甚详，我倒想请教一番。"

"是。"宋暝定了定神道，"邵州如今有兵员四万，应付平日防守是不成问题的，不过若是南平与魏国起战事，只怕，咳，只怕是力有不逮。"

徐澈问："四万兵力，论理比其他州还要多出一些，为何会力有不逮？"

于蒙硬着头皮说了实话："因为这其中只有五百精锐！"

州府按规模有上、中、下州，邵州是上州，兵力自然也比别的州要多，但四万人里只有五百精锐，这比例也太夸张了。

徐澈大吃一惊。

顾香生经常跑校场，对府兵战斗力已经有了个大概的了解，闻言倒不算很意外。

徐澈皱眉："缘何只有五百精锐？那其余三万九千五百个人，岂不成了摆设？"

"使君，话不是这么说！"事关能力，于蒙不能不为自己辩解，"朝廷发下的钱不够，那些刀枪剑戟、盔甲弓箭都不知有多少年没有更新了，连本应给府兵发的棉衣也偷工减料，甚至还有在里头夹稻草的，前任刺史只顾着享乐，哪里会想到拿出余钱来发展府兵，只怕吃空饷吃得最厉害的，还得算上他一个！穷日子过得拮据，卑职别无他法，只得省了又省，这些年连战马都给卖了，才勉强发了些军饷下去，若非使君到来，今年的俸钱，卑职还不知道上哪儿去淘弄呢！"

徐澈断断没想到竟是这么个情况，再看顾香生，后者微微点头，表示于蒙所言非虚。

这个烂摊子，实在是太大了！

收拾了沈南吕，收拾了那帮商人，扛过旱灾，却又有军队问题，难怪没有人愿意当邵州刺史，难怪徐澈会被赶鸭子上架，捡了个“大便宜”，要不是有顾香生奉上的那个盐洞，他这个刺史，现在还不知道今年要给底下的人喝西北风还是喝东南风呢！

亏得还有于蒙苦苦经营维系，他又不是个狂妄桀骜有反心的人，否则只要一煽动军队哗变，徐澈就更要头疼了。

但有了钱，还不等于能解决一切问题，士兵们的装备能花钱买来，他们的战斗力、意志力却是花钱也买不到的。

于蒙他们上山之前，顾香生那一番话，不仅让徐澈意识到未来可能会有的危机，更让他意识到眼下的紧迫感：府兵一定要练起来，有兵在手的人，底气才能足，才能将主动权握在手中，否则照现在这个样子，敌人稍强一点，估计就弃械投降了。

“焦先生如何看？”徐澈转头问顾香生。

他让人称呼顾香生为先生，但当自己喊出来时，却觉得有点好笑和别扭，因为连这个姓氏都是假的。

也不知阿隐何时才能恢复真姓名，他暗暗叹了口气，如此想道。

先前顾香生很少插话，一直在旁边静静倾听，直至此刻徐澈询问，她方道：“这些日子，我在城中走了不少地方，也曾仔细寻思过，邵州在南平各州中并不起眼，物产算不上丰饶，百姓也谈不上富裕，唯一的优势便是毗邻魏国，出入自由。只是以往沈南吕一家独大，自己发财，便不容许别人发财，如今没了沈南吕，官府便大有可为，这便是我要说的。农商并重，商贾多则州府繁华，在邵州奉公守法的经商之人，都应得到官府保护，如此一来，会有越来越多的人愿意到邵州来做买卖。那些无田可种的百姓，也可被商行雇佣，为其干活，等适当时机，再分门别类，课之以税。”

战国以后，历朝历代俱是重农抑商，但这种情形到了北宋便出现极大的改变，顾香生所在的这个世界，自然已经不能按照原来的朝代更迭来看，但发展脉络基本还是可以借鉴的。如今社会发展的程度，差不多就相当于另一个时空的五代十国，也就是说，商业也已经具备了宋代初期的发展雏形，有了官府的鼓励，民间的发展就会顺利许多。

是以顾香生这些话并非无的放矢，她也不是第一个这样说的人。时下各国已经有过不少远见卓识的官员提出类似的观点，如徐澈、宋暝等人，也已经意识到商业繁荣能够带来的巨大利润。

农业固然是国之重本，但农商并重也是长治久安的良策。

于蒙不明白："你说的这些，与兵事又有何关联？"

顾香生道："一事通则百事通，朝廷发不出俸禄这种事情不会只有一次，以后只怕还会有。"

宋暝点头，竟也赞同她的看法："不错，唯有自救自立，方能以不变应万变。"

他又问："不过听您的意思，似乎还有些未竟之语？"

素白指尖蘸了茶水，顾香生在桌面上写了三个字：商、武、文。

"商的，方才已经说过了；武者，自然是指邵州兵事。于都尉带兵自有一手，使君无意干涉。军饷方面，朝廷不解决，州府可以解决，包括战马、军备等，只要有钱，一切都好说。"

本以为徐澈要来抢兵权，于蒙还担心了好一阵，此时一听，人家非但不抢，还愿意提供钱财购买军备，他就高兴起来："使君大人有大量，卑职惭愧啊！"

徐澈笑了一下："你先不必急着溜须拍马，练兵非一朝一夕能成事，但我不希望再听见四万兵力只有五百精锐这种事情了。"

于蒙打了个哈哈："若是有钱，一切自然都好说！"

顾香生老实不客气道："依我看，这并不单单是缺钱的问题。前些天，我也没少去校场，其中多少老弱残兵，多少懒惰懈怠者，无须我说，于都尉想必也心中有数。要想练出一支强兵铁军，不仅仅要有精良的战备，还要有过人的意志与韧性，这些东西，我在邵州府兵身上都见得很少。所谓五百精锐，骑射连我都比不过，谈何上阵杀敌？"

被一个女子这样当众指出弱点，于蒙老脸都红透了，又不好发火，只得闷闷道："你的箭术连我都比不过，那些人如何能比？"

宋暝忍不住想笑，这还是他头一回听于蒙承认自己不如人。

顾香生道："可我也是一日一日勤练出来的，我是女子尚且能做到，何况堂堂大丈夫呢？"

即便是在长秋殿闲来无事，她也会让人在殿后小院立个靶子，每日就这么练上一个时辰，日日如此，坚持不懈，方才有这样的成果。

于蒙没话说了。

但顾香生说这些，不是为了炫耀自己或挤对他："一人操练，只要自己毅力大些，能够日日坚持下来，总有一样能成事，但百千万人一起操练，却不能总指望他们自己能坚持。我观于都尉练兵便甚有章法，只是一人之力，终究有限。你可曾想过将这章法写成要略，挑几个低阶武官先背诵娴熟，自己训练熟练，再如此教授给底下的士兵？又譬如施行赏罚制，将所有人分成几拨，标以固定编制，每回演练时，优先者能得何赏，名次最后者又该如何？”

于蒙眼睛一亮：“这个法子倒是不错，我先前也曾想过，不过那会儿囊中空虚，要罚倒是可以，要赏便拿不出手了，若是使君肯解囊相助，嘿嘿……”

顾香生好笑：“赏什么都可以，不过是个名头罢了，并不是非钱粮不可，为的只是让人知道荣耀耻辱。知耻近乎勇，而后方能振作士气，所向披靡。”

于蒙方才也只是开个玩笑，若他真是那种贪图钱财的人，早就跟沈南吕搅和到一块儿去了，也不至于落魄至此。

听了这话，他便点点头，也有了几分正经严肃：“言之有理，受教了。”

顾香生道：“也可定时请几位先生到军中教授士兵读书习字，总会有人愿意奋发向上的，这些人，以后兴许就是于都尉的助力，你也可以从中进行选拔。那些成日里懈怠渎职，只想着享乐安逸的，尽可淘汰了。”

四万人不算多，但如果里面都是战斗力薄弱的，那还不如削减兵员，留些真正有用的。

她这一说，就说了很多，于蒙也是个有想法的，只是苦于以前邵州局面混乱，没有人重视这些，他总有些怀才不遇的抑郁感，宋暝虽然是好友，但对方是文官出身，于兵事上其实也不是很擅长，根本无人可以沟通交流。

于蒙没想到第一次在这些话题上谈得尽兴，对方居然是个女人。

两人越说越多，起先徐澈和宋暝还能插两句嘴，到了后来，他们也只能在旁边干听着，桂花茶换了一壶又一壶，眼看太阳就要西斜了，顾香生连忙刹住话题。

“于都尉回去之后，得先做两件事，一是清查府兵，有年迈力衰者、身患残疾者，一律不得留在府军中滥竽充数，可给他们些抚恤金，而后遣散归籍。至于新兵员的补入，慢些再说。”

于蒙颔首：“我晓得。”

四万兵员是定数，之前没有刺史发话，他不好擅作主张，现在方才体会到上面有人做主的好处，这些事情不需要他操心，他只要执行命令，专心练兵就够了，这才是于蒙真正想要的。

"二则是我方才说的，写练兵备要，这不仅有益于训练府兵，还可为以后练兵者提供指引，前有《孙子兵法》与《司马法》，说不定以后于都尉所著，能成就《于公兵略》，那便是青史留名、记于千秋的美事了。"

后面的话虽有玩笑成分，可于蒙还真就被她挑起了这股子勃勃雄心。试想人生在世，不是为利，就是为名，谁不愿意自己的名字流传千古，被后人称颂？有些人要么是没这份能力，要么是有能力却没有带兵的机遇，于蒙两者兼具，又不像有的人那样汲汲钻营，倒确实很适合做这件事。

宋暝看了他一眼，只见方才上山时还老大不痛快的人，此时已经是容光焕发、笑容满面了，不由得暗叹：老于啊，你这是被卖了，还心甘情愿帮人家数钱啊！

那头徐澈道："方才你说了'商'与'武'，那么'文'又是指什么？"

宋暝虽然感慨于蒙的"不争气"，但徐澈提出这个问题之后，他的注意力也被吸引了过去，想听顾香生能说出什么高见。

这时碧霄过来道："天色不早了，如果再不下山，恐怕就要在山上过夜了。"

众人方才惊觉时间过得飞快，徐澈失笑："是我忘形了，不如由我做东，一道下山去用个晚饭吧。"

顾香生笑道："中午才吃了斋菜，现在腹中空空，使君可不能为了省钱请我们吃斋席啊！"

于蒙也道："那是，使君请客，我得好好蹭一顿才行！"

徐澈道："那就去城东一处饭庄吧，听说那儿的全鱼宴做得极好，我还没去尝试过。"

宋暝问："使君所说，莫非是城东的姜太公饭庄？"

"正是。"

宋暝笑道："那处地方，我等却是知道的，那东家姓姜，自称姜太公后代，饭庄也有趣，取的正是姜太公钓鱼的典故，那东家说，古有姜太公钓鱼，今有他们姜氏做鱼，做鱼还不止，得做全鱼宴，才算本事，所以他们家的全鱼宴，一共三十六道菜，道道都有鱼，道道都不重复，味道的确是不错的。"

徐澈道："你说得我都垂涎三尺了，那便去尝尝吧。"

就着绚丽的晚霞，一行人下了山。夕阳铺在山道上，连旁边林木都染上一层橘光，徐澈三人忍不住走走停停，驻足眺望，唯独于蒙丝毫没有那份抒情的心思，嘴里喊着肚子饿，催促他们走快些。

及至他们抵达姜太公饭庄时，天色已经完全暗了下来，幸好还赶在宵禁前的最后一刻回城，否则即便是徐澈他们，要进城也得花费一番功夫。

宋暝、于蒙是常客，饭庄的伙计是认得的，听说邵州刺史亲临，便连东家都迎出来，当着徐澈的面纳头便拜，行了个大礼。

徐澈吓了一跳，自从来到邵州，对他行礼的官绅百姓多了去了，但他还从未见过如此激动的，不知道的还当对方有什么冤情呢。

“老丈不必如此多礼，快快请起！”他伸手欲扶，对方却坚持叩完三个响头，不仅自己叩首，还带了儿孙一并过来，让他们也给刺史行大礼。

“使君有所不知，我这饭庄原先也有些年头了，后来沈氏仗着有前刺史撑腰，便想来买我这饭庄，说我这儿风水好。我不肯卖，他就日日找人过来捣乱，搅得我这生意做不下去。若非您将沈氏打倒，我这饭庄还不定何时才能恢复往日的生意呢，这都多亏了您哪！”东家年过五旬，须发皆白，口齿却还十分流利，说话也不带歇着的。

“沈氏之死，实由其作恶多端所致，就算不是我在，换了别人当这个刺史，同样也要办他，老丈不必放在心上。”徐澈笑道。看得出他心情极好。话又说回来了，谁不愿当一个万民称颂的父母官呢？只是有些人觉得被百姓惦记，还不如多捞些钱实际，各人追求不同。

而在徐澈看来，便是给他一车子的黄金，也不及眼前这一句真情实意的道谢来得真切。

“话不是这样说，换了哪一任刺史，只怕都是与那沈氏勾结一起，做坏事的份儿，要么就是胆小怕事，不敢招惹沈氏，像您这样肯为百姓除害的使君，一百年也未必能碰上一个！托使君的福，小人全家上下都感激不尽，难得使君大驾光临，若是您不嫌弃，就由小人来安排这桌饭菜吧，保管几位都吃得顺心。”

徐澈就笑：“那便有劳老丈您了。”

“不麻烦！不麻烦！”东家一迭声摆手，赶紧着人去准备了。四人被引到一间雅室里，四张桌案正好围成正方形，中间还摆了个三足鼎炉，边上一面墙壁都打通了，直接挂上竹帘，外头种的是桂花，正值开花时节，桂香透过竹帘飘了进来，连于蒙都赞叹不已，还说东家偏心：“上回我们来这儿吃饭，可没有什么竹帘桂花啊！”

宋暝睨他一眼：“使君为民除害，你又帮人家做了什么？”

于蒙张了张口，半点说不出来，还扭过头向徐澈告状："使君，您瞧瞧他，成天就知道埋汰我！"

徐澈失笑，他知道于蒙看着大大咧咧，实则粗中有细，大事上绝不糊涂，甚至还带了几分狡猾，譬如邵州府兵，于蒙至今便牢牢抓着不肯松手，之前徐澈要对付沈南吕时，他也始终不肯援手。

不过徐澈和顾香生也无意将他撂到一边，对比邵州其他官员，于蒙、宋暝两人已经算是很有原则底线的了，起码徐澈派人私下调查之后发现，他们在任期间，并未与沈氏勾结，甚至也没有收受过不该收的钱财。

任人唯贤没有错，但人都有缺点，如果仅仅从德行上挑剔，却忽略了能力，这种人也只会折腾百姓。

顾香生看着中间那个鼎炉，却有些好奇："那是用来作甚的，烤鱼吗？"

宋暝笑道："确切地说，是用来烤鱼皮的。从新鲜的草鱼身上起了鱼皮，那不能光是一层皮，底下得带着薄薄一层肉的，那便是草鱼身上最嫩的部分，然后放在炉上炙烤，不多不少，要刚刚好的火候，这就得考验功夫了，末了撒上椒盐和孜然，鱼皮烤得脆了，底下的肉还是嫩嫩的，滋味是极好的！"

早上起得早，只用了一碗小米粥，中午又吃了一顿斋菜，肚子里一点儿油水都没有，此时听了他的描述，顾香生觉得自己应该能吃下一大盘。于蒙也嚷嚷起来："你别光是说啊，这么说顶个屁用！我都饿惨了，被你说得越来越饿！"

他这话刚说完，饭庄东家便亲自带着伙计端了数个盘子进来。

"使君，于都尉，宋兵掾，这位娘子，这边做好了两道菜，几位先吃着，烤鱼皮要待会儿才能好，只不知诸位想在这儿现烤，还是小人烤好了再送上来？"

宋暝道："我们有事要谈，你便烤好了再送上来吧。"

那东家笑应一声，将菜肴酒饮一一摆好，又给他们斟上酒，便领着伙计退下了。

宋暝介绍道："这是青梅酒，饭庄自己酿的。"

顾香生举杯啜了一口，酸酸甜甜，又因拿出来之前是放在井水里的，入口清凉，一直沁到了心间，配着鱼宴吃，的确再好不过，既能开胃，又能解腥腻。

上来的两道菜，一道半江瑟瑟半江红，其实就是酸甜炸鱼球，将几种鱼的鱼肉去刺捣烂，经过反复摔打，使得鱼肉越发黏嫩，再捏作丸子，裹上面粉下锅油炸，装盘时淋上酸甜的酱汁。

还有一道是清蒸桂花鱼，看起来简单，但鱼的挑选、蒸鱼的火候，无一不考究，这样做出来的清蒸桂花鱼，才是独一无二的桂花鱼。

酱汁没有淋上去，是另外盛出四个小碗，每人一个，里头应该是酱油，约莫还有别的什么独家秘方，顾香生却看不出来了。鱼也被事先分成四份，鱼头和鱼尾自然给了徐澈，这是有讲究的。顾香生夹了一筷子桂花鱼，蘸了酱汁送入口中，顿时觉得那鱼肉嫩得甚至都来不及细细咀嚼，便几乎要化在唇齿之间，再配上一口青梅酒，那真是神仙也不换的生活了。

稍微填了一下肚子，觉得说话也有力气了，徐澈便拾起先前的话题，开玩笑道："你方才所说的'文'，究竟指的是什么？这关子卖得也够久了，我们都被吊了一路的胃口！"

顾香生也不是有意卖关子，当时大家下山走了一路，都气喘吁吁，谁也没有多余的空闲开口。

"使天下文人齐聚于此，令邵州成为文宗荟萃之地。"

此话一出，其余三人都吃了一惊，不是因为这句话，而是因为话里的气魄。

邵州地处偏远，就算不是苦寒之地，跟文风鼎盛也搭不上边，每年县学府学出的优秀士子并不多，放眼南平也算是倒数几号的，现在顾香生居然罔顾现状，说出这样的话来，简直是蛤蟆打哈欠——口气比天大了！

总算还给她几分面子，宋暝忍住没笑出声："敢问焦先生何出此言？"

顾香生落落大方："我知道你们都觉得此事毫无可能，而且听起来很可笑，试想眼下又非太平盛世，武力在手才是要紧的，何必非将那些酸腐文人弄到这里来？到时候一不能守城，二也不能抵粮食，简直一无是处。"

于蒙道："不错，我一听见那些人成天之乎者也就犯恶心，别说邵州他们看不上眼，使君又不是……"

他看了徐澈一眼，把"造反"两个字给吞了进去："咳咳，又不是想要那啥，就算费心将他们弄来这里又有何用？那些人来了之后只会在旁边指指点点，成天吟风弄月的，看了就酸倒牙！"

顾香生道："文风鼎盛，自来有好处，也有坏处。坏处方才于都尉也说了，空谈误国。自古读书人，大多喜欢空谈，但也有好的，旁的不说，像使君、宋兵掾这样的读书人，卓有风骨，即便对着沈南吕也不肯屈服妥协，这样的名士，多多益善，对邵州，对使君，皆是百利而无一害。"

宋暝脑子转得快，隐约明白了她的想法："先生之意，是我们打从现在便要开始谋划，为邵州增加些砝码？"

"不错，宋兵掾这话说得好，比我说得直白易懂。"顾香生抿唇一笑，"虽说刺史三年一任，但邵州这地方，自来便不被认为是好差事，等沈氏风波一过，使君只怕还要留在邵州三年又三年，将来的事情谁也说不好，但如今主弱臣强，外戚秉政，危而不安，咱们不能不为长远计，给邵州增加筹码，其实也是为我们自己增加筹码。"

乱世之中，文人命如草芥，这话是没错的，因为大家都信奉用拳头说话，嘴皮子吹上了天也没什么用。

但一张嘴皮子没用，十张嘴皮子没用，那一万、十万张嘴皮子呢？

古人云：防民之口，甚于防川，便是意识到言论的重要性，不管乱世盛世，舆论都是能派得上用场的，可惜徐澈现在的文名还不算很大，假若是文名满天下，朝廷想要处置他，也得斟酌再三了，又假设将来南平被灭，像徐澈这样的名士，稍微正常一点的新君，也不会将他赶尽杀绝，而会聘为新朝臣子，这就是名声的力量。

武力强大是立身之本，发展商业是如虎添翼，这两者缺一不可，邵州离南平京城远，这是一个短处，却又是个长处，离得远就不易引人注目，他们可以闷声发大财，再加上沈南吕的事情，估计几年内也没有人敢来这块地方自找不痛快了。

万一南平乱起来，邵州又足够强大，那他们就可以据此为地盘发展自身，这是顾香生为徐澈准备的第一条路。

徐澈不是当霸主的人才，就算赶鸭子上架，他也不是那块料，邵州发展得再好，如果徐澈无心经营，到最后不过是成了块肥肉，为别人作嫁衣裳，所以顾香生又为徐澈想了第二条后路：那就是让徐澈刷声望。

通过什么途径来刷声望？

酒香也怕巷子深，做得再好也得有人知道，那些读书人上下嘴皮子一张，写文章称颂宣传，届时就算徐澈成不了一代文豪，也能成一代名臣，但凡明主遇上这样的人才，肯定就舍不得下杀手，譬如魏征之于唐太宗，前者曾是太子李建成的属官，最后却投了唐太宗，成就千古名声。

所以顾香生才想出这么个办法。

于蒙还是听得有点糊涂，宋暝却已经明白了。

先前还在心里取笑她不知所谓，如今彻底弄明白对方的意思，宋暝却忽然有些心头一亮的感觉。

手无缚鸡之力的文人在乱世自然没什么用处，但也并非一无是处，还要看怎么用。要是照顾香生这么说，倒很有些圣人所讲“一张一弛，文武之道”的意味了。

徐澈也明白了，明白顾香生为自己谋划的一片苦心，更是心生感念。

宋暝是个心宽的，当即便起身朝顾香生拱手：“先前不知先生所想，还不以为然，如今一看，丢脸的却是我自个儿。”

正好伙计端着菜进来，见他这番作态，吓了一跳，站住不动了。

顾香生扑哧一笑。

宋暝这才讪讪坐下，于蒙摸不着头脑：“我说你们这是在打什么哑谜呢？”

徐澈道：“既然要兴文事，总该做些什么吧，依你们看，开个书院，聘请名师过来讲学如何？又或者广邀名士，再办一场文会？”

宋暝照顾徐澈的面子，笑了笑没有吱声，顾香生却实话实说：“办书院固然不错，但若是想扬名，起码也得等三五载之后，里头的学生有了出息，说不定书院的名头才能打响。至于文会，只怕真正的名士不屑来，来的净是沽名钓誉之徒，反倒失了初衷，沦为笑柄了。”

徐澈摸摸鼻子，也不生气：“那你们有何高见？”

宋暝笑道：“我倒是有个主意，只是做起来颇费功夫，权当抛砖引玉吧。”

徐澈道：“宋兵掾见识过人，想出来的必是好主意。”

“当不起使君的抬举，这主意说来也简单，便是建一座藏书楼，广收天下藏书，并以天下第一书楼命名，如此一来，那些文人墨客，不管有名没名，是不是有真才实学，肯定都想过来一睹为快，那些真名士，自然也想过来瞧瞧这藏书楼是否果真名副其实。”

徐澈眼前一亮，顾香生也击掌道：“这主意果真是好！”

宋暝道：“只是收集典籍，需要费一番功夫，也不知何年何月才能办成。”

顾香生道：“这有何难？此事交给商贾来办最适合不过，那些商人走南闯北，可以让他们在做买卖的时候多加留意，又有条目索引，他们就不愁找不着。我先时曾有幸去过魏国皇宫的藏书馆，里面的典籍书名，不说记个全部，起码七七八八是没有问题的，只消给我些时日，便能将这些名字默写出来，到时候再让人按图索骥便是。”

古代不比现代，古代的书本流行范围很狭小，除了四书五经那些为人熟知的典籍之外，其他一些书籍流落四散，有些甚至不成套，也有可能其中一册流落魏国，另一册又流落齐国。

这其中不单是因为活字印刷术尚未推广，更因为许多人拿到了好书，却生怕别人也有，便不肯公之于众，反而自己私藏起来，再加上战乱，甚至是历代统治者出于种种目的焚书毁书，那些典籍就更容易流散失传。从古代成书至今，经历了多少个朝代，也就经历了多少场战乱，如阿房宫、大明宫这等宏伟宫殿，于战乱中付之一炬，不过是史书上寥寥数语，但其中有多少珍贵典籍也跟着消失，无人知道。

鉴于以上种种原因，典籍流传之难，可见一斑，至于那些名家诗作，就更不必说了，世人皆知诗仙李白名篇盖世，然而如今能流传下来的，还不及他在世时所作的一半。

如此一来，各国皇宫反而成了最有实力搜刮珍藏典籍的地方，皇帝若是有意，也可以下令官员收录典籍编纂成册。

但皇宫不是人人都去得的，若真像宋暝所说，邵州修了这么一座藏书楼，也不需要集齐天下典籍了，但凡只要有个一二成，也足以吸引天下读书人络绎不绝前来朝圣。有了这个基础，徐澈还想再做点儿什么刷名望，可不是要容易好几倍？

自打初见顾香生，宋暝看她便觉得处处都是谜团。

虽说嫁过人，丧过夫，可寻常妇人也没有时时抛头露面往外跑的，即便世风再开放，世人对女子总还有种种苛刻的偏见束缚，如那些骄傲跋扈的高门闺秀，成日里斗鸡走狗、赛马打球，宋暝也不是没有听闻，却从未见过一个像顾香生这样，给刺史出主意，扳倒沈南吕，折服于蒙，提议强兵备战，重商兴文，这是女人该做的事吗？

出不出格且不说，平民人家的女子，肯定是没有这份见识的。

更奇怪的是，她说她去过魏国皇宫里的藏书馆。

这是什么概念？

能进魏国皇宫，那必然得是有点身份的，这也符合宋暝对顾香生来历的猜测，他早就觉得徐澈和顾香生之间根本不是什么表兄妹，但能进魏国皇宫，不代表能在藏书馆里看书，更勿论还能将里头的书名记下来，这就意味着她进去过不止一次，还能随意出入。

身份成谜，举止有度，出入过魏国皇宫，卓有见识，宋暝脑子里转了几圈，觉得顾香生应该是从魏国皇宫里出来的女官，而且应该是出过什么事情，才“非正常离宫”的，所以身份自然要对外遮掩，徐澈从前曾在魏国为质，两人若是因此结识也不奇怪。

这样一想，很多事情就能说得通了。

任他想象力再丰富，也不可能把顾香生和魏国新帝从前在潜邸时的王妃联系到一块儿去，毕竟留书出走这种事情，连魏临都想象不到，更何况是宋暝？这种做法完全不符合时下的观念。

在所有人心里，魏国的淮南王妃，其实已经是一个死人了。

一个已经变成灰色的名字，永远被篆刻在牌位上，这是不可改变的事实。

虽然最终结果有点偏差，但以宋暝得到的信息，能够分析出这个结果，已经非常靠谱了。

而且老实说，除开一开始的不适，宋暝发现，一旦跟顾香生站在同一阵营，其实这种感觉并不差，与她作对可能会担心被算计，但当对方赞同并理解自己的想法时，即便此时坐在对面的是个女人，宋暝也难以避免地生出知己之感。

“只是这件事做起来会很难，即便有那些书名。”宋暝提出这个想法，此刻却又否定了这个想法，“其中肯定有许多孤本和珍本，轻易不流传于世，收集起来，不是一两年工夫就能完成的。”

顾香生道：“世上无难事，只怕有心人。这藏书楼并非要等到将所有典籍都集齐了才能建起来，而应该是先有楼，后有书，就算孤本一时难以拿到，旁的许多书总是没问题的。这年头一本书要流传，靠的是口耳相传，又或者手动抄书，再传于别人。有时候魏国的书，齐人未必听过，吴越的书，大理也未必见着，这时候商人的优势便能体现了。”

“楼建好了，书慢慢增加，无论贫贱富贵，只要肯来，又能通过我们设下的题目，便可进去观阅典籍，除此之外，还可开明辩堂，让他们就观点相异之处进行辩论。”宋暝道。

徐澈点点头，他觉得这个主意比之前自己说的开书院之类靠谱多了。

“宋兵掾果然大才，以你的能耐，当这个司兵参军事，实在是屈就了，我便是沾了姓徐的光，否则这刺史也该由你来当的。”

宋暝忙道：“不敢当使君谬赞！”

徐澈道：“既然此事为宋兵掾提出，不如就由你去办吧。”

宋暝吃了一惊：“这，怕是不妥吧，下官的职责与之不符……”

徐澈笑道："这又有什么不行的？朝廷律法也没规定官员不能做职责之外的事情，更何况这是经过我同意的，不必担心那么多，我相信邵州之内，没有人能做得比你更好了。"

宋暝当然愿意，只是他没想到徐澈会如此痛快将这桩重要的差事交给了自己。

他起身拱手："下官定不负所托，尽快办成此事！"

徐澈颔首："建楼的银钱也有了，便用抄沈家得来的那笔钱，我已命人悉数登录入册，回头便交给你。若有什么难处，你可以直接与我说，也可以和焦先生说。"

顾香生道："我想劳烦宋兵掾一件事，你命人收集典籍时，请多搜集一些与前朝史籍有关的书籍，譬如前朝内宫纪实、皇帝起居录等，当年前朝灭亡时，这些内宫官史，多数散落在吴越和魏国，藏于两者宫中，如今吴越已灭，必然有不少宫中典籍流落民间，宋兵掾可往这方面去找找，说不定有所收获。"

宋暝奇道："您是想……"

顾香生轻轻吐出两个字："修史。"

历朝历代，每逢旧朝覆灭，新朝崛起，必然会修前朝史，这是每一个新王朝都会做的一项重大工作。

但当今天下，在前朝灭亡之后，天下就陷入四分五裂的境地，至今三十年有余，很多前朝内宫典籍流散四处，为各国瓜分殆尽，也有一些在战乱中毁于一旦。

"现在个个都想当天下霸主，即便像南平，天子年少柔弱，太后沉溺权柄，贵族骄奢淫逸，根本没有人会想到要修史，待书楼建成，在外头有了名气之后，使君便可首倡其事，登高一呼，届时必然有不少名士文人响应。"

宋暝精神一振："大善！自前朝覆亡至今，无人提出修史一事，若使君能为天下先，定然能收意想不到之奇效！"

徐澈蹙眉："我不过偏居邵州一隅，此事非由朝廷出面，只怕别人不但不买账，反而会笑我们不自量力。"

宋暝劝道："这自然不是一蹴而就的事情，但只要有藏书楼，再有名士会聚，焦先生所说，也并非不可能实现。"

他一开始对徐澈和顾香生抱有疑虑，和于蒙作壁上观，不肯涉入徐澈他们与沈氏之争，如今却反过来帮着顾香生劝徐澈，这不能不说是一桩奇事。

归根结底，因为于、宋二人都不是那等利欲熏心之徒，在其位，谋其政，他们都愿意做些实事，这就为彼此相合提供了前提，而徐澈又是大度之人，能够不计前嫌重用他们。今日一席谈话，其实也是邵州未来几年的施政方向，假如能照着这个方向努力下去，邵州的未来，即便不能在乱世中称雄，但起码不至于任人鱼肉。

等到饭毕散席，各自告辞离去时，宋暝方才惊觉，自己不久前还嘲笑于蒙被人卖了还帮忙数钱，他现在何尝不是被卖得心甘情愿？

他不由得叹了口气，问于蒙："你对焦芫此人如何看？"

于蒙道："我看挺好的，虽是女人，却不扭扭捏捏，有话直说，我喜欢爽快人。不过她方才说自己进过魏国皇宫的藏书馆，该不会是什么魏国贵族吧？"

宋暝将自己的猜测与他一说，于蒙点点头："看不出来，你乱猜也能猜出一丁点儿道理来，我看也像，说不定还真是魏国皇宫逃出来的女官，反正跟使君的关系肯定不简单。你没看使君瞅她那眼神，跟见了心上人似的，又忐忑又不好意思说，啧啧，我要是女的，不动心都难！"

宋暝觉得不可思议："你一个大老粗，注意这些事情作甚，难道也看上了焦娘子？"

"呸呸呸，虽说那模样美貌得很，但我可不想娶一头母大虫回家，到时候我要是纳个小妾进门，她还不翻了天？一箭射过来，我的子孙根都没了！"

宋暝笑道："不用担心了，就你这德行，还指望焦娘子看上你呢？"

于蒙大怒："我这德行怎么了？你这德行才矫情呢！当初说不掺和沈南吕的是你，现在我看徐澈的诚意也很足，肯让我带兵，又对你委以重任，你还成天唉声叹气个没完，矫情！"

"我矫情？我看你是少根弦！"

"对对对，你多根弦，你弦太多了，都成蜘蛛网了！"

宋暝："……"

徐澈与顾香生从饭庄出来，也没有乘马车，而是徐徐走在街道上。

虽然已经是宵禁时分，不过有徐澈在，倒没有巡差上前质问。夜晚的邵州城异常安静，风拂过不知道种在哪里的桂花树，带来淡淡的桂花香气，眺目远望，今日去过的云雾山似乎又蒙上一层神秘的云雾，若隐若现。家家户户都已经掌灯，打更的声音远远传来，更显出一幅安宁的景象。

偶有几个醉酒的纨绔子弟摇摇晃晃结伴而来，瞧见顾香生美貌，还待上前调戏两句，再看他们一行仆从前后随行，个个身强体壮，念头立刻打消，灰溜溜地走了，也不消说上半句。

“阿隐，你有没有想过……”

“嗯？”顾香生没听清后半句，转头看他。

他的侧面俊美如昔，就像他们当初刚刚遇见的模样。

“你有没有想过，以后还要回魏国？”徐澈犹豫了一下，还是将话问完了。

顾香生愣了一下：“怎么会忽然这么问？”

徐澈无奈一笑：“你这样尽心尽力帮我，我很感激，从前我不曾发现你这样厉害，但在我这里，你能发挥的终究有限，若是回到魏国的话，有魏临在，你可以做得更多，不是吗？”

顾香生低着头看鞋面。从前在宫里或王府时，她连穿的鞋子都异常精致。魏临知道她喜欢苏绣，特地请来擅长苏绣的师傅，在缎面上绣了凤求凰、秋色连江那些图案，再在做鞋时覆上鞋面，镶以珍珠，有时候还会嵌上宝石，精美绝伦，华贵异常。这样的鞋子，她起码有十数双换着穿，每回出门也不重样。顾画生当初嫉妒她能嫁入皇室，不是没有道理的，因为即便是顾家，也没有富贵到这种地步。

而她现在穿的鞋子，是普普通通的青色细棉鞋，毫无花样可言，更因走了不少路而变得灰扑扑的，其实也不是买不起更好的绸缎鞋子，但出门在外，又要养活好几口人，她觉得鞋子穿着舒适就好，未必需要太多花样，也就不让碧霄在这上面花太多钱。

“我不会回去了。”她的目光从鞋子上收回来，“这件事情我们已经谈论过了，不是吗？”

徐澈道：“邵州再好，毕竟有限，跟整个天下比起来，这里只能算坐井观天，我是怕委屈了你，尤其知道你这么能干之后。”

顾香生回以一笑：“这么能干，吓着你了？我知道时下女子都讲究个三从四德，像我和周姐姐这样成日里抛头露面的就更少了。现在你身边可用之人不多，等将来书楼建成，聚到你身边来的谋士肯定会越来越多，到时候我若再待在你身边出谋划策，反而惊世骇俗，会让你被别人笑话的，在那之前，我会找个机会退居幕后，又或者干脆离开，断不会让你为难的。”

徐澈摇头："你知道我不介意这些，他们会笑话你，是他们见识少，而不是你的错。宋兵掾和于都尉，先前不也对你有些偏见？现在可都改观了。"

"那是因为他们俩还算开明。你在魏国时，不也常常见到那些迂腐儒生吗？他们只会认死理，一味地攻讦。"

"那也不怕，你的功劳，没人能够抹杀得掉，还有我护着你。"

顾香生瞅了他一眼，抿唇笑道："你今日忽然又提起魏国，是不是听见了什么消息？"

"没有啊，你多心了。"

顾香生摇头："你连撒谎都不会，眼神游移不定，都不敢看我。"

徐澈："……"

他没有办法，这才轻声道："魏临怕是要立后了。"

顾香生一怔。

"你怎么知道的？"好一会儿，她才出声。

"前两天遇见一拨魏国商人，说是魏国礼曹那边要举行皇后册封，上好的绸缎不够用，是以跟他们买了一些。"

那些商人自然是将其作为炫耀的谈资来讲的。

这年头资讯流通不便，各国京城是天下消息流通汇聚之地，四通八达，但像邵州这种地方，魏国皇帝大婚这种事情也不可能出现在南平的邸报里，就只能从商人口中得知了。

顾香生没有说话。

徐澈心中不安，忍不住看了她好几眼。

对方显得很安静，没有哭，当然也不可能兴高采烈。

他不知道说什么才合适，能说的也十分有限，若是放在从前，他自然可以拉着她的手让她不要伤心，让她跟着自己过一辈子，自己愿意待她好，愿意和她一生一世一双人，绝不会像魏临那样伤她的心。

但徐澈不能。

所以他什么话也说不出口，只能沉默。

前头碧霄提着灯笼，停住脚步，回望他们："娘子，进了前头巷子就到家了。"

顾香生也站定，对徐澈道："春阳，不用再送了，有老柴他们在呢，你也回去歇息吧。"

徐澈启唇："阿隐……"

"我没事。"顾香生朝他粲然一笑。

徐澈只能将一肚子的话都吞回去："那好吧，你好生歇息。"

两人告辞，顾香生目送他离去，便转身与碧霄、柴旷他们一道往前走。

这世上所有女人或许都曾经幻想过：自己喜欢的人也喜欢自己，并且只喜欢自己一个，对方很强大，很有能力，但不管遇到什么样的情况，他都只守着你一个人，在他心目中，其他女人再好，也不及你的万分之一，曾经沧海难为水，就算自己不在，他也不可能再看上其他女人。

这样的爱情不能说没有，然而太少太少了，因为少，所以方显珍贵。人心复杂多变，即便经得起考验，也抵不过岁月侵蚀。

在离开魏国之后，没有听见魏临立后的消息，顾香生心里，何尝不是也存着这么一丝幻想？觉得在魏临心底，早已认定皇后非她莫属，即便有严家涉足，她也下意识为魏临寻出种种开脱的理由，甚至幻想着有朝一日，对方因为她的离去而痛彻心扉，后悔莫及，从此不再立后。

那样子，或许……或许两人还是能破镜重圆的呢。

但事实证明，这些幻想都是可笑的。

这世上没有谁离了谁就过不下去，女人若是总将希望寄托在别人，尤其是男人身上，到头来伤害的只有自己。

往前看，风景才会更好。

巷口多了两盏灯笼的微光，烛火在里头微微摇曳，是诗情和席二郎。

"师父，我来接您啦！"席二郎扬起大大的笑容。

他并没有因为拜师顾香生就留在这里不走，而是依旧在席家村和邵州之间来来去去，回去照顾祖母，帮席大郎和村人做些事情。

少年日渐成熟，在邵州见了世面，言谈举止也变得更得体。若是他不说，现在几乎无人看得出他是从小乡村里走出来的，但他对顾香生尊敬如初，顾香生也很喜欢这个少年，有勇有谋，不骄不躁，假以时日，未必不能成才。

看见他，顾香生也露出笑容："怎么过来了？"

席二郎道："阿婆腌了些泡菜，让我带几坛过来给您，还有陈弗，他把您交代的功课做完了，让我带来给您看呢。"

陈弗年纪小，往来不便，就还是住在席家村，偶尔由席二郎带来让顾香生给两人上几天课，其余时间都在席家村读书习字。

诗情笑眯眯："家里煮了些桂花圆子，他嘴馋，我说盛一碗给他，他还不好意思呢，非说等您回来，这不，听见娘子回来，约莫是想终于能吃上圆子了，便高兴得出来迎接！"

对上顾香生戏谑的眼神，席二郎闹了个大红脸："师父来了，当弟子的怎好不迎？诗情姐姐，你快将我说成一条大馋虫了！"

诗情调侃："难道不是？"又接过碧霄手里的灯笼，"外头风大，娘子，我们进屋吧。"

听着两人说说笑笑，顾香生心头一阵温暖。

"嗯，回家再说。"

有舍必有得，有得必有失，人生不可能处处圆满，即便没了魏临，她何其有幸，还能有诗情、碧霄这些人陪在身边，其实并不孤独。

魏临是她心中始终难以弥补的一块缺憾，然而不能因为有缺憾就对世界绝望，就觉得天底下不会有白头偕老的爱情。其实夫妻情深还是有的，也有妻死之后就不再娶，为她守一辈子的男子，虽然极少，但不能因此否认他的存在。只是许多缘分强求不来，正如徐澈与她，正如魏临与她。

往前看，风景才会更好。

到了九月底，影影绰绰的确切消息终于传到邵州，说是魏国皇帝立了皇后，严氏也由此成为魏国后族，又据说严后姿容出众，德才兼备，自闺中便有国色，名动京城，又是严家嫡女，也只有这样的归宿，才配得上这样的女子。

又有些知道内情的，不免要感慨皇帝先前那位王妃没有福气，明明都熬到丈夫登基了，自己却得病而亡，连个后位都没能捞上，可见是个福薄的。

一般情况下，既然是潜邸时的正妃，等皇帝登基后，即便是人死了，也会将其追封为皇后，再加上个谥号。然而事情到了魏国皇帝这里，却出现一些变化，他也追封顾氏，却不是皇后，而依旧是淮南王妃，单一个谥号敬字。

也就是说，往后旁人提起这位短命福薄的淮南王妃，仅仅也就是以"已故潜邸敬妃顾氏"来带过，而非"先皇后"，又或者其他称呼。

如此一来，严氏就不是继后，而是元后，她将来所生的儿子，自然也就是堂堂正正的嫡长子，毫无争议的储君。

至于先王妃娘家，人死如灯灭，没了顾氏，自然也不可能荣及家人，鸡犬升天。焦太夫人去世之后，皇帝仿佛还顾念些旧情，据说定国公长子顾凌，从原先的闲职外迁为实职县令，还算是升官了。至于其他人如何，顾香生不知道，也没有刻意去打听。自打得知焦太夫人去世的消息，她大哭一场，之后便不再去打听顾家的消息。

同月底，本来应该带着沈南吕尸身回京汇报的冼御史，据说中途忽然发了急病，然后就上了一封奏疏，说自己重病在身，无法支撑到京城了，只能先留在易州养病，然后让随从带着沈南吕的尸体回去。

像徐澈他们，自然知道冼御史这病是假装的。实际上，易州刺史就是冼御史的妻舅，他怕回京之后，沈太后要找自己的麻烦，于是一不做，二不休，干脆带着徐澈给他的那一半沈家家财，跑到易州去投靠妻舅了。

这个馊主意还是顾香生给出的。

可想而知，这件事传到京城，必然引起轩然大波。沈太后没看见徐澈的屈服，也没见着冼御史的人影，反而见到了侄儿的尸体，差点儿被气死，险些一佛出世，二佛升天。

【第二十六章】故人相见忆旧情

沈太后怎能不怒？

沈家虽然在南平是世家大族，但久已没落，还是沈太后当年被立为先帝皇后，境况才稍稍好转，及至先帝驾崩，天子年幼，太后垂帘听政，沈家在外经商，其中不乏仗着太后权势的意思，也不是没有人因此告到太后面前，说沈家跋扈之类的，沈太后也屡屡叫来沈家子弟训话，约束他们不要在外任意妄为。

这些沈家子弟里面，沈太后最喜欢的，便是沈南吕，只因沈南吕在外虽然胡作非为，在京城时，尤其在太后面前时，却惯会讨巧卖乖，也从不到沈太后面前相求什么，这样反而越发让沈太后觉得这个侄儿很是听话。又因沈太后未嫁时，在家中便与沈南吕的父亲最为要好，爱屋及乌，对沈南吕自然也另眼相看。

而且沈南吕在外经商，可谓是沈家子弟中最有出息的一个，每年回京都会给沈太后上贡大量的好东西，什么南海珍珠、东北人参、山林松茸、天山雪莲，什么稀罕挑什么送，有些连皇宫内库也未必有。

然而现在这个侄儿却无声无息就死在了外头，虽说冼御史的奏疏上写的是被乱民所杀，但焉知其中没有徐澈的手笔？

现在徐澈没给带来，竟连冼御史也中途逃跑，分明是不将朝廷放在眼里。

沈太后气得要命，先是连下三道旨意到易州，命冼御史即刻起程进京：不管你有多重的病，只要还有一口气，爬也要给我爬到京城！

又下旨申饬徐澈，说他罔顾朝廷法纪，草菅人命，论律当革职候处，又让底下拟出新的邵州刺史人选，随即出发去邵州，将徐澈给替换下来，再将徐澈押送入京。

然而沈太后忽略了一个很重要的事实：但凡朝廷中枢有些威望和号召力的，冼御史也不至于胆大包天到中途溜号。

今时今日的南平，各州都由宗室把持，明面上虽然还尊天子和太后为主，实际上，他们愿意听就听，不愿意听，朝廷也奈何不了他们。

顾香生正是看清了这一点，方才给冼御史出了那么个主意，冼御史也正是看清了这一点，才顺坡下驴，很痛快就离开了邵州。

他只要把自己带走的那一半家财再分出一半给当易州刺史的小舅子，就完全可以背靠大树好乘凉了，何必再回京城当那劳什子有名无实的御史？

至于徐澈，他的处置旨意还没出京呢，就在中书省被拦截下来。朝中大臣纷纷上疏为徐澈求情，说沈氏之死定然与徐澈无关，请太后网开一面，让徐澈尽快查明真相，交出罪魁祸首，戴罪立功。

究其缘由，不是因为徐澈人缘好，而是因为邵州那地方没人愿意去，之前好不容易逮着徐澈这个冤大头，结果现在他才刚上任没多久，就又要换人了，大家自然不同意。

沈家内部也不太平，有些人早看沈南吕不顺眼，借着这次机会，就在沈太后面前进言，将沈南吕这些年在外头干的那些狗屁倒灶的事情都一一汇报，又说他在邵州遍地仇敌，人人都想杀之而后快，徐澈一个刚上任没多久的刺史，应该没有那个胆子杀他。

沈太后震惊万分，又因朝中风向几乎一面倒，她没有办法，只得将罢免的懿旨撤了回来，改为限期让徐澈捉拿真凶归案。

此间种种内情，早已被徐澈和顾香生等人料及。所谓捉拿真凶，不过是个让大家面上都过得去的借口罢了，随便从邵州找个本该秋后处斩的死囚去交差也就罢了。

然而真正让徐澈出尽风头，令南平朝野内外为之轰动哗然的，并不是沈南吕的死，而是他在十月底上的一封奏疏。

这封奏疏的前半段很正常，里头详细说明了沈南吕的死纯属意外，因为当时旱灾刚过，有两个县闹瘟疫，百姓急需药材治病，他却要高价出售，而且控制着其他药商，不准他们私下跟官府谈妥，这才触犯了众怒，被百姓打伤了。

后来徐澈带人及时赶到，只是沈南吕心情不好，闹着要去喝酒，结果喝了个酩酊大醉，方才猝死了，结果停尸时又走了水，尸体被烧得面目全非。

任谁都知道这种话不过是骗鬼而已，但沈太后需要这样一番解释，朝廷也需要这样一番解释，不管多么玄幻，徐澈总算交代了来龙去脉，而且将“真凶”也交出来了，就是当时带头殴打沈南吕的“百姓”。

徐澈诚诚恳恳请罪之后，又说邵州长史张思与前任刺史徐年勾结，贪赃枉法，徇私渎职，以致邵州百姓怨声载道，呈请将其罢免，顺道推荐了一个继任的长史人选，姓焦名芫。

这年头，像长史、司马、兵掾这等刺史佐官，有由朝廷直接任命的，也有经由刺史推荐，朝廷通过任命的，徐澈身为邵州刺史，自然有权推荐长史人选。

但问题就出在他推荐的这个人，竟是个女子！

这可真是不能再稀奇了！

武朝年间，女帝当政，像上官婉儿，也是当过内舍人的，但那毕竟是特例，不能以常理来论，眼下又不是女帝当政，沈太后也没有扶持女人的意思，这徐澈冷不丁推荐一个女人当官，是何意思？

他在奏疏里写得明明白白，这焦氏，原是邵州当地人士，出身大家，幼承庭训，长于文书，是周家药铺东家的亲戚，丧夫独居，徐澈刚到邵州时，她便帮了不少忙，鉴于她的才干，所以徐澈才上疏推荐她任长史。

长史为刺史副手，没有具体职务，权限说大不大，说小不小，要看具体情况。

但不管权力多小，也断断没有让一个女人来当官的道理！

朝野上下都道徐澈是疯了，又说他为了一个女人，竟拿朝廷的官职来开玩笑，一时间弹劾四起，沈太后自然将他的奏疏驳了回去，又命人到邵州将徐澈骂了个狗血淋头，徐澈这才消停下来，不再提及此事。

到了来年春天，不知出于什么原因，邵州长史张思主动请辞，没等朝廷回复下来，他自个儿便走了。长史本来也不是什么重要的官职，有些州府甚至没设。当时天子生了重病，他年纪尚轻，连大婚都不曾，自然也没有儿子，朝中正为了立储人选吵得天翻地覆，自然也不会去过多关注一个偏远州府发生的事情。

五月时，天子终于熬不过去，驾崩了。

因为朝中派别林立，又有沈太后从中作梗，直到皇帝驾崩的前几天，方才匆匆忙忙定下储君人选，乃安王徐赋，算起来还是天子的堂弟，也是血缘最近的宗亲了。

然而这样一个人选，却并不被所有人接受，还没等新皇登基，便有人站出来反对，说安王无德，不当为天子，易州刺史徐年的血缘虽然远些，无论才德还是实力，都足以担当重任。

各州本来就和朝廷面和心不和，此事便成了导火索，一下子便如捅了马蜂窝，各州府纷纷上疏表态，有支持徐年的，有反对的，有另外提出人选的，就是没有支持朝廷的。

不管哪个皇帝上位，那都不是沈太后的亲儿子，但他们都要继续尊沈氏为太后，所以沈太后也不表态，只管作壁上观，这就使得原本就混乱的局势越发混乱起来。

直到过了半个月，也不知那安王私下与沈太后做了什么交易，沈太后这才表态，说安王为先帝堂弟，无论从血脉上，还是排序上，都是最合适的皇位继承人。

六月初，新皇登基，南平十州，仅有两个州进京观礼，朝廷威信可见一斑。

徐澈本来是要去的，被顾香生和宋暝他们给拦下了。

宋暝甚至说得很不客气："如今各州离心离德，朝廷正愁没有鸡可以用来儆猴，去年使君杀了沈南吕，这笔仇沈太后可还记着呢，您若去了京城，那可就是自投罗网了！"

顾香生掩嘴笑道："是叫肉包子打狗，有去无回！"

徐澈无奈地摸摸鼻子："非得说得这么难听吗？"

顾香生睨了他一眼："去年使君也没问过我，便贸然上疏为我求官，此事闹得沸沸扬扬，幸好是朝廷无心追究。"

徐澈苦笑："其实这事我也并非一味莽撞，只是你为邵州做了这么多，宋司马他们都升了官，你却籍籍无名，我于心何安？"

顾香生摇摇头不再多说。

徐澈的举动的确是有欠妥当，但他是一片好心，生性仁厚，这样的人不多，这样的上位者更是难找，顾香生、宋暝、于蒙他们碰上了，更觉得应该好好珍惜对待，宋暝更是忙里忙外，他这个司马，如今实际上就等同于徐澈的左右手，许多事情顾香生不方便出面的，都由他来解决，藏书楼那边开始建起来了，这些事情也都是他在负责。

徐澈很明显有些理亏，他私底下已经被数落过几回了，见顾香生旧事重提，就赶紧转移话题："罢了，罢了，既然你们都说不要去，那我便不去了。"

宋暝拱手道："使君英明。若我所料不差，至多不过半年，京城必会生乱。"

顾香生笑嘻嘻："那我便与宋司马打个赌如何？"

宋暝问："什么赌？"

顾香生伸出三根手指："我赌，不必半年，只消三个月，或许就会乱起来了。"

这话虽然说了出来，但也不过是私底下的玩笑，谁都没有当真，甚至连彩头都没说。

然而仅仅就在一个月后，京城果然就发生了大变故，先是某天夜里，沈太后不明原因暴毙，紧接着，朝中便有人将矛头对准新帝，指他为了摆脱沈氏的影响而害死沈太后。与此同时，易州刺史徐年以诛昏君的名义，联合怀州、源州一道，宣布脱离朝廷自立，自此以后不听调令。

有人起了头，接下来就变成群魔乱舞了，不出一个月，资州、笛州等地也纷纷效尤。

南平，彻底乱了。

桃花春风，江湖夜雨，青梅煮酒，桂香满枝，一晃眼，便是两年悠悠而过。

离京城远，对许多州府来说就意味着偏远落后，但对于邵州的百姓而言，却是好处大于坏处。

最明显的一点就是，在朝廷一开始将易州、源州定为叛逆，又命各州出兵匡扶王室时，邵州离得很远，免于卷入尴尬的境地，也就免于无妄之灾，即便是在南平大乱之后的两年里，邵州也一直游离纷乱之外，仿佛事不关己。

然而这并不意味着这两年里邵州没有任何值得引人注目之处，恰恰相反，这两年，邵州值得书写的事情实在是太多了，多到连当地百姓都感觉有些目不暇接了。

在顾香生看来，两年虽听起来久，却是一晃而过，她似乎还没来得及体会融入邵州城的渐进过程，就已经变成地地道道的邵州人了。

这两年中，大事小事不断。

大事无非是与邵州城有关，与藏书楼有关，与练兵有关，甚至与日复一日的商贸繁荣有关，与取消宵禁也有关。

至于小事，便是那柴米油盐酱醋茶、琴棋书画诗酒花了。

诗情曾偷偷问过顾香生：为何她于政事懂得这么多，当初却不在魏临面前表现多些，说不定便不是今日这般的结局了。

顾香生是这样回答的："魏临看着温文，实则是个要强的人，他自己能解决的事情，是决计不肯假他人之手的。在他眼中，顾香生的可爱在于善解人意，体贴温柔，而不在于指手画脚，故作能耐。所以当初如果她自作聪明，仗着自己手上那么点经验阅历，便事事插手，两人说不定连那段甜蜜的日子都不会有。"

这是实话，但还有另外一层原因，那便是顾香生其实也并不喜欢一心扑在政事上，要知道她并非那种事业心极强，想要达到何等成就地位的人，当初是为了帮徐澈的忙，方才留下来，结果一留就留到现在，事事费心，殚精竭虑，成就感固然是有，却也累。

闲暇之余，她更愿意侍弄花草，种自己最爱的茶花，泡一壶梅茶，就这么在花前坐上一下午，那才是人间逍遥的至高境界。

又或者到常去的铺子买上两盒蜜饯，再到书局搜罗新近话本，然后往榻上一躺，边吃边看，还有诗情、碧霄陪着说话，没有比这更令人享受的了，给个神仙都不换。

正好今日唐记又出了新的蜜饯品种，还专程派人来，说给焦先生留了两盒。顾香生从刺史府出来，也不乘马车了，便带着碧霄直接往唐记走去。

如今的邵州城，焦先生的名头早已无人不知，无人不晓，便连那些被藏书楼吸引而来的文人，在还未真正认识顾香生这个人之前，满耳朵听见的，也三句不离徐使君和焦先生。

有这二人在，邵州城方有今天，甭管男人女人，仗义每逢屠狗辈，越是底层的老百姓，就越记着恩德，据说不少人家里还给徐澈和顾香生立了长生牌位。

顾香生出门匆忙，忘了戴幂篱，不防被人认了出来，不得不一路打着招呼过来，忽然听见一声叫唤，带着不确定的语气和似曾相识的熟悉。

"香生姐姐？"

顾香生立时回头，不由得愕然。

会这么喊她的，除了弟弟顾准之外，就只有夏侯渝了。

但顾准是绝对不可能在这里出现的，顾香生转头的时候，也已经有了心理准备。

饶是如此，在看见对方的那一瞬间，她依旧禁不住恍惚了一下。

往日柔美的轮廓彻底长开来，变成令人目眩神迷的俊美，即便还带了点阴柔，但这阴柔绝不会令人联想到柔弱或女性。顾香生以前没有注意，现在却忽然发现，夏侯渝的母亲兴许带有胡人的血统，这使得他的眉目十分深邃，而鼻子又很高挺。

不笑的时候，那张薄唇也许会显得冷酷或薄情，然而他现在对着顾香生，笑得几乎连那对桃花眼都快眯起来了，什么冷酷薄情自然也不翼而飞，变成完完全全的温煦暖阳。

褪去了细胳膊细腿的他，身体跟小树苗似的噌噌往上拔，目测现在应该有一米八九了，从前顾香生还能摸着他的脑袋说话，现在估计只能在回忆中重温当年萌萌软软小小的夏侯五郎了。

眼前这人，真是夏侯渝？

仔细数数，他们当年在魏国分道扬镳，至今已经将近四年了。

景物依旧，人面全非，都说女大十八变，其实男的也差不多，而且因为比女子晚熟，男子越接近成年，变化就越大。

那副柔柔嫩嫩的小嗓音，如今也变得低沉，虽然未必不好听，可顾香生觉得自己还是更喜欢那个白嫩得可以任意揉捏、十足听话的小尾巴，而非眼前这个身形高大，连皮肤都晒成了小麦色的夏侯五郎。

“香生姐姐不认得我了？”夏侯渝自然没听见她玻璃心碎了一地的声音，还当顾香生认不出自己了，面上笑容一收，露出有些失落的神色来，一汪秋水似的眼睛看着顾香生，多了几分伤感和可怜。

故人重逢，哪里会有不欢喜的？人生的缘分不可谓不奇妙。当年在魏国都城，六合庄饭庄的那顿饭局，她、魏初、夏侯渝、徐澈、魏临、胡维容、张蕴，七个人在座，后来这七个人，彼此之间的命运就牵系在了一起。

兜兜转转，徐澈、夏侯渝、她，这三个人，又一次重聚。

当年离别时的话言犹在耳，如今彼此再相见，心中不免感慨万千，更有千言万语，不知从何说起。

她定了定神：“我认得，我就是一时没敢相信。你怎么会到这里来？”

夏侯渝抿唇一笑：“说来话长，不如找个地方，我们坐下再慢慢说？”

顾香生点点头：“我去唐记买两盒蜜饯，你且等等我。”

“我和你一道去。”

分别多年，他一点儿也没变，依旧像小时候一样，紧紧跟在她后面，只是从小尾巴变成了大尾巴。

见此情状，往日的记忆又一点一滴回笼，陌生感也随之慢慢消退，顾香生笑道："好。"

唐记在邵州城很有名气，他们每天都会有新制的蜜饯出炉，伴随着邵州城越来越繁华，城中店铺的生意也越来越好，每日这里都会排起长龙。

顾香生忽然站定脚步，将钱袋递给他："你帮我去买吧，我在这儿等你。"

夏侯渝不明所以，却没有多问，接过钱袋就乖乖去了。

每一个姐姐都希望有个软萌听话的弟弟，顾香生也不例外，顾准小时候实在太皮了，没能让她享受到这个乐趣。相反，夏侯渝则完全满足了她当姐姐的愿望，让往东从不往西，让走狗从不撵鸡。

即便样子变了，但他这个举动一出来，两人之间那仅存的一点点陌生感也都消失得无影无踪。

不过还是晚了一步，排队的人有注意到她，忙道："焦先生，您也来买蜜饯吗？让您先，您请！"

旁人也纷纷谦让，顾香生只好摆手笑道："我不买，我是带朋友过来买的，让他排队便好了。"

夏侯渝在人群中无异于鹤立鸡群，众人频频注目，再看看顾香生，眼神不由得带上暧昧。

有些人甚至笑着拱手："好事近了啊，恭喜恭喜！"

顾香生："……"

她正在犹豫有没有必要解释，旁边有人与夏侯渝攀谈起来："这位郎君何方人士？您是焦先生的朋友吗？"

夏侯渝笑道："是，我与她是青梅竹马，从齐国来找她的。"

听者恍然大悟："原来是心上人啊！先前我们听说焦先生守寡未嫁，还为她可惜呢，想来她要等的人就是你啦！"

顾香生满头黑线，这都是什么神脑洞，简直跟事实相差十万八千里了好不好？

但夏侯渝只是笑，也不肯解释，顾香生忍不住上前将他拉走。

夏侯渝任她拉着，奇怪道："香生姐姐，蜜饯不买了？队伍都快排到了。"

顾香生道："这城里的人十有八九都认得我，你别听他们乱说，若人家问你是不是我心上人，你说是弟弟便好了。”

夏侯渝歪着头：“可这种事情，素来是越描越黑的啊，与其解释太多，还不如干脆什么也不说，反正嘴长在别人身上，人家想说什么，咱们也管不了。”

顾香生抽了抽嘴角，觉得这话用得很不妥当，却又说不出个所以然来。

夏侯渝道：“这样吧，你在这里等我，我现在就回去重新排队，很快的。”

他转身欲走，顾香生忙拉住他：“算了，算了，别买了，你在城中有落脚的地方吗？还是与别人一起来的？蜜饯改天再买也不迟，我还有许多话想问你。”

夏侯渝在她的手背上拍了拍，安抚道：“我可以在这里逗留一段时日，你别着急，我先去买蜜饯，再跟你走。”说罢，将顾香生的钱袋塞回给她，又朝蜜饯铺子走去。

这回没了顾香生，旁人也就不会再将他与顾香生扯在一块儿，只不过夏侯渝的外表跟排队买蜜饯这种事情实在太不相符了，说白了，就是画风不太对。他站在队伍里不过一会儿，就收获了无数注目，顺带还有两个人上前询问郎君婚配与否，弄得夏侯渝啼笑皆非。

顾香生站在对街一间屋子的屋檐下等他，无所事事，只能四处张望。

有人上前找夏侯渝搭讪，看模样像是媒人。邵州民风开放彪悍，当初被前任刺史逼得走投无路，百姓就敢直接堵刺史府门口，后来更是把犯了众怒的沈南吕活活打死，如今瞧见夏侯渝这等美貌郎君，起了做媒的心思也不奇怪。

第一个的时候，夏侯渝尚且还有耐心答上两句，第二个的时候，他索性就冷下面容，看上去竟有几分慑人，对方见他动了真怒，也不敢造次，讪讪便走了。

顾香生瞧着这情景，不由得感叹：当年那个柔弱无依的萌娃娃终究是长大了！

换作好几年前，夏侯渝的脸还未长开之前，就算做出这样的表情，估计也没人会怕。

她发了一会儿呆，那头儿夏侯渝已经提着几大包蜜饯走过来了。

“有蜜枣和杏脯，我还买了糖炒栗子，刚出炉的，听说很甜，你尝尝？”夏侯渝扬起笑容邀功。

顾香生也闻到糖炒栗子的香味了，忍不住往那个袋子伸手，那夏侯渝已经未卜先知地剥好一颗递了过来。

栗子炒得金黄，糖味渗透进去，带着软糯的焦香，又不至于炒过头变得黑掉，咬一口，里头是黄中带白，最好的品相。

“好吃吗？”夏侯渝问。

“好吃。”顾香生点头笑道，把那个栗子吃完了才发现，栗子是人家帮忙买的，结果她反倒自己吃了第一颗，“你也吃啊，我记得你小时候不也很喜欢吃这些零嘴吗？”

她也给夏侯渝剥了一颗，夏侯渝手里提着好几袋蜜饯，没法腾出手，只好低头张嘴。

顾香生递到他嘴边，后者咬住栗子含进嘴里，牙齿还不小心碰到顾香生的手指。

从前两人也这样做过许多回，倒也没觉得有什么不对。

夏侯渝刚到魏国为质时，那会儿不过五六岁光景，又因身份缘故，许多宴会都得出席，他一个小小人儿，人生地不熟，无亲无故地坐在那里，虽然有侍女在旁边伺候，却还是拘谨得很，只乖乖坐着不敢乱动，东西也没吃几口，还是顾香生看着可怜，袖子里偷藏了把坚果，趁着到花园玩儿的时候递给夏侯渝，又帮忙给他剥了吃。那时候的夏侯渝真是又乖又惹人怜，水汪汪的眼睛看着顾香生剥坚果，吃一个就说一声“谢谢姐姐”，声音软得能让人心都化了。

虽说现在外形变了很多，可一个人的习惯是不会变的，从他吃东西的样子就依稀能瞧见从前的影子。

顾香生忍不住翘起嘴角。

“香生姐姐要带我去哪里？”夏侯渝问道。

“去我那儿吧。”顾香生道，“你还记得诗情和碧霄吗？碧霄做的绿豆糕，你从前最喜欢吃的，等你去了，让她给你做。”

“好啊，”夏侯渝眉眼弯弯，“我也很想她们。”

“你在齐国过得还好吗？”

“挺好的。开头的时候艰难些，陛下起先觉得我回去是临阵脱逃，擅作主张，不肯承认我，不过现在的情形好多了。”

他轻描淡写一语带过，又问：“你知道南平天子下令征伐易州的事情吧？”

见顾香生点点头，夏侯渝便道：“南平兵力不足，他们的天子向陛下借兵，陛下便派了我大兄带着三万兵马过来助力，我也跟了过来，不过我大兄防备着我，我也不愿意往他跟前凑，便带了自己的人四处走，知道你在这里，就过来了。”

南平朝廷向齐国借兵的事情，顾香生还未听说，肯定是刚刚才发生的事情，而且南平天子肯定不想张扬，因为朝廷无兵，还要跟外国借兵来平叛，丢人不说，还是与虎谋皮。

但夏侯渝就这么说出来了，半点都不给南平面子，同样也表明对顾香生毫无隐瞒。

这个消息让顾香生大感意外，无论结果如何，邵州总得做些准备。

“小心！”

她正想着这件事，冷不防手臂被人一扯，人随即与夏侯渝撞在了一块儿。

一辆马车从身旁辘辘驶过，若是方才没有夏侯渝这一拉，虽说不至于正面撞上，但说不定就要因为挨得太近而擦伤手臂。

“多谢！”顾香生朝他一笑，心中禁不住又想，果真是男大十八变了，当初的夏侯五郎，哪里会有这样结实的胸膛？

从方才的触感来看，说不定衣裳下面的胸肌和腹肌也不会少了。

她忽然有点五味杂陈，既有种看着小萌娃长大的欣慰，又有点儿尴尬和不自在。

但夏侯渝似乎没有察觉，反而蹙着眉一脸担心：“香生姐姐，你没事吧？”

顾香生心头一暖：“我没事。”

虽然夏侯渝方才寥寥数语，只用一句话，便将自己在齐国的经历简单带过，并不想让她多担心，但顾香生又不是藏在深闺不知世事的女子，焉能不知这里头的曲折艰辛？

夏侯渝回去的时候，正值齐、魏交战，关系恶化，他擅自跑回去，不用想，也知道齐国皇帝不可能给他什么好脸色。他小小年纪就被送来当人质，可见在皇帝心目中说不定连个路人甲的印象都没有，他要经历怎样的艰难，才能一步步走到现在，得到齐国皇帝的承认，好端端地站在她面前？不用细想，也知道肯定比她艰难百倍千倍。

世人都觉得生在天家，那肯定是一辈子都享不完的福，然而夏侯渝却是其中的异数，福气没享多少，反而从小就吃尽苦头。

但见了面，他依旧像从前那样，没有变成凶戾阴狠、怨天尤人，对世道满怀愤恨的人。

这样的认知让顾香生既佩服，又隐隐心疼起来。

“就在前方不远的巷子拐进去，碧霄她们见了你，指定要吓一跳。”

两人边走边聊，不知不觉吃完了大半袋的糖炒栗子，基本都是顾香生剥，两人吃，因为夏侯渝还要抱一大堆的蜜饯袋子，实在分身乏术。

焦宅那里，碧霄正打开门，手里拿了笤帚，准备把门口打扫一下，抬头瞧见顾香生，先是招呼一声娘子，又见她后头跟着一个年轻俊美的男人，不由得愣住。

顾香生玩心顿起，便抢在夏侯渝之前开了口："我在路上碰见一个人，很是可怜，还无家可归，便将他带回来住两天。"

"啊？"碧霄果真目瞪口呆地瞧着夏侯渝，心里怎么也想不通，这样好看的人跟可怜哪里沾边了？

有了顾香生那句话，夏侯渝也乖乖地站在那里，没有出声打招呼，只冲着碧霄笑。

看着……还真有几分像傻子。

顾香生终于再也忍不住，捂着嘴笑弯了腰。

碧霄意识到上当受骗了，不由得鼓起双颊："娘子，您又作弄人，他到底是谁啊？"

夏侯渝这才笑道："是我啊，碧霄，你不认得我了吗？"

碧霄狐疑地打量了他半天，良久，方不确定地道："你是……夏侯五郎？"

夏侯渝点点头："是我。"

碧霄惊住了，久久无法言语。

她就像顾香生刚刚见到夏侯渝那样，根本没法将印象里那个娇弱的小郎君与眼前的男子联系起来。

"好啦！"顾香生抬手在碧霄面前挥了挥，"别在这儿傻站着了，快去告诉诗情吧，她定然也会吓一大跳的！"

"对！我也要去吓她一跳！"碧霄转身入内，表示要将方才被作弄的都如数从诗情身上找回来。

顾香生招呼夏侯渝："进来吧，我去给你端点喝的。你想喝什么？乌梅汤好不好？"

"都好。"夏侯渝从不挑食，笑应了声，转而打量起宅子的环境。

宅子不算大，比从前夏侯渝在魏国住的还小，不过胜在打理得好，院子里种满了花树和果树，各种各样，一年四季，这里起码都会有一处地方是开花或结果的。

其中甚至还有小小一块被圈起来栽了茶花，一看就有着属于顾香生的鲜明烙印。

除了她，不会有人如此费心地去打理一个很可能不会长期住下来的地方。

虽然置了宅子，但顾香生并没有新买婢女，仅是租了婆子每日过来干点粗活，诗情、碧霄则专心打理起居饮食，不至于太累。林泰、柴旷在老家是有亲人的，他们跟着顾香生一路出来，已然帮了不少忙，当初顾香生也早与他们说好，只等安顿下来，便让他们回去，所以两年前她就让林泰与柴旷都回老家去了，又给了一大笔丰厚的财物，作为他们一路照顾的报酬。

林泰、柴旷虽不舍得，但受家室所累，注定无法长长久久待在这儿，只能辞别了顾香生她们，回老家去了。

如今宅子里，用的是于蒙挑选过来的四个人，邵州府兵这几年真正被训练成了一支精兵，许多不合格的人都被于蒙淘汰掉，绝不手软，这四个人的身体素质虽然有些逊色，但当护院是绰绰有余的，他们的家人也都在当地，往来轮值十分方便。

今日白天轮值的是张泽与雷植二人，他们在宅子四周巡视，见顾香生回来，便过来行礼，举止很是端谨恭敬。这显然不仅仅是于蒙的缘故，而是对顾香生本人的敬重。

顾香生与他们打过招呼，便领着夏侯渝入内。厅堂不大，却有许多竹制物品，连墙上挂着的画，也是竹海碧潭，令屋子平添几分清凉。

注意到夏侯渝的视线，顾香生笑道："天气热的时候就换上竹林，等冬天了，便换上一幅围炉夜话，旁边再有几个小菜、一壶小酒，你觉得如何？"

夏侯渝想也不想就点头："自然是好。这样就算在大冬天，刚进门的人瞧见这样的画，立马也会生出暖意来！"

见他意会了自己的意思，顾香生眯着眼笑："我便是这样想的。"

一般来说，这种带着野趣的画，不宜挂在正堂，只合在书房或者闺中欣赏，尤其作画者又是个女子。但顾香生自然不会理会那些庸俗规矩，再说宅子是自己的，她想怎么来就怎么来，难道还有委屈主人去迁就客人的道理？

夏侯渝自小便倾慕她，觉得香生姐姐般般都好，所以附和她几乎已经成了一种本能，现在再见，却又有了新的体会：顾香生解释得那样详细，只差没在脸上写着"我说得很对吧"，透着一股得意扬扬的可爱，与记忆中那个漂亮坚强的香生姐姐相比，似乎又更生动了许多。

这样的认知让夏侯渝仿佛有了种发现小秘密的惊喜。

酸梅汤很快端了上来，配着蜜枣和杏脯吃，倒也不腻口，还别有一番滋味。

夏侯渝不挑食，而且因为少年时的经历，他似乎更偏向甜食，这一点倒正好与顾香生不谋而合，两人边吃边聊，不知不觉就把买来的蜜饯解决了大半。

他向顾香生解释自己为何会知道她在这里："三年前，徐澈上疏南平天子，请封一女子为长史时，此事颇为轰动。当时我得知邵州刺史是徐澈时，便猜那女子会不会是香生姐姐你，因为焦姓正是你祖母家的姓氏。从那时候起，我就想着一定要过来看看，如果是你的话，那就真是太好了。"

顾香生默默地想，果然是徐澈那一封奏疏惹的祸。

如果夏侯渝能猜到，那魏国那边的人也未必就猜不到。

只不过夏侯渝会想着过来看看，魏国那边，魏临却肯定是不会过来查看的。因为对他而言，顾香生已经死了，就算看到是她，又能做什么呢？难不成将人抓回去，宣布这是已死的淮南王妃吗？

夏侯渝道："只是那时我刚刚回齐国不久，许多事情身不由己，没法离开，不得不暂时隐忍下来，直到最近，南平暗中向齐国求助，我大兄奉帝命过来，我方才有个光明正大的借口跟着一道，顺便溜过来看看，那个被徐澈看中的女长史，到底是不是你。

"还好我没有猜错，果然是香生姐姐你。这几年虽然在齐国，我也没少听说你的消息，都说邵州出了位女长史，虽然没有经过朝廷册封，却得到刺史与当地百姓的承认，这位女长史修藏书楼，又命人收集天下的藏书典籍，应者如云，如今的复始楼，已经成为天下闻名的藏书楼了。"

这几年顾香生和徐澈他们的确做了很多事情，但听他这么一夸，反而觉得不好意思："哪里有你说的那样厉害，这些事情大都是使君和几位同僚做的，我不过从旁协助罢了。"

夏侯渝摇摇头："香生姐姐何必谦虚？复始楼的名声，在齐国亦是如雷贯耳，不少齐国名士，以一睹复始楼藏书为荣，但复始楼这些年的入楼考题，更是已经传遍各地，为人津津乐道，反复研究。我从前在魏国，与徐澈也打过交道，知道他是个守成求稳的人，必然不可能提出这样的主意，所以其中定有你的功劳。复始楼，取的可是一元复始之意？"

顾香生点点头："一元复始，万象更新。《汉书》亦有云，周旋无端，终而复始，无穷已也。两者寓意皆有。"

夏侯渝含笑："这名字很好。"

顾香生摇摇头："我们也是别无选择，原本前年，邵州向朝廷请命修前朝史，希望朝廷能够组织人手，又或者从内宫藏书阁出借典籍，但朝廷没有答应，所以才只好自己动手。起先看笑话的人不少，个个都觉得，连齐、魏这样的强国都没有修前朝史，邵州一隅之地，凭什么有这样的底气和能耐？"

夏侯渝道："但最终还是被你们办成了。"

顾香生扑哧一笑："如今不过才短短两年，典籍史料还未收集齐全，只能完成其中一些残卷，此事耗费甚巨，非一朝一夕之功，若无十年八年的工夫，怕是完不成的。我也不知道，以邵州区区一州之力，到底最后能否将这部史书修成。"

夏侯渝道："各国顾着划地盘，顾着争名夺利，顾着如何才能抢到更多的金银财宝、奴婢牲畜。吴越被灭，多少珍贵典籍流失于战火之中，再不复见，即便以后有谁统一了天下，想起要修史，这些书也不可能恢复了，只有你，会想到要去做这件事，连陛下都夸你呢！"

顾香生骇笑："哪个陛下？难道是齐君？这怎么可能？"

夏侯渝眉眼弯弯："怎么不可能？陛下说你胸怀锦绣，内蕴高华，非寻常男子能及。"

顾香生万万想不到齐国皇帝竟对自己做出如此高的评价，她摇摇头："这话我受不起。修史乃旷日持久之工程，不是我一个人就能成事，多赖徐使君、宋司马他们鼎力支持，还有诸多名士文人一道努力，我充其量也就是帮忙撰写个目录，打打下手，提两个建议罢了。不过我奇怪的是，既然齐国陛下意识到修史的重要性，以齐国之国力，此事理当更容易办成才是，为何他不下令修史呢？"

夏侯渝微微一笑："意识到重要性，并不等于觉得需要去做，正如你所说，修史费时耗工，要想修好一部王朝的史书，起码要十年八年才能有所成。与此相比，陛下自然更愿意将这些钱财和人力花在别处，在他看来，修史是统一了天下之后才要做的事情，否则陛下如何会对香生姐姐赞不绝口？正因为你做成了他不能做的事情。"

顾香生有些惭愧，她一开始也只是想为徐澈邀买一些名声罢了，而非出于什么伟大的目的，直到后来亲身参与进修史的工作，方才有了完全不同的感觉。

一页页的笔墨里，记载的可能是某个人跌宕起伏的一生，一件当时无意中记录下来且微不足道的小事，却有可能影响后来整个王朝的历史进程，这就是历史无可取代的魅力。

"我听说前朝德宗皇帝和思宗皇帝的起居注有一部分流落到齐国，至今我们也没能找着，劳烦你回去之后帮我看一看齐国内宫藏书馆，若有可能的话，能否让人誊抄一份送过来？"

夏侯渝点点头："自然可以的，回去之后我便帮你留意。"

"谢谢你！"见他答应得如此爽快，顾香生很高兴，"张叔现在还好吗？"

"还好。他身体还算硬朗，只是要看家，我就没让他一起跟过来。"

顾香生有点诧异："你还没成家？"

夏侯渝定定地看了她好一会儿，忽然朝她眨眨眼，露出一个称得上顽皮的笑容："香生姐姐不记得了吗？我说过要娶你的，怎么可能食言？"

顾香生好笑："小时候的玩笑话，亏你还好意思挂在嘴边，若是没娶我，你是不是一辈子就不娶妻了？"

夏侯渝满不在乎："不娶就不娶。"

比起说自己的事情，顾香生其实更想问夏侯渝这些年在齐国做了什么，缘何能在那么短的时间内得到齐国皇帝的青眼，获准来到南平；还想问他现在过得好不好，有没有受人白眼，以他尴尬的出身，是不是经历了许多困难，方才能够像今天这样衣着光鲜，神采飞扬。

但这些话问出来无异于揭人伤疤，她在心里盘旋许久，最终也不知道应该怎么问才合适。

夏侯渝心思灵敏，察言观色便已发现她的欲言又止："香生姐姐是不是想问我这几年到底是怎么过的？"

顾香生点头："我怕问出来让你难过。"

"不会。"夏侯渝笑道，"只要是你问，我什么都肯说，不过再苦再累，那也都是过去的事情了，说出来也无甚意义，反而会让听的人心情不好，又何必多说？其实这次来南平，我不仅仅是跟随大兄从旁听差，还奉陛下之命，暗中考察南平风貌地形、各州兵力，这桩差事是密旨，连大兄都不知晓。"

顾香生心中一突："齐君为何要你考察各州兵力？"

其实她已经隐隐有了答案，只是还想从夏侯渝口中得到证实。

果不其然，夏侯渝一字一顿道："为吞并南平做准备。"

气氛陡然间凝固起来。

顾香生紧紧拧眉："齐、魏之战结束不过几年，我听说齐国北面还有回鹘为患，为何齐君会想要南平？”

夏侯渝道：“正是因为所有人都料想不到，而且南平实在是太弱小了，内部又不团结，居然还各州分立，各自为政，假如齐国一意想要攻打南平，不出三个月便能拿下。”

顾香生知道他说的是实话。

南平这个国家，疆域还没有吴越一半大，基本就是在齐、魏的对峙下才得以生存的，它不像吴越那样不自量力，南平对齐、魏两国，向来都恭恭敬敬，谁也不得罪，每年还会去献礼，就相当于进贡了，如此才换来数十年的太平。

魏国现在一分为二，但毕竟还是大国，底子厚，一时半会儿还亡不了，齐国不想白白消耗力量，就把主意打到南平头上，也是情理之中的事情。亏得南平皇帝还不自知，居然引狼入室，主动请齐国皇帝派兵来协助自己平叛，到最后反而要把自己给赔进去。

一旦朝廷溃败或投降，剩下的南平十个州，哪个都不会是齐国的对手。

即便是邵州，这几年下来实力大大提升，可要说能打赢齐国，那简直就是玄幻故事——完全不可能发生。

别说顾香生和徐澈，就是孙武再世，孙膑再生，估计也束手无策，因为这根本不是战略上能解决的问题，而是实力上的绝对悬殊。

夏侯渝安慰道：“现在还不用太担心，陛下只是有这样的意向，还未最后决定，而且邵州毗邻魏国，离齐国反而最远，就算有事，也不会是第一个遭殃的，我只是先与你说一声，好让你们心里有数。”

顾香生道：“这个消息对邵州来说太重要了，不知怎么多谢你才好，若是连累你被齐君怪罪，我就于心不安了。”

夏侯渝眨眨眼：“就算要攻打南平，届时肯定也是我那位大兄带兵，能给他添点麻烦，我何乐而不为呢？回去之后，我也会在奏报里说明邵州实力平平，不足为患，免得我大兄先盯上你们。但是……”他顿了顿，敛去笑容，正色道，“但是香生姐姐，恕我直言，邵州毕竟地方有限，兵力再强，总不可能强得过齐国大军，若真有那一天……你们最好还是能放手则放手，不要死守才好，这是保全自己，也是保全邵州百姓的最好办法。我大兄性子残暴，遇到坚决不降的城池，便会怀恨在心，等城破之后就会屠城。”

顾香生沉默半晌：“我知道了。”

“不过你也不用太担心，陛下对复始楼很感兴趣，他也是个爱书之人，断不舍得让复始楼在战火中付之一炬，爱屋及乌，对邵州他也会多上几分爱护的，只要你们不强硬抵抗，应该不至于出现严重的后果。”

顾香生苦笑：“这事不是我说了算。”

夏侯渝凝视她：“香生姐姐，当年我自身难保，不敢带你一道回齐国，生怕连累了你，如今我已经能护着你了，往后，若是邵州你不想待了，又或者邵州有什么变故，你可以随时到齐国找我。我不敢说你能像在邵州这样自由，但起码，你也不必担心需要看人眼色。”

顾香生一面诧异于他的底气，心想，夏侯渝在齐国果真混得还不错，否则不会说这样的话，一边想，一边又觉得很感动。

“其实我原本并不打算在邵州久留，后来是因为……”

话未竟，碧霄走了进来：“娘子，五郎，饭菜都做好了，吃饭吧。”

她瞧着两人的脸色有些诧异，心想方才进门时还好好的，怎么忽然就变得僵凝起来，总不至于吵架了吧？

顾香生也没有再说下去：“走吧，去饭厅再说。”

“好啊！”夏侯渝也跟着起身，语调轻快，“许久都没吃诗情和碧霄亲手做的饭菜了，方才倒忘了点一道松鼠鳜鱼！”

碧霄笑道：“有，有，还有蜜汁莲藕，都是你喜欢吃的！”

顾香生故意道：“真是有了新人就忘了旧人，怎么就做他喜欢的，却没有我的份儿？”

碧霄睨她一眼：“娘子还说呢，这些原就是您喜欢吃的，从前就常常照着自己的口味送去给夏侯五郎，久而久之，将五郎的口味也调教得与您一样了！”

当年夏侯渝在魏国，乃爹不疼娘不爱的一个质子，住的地方大虽大，却无人打理，荒草丛生，更别说什么大厨，有得吃就不错了，加上用度时常被克扣，他平素吃的，比寻常百姓人家还要略逊三分。难得偶尔赴宴交际，才能吃上一点好东西，但那种场合常常还要忍受冷嘲热讽，白眼讥笑，山珍海味也食之无味，所以顾香生隔三岔五便会让碧霄送点菜过去，那就是夏侯渝来之不易的福利了。

不过此刻被碧霄说起来，却似乎别有一番意味深长。

【第二十七章】情生念起般般动

顾香生不意自己调侃不成，反被调侃，不由得尴尬起来，忙错开话题：“再说下去，菜都要凉了，还是赶紧去吃吧！”

碧霄嘟囔：“还不让人家说实话……”

顾香生假装没听见。

夏侯渝笑眯眯地跟在后面，明智地选择什么话也不说。

菜色果然很丰富，除了方才说的松鼠鳜鱼和蜜汁莲藕之外，另有八宝鸭子、蟹粉汤包、竹荪上素卷等，夏侯渝看上去很开心：“一见这些菜，我就想起从前的味道了，今天估计能吃下三碗饭！”

碧霄好笑：“五郎在齐国是金枝玉叶，吃的定然比这桌菜要好上百倍千倍，可别为了哄我们而特意这么说！”

夏侯渝淡淡一笑：“纵是珍馐美味，那也要看谁做的，有没有心意在里边，吃的人一尝就知道了，我自然更喜欢你们做的。”

诗情和碧霄果然被他哄得心花怒放，诗情还特意去拿了一坛梨花白过来：“今日重聚，五郎定要与娘子好好喝上几杯才是！您不晓得，这几年娘子总念着您，生怕您在齐国被欺负了，吃不饱穿不暖呢！”

“就你多嘴！”顾香生被她念叨得有点不好意思，连忙打断，“不是还有鸡汤吗？快去看看好了没有！”

换作从前那个小小的夏侯渝，她当然不会觉得怎样，但现在……女大十八变这句话同样也适用于男人，对着一个美男子说这些话，未免就过于暧昧了。

诗情捂着嘴笑，也不多言，顺带将碧霄给扯走。

她们这一走，顾香生就有点儿后悔起来。

没了她们在旁边调剂，怎么气氛反而好像更尴尬起来了？

夏侯渝为两人各斟了一杯酒，又举起自己的杯子："香生姐姐，在魏国时，有赖于你多加照顾，记得有一回生病，你还为我请来大夫，亲自守了我几天，否则那时候我还不知道能否活得下来，这些事情，我从来没有忘记过，谢谢你。"

顾香生饮下这杯酒："其实是你命不该绝。大难不死，必有后福，你正应了这句话。"

夏侯渝摇摇头："不是的，是我一直记得你说的那句话。"

对上她有些疑惑的眼神，夏侯渝道："那会儿我病得迷迷糊糊，你对我说，成大事者，会将苦难作为磨砺，只有失败的人，才只将其作为逃避的借口，如果我当时就死了，就算传回齐国，也没有人会当回事。"

顾香生不太记得自己是不是说过这样一番话了："是吗？"

夏侯渝笑了一下："所以后来无论遇到什么样的困难，我都告诉自己，一定要坚持下去，最起码，不能那样就认输了。别人越希望你过得不好，你就越要活出个样子来。"

顾香生同样也选了一条不被世人认可，也很艰难的道路，可她自己并不觉得难过，听见夏侯渝这样说，反而隐隐心疼起来。

因为夏侯渝过得比她还要艰难百倍，他能拥有今天，必然也是付出百倍于她的代价换来的。

她到席家村，有林泰、柴旷等人帮忙，又有诗情、碧霄做伴，在邵州，又遇上了徐澈，不说艰难，起码也不会是寂寞的。

然而夏侯渝身边，就只有一个张芹。张芹能耐有限，在齐国更是完全帮不上忙，他等于是自己披荆斩棘，生生辟出一条道路来。

顾香生注视他："那你现在开心快活吗？"

夏侯渝毫不犹豫地点点头："开心，也快活。因为我一直有个目标，那就是终有一日，还能与你相见。"

顾香生心头一动，似乎有什么东西，缓缓从泥土中破开。

夏侯渝深深地看着她：“小时候，你总护着我，现在我得变强，才能护着你。”

顾香生的目光落在离自己最近的那盘松鼠鳜鱼上，顺手夹了一筷子鱼肉放入对方碗里，自己也夹了一块送入口中，慢慢咀嚼，任酸酸甜甜的味道夹杂着鱼肉的鲜美一道留在齿颊之间。

“阿渝，你待我的一番心意，我很明白，也很感动，但我并不想要在任何人的羽翼下生活，就连如今在邵州，虽说上头有徐澈，可他也是放开手脚，从未干涉过我的作为。从前在顾家时，我无甚感觉，现在自由自在惯了，心反倒野了，不再像从前那样被困在一个地方，往后，也许会入蜀，去难于上青天的蜀道走一走，看一看，方不负大好光阴。”

这番似是而非的话，既表明了自己的心意，也算是对夏侯渝的一个回答。

以他的聪明，不可能听不明白。

顾香生不愿自作多情，可也不想造成什么误会或暧昧。

有些话，自然还是提前说开才好。

听了这些话，夏侯渝的眼神先是略略黯淡了一瞬，随即又笑了起来：“香生姐姐，你误会了，我从来没有想过束缚你，或者将你困在自己的羽翼下，我只是希望自己能够变得更有用些，以后只要你需要我，我都能及时出现，能及时帮到你。”

顾香生心头微震，却终究，什么也没说。

夏侯渝点到即止，转而专心喝酒吃菜，不时问些邵州风物人情。

顾香生暗暗松了口气。

抛开这些敏感或沉重的话题，两人久别重逢，还有不少离情可叙，夏侯渝又问起魏初的近况。顾香生告诉他将乐王去世后，魏初在京城守孝并陪伴母亲整整一年，一年后才离京去找在地方上任官的夫婿，偶尔会有消息传来，据说夫妻俩琴瑟和鸣，感情很好，前年魏初还生了个儿子，如今也有两岁了，长得很像魏初，连霸道的性子都像了个十足。

两人还说起当年认识的几个朋友，顾家是绕不开的。

焦太夫人去世后，顾香生便没有刻意去打听顾家的消息，但不少事情依旧影影绰绰地传入她的耳中。

譬如周瑞娶了顾香生的三姐姐顾眉生，听说两人感情也还不错，但成婚几年顾眉生无所出，万春公主便给周瑞纳了两房妾室，顾眉生性子温柔有余，利落不足，居然被妾室骑到头上去欺负，彼时顾香生“已死”，焦太夫人也去世了，顾家没落，在天子面前说不上什么话，自然也无力护着顾眉生。

万春公主当初同意让周瑞娶顾眉生，未尝不是看在顾香生嫁给魏临的缘故，本以为顾家可以更上一层楼，谁知道这座楼还没建成，就一夜之间坍塌了。没了顾香生和焦太夫人，剩下的大老爷儿们根本撑不起一个顾家。

女子出嫁之后，看的就是娘家得不得力，顾眉生既无娘家可靠，又无所出，万春公主自然会不满意，周瑞头顶有个强势的母亲，所以他的性格也不可能强势到哪里去，矛盾由此而生。

而顾画生，当年端午宴之后，她就被送入庵里去吃长斋了，外头的人都知道顾家二娘子一心向佛，身体又不好，这辈子怕是不可能出来了。就在焦太夫人去世之后不久，吕家就提出和离。彼时吕诵作为严家的死党，又在前面的战事立下大功，已经一跃成为新贵，顾经不愿意得罪吕家，许氏则懦弱，偌大一个顾家，竟然找不出一个能够为自家找回颜面的人。

反倒是顾琴生，出面与吕家交涉，最后将顾画生的嫁妆连同吕家给予的一些补偿拿了回来，又在京中买下一栋不大的宅子，将妹妹从庵堂里接出来，安置在那里。

这些事情，听得顾香生唏嘘不已。

顾家就像《红楼梦》里的贾家，三代富贵，锦衣玉食，然而灰飞烟灭，却也不过是顷刻之间的事情。

唯一与贾家不同的是，顾家总算还有些家底，没有掏空银子，也没有站错队得罪皇帝，所以就算大不如前，总算还能维持中流以上的生活水准。

夏侯渝知道的则比顾香生还要更多一些。

他听说顾家将没落的原因都归结到顾香生身上，尤其是顾经、顾国那些人，都觉得如果没有顾香生的出走，皇帝也就不会对顾家冷冷淡淡，如今后族变成了严家，单看皇帝对皇后如何爱重，如何爱屋及乌，对后族恩赏不断，他们便仿佛看见顾家错失的一切。

而这一切，都是因为顾香生的任性妄为。

除了小焦氏，只怕整个顾家，没有人会关心顾香生去了哪里，过得好不好，然而单凭小焦氏一人，又能改变什么？

顾香生不回去是对的，那样的地方，本也没什么好留恋。

但这些话，夏侯渝不会说出来，免得徒惹她伤感。

她现在在邵州，过得未必就不好，主持建复始楼，首倡修前朝史，协助练兵，制造弩箭，筑医护所，赈济灾民，规范商业，一点一滴，邵州百姓都记得她的功德，也让焦芫这个名字逐渐传了开去。世人都道女子为官惊世骇俗，可这也更加助长了她的名声。

夏侯渝的父亲，那位齐国皇帝，就曾说过，将来若是将南平并入版图，其他人都可以不管，但有两个人是必须保全的，一是徐澈，此人仁厚，可为宰辅，上应中枢，下安百姓；一是顾香生，此女巾帼不让须眉，胸怀大气，可为翰林，可为一州长官，即便女子不能为官，也可入内宫，为良佐嘉偶。

这话当时是在提起南平局势的时候说的，齐君随口点评，转头也就忘了，夏侯渝正好在旁边，便听了一耳朵。

这番评价拔高与否，暂且不论。夏侯渝也不觉得顾香生稀罕当他爹的什么内宫良佐，但这些话可以反映出一个信息：那就是顾香生的名声，连齐国皇帝都听闻，身在魏国的魏临，又怎么会没听说？

邵州的变化有目共睹，来到这里的人，将其称为南平之珠，流连忘返，往来商旅，日夜不停，又有重兵防守，不扰民，不犯民，不可不令人惊叹，就连他那个经常跟回鹘人作战的大兄夏侯淳，也觉得邵州是块难啃的骨头，说日后大概会有一场硬仗要打。

假若顾香生是男人，或许还不会那样出名，但正因为她是女子，这一切反而显得那么富有传奇色彩。

如果魏临知道焦芫就是顾香生，会不会后悔当初轻易放弃，没有将人找回去？

如果顾家知道焦芫就是顾香生，会不会吃惊之余，大骂她离经叛道？

夏侯渝不知道。

他只知道，自己很高兴能够再次见到她。

酒过三巡，两人都有了些醉意，夏侯渝不擅喝酒，这么多年好像从没变过，一杯接一杯，很快就有了五六分醉意。

热气从丹田往上涌，连眼睛都烧得微微湿润。

顾香生发现夏侯渝醉酒的时候，连看人的眼神都变得很无辜，这当然不是说他平时如何罪大恶极，只是她从没见过一个人可以把“无辜”和“楚楚可怜”演绎到极致，而且还是一个男人。

这种带着娇弱味儿的形容词放在身形高大的夏侯渝身上，居然毫无违和感。

顾香生觉得自己也有点醉了，否则她怎么会认为这样的眼神有点诱人，心跳还加快了些许？

她按住胸口，心想一定是酒精的作用使得心跳加速。

“香生姐姐……”

有了醉意，彼此就放开许多，重逢之后的那一丝儿不可见的陌生，也彻底消散无形。夏侯渝似乎是想像小时候那样拉住她的手，可等指尖碰到顾香生的手背时，又触电般地缩回去，露出一点点委屈的神情。他呆呆地盯着顾香生旁边那株君子兰，半天之后，脸慢慢地红起来，忽然露出一个傻笑。

“其实我真的很高兴你能离开魏国……否则，我们还不知什么时候才能见着，你在深宫，我们想见一面也很难了，”他扁扁嘴，“说不定得等魏临死了才行……”

顾香生哭笑不得地看着他对一株君子兰说话：“说什么孩子话！”

夏侯渝下意识地反驳：“我不是孩子了，我已经长大，可以保护你了！”

他忽然觉得有点不对，怎么声音是从另一边发出来的，难道有两个香生姐姐？

夏侯渝慢吞吞地转动脑袋，目光从君子兰移到顾香生身上，明显有点迷惑。

过了好一会儿，他才笑起来：“对，这个才是，方才那个不是！”

顾香生还没来得及嘲笑他醉得已经分不清人和花了，便目瞪口呆地瞧着对方上手把自己的衣襟扯开，然后抓着她的手按向上半身的胸肌。结实柔韧的触感自手心传来，她已经忘了如何反应，慢半拍的脑子像被糨糊搅过，只能愣愣地看着夏侯渝朝自己扬起一个灿烂的笑容。

“看，不是小孩子吧！”

“……”顾香生一头黑线，将手抽了回来，绝不承认那一瞬间有点口干舌燥。

见她缩回手，夏侯渝又露出那种有点委屈的表情：“你不相信我。”

“你醉了。”顾香生面无表情地夹起一个蟹粉汤包塞进他嘴里，“来，吃东西。”

捂着额头坐起身，夏侯渝发现窗外天色已经大亮，鸟儿正叽叽喳喳叫个没完，一枝紫薇花从窗外探了进来，生机盎然。

想必已经时近晌午了。

自己这一觉真睡了那么久吗？

夏侯渝想了想，发现没什么印象了，喝到后半段，他是真醉了，后来被谁抬了回来也完全不记得了。

他掀开被子，下榻穿鞋，闻了闻身上单衣，隐约还有一股酒味，不由得微微皱起眉头，拿着床头放着的干净衣裳绕到屏风后面。

浴桶里盛着水，想必是他昨天睡着的时候顾香生让人安置的。

但过了几个时辰，水已经完全凉了。

夏侯渝并不在意，直接脱了衣裳，从旁边拿起一个小桶，从浴桶里舀了水就往身上浇。

这几年在齐国虽然也有婢仆服侍，但他早就习惯了凡事都自己动手。

洗漱好，换了衣裳，他推开房门走出去，外头果然日光正盛，一股热气扑面而来。

宅子里静悄悄的，夏侯渝沿着廊下走向前院，终于看见诗情从那头走过来。

“五郎醒了？”诗情笑道，“那我进去收拾屋子。”

“我起晚了。”夏侯渝有点不好意思，“香生姐姐呢？”

“一起床就找娘子，和小时候一模一样！”诗情调侃了句，“她早上出门去了，现在应该还在刺史府。”

夏侯渝了然，自己昨天和顾香生说的那席话，对邵州的未来至关重要，她肯定是要去和徐澈商议定计的。

他点点头：“那我先到处逛逛，等会儿就回去，你忙你的，不用理我。”

诗情道：“娘子让我问你，你若想在这里住，就只管住下无妨。”

夏侯渝婉拒：“我带了下属过来，他们都住在客栈里，不好抛下他们，反正我在邵州会待一段时间，隔两天便会过来叨扰你们，到时候你们别嫌我烦就好。”

诗情捂着嘴笑：“你想找的不是我们，而是娘子吧？”

夏侯渝一脸无辜：“我也很喜欢你们做的菜啊。”

诗情捧心哀叹：“昨日你顾着喝酒，我们做的那一桌子菜都没吃完，五郎竟还好意思说这话！”

事实证明，跟女人斗嘴不是一个明智的选择，夏侯渝最后选择了落荒而逃。

院子里开满各色的花，似乎受了顾香生的影响，夏侯渝对茶花也情有独钟，昨天没顾得上细看，这会儿总算可以好好端详赏玩一番了。

这时候外头的门被敲响。

诗情和碧霄估计在后院那边，没有听见，夏侯渝便走过去开门。

门一打开，外头却不是顾香生，而是一个陌生男人。

对方二十岁出头，年纪应该比他稍大一些，斯文清秀，手里还抱着几册书。

瞧见夏侯渝，他也是一愣，问："敢问，这里是焦宅吗？"

"你找哪位？"夏侯渝不动声色，没说是，也没说不是。

"我找焦先生。"那书生道。

"焦先生出门了，临走前让我看家，你有事可以与我说。"夏侯渝面不改色地扯谎。

书生明显不太愿意和他说话，视线又往他身后瞥："啊，那诗情和碧霄呢，她们也不在吗？"

夏侯渝微微皱眉，蓦地敛了笑容，看着他："有何要事，不妨直说。"

书生原是想说改日再来的，但对上他冷冷淡淡的目光，不知怎的，话到嘴边顿时就噎住了："我……我是住在隔壁的，刚搬过来不久，听说焦先生要修史，复始楼需要藏书，正好家藏几卷古籍，便……便拿过来，看焦先生用不用得上……"

他结结巴巴地把自己的来意都交代清楚，只差没把祖宗八代都告诉夏侯渝了。

夏侯渝一看他手上抱着的书册，似乎的确没有说谎。

"焦先生不在，你把书给我，回头我转交给她。"他道，伸手便将对方怀里的书拿过来，想了想又问，"足下高姓大名？"

"免贵姓丘，丘元。"丘元根本没看清对方的动作，书就已经到了对方手里，又是吃惊又是诧异，"你又是谁？"

"我是焦先生的亲人。"夏侯渝看了他一眼，说了等于没说。

丘元之前压根儿没见过他，也不知道他说的是真是假："那……那碧霄小娘子也不在吗？我亲手转交她也行的……"

夏侯渝错开他欲伸来的手，冷冷一瞥："你一个外男，怎么成日想着要见女眷？莫非送书是假，存心不良是真？"

丘元脸色涨红，满心冤枉："可我又没见过你，怎么知道你到底是不是焦家的人？"

"现在不就见过了？"夏侯渝面无表情地说完，直接就把门关上。

"砰"的一声，丘书生猝不及防，差点把鼻子给撞歪了。

夏侯渝回身，便见碧霄提着篮子过来，里头似乎还装了些熟食。

对方瞧见他手里抱着的书，"咦"了一声："五郎，这些书是哪里来的？"

"方才有人过来送书，说是隔壁新搬来的人家，姓丘，行止鬼鬼祟祟，我疑心是骗子，便将人打发走了。"

碧霄"啊"了一声："你……你就这么将人赶出去了？没让他进来坐坐吗？"

夏侯渝一脸无辜："没有，难道他果真是这里的邻居吗？"

碧霄顿足："自然是真的！"

她咬了咬下唇，又不好怪罪夏侯渝，只扔下一句"那劳烦五郎将书拿到书房里去吧，我出门一趟"，便匆匆走了。

夏侯渝摸摸鼻子，觉得自己先前的猜测似乎出了些差错。

议完事，徐澈亲自将顾香生送到门口。

天色依旧澄澈，忽然下起蒙蒙细雨，淅淅沥沥。

这样的小雨本该在春天才会出现，不过也聊胜于无，总算为夏日驱逐了一丝暑气。

徐澈让下人去拿伞过来，又道："此事关系重大，改日我将宋暝、于蒙他们都召到一块儿，再……"

话说一半，他忽然停住了。

顾香生有些奇怪，循着他的视线朝外头看，便看见一人撑着伞站在外头。

是夏侯渝。

他会在这里，肯定不是来找徐澈的。

果不其然，看见从里头走出来的两人，夏侯渝也露出笑容："香生姐姐！"

又稍稍一收，嘴角扬起一个矜持的弧度："徐使君。"

徐澈哭笑不得。

这待遇差别可真够明显的。

他清了一下嗓子，朝夏侯渝拱手："我都听阿隐说了，你对邵州的大恩大德，我代邵州百姓谢谢你了！"说罢长长一揖。

夏侯渝却不肯受他的礼，身体微微往旁边一侧，淡笑道："徐使君言重了。上兵伐谋，以德服人，能不费一兵一卒而止干戈方为上策，我也不愿意看见生灵涂炭，能少点杀孽，自然更好。"

徐澈颔首，郑重道："齐国强大，世人皆知，非邵州一隅之地能敌，我们虽然不愿看着国土沦丧，可也绝不会罔顾百姓性命而做徒劳之举。你先前传递的那些消息异常重要，可以让我们有更多的时间去商量对策。总而言之，大恩不言谢，以后若有什么地方需要用到我的，请只管开口。"

夏侯渝笑了起来："不必客气，香生姐姐在这里，我又怎能坐视不管？"

顾香生看了他一眼，对徐澈道："那我就先告辞了，这些天我会常在复始楼，若想找我，使君派人到那儿便好。"

徐澈点点头："好。"又看了看夏侯渝手里的伞，道，"我让人再拿一把伞过来。"

"不用了。"夏侯渝婉拒，"这里离焦宅又不远，走个几步路就到，用不着那么麻烦。"

徐澈见顾香生没出声，也只好闭了口，看着两人转身离去，渐渐前行。

夏侯渝的变化太大，他几乎认不出来了，虽然提前在顾香生口中听见这个名字，可见到真人的时候，他还是吃了一惊。

昔日柔弱的小男孩，已经成了顶天立地的男人。

从背影上看，谁也不会否认那是一对天造地设的璧人。

同为男人，他如何会看不出夏侯渝对顾香生的心思？

早在魏国潭京的时候，谁也看不起的齐国质子，就是顾家四娘子身后的小尾巴了。

只是……顾香生也有同样的心思吗？

其实刚刚那一瞬间，徐澈很想喊住顾香生，想跟她说，夏侯渝并非良配，他自己身世复杂，现在就算长大成人了，在齐国的日子肯定也不会是一帆风顺；还想告诉她，夏侯渝是齐国人，他千里迢迢过来找顾香生，指不定抱着什么不可告人的目的。

但旋即，他又觉得自己的心思很卑鄙。

这些考量，以顾香生的聪颖，又怎么会不明白，难道还用得着他说吗？

他想说这些，终究只是因为，只是因为……有一点点的不甘罢了。

可是，错过的已经错过了，既然他一开始选择放手，就没有资格再去招惹人家。

徐澈不由得轻轻叹了口气。

五味杂陈的心情，都在这一声叹息里头。

旁边徐厚听见了他在叹气，唠唠叨叨道："郎君，您性子就是太磨蹭了，做什么事情都要瞻前顾后，想了又想，看吧，当初让您先下手为强，纳焦娘子为妾，您不乐意，现在好了，被人抢走了，您还在这儿望人兴叹呢！"

徐澈一头黑线，回头训斥："你说什么胡话呢！"

徐厚不以为意，摇头叹道："小人见那位郎君也生得好，是小娘子们最喜欢的样貌，您这会儿就算后悔了，想再抢回来，也来不及咯！"

徐澈抽了抽嘴角，啼笑皆非，正想教训他一顿，却见外头匆匆来了位驿站信差。

"使君，京城急件！"

徐澈接过一看，信是他在京城的老家人写的。

莫不是家中出了事？

他如是想到，一面将信拆开。

下一瞬，信上的内容令他脸色大变。

徐厚看着奇怪，忍不住问："郎君，出何事了？"

徐澈忽然觉得很头疼："崔氏要来邵州了。"

徐厚也大惊失色："那……那您快写信阻止啊！"

徐澈苦笑："来不及了。你看，信写好送出来的当天，崔氏正好离京，算算日子，她也差不多该到了。"

徐厚对徐澈的心情感同身受，闻言便义愤填膺："岂有此理！他们还把不把郎君当主人呢？这样重要的事情也敢不事先知会郎君便擅自瞒下来！"

徐澈揉了揉眉心："也别怪他们了，崔氏一定是盯着他们，不让他们事先来信，他们也只能等崔氏走了才写信过来吧。"

"那……那可怎么办？小人去让人收拾出一间院子来，给娘子用？"

徐澈挥挥手："去吧！"

徐厚愁云惨雾地走了，其心情和徐澈相差无几，可见崔氏在徐家人心目中的形象。

比他心情糟糕百倍的应该是徐澈，因为崔氏来邵州，肯定是为了找他的。

看着信上的寥寥几行话，片刻之后，他忍不住又苦笑了一下。

两人同撑一把伞，衣袂不可能不碰到。

明明走在街上，车水马龙，人来人往，可顾香生仿佛能听见衣裳相触时的窸窣声。

有时候她刻意稍稍拉开一点距离，但那样一来，夏侯渝也会将伞往她这边挪，结果便是他自己的肩膀湿了大半。

顾香生于心不忍，就只好重新靠近一些。

路过唐记时，夏侯渝将伞塞给她，自己则小跑几步过去买东西。

下雨没什么客人，也不需要排队，他很快就提着一大沓油纸包过来了。

顾香生道："你怎的又买这么多？"

"给你买的。"

顾香生哭笑不得："我又不是糖罐子！"

夏侯渝笑道："他们家也不唯独卖蜜饯，我还买了些咸的点心，总会有你喜欢的。"

顾香生忽然想起一句话：这世上没有真正粗心大意的男人，当他想要讨好一个女人的时候，再粗心的人也会变得细腻温柔，如果你觉得他粗心，那只是因为你不值得他讨好。

"另一把伞呢？"她忽然问。

"什么？"夏侯渝茫然。

顾香生道："一把伞这么小，你出门前，诗情她们肯定不会只给你一把伞的吧，还有一把呢？"

夏侯渝"哦"了一声："我在路上看见一个人没带伞还要淋雨，就把伞顺手给他了。"

他的表情十足无辜，让顾香生想怀疑他是故意的，都觉得自己好像以小人之心度君子之腹了。

顾香生决定不和他计较："你打算在邵州待多久？"

夏侯渝想了想："应该是十天半个月吧，再久也不能了。"

顾香生有些奇怪："可齐君不是让你勘察南平风貌吗？你这么成日与我闲逛，就能交差了？"

"自然是不能的，不过我若是想参观邵州军营，想看传说中的弩箭，你会给我看吗？"

顾香生摇摇头："不会。"说罢又解释道，"这不是我一个人的东西。"

夏侯渝点点头："香生姐姐，你无须多做解释。我不会让你为难，自然也不会提那些过分的要求。"

顾香生笑了笑：“先前你说我对邵州百姓有莫大恩惠，那实在是大大抬举了我。掌控大局有徐澈在，他生性仁厚，能事事从仁义出发，为百姓着想，我不如他；主持复始楼的建设与藏书，则有宋暝在，他做事谨慎细致，我也不如他；兵事有于蒙在，他带兵多年，我更不如他。所谓的弩箭改进，我也只是提了一些想法和意见，后期制作应用，那是工匠和士兵的事情；还有修史，有孔道周在，也没我什么事，我充其量就是帮忙打打下手，又在商税、商法上加以改进，明确规范，让往来商旅能奉公守法，也保障他们的权益罢了。只因我事事都掺和了点儿，又是女子，旁人看来，仿佛就更加惊世骇俗一些，仅此而已。”

世风再开放，能够提供给女子的天地也远远比男人少。

对邵州，她的付出并不比宋暝他们少，这些年几乎日日都是早出晚归，有时候忙起来，连饭也顾不上吃。

饶是如此，一开始，顾香生的名声也并不怎么好，甚至有许多人觉得她与徐澈之间有什么不可告人的关系，靠着徐澈方才一步步往上爬，还想当邵州的女主云云。

久而久之，人们在不可思议与嘲笑她抛头露面的同时，反而助长了她的名声。

邵州百姓亲身体验这几年邵州城的变化，是以才承认了她的付出，但这并不代表他们觉得女人就能做得比男人好，更不觉得女人适合当官做事，顾香生只是特例，终究只有她一个。

所以宋暝等人私底下还为此调侃过，说如果将来朝廷要追究他们在邵州罔顾朝廷法令，自行其是的罪责，大家也不需要紧张，只让顾香生出去背黑锅就可以了，谁让她名声听上去最响亮呢？

夏侯渝静静听着，忽然问：“香生姐姐，你是不是更喜欢隐姓埋名，到一个谁也不认识的地方去？”

顾香生想了想：“其实也不是。我喜欢做事，安静的日子过得，热闹的日子也过得，但我不喜欢别人将我的名声过分渲染，仿佛我无所不能似的，若真是如此，我当初又怎么至于出走呢？”

夏侯渝听出她话语中的淡淡无奈：“可如果没有这些名声，当初我也就找不到你了，更不知何年何月才能和你相见，所以许多事情，有好有坏，不能只看坏的一面，还要看好的一面。你瞧，如今连我国的皇帝陛下也听说过你，将来若是两国果真需要兵戎相见，你的名声便可保全你的安危；反之，如果你现在默默无闻，一旦出了什么事情，也不过是寻常弱女子，无人知晓，到那时，我又要上哪儿去找你呢？”

只要想想有可能会出现的那种情况，夏侯渝就觉得无比庆幸，庆幸能在这里遇见她。

“魏国于你而言是伤心地，可那里的人，并不都是希望你过得不好的。以你现在的名声，魏初想要打听也容易，她知道你过得好，也就放心了，还有我，我能找到你，也是因为如此，这难道不是一件好事吗？”

顾香生转头，却发现自己得微微抬起头，才能看见他的侧面。

即使面容再阴柔俊美，对方也是个男人，这是不容错认的事实，不笑的时候，他的轮廓线条甚至透着一股冷峻的意味。

而当他转过来，目光专注地落在自己身上时，顾香生甚至有种冰川瞬间化为春水的感觉。

她忍不住笑了起来。

时光荏苒，夏侯五郎也长大了，说出来的道理连她都无法反驳。

见她露出笑容，夏侯渝似乎有些疑惑，却没有发问，只是也跟着微微一笑。

霎时间，顾香生仿佛看见雨后初晴，满池的濯濯清莲。

美人一笑，如逢花开。

“你说得对，是我钻了牛角尖了。”她忍住想去捏对方脸颊的冲动，告诉自己夏侯渝已经不是昔日的小小娃儿了，“其实我也很高兴。”

“嗯？”

“能够与你重逢，看见你安然无恙，我很快活，很欣慰。”

夏侯渝的神情越发柔软：“我知道。”

被他这样看着的人，只怕没有不会溺毙在那样的视线里的。

顾香生微微移开视线：“只可惜，在你最艰难的那几年，我没能陪在你左右。”

其实当年在魏国边境分别时，顾香生是想让夏侯渝跟着自己一道走的，但那时候她自身前途未卜不说，对夏侯渝而言肯定也不是个好选择。他出身齐国，只要不想默默无名一辈子，终有一日还是要回到那里，这是一开始就注定的路。

美人计没能奏效，夏侯渝有点遗憾，不过心急吃不了热豆腐，欲速则不达，他也不着急："我反而很庆幸，当时你没有跟我回齐国，否则那时候我也护不了你，反而会累你受苦。"

他们为彼此着想的心都是一样的。

不管这种着想是出于友情、亲情，还是其他。

夏侯渝只知道，在他年幼最孤单无依、最困苦艰难的时候，顾香生出现在他面前，伸手拉了他一把，充当了母亲、姐姐，甚至是更重要的角色。

从此埋下的种子便慢慢萌芽，最终长成参天大树。

顾香生抿唇一笑。

雨停了，夏侯渝收了伞。

卖花的小姑娘正好提着篮子路过，里面装了满满一篮子桂花，上面还沾着雨水。

顾香生只看了一眼，夏侯渝便注意到了。

他叫住小姑娘，买下那一篮子花，递给顾香生。

顾香生忍不住笑："我长这么大，只有送别人花的时候，还没有人送过我花呢！"

夏侯渝很高兴："那我岂非就是头一个了？"

想想又有点嫉妒，她说送别人花，那想必也是送过徐澈和魏临。

不过那又如何呢？送过的花早已凋零，以后的花却还未开。

想及此，他就重新心情愉悦起来。

"你与我一起回去吗？"顾香生问。

夏侯渝摇头："不了，我来邵州带了些人，他们还在客栈等我，其中有我大兄的眼线，我不想让他们过分关注上你，偶尔过去找你也就罢了，像昨日那样留宿，可一不可再。"

顾香生一听，就明白了个七八分。

之前她就听说过，齐国皇帝正当盛年，同样没立太子，跟当初魏国永康帝的情形差不多。不同的是，齐君能干的儿子更多，人往高处走，私下里钩心斗角自然难免，但齐君比永康帝还要强势，所以齐国上下还算团结，并未像魏国那样闹得不可开交。

夏侯渝那位大兄，便是当年诸国会盟时，作为齐国代表出席的景王夏侯淳。他是长子，却不是嫡子，因为齐君的皇后早逝，没有留下嫡子，夏侯淳勇猛无双，为齐国立下赫赫战功，按理说继位的可能性最大，但齐君暂时没有封他为太子的意思。

除了早夭的老二和老四之外，如今齐国皇室，能与夏侯淳一争的，尚有三皇子夏侯瀛、六皇子夏侯沪、七皇子夏侯洵、八皇子夏侯潜，个个已经成年，各有所长，这竞争力可比魏国要激烈得多了。

夏侯淳估计对这帮弟弟早就头疼死了，冷不防又冒出一个夏侯渝，从一开始的毫不起眼，硬是为自己争得一席之地，他能看夏侯渝顺眼才怪。

这次夏侯渝跟着他出来，随身奉着皇帝密旨考察南平民情，为以后齐国的统治做准备，这一点夏侯淳大概是不知道的，所以他看见夏侯渝离开南平京城，四处游荡，反而很高兴，巴不得夏侯渝不要跟在自己身边，但又不能放任他脱离自己的控制，便还要派眼线盯着。

能够被皇帝委以密令，这说明夏侯渝的确在齐国是有些地位的，也难怪夏侯淳会对夏侯渝心怀忌惮。

顾香生道："那你打算做些什么，总不能就这样回去交差吧？"

夏侯渝露出有点狡猾的神情："交差的事情，我自有计较，你不必担心，在邵州，我只需要做好一件事便够了。"

顾香生回以疑惑的眼神："嗯？"

夏侯渝道："自然是扮好一个久贫乍富，只知游荡享乐的纨绔子弟。"

他似乎怕顾香生不明白，又解释道："我在齐国兄弟众多，大兄不唯独忌惮我一个，但我近来办成了两件差事，得陛下亲口赞赏，他这次与我出来，心中定然不快，所以我还须低调些好。"

顾香生问："你大兄是个什么样的人？"

"勇猛无双。"

"行事缜密否？"

夏侯渝摇头："勇猛有余，缜密不足，略显莽撞。"

顾香生眼珠一转："你若是在邵州什么也不做，也不太能取信于人，想让你大兄觉得你游手好闲，不足为虑，我倒是有个主意。"

夏侯渝笑道："还请香生姐姐指教。"

这声"香生姐姐"叫得甜腻，令顾香生忍不住白了他一眼，方道："跟我来。"

两人一前一后，一个提着油纸包，一个提着花篮，在邵州城穿街走巷，夏侯渝跟在后头七弯八绕，半天才来到顾香生所指的目的地。

财源赌坊。

夏侯渝："……"

顾香生说了声"走吧"，便当先走进去，夏侯渝来不及拉住她，只好跟在后面。

邵州城内，认得顾香生的人虽然不少，但这会儿每个人注意力都在自己的赌桌上，眼里除了银子，再容不下别的东西，自然也不会去关注别人。

"你想玩什么？樗蒲？押花？字宝？骨牌？斗兽？"顾香生扭头问他，又自言自语道，"樗蒲太花时间了，要不还是押花和斗兽吧。"

夏侯渝："……"

香生姐姐，你为什么如数家珍？

"……都好，你来决定。"

"那就先斗兽吧。"顾香生拍板道，拉着他就往斗兽的桌子走去，她还挺奇怪地问，"你回齐国之后难道没玩过这些吗？"

夏侯渝无奈："回去之后，整天在陛下与那些王公贵族之间游走，又要忙着学许多东西，还要应付我那些兄弟，哪里有工夫出入赌坊？"

顾香生想想也是，他离开魏国的时候虽然已经长高了一些，但还没像现在这么高大结实，穿衣显瘦，脱衣有肉，中间必然少不了锻炼，没有日日坚持，变化就不会这么大。

发现自己的思路如脱缰野马开始奔向奇怪的方向，她耳朵一热，赶紧将其拉了回来。

斗兽其实不是真正的斗兽，而是在牌桌上画了好几个动物的图案，每个图案上面都扣着一个杯子，但只有一个杯子里有骰子，赌客押中有骰子的图案，便算是赢了钱，如果还能押中里头的点数，赢的钱自然就更多，每种都有一定赔率。

赌博之所以是无底洞，就是因为不管怎么赌，赌坊都是最后的赢家，而赌客则很少有因此发财致富的，通常都是以倾家荡产而告终。

不过顾香生他们又不是来发财的，小赌怡情，输赢不重要。

越简单的玩法，桌子旁边就会聚集越多的人。

顾香生把玩法告诉夏侯渝，自己也押了点铜钱上去。

庄家换杯子那些把戏其实骗不过他们，顶多只能哄哄普通赌客，因为顾香生既然射箭厉害，目力肯定也厉害。至于夏侯渝，他是练武之人，目力自然也非同一般。

几个回合下来，两人都收获颇丰，旁边的赌客看见他们如此，便都纷纷跟在后头押，庄家的脸黑如锅底。

不一会儿，便有人过来送银子，客客气气恭维一番，将他们“礼送”出门。

顾香生脸颊红扑扑的，显然还处于有点兴奋的状态：“怎么样，好玩吧？”

夏侯渝掂了掂手里的钱袋：“好像来钱还挺轻松的，以后若是囊中羞涩了，进个赌坊便财源滚滚。”

得亏这话没在里面说，不然明天整个邵州城的赌坊都会记住夏侯渝这张脸，不让他进去了。

顾香生吐了吐舌头：“那是因为玩法容易，若是换了骨牌或樗蒲，就得费点脑子了。”

夏侯渝也来了兴趣：“那我们再去别家试试？”

“好啊！”

夏侯渝问：“先前你是不是常常进赌坊去玩儿？”

“没有，只进过一两回。平日里没空，碧霄她们也不让，再说这种事情，要有人一起玩，才叫好玩。”

夏侯渝抽了抽嘴角，心想，你只是借着给我出主意，趁机进来玩的吧？

不过话说回来，姓魏的和徐澈肯定也不知道，他的香生姐姐有这么个爱好。

想及此，他心情大好。

【第二十八章】情到浓时情怯怯

“娘子，到邵州了，您看，前面就是城门了！”

侍女略带了点兴奋的声音传来，崔氏掀开车帘子一角往外探看，随即皱起眉头。

城墙倒是挺高，好像还是后来加高的，可是太简陋了，半点儿也不讲究美感，新旧城砖叠在一起，明显到被人一眼就看出来。

往来出入的商旅，也没有京城那种缓慢优雅的华丽。

边城就是边城，不管那些人如何吹嘘，邵州又如何比得上京城的十之一二?

崔氏扯了扯嘴角，对即将抵达的地方和即将见到的人毫无期待。

“娘子，到……”青芫以为她没有听见自己的声音，掀起帘子探头进来，还准备再说一遍，却在看见崔氏的脸色时吓了一跳。

“娘子，您是不是身子不适？”她连忙弯腰进来，绕至崔氏身后，双手在她的太阳穴上轻轻揉按起来。

“嗯……”崔氏吐出一口浊气，略略舒服了些，忍不住又皱起眉头，“这里太干燥了，连点儿水汽都没有，车上颠簸得厉害，我骨头都快散架了！”

青芫笑道：“您看，这不就到了？郎君是一州刺史，府上服侍的必然不会比在京城差，您且忍忍，很快便能与郎君团聚了！”

崔氏却似乎没听见她这番话，兀自冷笑一声：“若非爹娘反复相劝，我压根儿就不会过来，等会儿见了徐澈，还不知道要怎么吵呢！”

青芫忙道：“依婢子看，郎君也不是不讲理的人，您与郎君数年不见，定有许多话要说，郎君必然也想您呢，有什么话不妨好好说，说开了，也便和好如初了。”

崔氏却道：“我与他从来就没好过，哪里来的和好如初！”

青芫一时也不知说什么好了。

在她看来，崔氏与徐澈，真真是一对冤家。

崔氏出身世家大族，自幼千娇百宠，自然眼高于顶，当年听说自己要嫁给一个从魏国刚刚回来的质子时，她心里比谁都不乐意，但美徐郎的名声岂是有假？偶然的机会之下，看见徐澈的样貌才情后，崔氏对徐澈也上了心。

谁知成婚之后却完全不是琴瑟和鸣、举案齐眉的景象，徐澈不喜崔氏的骄纵，崔氏也觉得徐澈一个没落宗室居然敢对自己摆架子，不肯讨好自己，两人不肯互相迁就，更谈不上共同的爱好话题，徐澈喜欢在家作画写诗，与三五友人上山踏青，崔氏却喜欢参加各种宴会，喜欢华服美饰，喜欢各色各样的宝石。

时日一久，两人渐行渐远，裂痕越来越大。

后来徐澈奉命出任邵州刺史，崔氏觉得邵州苦寒，不愿跟随，徐澈连劝也没有劝一声，直接就答应了。崔氏心里有气，自然更不肯低头，及至徐澈赴任，两人这一别就是几年。

青芫一心为主人打算，可这些都是人家夫妻间的事情，她也插不上口，连崔氏的亲生母亲都劝不动，青芫就更不行了。

彼时的徐澈，的确也只是个默默无闻的宗室子弟，一开始谁也没把他当回事，更不认为徐澈能在邵州做出什么惊天动地的政绩。

等到这次各州纷纷自立，京城告急，新帝没有根基，世家大族大多弃他而去，崔家这才赫然发现，不知不觉间，徐澈在邵州好像还真就如鱼得水，开辟出另外一番天地来。

前几年他们没有征得朝廷同意就开始组织修撰前朝史书，当时沈太后发了一顿脾气，但最后也奈何不了他们，只能眼不见为净，但那会儿没有人看好他们，听说邵州要修史，所有人的第一反应就是哈哈大笑，觉得邵州已经不自量力到荒谬的程度。

但几年之后，据说邵州建了一座书楼，广邀天下文士观楼阅书，为书楼立传，据说还真有不少人去了之后就此在邵州长住下来，参与修史，这其中就包括当世大儒孔道周；又据说邵州如今的繁荣程度与京城不相上下，与邵州有关的消息开始陆陆续续传到京城，与此同时还有徐澈的名字。

跟其他州府不同，邵州没有反对新帝，也没有跟着其他州起哄，新帝对邵州寄予极大的期望。那些有反心的州府也想拉拢邵州，徐澈成了香饽饽，崔家让崔氏过来找徐澈，未尝没有重修旧好的意思。

风水轮流转，崔氏何曾想到，几年前，她嫁徐澈还算下嫁，现在娘家反而需要讨好徐澈了。

马车缓缓入城，守门士兵照例查验，被崔家带来的马夫呵斥一顿，旁边等候已久的徐厚闻声赶紧上前，对着士兵说了几句，又拱手朝马车道："娘子安好，小人徐厚，奉使君之命，前来接娘子回刺史府！"

他等了半天，才等到车厢里头传来冷冷淡淡的声音："我到邵州，他不亲自来，就派了一个奴仆来打发我？"

徐厚赔笑："娘子言重了，使君事务繁忙，无暇分身，是以才派遣小人前来，并非有意怠慢娘子。使君已经命人在府中准备妥当，还请娘子移步。"

他从前在京城侍候，也是知道崔氏的脾气的，这番话说完，已经做好迎接暴风骤雨的准备，心说使君不肯来，再闹也没用，难不成还能掉头回京吗？京城现在看起来马上要乱了，娘子能跑出来，那是她的造化，来了邵州，可不同于以往在京城，这里是郎君的地盘，自然要看郎君的脸色，可这位主母似乎还未摆正自己的位置，事事拿乔，这又是何必呢？

出乎意料，过了好一会儿，马车里没有传出劈头盖脸的痛骂，反是青芫出声道："娘子累了，赶紧带路吧！"

徐厚忙应了一声，与车夫打声招呼，跳上马车，给对方指路。

青芫生怕崔氏与徐澈一见面就闹僵，趁着这一路的工夫，苦口婆心劝道："娘子，郎君是个念旧的人，您就委屈一下，软言两句，想必他也不可能摆冷脸的，您二人几年未见，定有许多离情要叙，郎君嘴上不说，心中未必不欢喜，您到时候可别犯了气性，净说些气话，免得大家都扫兴！"

她如此劝说，崔氏亦觉得委屈："凭什么要我去迁就讨好他？我能来邵州，便已经是退让许多了，可你看他，非但连个音信都没有，居然也不亲自过来接我，让我丢尽了脸面！"

青芫道："许是真如徐厚所说，郎君公务繁忙……"

崔氏冷笑："再忙能连出府一趟的工夫都没有？我看是忙着与那姓焦的女人厮混吧！他们俩的丑事，满京城的人谁不知道？旁人瞧我的眼光，都觉得我十足可怜，若非是我阿爹阿娘相求，我早就眼不见为净，又何苦到这里受气！"

青芫忙道："娘子想多了，那焦娘子，我事先已经打听过，都说是在郎君手底下做事的，两人清清白白，郎君也没有收她为妾室……"

崔氏哼了一声："这话鬼都不信，你能信？自古以来，有几个女人是能当官的？一个来历不明的女人，徐春阳能护成那样，半点委屈都舍不得她受，为了讨人家欢心，居然还荒谬到上疏为她请官，谁要是说他不动心，我就将姓名倒过来写！"

三四年来，夫妻俩分隔两地，彼此之间连个音信往来也没有，倒是相安无事，可崔氏毕竟嫁给了徐澈，即便一个人霸着京城的宅第，往来宴会之间，难免会听见许多针对她的闲言闲语，她早就积了一肚子气，如今"罪魁祸首"近在眼前，火气简直快要喷薄而出。

崔氏拧着帕子咬牙："等见了面，我倒要提醒提醒他，当年若非崔家帮忙，他能谋到这份差事吗？"

"娘子可千万别这么做！"青芫一边连忙阻止，一边暗自苦笑，心说，换作几年前，邵州刺史可不是什么好差事，这桩"恩惠"不提也罢，提了反而糟糕。

"娘子是来与郎君和解的，不是来与郎君吵架的，何必说这些伤感情的话，夫妻哪里有隔夜仇，翻页也就翻过去了，郎君是男人，男人总归气性大些……"

主仆二人说话间，刺史府就到了。

徐厚跳下马车，朗朗招呼一声，刺史府中门缓缓打开，府中管家带着几名仆从自里头迎出来。

崔氏扶着青芫的手下了马车，脸色很不好看，也不知是累的还是气的。

徐厚暗暗打量这位几年不见的主母，难免要将顾香生拿出来与她做一番比较。

一个太能干，一个太能闹。

徐厚觉得自家郎君真不是一般的命途多舛，明明生得比一般人好，身份地位也都有了，偏偏在女人缘上太倒霉，哪怕是长相一般点、性子温柔贤淑的也好啊！连他都有东巷的豆腐西施喜欢，堂堂刺史却居然连个稍微正常一点的女人都没摊上，不是倒霉又是什么呢？

话说回来，如果非要论个高下的话，他倒还是宁愿选焦娘子，起码人家讲道理，不会对他摆脸色，更不会借故发脾气，除了箭法很精湛，武力值比郎君高，又比郎君能干，还经常抛头露面之外，其实也没什么缺点了。

不过他想再多也没用，看着崔氏的脸色，徐厚不禁为自家郎君未来的日子默默点了根蜡。

“后院主房都已经打扫好了，请娘子随我来。郎君先前吩咐过了，娘子且稍事歇息，晚上他有些事情要处理，等明日再与娘子相见。”徐厚道。

崔氏并没有当真就乖乖被牵着鼻子走，而是问：“你们郎君现在在作甚？”

徐厚忙道：“郎君正在会客……”

“会的什么客？”

“这……”

“怎么，难道会客是假，不想见我才是真？”

“不不，娘子误会了，郎君当真是在会客。”

崔氏盯住他：“也就是说他现在在这府里？”

在这种咄咄逼人的质问下，徐厚艰难地吐出一个字：“……是。”

“那就带我过去。”

徐厚一脸为难：“可是……”

“即便会面的客人与公事有关，于情于理，身为徐家主母，我也理应去打声招呼才是。你不带我去，我就一处处去找，你还敢拦我不成？”

徐厚露出一脸比哭还难看的笑容：“还请娘子别让小人为难！”

崔氏冷冷道：“带路。”

此时的徐澈，正在厅中与人叙话。

坐在他下首的二人，则分别是夏侯渝和顾香生。

夏侯渝轻咳一声，先出声道：“从前孔先生在魏国时，陛下缘悭一面，求而不得，殊为憾恨，如今孔先生身在南平，陛下希望能请他拨冗至齐国讲学，我此番来邵州，除了探望故人之外，也因奉陛下之命，代为转达此事，还请使君通融。”

徐澈道：“我也听说齐君酷爱读书，诗文辞赋堪比当世名士，只是孔先生并非我属下官员，他只是前来帮忙，我也无法强迫他去或不去，一切还要看孔先生自己的意思。”

夏侯渝点点头："既有使君这句话，那一切就好办了，回头我亲自去请他便是。"

顾香生插口："孔先生脾气拗，你须徐徐图之，若是一开始便抬出齐君的名头，只怕会弄巧成拙。"

夏侯渝笑道："放心吧，我晓得。"

顾香生睨他一眼："还有，即便孔先生愿意跟你走，你也不能将人扣下不放，顶多三个月，一定要将人全须全尾地送回来，这边修史的事，没了孔先生还真不行。"

他们口中的孔先生，便是当年魏临为太子时，曾任其讲学师傅的当世大儒孔道周，后来魏临被废，孔道周等人也随之被永康帝驱逐，他一气之下，直接离开了魏国，回到原属吴越的祖籍故里。

至于他又为何会出现在南平，还肯答应顾香生，为前朝修史，那则是另外一段由来了。

正聊着，下人过来禀报说主母来了。听见"主母"二字，徐澈脑海空白了好一会儿，才将这个词与崔氏联系在一块儿。

他皱起眉头：自己不是交代过徐厚带她去歇息吗？

转念一想，以崔氏的性子，必然不可能乖乖听话，徐厚当然没法强迫她听话。

徐澈深吸了一口气，方道："让她进来吧。"

很快，崔氏与徐厚一前一后走了进来，徐厚在后面朝徐澈苦笑。

"一别三四年，夫君可还安好？"崔氏梳洗过了，重新换了一身衣裳，看着精神不少。

她出身摆在那里，行止有度，容貌清丽，然而态度绝对谈不上平易近人。

自打徐澈来到邵州至今，夫妻隔了三四年才见面，任谁都不会觉得他们感情好。

她这一出现，又有顾香生和夏侯渝在场，徐澈就不能不向他们介绍。

"这是拙荆崔氏，这两位是焦娘子和夏五郎。"

夏侯渝此行，虽然没有特意隐瞒身份，不过徐澈还是细心地将他的真实名字隐去，免得被人一听就听出来历，平白生出没必要的风波。

就算徐澈不说，顾香生也能感觉出他的尴尬，为了打圆场，她先起身笑道："未知嫂嫂到来，我等有失远迎，还望恕罪！"

崔氏的目光在她身上来回扫视打量，顾香生面不改色任她观察个够，反倒是徐澈看不下去：“你舟车劳顿，还是先去歇息吧。”

这话一出口，顾香生不由得默默扶额，觉得崔氏肯定要不高兴。

甭管夫妻两人感情如何，像崔氏这样看上去不太好相处的女子，徐澈若是当众落她的面子，对方如何能痛快？

徐澈是仁厚君子，可这么多年来，他跟女人打交道的经验始终还停留在当初应付同安公主时的水平上，连顾香生都忍不住想哀叹一声。

果不其然，崔氏的脸色微微一变，复又笑道：“有外客来，我身为这里的主人，怎能失礼，留下夫君一人亲自接见女眷？”

徐澈道：“阿隐，咳，焦娘子并非外客，五郎也是故人，不致失礼，你还是赶紧回去好生歇息吧！”

崔氏似笑非笑：“不是外客，那就是内人了？”

她特意将“内人”二字咬重读音，乃因为时下“内人”一词，不仅仅指妻子，另有女伎的意思。

徐澈脸色微沉：“焦娘子如今虽无官身，实际上却充任了长史一职，人人敬重有加，非我私娈，更不容旁人轻侮！”

崔氏也提高声音：“我如何轻侮了？夫君这话说得好生可笑，你上任几年，我虽然从未来过，但只要我们夫妻关系尚存一日，我便是这刺史府的主母！然而你现在未经我的同意，便将另外一个女人迎了进来，纵然你还未娶她，可你出去问问，这邵州城上下，谁不知这姓焦的与你徐春阳关系匪浅？你再去京城问问，我在这几年受了多少嘲笑同情？旁人都觉得你早就在外头另寻新欢，我不过是你摆在京城的陈设！”

徐澈脾气再好，这会儿也生气了：“你别胡搅蛮缠，当日我离京时，明明询问过你，是你自己不愿意与我同行，京城安逸，你想留在那里，我也依你，如今为何反过来指责我？”

崔氏冷笑：“我没有找你，你便连信都不写一封了？你倒是逍遥，来了邵州也有佳人作陪，我却像弃妇似的守着京城的宅子，背地里谁不可怜我？都说你明明没死，我却像在守活寡，还说你依靠崔家谋到邵州刺史之职，到头来飞黄腾达了，崔家就被你扔到一边，你这个背信弃义的小人！”

有些人，无论男人还是女人，在吵架的时候都不会讲道理讲逻辑，他们只会揪住对自己有利的那一点不放，然后钻牛角尖，重复绕圈子，崔氏也不例外。

在她眼里，如果没有崔家，徐澈就不可能来到邵州，更不可能有今日的地位，现在邵州逐渐崛起，却连崔家都要让她来讨好徐澈，徐澈要是不记着这份恩情，那就是忘恩负义。

徐澈有些头疼，他吵不过崔氏，也不想与她吵。

成婚之初，他也曾想过夫唱妇随，与崔氏好好过日子的，但几番下来，两人根本处不到一块儿去，兼且崔氏还总喜欢端着架子说话，徐澈性情再温和，好歹也是个男人，只要是男人，就没有人会喜欢妻子高高在上成天摆着一张冷脸。

当时那种情况下，他一个没落宗室，又刚从魏国回来，毫无根基，根本不可能自己选择婚姻，等成了婚，想和离，那更是想也不用想，所以只能捏着鼻子过下去，惹不起，他还躲得起。当初崔氏不肯跟他到邵州，他心里其实也松了口气，起码可以落个清静。

"你能否先出去，有什么话，等我晚上回去再说？"

顾香生忙道："夫妻难得团聚，你还是好好与嫂嫂叙旧吧，五郎想说的也说完了，我们这便告辞。"

甭管他们心里有什么想法，人家夫妇吵架，旁人是万万不能插嘴的，一来徐澈会难堪，二来只能添乱。

可她千算万算，没算到这一开口，旋即让崔氏将注意力转移到她身上。

"焦娘子请留步，我也有话与你说。"

徐澈黑着脸："她并非你的奴婢，无须听你胡言乱语。"

崔氏冷笑："既然她甘愿不计名声委身于你，便是你的侍妾，妾婢妾婢，不是奴婢又是什么？我是徐家主母，你的奴婢不就是我的奴婢？我听说她单名一个芫字？那倒是正好与青芫凑成一对，可不正是天生的妾婢之命？"

"照你这么说，你姓崔，崔者从山从隹，隹者短尾之鸟，那你可不就是天生的短命了？"

接话的是夏侯渝，他正微微挑着眉毛看崔氏。

这话委实太刻薄了，一句顶得上徐澈十句。

顾香生一个没忍住，扑哧笑出声。

徐澈抽了抽嘴角，没吱声。

崔氏气得脸色发白，嘴唇微微颤抖，说不出一句完整的话："你……你……"

夏侯渝微微冷笑："崔娘子若想耍威风，还请回京城去，邵州可不是你能任意放肆的地方！难不成你喜欢徐使君，便觉得天下人人都要喜欢他不成？照我说，徐使君也真是倒霉，好端端的一表人才风流郎君，竟然摊上你这样的恶婆娘，若非天子赐婚，乘人之危，单凭你，怕是再过十辈子，也高攀不上他吧！焦娘子冰心玉质般的人物，如何会对有妇之夫感兴趣？她喜欢的，非是你家徐使君那等温文君子，而是我这等才貌双全的美男子！”

他不是徐澈手底下的官员，更不是南平人，说话自然也少了几分客气。

这一连串的话下来，说得都不带喘气，让崔氏完全找不到反驳的机会。

但听见他自称为美男子，还说自己喜欢他，顾香生简直目瞪口呆，不知道说什么才好了。

崔氏能说夏侯渝不是美男子吗？当然不能，就外貌的精致程度来看，其实夏侯渝比徐澈还要更胜三分，而且占了脸嫩的便宜，当然，两个人完全是不同的两种类型。然而，若能被夏侯渝说一声喜欢，天底下十有八九的女子怕都要喜不自禁。

顾香生看着徐澈越来越阴郁的脸色，心头暗叹一声，对他们道：“天色不早，我们先告辞了。”说罢，拉着夏侯渝就往外走，没再给他打击崔氏的机会。

她对崔氏当然谈不上好感，但总要给徐澈几分面子，崔氏这样闹，徐澈心里未必就好受，她充其量只是被殃及的池鱼，徐澈才是处于旋涡中心的受害者。

夏侯渝没有反抗，任她拉着走了出来，待离开刺史府，便忽然道：“你心疼啦？”

顾香生松开他的袖子，蹙起眉头：“你说的这是什么话！”

夏侯渝见她不高兴，神情又软了下来，带了些孩子气的委屈：“我气她诋毁你，你看在徐澈的面上，必然又不愿与她吵，没的掉了身份，所以我帮你出气。”

一个历经坎坷的人，当然不可能仅仅因为顾香生不高兴不领情就受伤，但即使明知道他很可能只是在装可怜，顾香生仍旧不自觉地消了大半的气：“我只是有些感慨，徐澈其实是个好人，即使不是与我在一起，他也本应该过上妻贤子孝的生活。”

“哪里有什么应不应该，若说应该，像你这样好的人，也本不应该被辜负。”夏侯渝柔声道，“每个人都有自己的路要走，我与徐春阳也算故交了，他的确是个好人，生性仁厚，可也正是这一点，让他总是优柔寡断，以致身陷泥沼，寸步难行。他若喜欢你，当初便该全力争取，即便朝廷要他归国，即便你不想远嫁，只要他有决心，这些通通都不是问题；他若不喜欢崔氏，当初沈太后赐婚，就无论如何都应该想办法摆脱，哪怕是因此被降罪也好，今日就不必左右为难了，可他当时没有那样的勇气，所以现在就注定与崔氏纠缠不休。说白了，一个人的性情如何，便决定了他会做什么样的事，做了什么样的事，便注定会有什么样的结果。”

换作从前的夏侯渝，哪里会说出这样富有哲理、意味深长的话？

顾香生有感于他长大了这个事实，也不由得点头承认：“你说得对。”

夏侯渝一笑，顺势握住顾香生的手，入手便觉得香软柔滑，与印象中一模一样。

“所以徐澈与崔氏如何，那是他们自己的事情，旁人半点也插不上手，可她要是敢将火气撒在你身上，那就不行。”

顾香生不动声色地将手抽回来：“你在邵州也待了不少天了吧，若是孔先生肯与你走，你要先带着他回齐国吗？”

夏侯渝掩去一瞬而过的失落，笑道：“不用，到时候我会让人将他护送至齐国京城，再致信陛下，陛下自然会派人迎接的，我得去南平京城找我大兄。香生姐姐，你希望我早点儿走吗？”

顾香生抿唇一笑：“邵州又不是我一个人的，你想走便走，想留便留，我哪里有权力做主？”

夏侯渝深深看她：“你若想多看我几眼，我自然要多留些时日。”

顾香生却将目光转向别处，停在从街道那边走过来的卖花小娘子身上。

仿佛还是那日的那个小姑娘，只不过上次是桂花，这次换成了荷花。

那些荷花多半都含苞待放，半露而未露，花瓣尖尖上一点绯红，如同女子唇上的胭脂，风流蕴藉，韵味悠长。

也有一两枝已经绽放了的，粉嫩的重瓣里露出明黄花蕊，颤巍巍，伴随着小姑娘的脚步，别具不堪一碰的羸弱美感。

顾香生定定地看着，似乎已经完全入了神。

夏侯渝很想将她的视线拉回来，让她的注意力重新停留在自己身上，但这种想法仅仅在内心一闪而逝，他还是忍住了。

他能感觉得到，顾香生明明也是动了心的。

不枉他使尽浑身解数，又是美人计，又是苦肉计，十八般武艺样样上阵，换来对方偶尔的面红耳热。

可他不明白，那一层窗户纸都快要被捅破了，彼此心知肚明，对方却又缩了回去。

夏侯渝问："你喜欢那些荷花吗？"

顾香生摇摇头，收回目光："不，算了。"

那头顾香生与夏侯渝一走，徐澈便沉下脸："你闹够了没有？"

崔氏眼眶一酸，却仍强自维持高傲的表情："什么叫闹？你与焦氏的事情闹得满城风雨，还不许我问一问吗？"

徐澈怒道："什么叫满城风雨？我与她之间清清白白，什么事也没有，我们见面，为的也都是公事，而无一丝私情！"

崔氏冷笑："你又何必自欺欺人？她一个丧了夫的寡妇，最初是如何与你结识的？还有你看她的眼神，若说你对她当真半点情意也没有，我是决计不相信的！"

徐澈不自在地移开视线，顿了顿，方道："你闹我也就罢了，我知你心里有怨，当日这桩婚事，非你所愿，但焦氏与此事毫无干系，你勿要迁怒旁人。如今太后不在，这桩婚事再也无人掣肘，若是你想和离，我也依你。"

不知怎的，听见这句话，崔氏的心就像生生被人撕成两半。

她露出一个比哭还难看的笑容："呵呵，和离，你说得简单，太晚了，我这一辈子，早已被绑在这桩婚事上了，你以为和离之后，我就会有好日子过吗？崔家还会接受我吗？所有人只会将我视为弃妇！"

徐澈也觉得很累。

在崔氏来之前，他本来也想过与对方坐下来好好谈一谈，若是彼此能谈开，即便以后当不成恩爱夫妻，但起码也能相敬如宾。

但事实证明，自己想得太过简单了，话不投机半句多，他们却连半句都说不下去。

"你好好歇息吧，我先去书房处理公务。"他叹了口气，拂袖而去。

从头到尾完全插不上嘴的青芫急得不行，见状连忙上前："娘子，要不婢子代您去给郎君赔个不是？"

"不准去！"崔氏厉声道。

她虽然在徐澈面前表现得很强硬，但当回到房间之后，就再也忍不住，扑倒在床上，呜呜哭了起来。

青芫忍不住为她心疼："依婢子看，郎君并非那等薄情寡义之人，你们要是好好说话，也不至于闹成这样。您现在气了别人，自己也伤身，这又是何苦呢？"

"我要是不来就好了，我为什么要来这里看他和别人卿卿我我？"只要一想到方才徐澈说要和离的话，崔氏就觉得自己心口疼得快要喘不上气，"我知道他打一开始就不愿意娶我，可难道我就愿意嫁给他了吗？青芫，我好难受，我心里好难受啊！"

青芫也流下泪来："娘子，您既然那么喜欢郎君，这些话为何不对他说明白呢？"

崔氏身体一僵，随即缓缓摇头："我不喜欢他，我……我根本就不可能喜欢他，他有什么好的……"

青芫不忍看她继续自欺欺人，轻轻劝慰道："娘子，现在还不晚，你们分别几年，郎君身边也没有另外的女人，明日婢子做几个好菜，您将郎君请过来，好好说说话，未尝不能破镜重圆。"

崔氏苦笑："不可能的，你没有看见他方才瞧焦氏的眼神……"

话还没说完，崔氏自己就顿住了，心头如同被一道雷电劈中。

如果她真的不喜欢徐澈，又怎么会去注意他看别人的眼神？

"娘子？"青芫见她怔怔无语，生怕她想不开，忍不住询问。

"青芫，你觉得……我果真是喜欢徐澈的？"崔氏轻声问。

青芫叹了口气："是，您只是一开始心里别扭，后来又放不下架子，才总是对郎君冷冷淡淡的。"

崔氏低下头："我是很讨厌他总摆出一副仁厚的样子，实际上却对我不屑一顾。如果不是全心全意，那我宁可不要。"

青芫忙道："只怕郎君起初心里也是有芥蒂的，又没能及时解开误会，所以才会如此，现在弥补还来得及！"

崔氏擦干眼泪，默然良久，忽然道："你去做几样小菜，再温上一壶小酒，然后将人请过来。"

"娘子？"青芫又惊又喜，知道她这是想通了。

"去吧。"

碧霄见顾香生独自回来，不由得“咦”了一声：“五郎呢？怎么不见人影？”

顾香生好气又好笑：“人家又不是我们家的人，自然是回自己住的地方去了。”

碧霄道：“可这几天五郎都是过来吃了饭才回去的呀，难道今日有什么要事不成？”

顾香生拧了她的脸颊一把：“与其操心这个，你还不如多操心操心今日要送什么饭去隔壁吧！”

碧霄结结巴巴：“什……什么饭？”

顾香生道：“那是我看错了？你篮子里装的是什么？我瞧瞧。”

她掀起盖在篮子上的薄布，露出下面的两碟小菜和一碗米饭。

“菜色不错啊，还有荤有素，反正你也不是为了去给谁送饭，我有些饿了，先拿来给我填填肚子吧。”

碧霄顿足：“娘子就别捉弄我了，厨下还有许多呢！”

顾香生忍笑挑高了音调：“嗯？我捉弄你作甚？”

碧霄轻咬下唇：“这些东西，的确是准备给丘书生送过去的，他这几日都在复始楼流连忘返，连饭也忘了吃，我……我就想……”

顾香生扑哧一笑：“好吧，我不说了便是，你快送过去吧！”

看着碧霄落荒而逃的背影，她摇摇头，女大不中留，看来碧霄喜事将近了啊。

诗情本想过来喊顾香生吃饭，结果刚走出来，就见她在那儿摇头。

“娘子为何摇头？”

顾香生笑道：“你看丘书生如何？”

诗情立时就明白了她的话意：“虽说迂了些，可胜在人品端方，碧霄嘴巴厉害，寻常人还真压不住，得亏他肯让着碧霄，倒是挺般配的。”

顾香生点点头：“我也这样觉得，改日我请宋司马去打听打听丘书生家里的情况。”

诗情掩口笑道：“那敢情好，那丫头平素泼辣得很，遇上这种事情也不好意思主动开口了，还得娘子出面才行。”

顾香生拉着她的手：“一转眼，你们也到出嫁的年纪了，都怪我先前疏忽了，你若有什么合意的对象，不妨也与我说说；若是没有，想找什么样的，军中我让于蒙去找，文官我让宋暝留意，有品阶的只怕人家眼界高，但若是人品好，样貌好，家境小康，便是小吏也无妨，你说呢？”

诗情脸红：“娘子说得头头是道，怎么就不操心一下自个儿？我瞧五郎也好得很，他对娘子的心意，只怕是个路人都能看得出来。”

顾香生的笑容淡了下来：“我与阿渝，跟碧霄和丘书生不同。”

如何不同？诗情想问，再看看顾香生的神色，却不好问，毕竟有魏临的事在前，她怕伤了顾香生的心。

“娘子，许多事情，过去了便过去了，您不是常和我们说，做人要往前看吗？”她委婉劝道。

“你不明白。”顾香生摇摇头，却不多说。

第二日一大早，她刚刚起床，还来不及洗漱，诗情就从外头进来，手里还提着个篮子。

里面放满了丹桂，香气浓郁。

“您说稀奇不稀奇，也不知道是谁，三更半夜将这篮子花放在门口，连张泽他们都没发现。”

顾香生心头一动，将篮子接过来，拨弄着里头的桂花。

一张素笺半露出来，她拈起来一看，上面只写了两行字。

只愿君心似我心，定不负相思意。

顾香生先是愕然，紧接着则是哭笑不得。

上面的字迹，一看便知出自谁人之手。

那个对她言听计从的小孩儿，什么时候也学会了这种死缠烂打的招数？

这上面的小楷，细论起来，还是顾香生一笔一画教的。

当年他在魏国为质，魏国让他活得好好的已经算不错了，更不可能为一个质子延聘老师教他读书习字，夏侯渝的底子，一半是原来在齐国时打下的，另外一半，则是张芹与顾香生教的，时下书籍珍贵，但好在顾家是富贵之家，藏书多，借几本给夏侯渝也不妨事，他就在这种长年累月的自学中积攒学识。

话又说回来，若是夏侯渝稍微再惫懒一点，自暴自弃一点，饶是天资再聪颖，也不可能自学成才。

字里行间，隐约还能看出顾香生的痕迹，又少了几分婉约柔美，更偏向刚毅强劲。

诗情探头过来看，她不记得夏侯渝的笔迹，却不难猜出是谁：“五郎可真是有心人啊！”

顾香生将花递过去："拿去厨下吧，晚上正好做点桂花糕。"

"啊？五郎送的花儿，您不放在屋子里吗？"

"桂花香气太浓郁了，闻了晚上睡不着，不如做成吃食，用处还更大些。"

诗情默默捂脸，娘子，您真是太不解风情了！

接下来的一连几日，每天早晨门口都会出现一篮子花，不一定是桂花，有时候是荷花，有时候是槐花或别的，里头照例会写上两行诗，每回的内容也都不同，顾香生怀疑夏侯渝是直接把人家卖花小姑娘的花都承包下来了，这完全就是后世天天送花追女孩子的行为，身为古代人的夏侯渝，竟然就无师自通了。

顾香生不为所动，不代表别人也不为所动，诗情和碧霄就很吃这一套，每回都要啧啧称奇，没少给夏侯渝说两句好话。

在她们看来，夏侯渝是她们从小看着长大的，品行可靠，样貌生得又好，最难得的是他从小就跟着顾香生跑前跑后，可见这份情意如同陈酒，历经岁月而酝酿出浓香，未尝不是一桩好姻缘。

诗情以为顾香生还被过去的事情所困扰，私底下免不了劝她："娘子，许多事情，过去便过去了，时下女子再嫁也算不得什么，咱们已经离开魏国，往后也不算魏国人了，如今淮南王……皇帝已经立了新后，难道您还要为他守一辈子的活寡吗？"

顾香生摇摇头："我非是为了魏临。"

诗情不明白："那是为了什么？"

"阿渝现在已经回到齐国，有了名正言顺的身份和地位，你当他的婚事不需要经过天子首肯吗？有谁会同意儿子娶一个来历不明的女子为妻？说句不好听的，他现在的人生，也不是完全由自己做主，即便我们侥幸能在一起，将来若是出现类似魏临的情形，迫使他不得不在放弃我与放弃前程之间选择，你猜他会如何选？"

诗情语塞，她不是没有考虑过这种情形，只是将顾香生的事情放在前头，下意识会去忽略一些不利因素。

顾香生看着手里的荷花："人非草木，孰能无情？我的心又不是铁石铸成，如何会不动容？"

诗情不敢再逼她了，忙转了话题："听说徐使君之妻来了，娘子可曾见过？"

"她来的那一日便见过了。"

诗情有些奇怪："我听说徐使君成婚数载，为何那位娘子早不来，晚不来，偏偏在这个时候来？"

顾香生倒是知道一些内情："恐怕与现今南平的局势有关。天子难以压服人心，各地纷纷自立，崔家的家业悉数都在京城，若是真乱起来，怕是要毁于一旦，所以应该是想让崔氏先过来，探探徐澈的意思，再渐渐迁移到这边，邵州怎么说也还算平静。"

诗情倒是机灵，还能举一反三："崔家难不成还想挟制徐使君，捡现成的果子吃？"

顾香生笑了一下："他们若有这么个心思，也不稀奇。"

现在大家都知道邵州是个好地方，离京城又远，等于远离动乱，说不定将来鹬蚌相争，还能来个渔翁得利，徐澈也姓徐，细论起来也是有皇室血统的，凭什么就不能登上帝位？徐澈固然没有这个野心，可架不住别人会这么想，崔家这个时候让崔氏过来，其中寓意并不难猜。

但崔家恐怕并不知道，现在南平的局势，已经不单单是内讧的问题。齐国的插手，只会让事情变得更加复杂，覆巢之下，焉有完卵？他们那些小心思也未必派得上用场。

诗情担忧道："那徐使君不会受崔家的摆布吧？"

顾香生摇摇头："放心吧，他虽然心软些，但大事上并不糊涂。"

被顾香生主仆二人所谈论的崔氏，此时正坐在城中一处茶馆雅间内，面色沉郁，靠窗而坐。

一帘之隔，外头正有人在高声谈论着最近的天下大事，在座不少走南闯北的商贾，他们消息更为灵通，谈论的事情也不局限于邵州城周边。

"你们听说了没有？易州反了！"有人道。

"这都多久前的消息了，我们早就听说了！"旁边陆续响起几声嗤笑。

"不仅反了，还打赢了几场仗，听说怀州、资州也都陆续加入，天子的处境可不太妙，该不会真的要改朝换代了吧？"

"左右都姓徐，再换也是徐家人，算不上什么改朝换代！"

"可资州就在这邵州边上，你们说，邵州会不会也受波及啊？我这几年在邵州经商，好不容易有点起色，从这儿去魏国也方便，要是邵州也起了战火，到时候可不晓得要如何是好了！”

“别操这份闲心了，咱们邵州好好的，谁会没事去掺和？我姐姐她夫家有个亲戚在于都尉手底下做事，听于都尉的意思，邵州可不会帮着别人去造反，就安安静静练咱们的兵，过咱们的日子，谁胜了输了，那都不关我们的事！”

“可要是朝廷让邵州帮忙平叛呢？难道邵州还能抗命？”有人不免担心。

“自打死了个沈南吕，朝廷就对邵州不满了，得亏是沈太后死了，不然现在徐使君的日子怕就难过了。如今新帝登基，根基不稳，又有易州为患，他理当倚重邵州才是，怎还敢得罪徐使君？如此一来，就算徐使君不肯听命，朝廷又能如何？”

“那倒也是，话又说回来，多亏于都尉保境安民，咱们才能安安心心做买卖，出了邵州，方圆数十里，也没有贼匪敢来捋胡须。”

“听说府兵先前也厉害不到哪儿去，是焦娘子帮着于都尉一道操练起来的。”

“这……不大可能吧？焦娘子再厉害，也是个女子，如何能懂兵事？”

“寻常女子能在使君面前进言，让使君立商律，规范商贾，还能提议使君修史，建复始楼？”

“咳，那倒也是，虽说在邵州行商得多交些税钱，可这钱也不是白交的，若其他地方都能像邵州这样，取消宵禁，水路、陆路贯通发达，又没有地痞流氓骚扰，便是交钱我也交得心甘情愿。”

“嘿，李兄，你方才还没说个明白呢，朝廷跟易州的仗，到底是朝廷占了上风，还是易州赢了……”

喧嚣吵闹的声音自外头传来，众人七嘴八舌说个没完没了，青芫厌恶地皱起眉头，小声道：“这些市井小民，怎就有资格在这里妄议国家大事？娘子，咱们还是换个清静地方吧！”

崔氏却似乎听他们说话听得入了神，良久才道：“我怎么到哪儿都能听见她的名字？”

前几日在青芫的劝说下，她本来备了一桌酒席，准备将徐澈请过来，两人坐下来长谈一番，将误会都解开。

谁知派人去请，却迟迟请不来徐澈，对方推说自己公务繁忙，让她好好歇息，直接就给回绝了。

刺史府并不大，可徐澈有心躲人，几日下来，她竟连人影都没见着。

崔氏又气又恨，闹也闹过了，骂也骂过了，青芫好说歹说将她劝出来散心，谁知道又听见最不想听见的名字。

青芫忙道："娘子，那不过都是无知之辈胡言乱语、穿凿附会罢了，焦氏再能干，又如何能干涉军政大事？"

"你忘了徐春阳还曾为了她向沈太后请官的事情吗？"崔氏摇摇头，"你瞧，我如今也是想好好与他过日子的，可他就是不给我这个机会。"

这邵州城之大，竟然处处都被焦氏的阴影所笼罩，直让她喘不过气来。

实际上，那些商人的谈话，不过只有一两句提及顾香生，其余都是在说与自身有关的局势，可崔氏自尊心奇高，一时觉得自己不该听从家族安排，主动来邵州，一时又觉得自己前几日就不该先向徐澈低头，现在平白成了笑话，内心充斥着自我厌恶。

然而对徐澈的那一缕情意，又使得她自觉或不自觉地将一切归咎于顾香生。

青芫道："娘子，您这才请了一回，如今局势不稳，郎君想必有许多公务要处理呢，您多去几回，他总也不好赶您出来。"

崔氏咬着下唇："可我是崔氏女，怎好这样不顾颜面、不知羞耻地去讨好他？"

青芫无奈："夫妻之间闹了别扭，一方先退让些，这怎好叫不知羞耻呢？"

崔氏幽幽道："许是我这脾气一辈子也改不了了，但让我去主动求他和好，这是万万做不到的。当初家里就该让五娘嫁过来才是，她性子柔顺，必然更合徐澈的意。"

"您别净说些丧气话，五娘如今嫁得可不如您好，当初又有谁能想到郎君会有今日呢？照婢子说，焦氏再得郎君看重，她也不可能当刺史府的主母，眼下您一来，府中内务才算有人打理，您不如给使君说一说，趁机办一场宴会，既可向外人表明您的身份，又可震慑焦氏，还能为郎君分忧，何乐而不为？"

崔氏心头一动："办宴？"

青芫点头："是呢，您觉得呢？"

崔氏沉吟片刻，这倒是个不错的主意。

"我怕回去之后，他又避着我，不肯见我。"

"世上无难事，只怕有心人，娘子多求见几回，郎君能避得过一次，还能次次都回避吗？您肯为他分忧，他定也会心有所感的。"

“也罢。”

为了避开崔氏，徐澈也算煞费苦心了。

原本刺史府分为两部分，前面作为办公场所，后面则是刺史本人与家眷居住，但崔氏来了之后，徐澈不得已，直接将东西收拾了一下，搬到宋暝那儿去办公，夜晚回来时便宿在书房。

宋暝不好嘲笑上司惧内，只能苦逼地将自己的地盘让出一半出来，心里怎么也想不明白，堂堂一州刺史，何以被妻子逼得连家都不敢回？这也算是奇观了。

南平境内，包括易州在内，已经有好几个州起来反叛，朝廷连发数道敕令，要求邵州奉诏平叛，徐澈等人一直装傻充愣，但这并不意味着真的就什么事也不用做了。

夏侯渝的话引起了徐澈等人的警惕，邵州日夜加强兵备，于蒙也加紧训练府兵，如果齐国果真要吞并南平，肯定会趁南平最乱的时候下手，到时候邵州唯一能做的，就是让自身有足够防备的能力，然后才会有与人周旋谈判的筹码，最起码，也不能沦为一块任人宰割的肥肉。

身为邵州刺史，徐澈自然不可能置身事外，接连几天，忙得脚不沾地，差点都忘了家里还有一个令人头疼的人存在。

但他今日回到书房，徐厚便敲门进来，说崔氏在外面求见。

“她有何事？”一听见这个名字，徐澈就觉得头开始隐隐作痛。

徐厚道：“娘子端来鸡汤，说给郎君补补身体的，还说有事与郎君商量。”

徐澈想了想：“这样吧，你出去将鸡汤收下，就说我暂时没有余暇，等过几天再找她说话。”

徐厚应声出去，但很快又回来：“娘子说，今日若是不能见到您，她就在外头不走了。”

徐澈无奈道：“……让她进来吧。”

徐厚应声出去传话，心里为自家郎君默念一声“阿弥陀佛”。

出乎意料，崔氏并不是来吵架的。

“办宴？”徐澈微微蹙眉，“你怎会有此想法？”

崔氏道：“夫君来南平四年，从未与下属行宴同乐。以身作则，固然俭朴可嘉，但俗话说劳逸结合，一味埋头公务，即便夫君受得了，邵州官员也未必心无怨言。我这两日在外头逛了逛，发现几年来，在夫君治下，百姓安居乐业，邵州日益繁荣，这都是夫君之功，也是邵州官员上下齐心的缘故。如此，办一场宴会犒劳下属，既可昭显夫君仁厚，又可令官员稍加放松歇息，夫君以为如何？”

徐澈半晌无言，他惊异于对方会说出这样一番话，差点疑心这个崔氏是换了人来假扮的。

“这些话……是你自己琢磨出来的？”

崔氏反问：“难不成你以为我成日只会无理取闹？”

“我不是这个意思，不过现在外面局势不稳，不宜纵情玩乐……”

“正因局势不稳，才更应该安定人心。若是夫君担心耗支过度，不妨定下一个数额，我尽量节俭着办就是，必不令你为难。”

话都说到这份儿上了，徐澈也想不出什么理由来拒绝，他不由得看了崔氏一眼，发现她的神情尚算平和，这也是两人成婚以来难得的场面平静的谈话了。

“你怎么会忽然想出这个主意的？”

崔氏笑了笑：“我成日在府中，你不肯见我，我又无事可做，总不能将力气都花在与你为难上吧？我知你不喜欢我，我往后无事也不会来打扰你，不过总归还冠着徐家主母的名头，有些该我做的事情，我也不会回避。想来想去，我也无甚能帮你的，唯有举办宴会，以前还算有一点经验，你不嫌我多事，我就很高兴了。”

她难得这样说话和气，徐澈反而有些不自在，听了她的话，又觉得自己之前总是避而不见，好像确实过分了些，心头一软，便道：“多谢你肯为我着想，先前我的确是有许多事情要做，并非有意冷落你。”

听他这样说，崔氏不由得一喜，觉得青芜这个办法果真不错，自从两人闹僵之后，她就没有听过徐澈用这样的语气和自己说话了。

她压下酸涩的心情，勉强一笑：“我没有怪你，我有时……有时说话也太过了……”

崔氏秉性骄傲，本来绝不肯开口认错的，如今能说出这样稍微软和一点的话，已经费了老大的力气。

两人一个脾气差，一个脾气好，原本未尝不能互补，可不知为何，却成了今日这等局面，连彼此说话都要小心翼翼。

徐澈见她艰难地吐出一句近乎认错的话，暗自叹了口气，心下也起了一丝怜惜。

“晚上……你先安歇吧，不必等我，我还要处理些事情。”见她难掩失望，徐澈道，“明日我让徐厚将我的寝具搬回去，你看可好？”

崔氏脸色一红，缓缓低头：“你想搬便搬，何必来问我？”

夏侯渝要请孔道周去齐国讲学，孔老头儿却不太乐意。

原因无他，他的祖籍原本在吴越，齐、魏相争，吴越被灭，一片狼藉，虽说战争在所难免，但他心里头还是有疙瘩的，否则不会千里迢迢跑到南平来游历，顾香生费了九牛二虎之力，才让他答应担任修史的总编撰。

孔道周年轻时，前朝还未灭亡，他也还是一介年轻儒生，远远还没有名扬天下。时值江山危殆，各地战火纷乱，他眼看着国破山河在，天下四分五裂，心中感触自然很深，对前朝也有一份说不清道不明的复杂感情。当文人的，以匡扶正义为己任，达则兼济天下，穷则独善其身，孔道周辅佐帝王成就霸业的抱负未能得到实现，只能退而求其次，埋头钻研学问。

他被永康帝逐出东宫的时候，顾香生还未嫁给魏临，两人没有见过面，他自然也不知道顾香生的过往身份。

身为拥护正统的读书人，孔道周认为，前朝已灭，新朝未起，天下没有一统，就谁也没有资格修前朝史，即便是最强盛的齐国想修史，他都会反对，更何况是区区邵州，连朝廷的支持都没有，就妄想以一州之力，做成大一统王朝才能做的事情，何其可笑荒谬，与民间私修史书无异。

所以当宋暝上门延请老先生充任总编撰时，当即就被喷了一脸盆唾沫，孔道周毫不留情，直接就说他们不自量力，单凭那么点人，那么个藏书楼，就要修前朝史，还真把自己当皇帝了不成？就算是皇帝，那前面也得加个“土”字！

宋暝虽是个文官，也不像孔老头这样，张口就是一连串骂人不带脏字的话，当即就被骂得灰头土脸走了。

孔道周本以为他们消停了，谁知第二回上门的更离谱，直接换了个女人来，便是顾香生。

要论辩才，顾香生虽然不及老先生那样引经据典，但真要打嘴仗，她肯定也不落下风，只是那样一来，孔道周对他们的印象只会更糟糕，完全达不到目的，所以她也不废话，开门见山，就说这修史，他们是修定了，如果老先生肯任总编撰，那么想怎么修，还能照着他的意思来；若他不肯，那他们可就只能自作主张了。等史书修成了，他们会送一套给他过目，到时候指不定修成什么样，把奸臣说成忠臣，又将忠臣抹黑为奸臣，那也是有可能的，他可别后悔。

这一席话，就将孔老头的软肋给拿捏住了，孔道周从未见过如此厚颜无耻之人，差点被气得吐血。

几经思量，最后他还是心不甘情不愿地接下了这门差事。

只是嘴上虽然不说，时日一久，他倒也甘之如饴，沉浸在这里头不能自拔，连一开始他瞧不上眼的顾香生，如今也能说上几句话，有时候老先生与旁人起了争执，还会让人过来喊顾香生。

如今邵州人人都知道，徐使君是个好人，但他坐镇主持大局，许多小事都有人去做，无须劳动他出面，于都尉负责兵事，宋司马负责民生，至于焦娘子，什么事情都能帮上一点忙，大家已经习惯了有事先找她。

在一开始各种轻视与反对之后，许多人都发现，要接受本州长史是个女子，其实也不是那么困难。

当然，即便在邵州城内，也不是所有人都这样想。

在这个世道，女子的生存注定艰难，齐君对顾香生的评价起不了什么作用，因为不是人人都能像他那样以一个皇帝而非普通男人的目光去看待人或事，女人总要付出比男人多十倍乃至几十倍的代价，才能得到与男人差不多的东西。

与顾香生有关的流言一直没少过，就算她智除沈南吕，帮忙赈灾，筹建藏书楼，倡议修史，订立商律，协助练兵，有些人提起她，依旧会将大部分功劳放在徐澈、于蒙、宋暝等人身上，仿佛顾香生仅仅是在其中发挥了一丁点儿微不足道的作用，甚至也还是有人提起她的名字时，会一脸暧昧地将其与徐澈扯在一起，不相信两人之间绝无不可告人的关系。

但旁人的目光和看法，顾香生其实并不是很在意。

很多事情，但求自己心安无愧，又能找到乐趣，这便足够了，如果非要强求人人都认同，那人生肯定会过得很累。

夏侯渝请不动孔道周，只好让顾香生来帮忙劝说，顾香生刚刚踏入复始楼旁边的文兴馆，就听见孔老头儿正在与人争执。

争执的内容，跟一个前朝臣子有关。

此人名为刘宗怡，是前朝太宗皇帝年间的臣子，文可安邦，武可定国，是难得的全才，一生诗文著作无数，在政治上也颇多建树，为官清正廉洁，又曾打过数场胜仗，收复过现在被回鹘占据的土地，将其纳入中原王朝的版图，更难得的是，他与太宗皇帝君臣相得，一辈子善始善终，死后配享太庙，可谓高山仰止，成为后世无数文臣武将的楷模典范。

但就是这样一个完人，却有一个道德污点，那便是刘宗怡的妻子，原先曾出身风尘，而且在嫁给他之前，已经嫁过一回人了。

也就是说，刘宗怡娶了个风尘出身的寡妇为妻。

【第二十九章】女子何曾不如男

当然，刘宗怡本人并不觉得娶一个风尘出身的寡妇就如何丢人，这从他为了妻子不受闲言闲语的困扰，亲自向太宗皇帝请封诰命便可以看出来了，而且除了谢氏之外，他一辈子也没有另娶过妻妾。

谢氏本人也非凡俗，她精于书画，尤其擅长画牡丹，她画出来的牡丹栩栩如生，据说连蜂蝶都流连不去。

终其一生，夫妇二人恩爱有加，鹣鲽情深，令人欣羡。

但因为谢氏的出身问题，使得许多人，尤其是崇拜刘宗怡的文人在评价刘宗怡一生时，总是有意无意地将谢氏隐去，避而不谈，实在避不过去了，这才轻描淡写一语带过，简略得不能再简略，仿佛多提一个字都是玷污了刘宗怡，玷污了自己。

这次修史，沿用的是纪传体断代史的方式，分本纪、志、列传、表等，由于他们现在史料不全，并没有一项项按顺序来修，而是就手头现有的史料先进行撰写，与帝王有关的本纪还未完成，又要开始撰写志与列传部分，因类分传，刘宗怡自然是当仁不让的前几位。

为刘宗怡一生立传，不唯独这一次，早在前朝刘宗怡死后，就有无数文人为他写传记，其中多有溢美之词，但总的来说可信度还是很高的，因为与刘宗怡有关的史料比较齐全，很多还是见诸官方，想编造也无从编起。

譬如刘宗怡的妻子，就明明白白地记载着：妻谢氏，易州人士，父母早亡，占籍教坊，曾嫁易州李氏。

孔道周与他人争执的重点正在于此：不少人都觉得，刘宗怡一生堪为文臣楷模，这样一个人，最好是不能有道德污点的，而且修史修史，修的就是一个盖棺论定，都说为尊者讳，这种无伤大雅的细节，最好干脆不提，也就是隐去刘宗怡的妻族这一节，要么就简单提一句“妻谢氏”也就完了，没有必要将他老婆的过往来历都写进去，没的侮辱了先贤。

持这种观点的有郑敦谨、袁臻等，同样也是当世知名的学者，他们能够集合在这里，不单单是被徐澈所延揽，更不是因为徐澈的名气当真已经大到感天动地的地步，而是因为他们跟孔道周一样，的的确确想认真地为前朝立传，修一部完整的前朝史。

现在战火频起，谁知道现在还存在的史料，过几年会不会被湮灭在战火中，好不容易有人组织修史，自然要先趁着有些史料还没有被摧毁，将史书先编撰好。

如此一来，后世人再读到前朝那一段历史时，就不需要四处找资料，而可以直接翻阅这一部前朝史。

可以说，虽然顾香生他们起初提出修史时，或多或少都带着扬名立万的功利性目的，孔道周他们答应修史，同样也有那么一丁点儿小私心，希望自己的名字能够留于青史后世，纵然不能当太史公，起码也是个班孟坚。

但所有人更大的愿望则是，希望那一段历史能够流传后世，让后人在了解前朝的时候，不需要四处查找材料，而能够从这部史书中读到完整的前朝史，更以史为鉴，使得这部书如《史记》《汉书》那样，成为后世史书的典范。

这里没有一个伟大的人，但他们在完成一件伟大的事情。

不过就刘宗怡的问题，迥异于其他人的观点，孔道周却提出，即便这是刘宗怡的“污点”，既然有资料可查，而且这资料来源十分可信，就应该原封不动、一字不漏地记载进去，若只一味讲究“为尊者讳”，那么这部史书即使成了，也不可能被后世引为经典，反而可能变成鸡肋。

然而郑敦谨、袁臻等人却与他激烈辩驳，觉得这种细节可有可无，即使不记载，也算不得什么，根本不会妨碍刘宗怡一生的完整性。

两方人马争执不下，正好顾香生与夏侯渝二人自外头走进来，孔道周眼尖，当即就把两人喊过去，让他们居中评理。

袁臻是一个比孔道周还要固执的文人，打一开始，他就觉得顾香生一个妇人，不适宜来掺和修史这等大事，是以对她很不待见，有时候见她来了，也装作没看见。他年纪一大把，胡子都花白了，顾香生也不好与一个老头儿计较，很少干涉袁臻负责的那一部分，即便需要交涉，也多由宋暝出面，双方的相处一直处于某种微妙的平衡。

现在见孔道周居然要找顾香生来评理，他的眉毛一下子高高扬起："孔公，此乃千秋大事，怎可由妇人断言？！"

孔道周年纪比袁臻小，但名气比袁臻大，是以袁臻也要尊称一声孔公。

听了这话，顾香生还没什么反应，夏侯渝却不爽得很，张口便道："莫非老人家不是由妇人所生，怎的倒瞧不起妇人了？你想要成就千秋大事，那也得令堂十月怀胎先将你生下来，如今倒好，你也活了一大把年纪，却不记得令堂的养育之恩，反倒鄙视起妇人来了，这又是哪门子的圣人教诲？"

袁臻须发皆张地瞪大眼："何方小子？竟敢在此放肆，哪里有你说话的份儿！"

夏侯渝好整以暇："阁下不就理论理，可是自觉无理，所以准备以资历压人，无理取闹了？"

见袁臻还要发作，孔道周皱眉插口："行了，别尽扯闲篇，先说正事！"

袁臻也倔强起来："正事便是我不认为需要将谢氏列入传记！孔公不妨问问，在场有谁赞同为谢氏多费篇幅的？立传本就讲究言简意赅，再说谢氏也不是那等节烈妇人，有何可书之处？写多了，反倒让后人对刘公多生诽谤之言罢了！"

一直没开口的顾香生终于出声："诸位为刘文成公立传，可曾问过刘文成公的想法？"

文成是刘宗怡的谥号，后人提到刘宗怡，多是以谥号称刘文成。

这话一出，众人就愣了一下，袁臻皱眉："子不语怪力乱神！"

"这怎么是怪力乱神？"顾香生轻笑一声，"谢氏什么出身，难道刘文成公娶她的时候不知道？他是被蒙在鼓里，还是被谢氏所蛊惑？以刘文成公的英明，怕是这两者都不可能。刘、谢二人既能白头偕老，刘公也别无妻妾，这说明刘公不仅知道谢氏的出身，而且毫不介意。他并不觉得谢氏的出身是什么污点，反倒还亲自为她向太宗皇帝请封诰命。你们为刘公立传，却从未考虑过刘公的感受，他在九泉之下，若知道你们自作主张替他抹去这个所谓的污点，他会作何感想？只怕不仅不会感激诸位，还会气得从坟墓里跳出来吧？

“古来成大事者，无不是胸襟宽广之人，看人待物，不能以寻常眼光来论。寡妇与否，教坊出身与否，不过是世人加诸在外的身份。若谢氏不是心性高洁，又如何能与刘公成就一世姻缘？刘公子女，个个成才，从这一点，便能看出谢氏的不凡，如何是寡妇或妓籍所能贬低的？汉武帝之母入宫前亦是再嫁之身，汉武帝皇后卫氏亦曾为歌姬出身，难不成史书也将这些通通抹去？”

顾香生在文兴馆里，一向话不多，一来她不想多加干涉，而希望能给他们更多的自由度；二来有些文人如袁臻，对她有偏见，大家话不投机半句多，顾香生也不想自取其辱，大家求同存异，只要能完成这个共同的目标便好。

众人少有听见她这样长篇大论，一时都瞪眼瞧着她，说不出话来。

袁臻涨红了脸，发现顾香生这一席话，直接把自己的后路都堵死了。

他要是不将谢氏写进去，岂不承认自己器量狭窄，难以容人？

“牙尖嘴利，小人之道也！”他愤愤道，拂袖而去。

夏侯渝扬起眉毛，还想说话，却被顾香生拦住了。

虽然袁臻表现得很强硬，但这句话其实已经是服软的表现，既然目的已经达成，也就没有必要多做口舌之争了。

孔道周看了她一眼，难得还开口安慰一句：“他就是这样死硬的性子，并非专门针对你，你不必放在心上。”

顾香生笑道：“多谢孔公宽慰。我本以为像孔公这样维护正统，反而会提议将谢氏隐去的，孔公高义，令我钦佩！”

孔道周面无表情：“有则有，无则无，此乃为人之道，亦是做事之道，有何可钦佩的？不过依照本心与圣人教诲而行事罢了，正好今日你来了，我另有一事，想与你商量。”

“先生请讲。”

“既然你坚持将谢氏入书，那谢氏的传记，便由你单独来撰写吧。”

顾香生一怔：“要给谢氏立传？”

孔道周道：“自然。列传不唯独忠臣孝子，亦有阉宦奸佞，包罗万象，若要殊异于历朝历代诸般史书，则奇女子亦该单独成卷。谢氏专精书画，尤长牡丹，其花鸟山水流传后世，别具一格，堪称大家，门下弟子亦有二人名列仁宗朝四大家，于情于理，都该单独列传。”

顾香生迟疑：“我怕我对谢氏平生不够了解，无法将她一生写全，平白辜负了孔公的期望。”

孔道周白了她一眼："不过一传记耳，你不曾写过，连参考前人典范细心揣摩都不会了？你挂着一个编撰的名头，却连一篇史也没有修过，我见你方才说得头头是道，怎的一遇到事情反而临阵退缩？罢了，罢了，算我看错人就是！"

他转身欲走，顾香生忙道："孔公勿怒，我答应便是！"

孔道周道："答应了便要写好，若是不能过我这关，最后还是不能用的。"

顾香生苦笑："是、是，我定然尽心尽力！"

夏侯渝借着这个机会，插口道："孔先生，上回我与您说的事情，您考虑得如何了？"

孔道周想也不想："不去！不去！我在这儿待得好好的，去讲什么学！鄙人才疏学浅，担不起齐君错爱，另请高明吧！"说罢，也不给夏侯渝说话的机会，脚下不停，一眨眼就走得没影了。

夏侯渝要上前拦人也不难，只是那样一来未免失了本意，有强迫之嫌，只好眼睁睁地看着对方离开。

顾香生很不厚道地笑出声来。

夏侯渝无语片刻："你这几天收到花了吗？"

"啊？什么花？"

"……那诗句呢？"

顾香生摇摇头："没有。"

夏侯渝忍不住控诉："每日早晨我都放在你们家门口，看着碧霄将花提进去的！"

"也许碧霄以为是丘书生送的，自己拿去了吧。"

夏侯渝狐疑："不可能吧，丘书生哪里会想出这种点子？"

顾香生背着手看天看地看花看鸟，神色悠然，就是不看他。

夏侯渝："……"

香生姐姐，你可不可以不要这么赖皮？

"啊，对了，"顾香生转过头，"刺史府要办重阳宴，届时你也去吧？"

夏侯渝道："迟则三五天，我便要离开邵州，怕是赶不上了。"

顾香生一怔："这么快？"

夏侯渝道："算一算，我在这儿也快半个月了，就算再爱玩，也该玩遍了，再久则难免会引起我大兄的疑心。"

"那孔先生呢？你也见了他今日的反应，我可没有把握能劝得动他。"

夏侯渝道："明日我再过来一趟，若是他执意不肯，那也无法，总不能将人绑了过去，以孔公的脾气，只怕会更加反感。"

他顿了顿，忽然道："香生姐姐，你能不能等我三年？"

即使没有转头，也能感觉到对方专注的目光正落在自己脸上，顾香生想要直截了当说"不行"，但沉默良久，出口的却是："为何是三年？"

夏侯渝轻声道："现在的我，的确没法许下什么诺言，就算许了，你也未必会相信。三年之后，若我能不被任何人左右，而你也喜欢我，我就娶你为妻，好不好？"

末了，他又酸溜溜地补充了一句："自然，若是三年之内，你有了喜欢的人，我也绝不勉强。"

原是很严肃的话题，不知怎的，听见他最后的话，顾香生又有种想笑的感觉。

"阿渝，我现在暂时不想考虑婚嫁之事。"想了想，她还是决定摊开来讲。

上回装傻充愣，想让他知难而退，这回却没法这样了。

她被逼至角落，不得不将真实想法敞开。

"我成过婚，你瞧，谢氏与我一样，可死后连能否出现在刘宗怡的传记里都还要被人再三争论，可以想见，在她生前，肯定也听过许多闲言闲语，刘宗怡可以一心一意护着她，可天下能有几个刘宗怡？正因为少，所以才能流传于世，如果天下人人都是刘宗怡，他们的故事为何还会令人欣羡呢？"

夏侯渝想要开口，却被顾香生阻止了："阿渝，我不是不相信你，也不想拿魏临与你比较，你们本来就是不同的人，只是你们身份相仿，将来也很有可能遭遇同样的难题，到时候无论你如何处理，总会有人受伤。我不想让别人伤害我，同样不想伤害别人，可我再坚强，也不是铁石心肠，受一次伤，学一次乖也就够了，何必再经历一次呢？"

听她承认魏临对自己的影响，夏侯渝非但没有吃醋的感觉，反而涌起淡淡心疼："香生姐姐……"

顾香生不去看他，而是选择一鼓作气将话说完："你若想问我是否对你有男女之情，我承认，我心动了。可我这辈子，大概都学不会为了喜欢一个人而放弃尊严。如果你将来要纳妾，又或者迫于各种各样不得已的原因而放弃我，我只会像离开魏国那样与你一刀两断。闻君有二意，故来相决绝。与其这样，那还不如不要开始的好。"

语毕，她长长地舒了口气，如释重负，又觉得空荡荡的，莫名心酸。

她的身份迟早会曝光，以她嫁过魏临的经历，若再嫁给夏侯渝，将来必然也会惹来无数风言风语，而这些可以预见的压力，夏侯渝能经受得住，能坚持自己的初衷吗？

人心是经不起反复考验的，当朋友、当姐弟已经足够，何必强求本不应该存在的缘分呢？

顾香生目光游离于眼前，视线仿佛已经穿透脚下的青石板，望向虚无缥缈的某处。

她不想去看夏侯渝的神情反应，因为她觉得自己还不够坚强，起码没有坚强到面不改色。

她怕自己一抬头就会暴露内心的脆弱。

下巴被一只手抬起。

紧接着，唇上传来温暖的触感。

顾香生不由得睁大了眼睛。

她反应不算慢，也不是一被吻就马上浑身虚软走不动路的柔弱女子，她伸手便要推开对方，奈何夏侯渝更快一步，直接捉住她的双手。

两人此时正站在文兴馆外，虽说这里是屋檐下面的拐角，人比较少，可也不代表一直不会有人路过。

顾香生又羞又恼，一个不防备，直接就被对方一个深吻，挑得心旌摇动，神志迷离。

她本想抬腿往夏侯渝胯下顶去，犹豫了一下，改为往对方脚背上狠狠踩了一下。

夏侯渝吃痛后退，总算松开了她。

“谁教你这般登徒子的行径！”顾香生脸红气喘地瞪他。

她觉得自己应该表现得更强硬一点，对方才会知难而退。

谁知夏侯渝的表情比她还委屈：“可香生姐姐你也说对我有情啊……人家从来没有亲过别的女子，你还这样对我！”

顾香生快要被气笑了，忍不住翻了个白眼，亏他还有脸倒打一耙：“你在齐国好几年，连女子也没亲过，骗鬼吗？”

夏侯渝眨眼：“要不我发誓？如果我诓你，就五雷轰顶，不得好死。”

古人对誓言还是很看重的，夏侯渝肯发誓，那就是真没有。

顾香生的脸色稍稍一缓："那好，方才的事情，我就当没有发生过，往后不可如此了。"

夏侯渝柔声道："为什么不能如此？你对我有意，我也对你有情，男欢女爱，天经地义，你担心的那些事情，我不敢说不会发生，但我绝不会像魏临那样辜负你。你不能因为魏临负你在先，就否定了所有的男人，这对我不公平。"

顾香生叹了口气："魏临没有负我，他也没有想过负我，只是他的选择与我的选择打一开始就不同。你处在他的位置上，你也能保证自己毫不动摇吗？如果当时他不与严氏联姻，就无法与魏善抗衡。我不愿意委屈，可我同样不希望他错失良机痛苦一世，所以我选择离开。这是我们有缘无分，怪不得别人。"

夏侯渝摇摇头："香生姐姐，你看着坚强，其实心很软。如果是我，打一开始就不会出现这样一个难题，我不会让魏善有离京的机会，也不会让程氏倒向魏善，更不会让严氏有壮大自立的机会。一个男人，如果真心对一个女人，就会选择将自己的事情一力承担，而非将难题丢给她。就像刘宗怡，无论外人说什么、做什么，他对谢氏，从来就没有变过。"

顾香生鼻子一酸，扭开头去，眼泪却禁不住滑了下来。

耳边传来一声叹息，她随即被拥入一个温暖的怀抱。

对方的下巴轻轻摩挲着她的发旋，声音不大，却通过声带的微微振动，一直传递到她心底："等我三年，好不好？"

这般高大的身形，明明都能将她整个人拢入怀中了，却偏偏要用撒娇的腔调。

泪水还在流，顾香生却很想笑，又忍住了，轻轻咬住下唇。

"看你表现吧，若这三年里有比你更好的人，我自然不会错过的。"

得到顾香生这一句承诺，夏侯渝脸上的表情顿时比吃了十斤糖还甜，回去的路上一直牵着她的手不放，生怕一松手顾香生就会消失似的。

好在时下风气使然，男女当众牵手固然不多见，但也不至于惊世骇俗，否则换作稍微封闭一些的朝代，怕是能立马引来无数谴责惊骇的目光了。

夏侯渝甜滋滋地将顾香生一路牵回家，沿途路过唐记，还自作主张买了不少零嘴儿，差点把整个蜜饯铺子的点心样式都包圆儿了；又拉着她到银楼，说要做这个打那个，订了一大堆首饰，若非顾香生最后强拉着他走人，怕是他连隔壁绸缎铺子都要进去走一遭了。

"你买这么多作甚？我也吃不了、用不了，到时候你顺便带回京城算了。"顾香生吃惊地看着他提着的那一大堆东西。

夏侯渝与顾香生一起时，身边都没有带人，这种时候也只能亲力亲为了。

"从前都是你给我买，现在自然该换我给你买了啊。你把喜欢吃的喜欢用的挑出来，余下的送诗情、碧霄她们也好。碧霄不是有心上人了吗？也该给她筹办嫁妆了吧。我在银楼订了一批头面，过两日让他们送过去，你挑几套给碧霄，也算是全了你们这些年的主仆之情。"

顾香生好气又好笑："你还是多想想回去之后如何与你大兄周旋吧，碧霄的事情自有我来管，不用你操心。"

刚得了句话就俨然将自己当成自家人，简直蹬鼻子上脸，没见过比他更厚脸皮的人了。

夏侯渝听了，也没有一丝窘迫与羞涩："诗情、碧霄她们从前给了我不少照顾，这些情谊我都记着呢，如今有我能略尽绵薄之力的，香生姐姐就不要与我客气了，好不好？"

他似乎吃准了顾香生拒绝不了他，每回说"好不好""行不行""可不可以"的时候，总要带上一点儿撒娇的意味，要不怎么说许多人都是吃软不吃硬呢？尤其是美人撒娇，越发赏心悦目，就是顾香生对夏侯渝没有一点想法的时候，听见这样的声音也会禁不住心软。

送她回到焦宅，夏侯渝还絮絮叨叨交代了不少事情："这几天我要准备下回程的事情，怕是没法儿过来看你了，你自己要多保重，往后天会更冷，要记得添衣，吃饭要多吃点，我瞧你总挑着素菜吃，这样不好，人本来就没几两肉，别瘦得没形了……"

顾香生怎么也想不通，隐藏在夏侯渝那副高贵冷艳外表下面的，竟然是一颗婆婆妈妈的心，换作几年前，这番话也该是她来叮嘱对方的，现在倒好，角色完全倒置了。

她一开始还耐着性子听着，越听越是哭笑不得，忍不住打断他："我在外头过了这么几年，也还好端端的，你不必担心这些微末小事。"

夏侯渝语重心长："诗情、碧霄她们再贴心，有些话，你若是不听，她们也拿你没法子，我不知道我这一去需要耽搁多久，也不知道多久之后才能与你见面，可我希望你能好好的，没病没灾，这样就算我看不见你，也觉得安心。"

他握住顾香生的手："你说你会等我三年的，可不能反悔，我定会为你守身如玉的。"

前面那一番话让顾香生的心霎时软得一塌糊涂，最后一句纯属狗尾续貂，感动全然不翼而飞，取而代之的是啼笑皆非。

再恋恋不舍也不可能赖着不走，夏侯渝来邵州的时候带着不少人，其中有心腹，也有别人的眼线，为了尽可能免除麻烦，他外出的时候一般不让人跟着，也让自己的心腹监视那些眼线，但凡事还得小心些好，若不想让别人发现自己与顾香生过从甚密，就不宜时时与她黏在一起。

好不容易听见顾香生吐露心声，他一面是惊喜交加，一面又惋惜两人没能拥有更多的独处时光，那种又是高兴又是纠结的心情，估计没人能够理解。

顾香生看着他一步三回头的样子，心里有些好笑，直到对方的身影消失在拐角，她才转身入内。

诗情和碧霄看见她带回来的一大堆东西，果然很惊讶，听说是夏侯渝买给她们的，两人都很高兴，尤其是碧霄，感叹道："万万没有想到，自小养大的孩子，竟也懂得回报了！"

诗情笑她不知羞："五郎什么时候成你养的了？你这还没嫁人呢，就一副老气横秋的口吻，不知道的还以为你孩子都多大了呢！"

碧霄张牙舞爪地要挠她："就你话多，就你话多！"

顾香生撑着下巴笑看她们闹。

两人闹了一阵，碧霄小心翼翼地凑过来："娘子，那您是怎么想的？"

"什么怎么想？"顾香生装傻。

碧霄顿足："五郎对您的心意，长眼睛的都看得出来！"

顾香生抿唇一笑："诗情都还未有着落，我急什么？你有空也让丘书生留意一下，看他府学里有没有什么未婚适龄、人品又好的人选。"

碧霄果然马上就被转移了注意力："是呀，诗情，你到底要个什么样的，总得与我说一说，我才好帮你留意。"

诗情脸红啐她一口："明明是在说你的事儿，怎么又绕到我身上来了！"

顾香生笑道："若你们俩是一男一女，那我也不用发愁了，一个温柔稳重，一个活泼泼辣，性情还互补，正好凑成一对儿！女大不中留，留来留去留成仇，诗情，咱们名为主仆，实如姐妹，你若有心仪的人，一定要与我说。"

碧霄倒也罢了，诗情性子体贴，她最怕对方为了陪伴自己而放弃属于自己的幸福。

诗情没说话，脸色却越来越红。

顾香生察言观色，奇道：“这是真有了心上人？”

碧霄道：“好啊，你平日里瞒得最紧，谁也不告诉，是谁？快说！”

“也……也没什么……”

碧霄佯怒：“你是不是不把我当姐妹了？竟连一点儿风声也不露，我们难道还会笑你不成？”

诗情不得已，只好吐露实情：“不是我不肯说，是我还不知道他是个什么想法，总不能巴巴上赶着去倒贴……”

碧霄都快急死了：“说了半天，你还没说到底是谁呢！”

顾香生却看出一丝端倪：“是我们都认识的人吧？”

碧霄大吃一惊：“难不成是徐使君？”

诗情白了她一眼：“你都想到哪儿去了！”

碧霄坏笑：“你要是再不肯说，我就猜宋司马了！”

诗情拿她没办法：“是……是于都尉。”

这下不仅碧霄，连顾香生都吃了一惊：“怎么是他？！”

诗情吞吞吐吐：“先前要写兵略的时候，他需要与娘子商讨，三天两头往这儿跑，有时候娘子没空，我代为跑腿，这一来二去，就认识了……”

碧霄道：“可他家里不是还有儿女吗？你嫁过去之后就是当人后娘了，你可要想清楚啊！”

诗情低头：“谁说要嫁他了，我又没这么说！”

她既然说了于蒙的名字，即便不是两情相悦，那起码也是对对方有情的，而且两人交往，必然也有一些暧昧之处，说不定于蒙还曾表露过好感，否则以诗情的自尊自爱，断不可能随随便便就自作多情。

顾香生觉得这事有点棘手，倒不是两人身份不匹配，诗情、碧霄早就不是奴婢的身份，放良书也在她们自己手里，而是于蒙一个鳏夫，膝下又有儿女，若能娶到诗情，怎么看都是他占了便宜。

但她们这么看，不代表别人这么看，顾香生还不知道于蒙自己是怎么想的，如果他也对诗情有意，为何不找人上门来提亲？

“你别着急，我找个机会打探打探，问问他到底是个什么想法。”顾香生柔声道。

诗情眼眶一红："娘子别问了，他若有心，早该上门了……我也认了，他是邵州都尉，领一州兵权，若是觉得我配不上他，我也无话可说。"

"你别胡思乱想。"顾香生难得对她们沉下脸，"我的人，哪里轮得到谁说不要就不要！于蒙是邵州都尉又如何？当初我若是想，同样可以让他当不成这都尉，不过要费些功夫罢了。你既不是奴婢，品行样貌又样样都好，只有他配不上你，断没有你配不上他的道理！现在八字还没一撇，这事我来做主，他就是要娶，那也得八抬大轿聘礼齐全地来，家里那些妾婢通房也得通通料理好再说，断不能委屈了你。他若是做不到，你也别伤心，我再帮你找个更好的便是，两条腿的蛤蟆不好找，两条腿的男人可遍地都是，天涯何处无芳草，他不要你，不是你不够好，是他没眼光！"

诗情、碧霄很少看到顾香生如此霸气的一面，都说不出话了，只会愣愣地点头。

不过还没等顾香生来得及去询问于蒙的意思，重阳宴便如期而至了。

重阳节前两日，夏侯渝也离开了邵州，他没有特意过来和顾香生道别，只留下一封书信，托人代为转交。

与其说是书信，倒不如说是一首诗的后半截。

著以长相思，缘以结不解。以胶投漆中，谁能别离此。

换作其他情怀如诗的闺中少女，估计会很感动，可顾香生只觉得眼角抽搐，连牙齿都要酸倒了。

不过她也知道，夏侯渝不仅仅是在示情，更是在重复确认自己之前说过的话，表明自己的心意绝对不会改变。

原想将这张酸倒牙的诗丢掉，想了想，她还是将其叠好收入怀中。

酸是酸了点，看在一片拳拳心意的分儿上，就勉为其难地收下吧。

让顾香生意外的是，短短几天时间，夏侯渝还真说动了孔道周，让固执的老先生愿意跟着他走。

不过孔道周也不是一去不复返了，他最看重的还是修史，所以已经留下话，一个月后便回来，继续完成未竟的工作，并让人代为传话，留下一张名单，叮嘱顾香生，除了完成谢氏的那一部分传记之外，为名单上另外几名女子立传的事情也交给她了。

顾香生一看，名单上的女子不过五六个，或长于诗画，流芳后世，或为女医，医人无数，其中还有一个郑氏，原为农妇，后因改进农具，得以在前朝一本农书上留名，仅止于此，没想到孔道周竟然要将她也列入史书里。

这些女子里头，没有一个是世人眼中的贤后贤妃，有的甚至连一个高贵的出身都没有，如农妇郑氏，她一辈子都是农妇，顶多因为改进农具而得到皇帝褒奖，可也仅此而已。

顾香生觉得有些惭愧，可同时又肃然起敬，身为女人，她尚且想不到要为这些女人立传，孔道周却已经想到了，不仅想到了，还敢付诸行动。想想袁臻那些人的态度和可能会有的反应，越发衬托出老先生的可贵。

圣人曾言：唯女子与小人难养也。所谓女子，说的是他自己的妻妾，小人，则指家中仆人，而非卑鄙小人。后人知其然不知其所以然，以讹传讹，将其误读，甚至以此为依据，认为圣人也觉得女子本来就该与小人并列，可见地位低下。

然而像孔道周这样的大儒，从来不会将这种偏狭的误解作为正解。试想一下，孔圣人教导世人要爱亲尊贤，这“亲长”里头也包括了自己的父母，一面尊敬母亲，一面却又瞧不起女子，这种明显矛盾的态度，无论如何也不可能出现在真正的大儒身上，所以为谢氏立传也好，单列奇女子一卷也罢，都能看出老先生治学严谨的态度来。

但顾香生也不晓得，何以先前她与孔道周也没说上几句话，老先生却忽然对她青眼有加，还将这么一个重任交给她，实在是令人受宠若惊。她怕自己做不好，辜负了老头儿的期望，只好将自己关进复始楼里头的偏间，埋头翻阅资料，争取在孔道周回来之前，将这一卷拟个大纲出来。

闭关两日，待徐澈那边派人来请，才发现自己差点儿错过了重阳宴。

自徐澈上任起，邵州就没举办过官面意义上的宴会了，如今天子讨伐易州，外头闹得正欢，大家也没想到徐澈会在这种时候举办宴会，等到听说宴会为崔氏主持时，便都纷纷暗自琢磨起来。

虽说众人早就知道徐澈已婚，但他品貌俱是上上之选，这样的美郎君，纵是当暖床小妾，怕也有无数人前仆后继自愿送上门，所以自荐枕席也好，下官巴结送人也好，从来就没断过。徐澈本人还算洁身自好，至少顾香生从没听说他收下哪个下属送去的女人，至于人家私底下是不是有妾婢美人做伴，那就不关她的事了。

徐澈在邵州三四年，妻室却远在京城，要说旁人没有一点想法，那是不可能的，现在正主儿一来，那些狂蜂浪蝶更是没了希望，邵州城中有头有脸的女眷也都擦亮了眼睛，想看看这位被徐使君“念念不忘”的崔娘子，到底是怎样的国色天香。

宴会极为热闹，还未开始，刺史府门口便已车水马龙，人来人往。

顾香生从复始楼回家匆匆梳洗一番，换了衣裳再赶过来时，来得已经算晚了。

仆从将她引至女客所在的坐席，顾香生看了一下，发现除了一个周枕玉，前后左右坐的人，自己都不认识。

于情于理，以她今时今日在邵州的地位，就算不与崔氏并列，那起码也得是下首，但事实是，她的座位的确不算太偏，可离崔氏也有一些距离。

周枕玉也刚坐下不久，见顾香生到来，亦是一愣，忙起身见礼：“焦先生安好。”

“周姐姐何必如此客气？”顾香生笑道。

自打一切上了正轨之后，她与周枕玉反而少见，对方忙着经营周家的铺子，她的事情则铺得更大，除了规范商业那阵子跟周枕玉频繁打交道，两人要做的事大多没什么交集，见面的次数自然也就少了。

这一笑，许久不见而生出来的淡淡隔阂好似也跟着消散了。

周枕玉拉着她坐下来：“你怎么会被安排到这里来？我本以为使君娘子会让你坐在下首的。”

顾香生摇摇头：“我这两日都在复始楼，未曾出来过，也正有些奇怪，旁边这些女眷，怎的好像从未见过？”

周枕玉低声道：“你自然从未见过，她们都是从前在下属州县被表彰过的节妇。”

“什么？”顾香生这两日忙着翻阅史籍，睡眠不足，现在耳边听着绵绵丝竹之声，原是有些昏昏欲睡，结果瞌睡虫全被周枕玉这一番话给吓跑了。

崔氏请来一群节妇赴宴，还特意安排在她周围，难道是想借机告诉她，女人就应该像这些节妇一样安分守己，遵从妇道吗？

顾香生觉得既荒谬，又有些啼笑皆非。

更好笑的是，大概在崔氏眼里，像周枕玉这样没有嫁人，却成日抛头露面的药铺当家人，也被归入了“不守妇道”的范畴，所以才会出现在这里。

她抬起头，正好与朝这边望来的崔氏对上视线。

后者面色冷冷淡淡，目光之中似乎隐含嘲讽，从她身上扫过，随即又与旁边的女眷说起话。

与她说话的女眷，是宋暝的妻子钱氏。

崔氏无所顾忌，钱氏却不敢，她从丈夫那里几番听说顾香生的厉害，知道对方不是一个可以随意拿捏的女子，但坐席安排非她做主，她只能找着由头与顾香生搭话示好，不着痕迹地撇开自己的干系。

“焦先生上回让外子转送于我的茶花，我一直悉心照料，今年开得也好，可我另外又买了几盆，花期却总是很短，不如您送的那一盆，您几时有空，能否莅临指点一番？”

顾香生对钱氏也很客气：“指点不敢当，嫂嫂若是得空，我便上门叨扰。”

钱氏笑道：“那可太好了！”

她顿了顿，又对崔氏笑道：“我与焦先生离得远，说话不方便，能否请崔娘子将焦先生的坐席稍稍挪过来？”

崔氏心下不快，正欲说话，便见徐厚匆匆过来。

“娘子，郎君有请焦先生过去入席。”

崔氏的眉毛高高挑起：“男女有别，焦氏为女客，如何能与男子同堂并坐？”

徐厚心想，您没来之前，焦娘子都不知道与郎君、宋司马他们同堂并坐过多少回了，现在再来追究，会不会晚了一些？

他眼珠转了转，带上为难之色：“可这是郎君之命，小的也不敢违逆……”

崔氏长这么大，还从没被人这样当众打脸，弄得下不了台过。

她脸上火辣辣的，仿佛都能感觉到旁人看好戏的眼光了。

“你去回了使君，就说焦氏既非命妇，又无家人在邵州任官，不宜抛头露面，多见外男，以免妨碍名声。”她的指甲深深掐入掌心，勉力冷静地说出这番话。

这下子，在场女眷如何还不知道使君娘子瞧不上焦氏？俱望向顾香生，也有的在两人之间来回打量，暗暗存了看好戏的心思。

钱氏想打圆场，那头顾香生却已起身：“多谢崔娘子回护关心，只是我方才正好身体有些不适，久坐唯恐失礼，只得就此告辞，先行离席，还请主人家恕罪则个。”

说罢，既不应徐澈的召，也不管崔氏的回答，施施然就走，竟是潇洒得很，令人目瞪口呆。

崔氏看着她的背影，还想出声呵斥，却被青芜使劲一拉袖子，拼命暗示摇头，只得将满腔怒火勉强压下，强自忍到筵席结束，曲终人散，方才怒气冲冲地去找徐澈。

“娘子，娘子，您先冷静些再说！”青芜追在她后面，却已经阻止不了崔氏。后者找到徐澈，两人直接大吵一架，又是不欢而散。

好不容易才有点起色的关系，伴随着这一次争吵，荡然无存。

当晚，徐澈又宿在书房，而崔氏则用剪子死命剪着自己手头的单衣，很快便将那件单衣剪得面目全非。

而那原本是为徐澈准备的。

“娘子，您别这样！”青芜急得团团转。

“我对他千般好，也比不上那女人的一根毫毛！”崔氏满面泪痕，“我也真是犯贱，为他裁什么衣裳，办什么宴会呢？现在好了，全邵州城的人都知道焦氏落我面子，给我脸色看，都知道我这堂堂刺史之妻，还比不上一个来历不明的女人！”

“娘子，您快放下剪子，仔细伤了手！”看她这样，青芜也很难受，又不知从何劝起，“您……您听我说，我曾仔细查过，发现焦氏这人，着实有些古怪。”

崔氏冷笑：“她都能让徐澈神魂颠倒了，可不是古怪吗？若不是会迷魂术，那就是狐媚变的！”

青芜“哎”的一声：“婢子说的不是这个，是她的来历有古怪！”

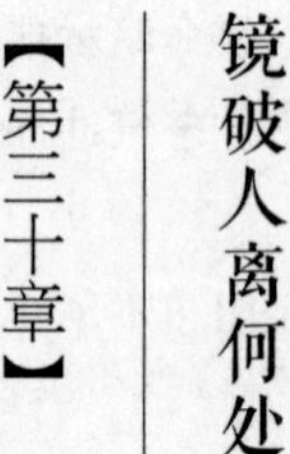

【第三十章】镜破人离何处问

听见这话，崔氏不由得一愣，也顾不上伤心愤怒了："怎么说？"

青芫道："先时婢子曾找徐厚闲聊，听徐厚说私下没人的时候，郎君称呼焦氏为阿隐。"

崔氏闷哼："好不亲热，竟连小名也知道了，若说他们没有私情，怕是鬼都不信！"

青芫道："娘子且听婢子继续说。焦氏的闺名单一个芫字，正好与我同名，若有个小名也不奇怪，奇怪的是，徐厚说，上回焦氏携一个年轻郎君到刺史府来做客，他亲耳听见那郎君喊焦氏为香生姐姐。"

崔氏蹙眉："怎的又多一个名字？"

"可不是？婢子也觉得奇怪，便私底下去打听，发现那年轻郎君像是齐国人，两三天前就走了，身份来历似乎也有些蹊跷，再多的却不晓得了。"

崔氏起身来回走动，嘴里念念有词："焦芫，阿隐，香生姐姐……"

青芫的脑子倒比她灵光多了："婢子想着，若郎君在邵州才认识了焦氏，当时娘子又不在邵州，以郎君的身份地位，想要收用焦氏，不过是一句话的事情，何必弄得暧昧不清？观郎君对那焦氏的行止，似乎有几分旧情、几分尊敬，二人关系，绝非三言两语能说得清的。"

听她将焦氏和徐澈的关系描绘得如此亲密，崔氏心头不舒服极了，忍不住撇撇嘴："你到底想说什么？"

青芫道：“我想说的是，郎君曾在魏国为质，会不会早在魏国就认识了焦氏？”

崔氏心中一动，越想越有可能。她也不是瞎子，女人的直觉最为灵敏，从徐澈对顾香生那副欲言又止的模样来看，若说两人没一点过往，打死她都不信。

“这么说，那个焦氏会是魏国人，她也不一定姓焦？”

青芫点点头：“对，婢子正是这个意思，咱们不妨仔细查问一番。”

崔氏皱眉：“可就算问出来，又有什么用？那焦氏是不是魏国人，跟咱们有何关系？”

青芫道：“焦氏从魏国来到南平，一定有什么不可告人的过往，也不想别人知道她的来历，所以才会隐姓埋名。”

崔氏彻底明白了，她腾地起身：“不错，若能知道她的来历，我们再以此要挟，迫她主动离开邵州，这就一了百了了！”

青芫点头：“婢子正是这个意思，不过纸包不住火，我怕郎君知道了之后会迁怒于娘子……”

崔氏冷笑：“怕什么，我一没杀人，二没放火，到时候要走也是她自己走，谁也强迫不了，他能拿我怎么样！”顿了顿，又对青芫道，“不过你私下打听的时候，还是要隐秘些好，别被徐澈发现了。”

“娘子放心，婢子晓得。”

若说忠心，青芫果真是一等一的，她本是崔家的奴婢，陪着崔氏一并嫁入徐家，办事能力极强，崔氏也对她推心置腹，许多事情都离不开她。主仆二人定计之后，青芫便开始着手调查，先是从焦氏来邵州的时间查起，很容易就问到她是从席家村过来的。

席家村连接的山路通往玉潭镇，玉潭镇则是魏国的边境小镇，如果焦氏不是在席家村凭空出现，那么她就的确是从魏国来的。

徐澈在魏国为质时，基本就没离开过魏国京城，这是众人皆知的事情，那么他就算认识焦氏，应该也是在这段时间内发生，也就是说，焦氏很有可能是魏国京城人，而且还出身不低，否则又何必隐姓埋名？

要想弄明白这件事并不难，崔氏她们根本无须跑到魏国去，当年跟着徐澈从魏国回来的人如今还在，一部分留在南平京城的徐宅里，还有几个如今依旧充任徐澈的马夫。徐澈是个念旧重情的人，只要这些人还能做事，愿意留在他身边，他就还继续用着，这反而给了崔氏调查的机会。

经过仔细查问，崔氏发现，当年徐澈在魏国时，与不少世家子弟关系都不错，其中就包括如今的魏国丞相王郢之子王令、万春公主之子周瑞等，另外还有同在魏国为质的齐国皇子夏侯渝。因着徐澈的风仪容貌，在魏国上层也十分受青睐，魏国公主就曾几次三番纠缠不休，更有灵寿县主、顾家四娘子等人与之过从甚密，时常结伴去京郊玩耍，关系熟稔。

崔氏留了个心眼，一一问起那些女子的闺名，这年头女子闺名并未广泛流传，可若喊的人多了，也不是什么秘密，譬如那位魏国公主，姓魏名霁，封号同安，这是许多人都知道的。

关于顾香生的身份，徐澈也曾交代过知情的人不宜声张，但一来崔氏与青芫事先商量，并不开门见山，而是旁敲侧击地试探；二来那些被探问的人并没有太大的戒心，偶尔露出来的口风也足以让崔氏她们了解到真相了。

这个真相足以让崔氏她们一整天都缓不过劲来。

"顾……香生？"崔氏几近艰难地吐出这个名字，表情还处于恍惚之中，"淮南王妃？"

她如何会不知道淮南王妃？非但知道，当时听说她早亡的消息，崔氏还很为她唏嘘了一阵。

同为正室原配，身份出身也差不多，崔氏对顾氏有着几乎天然的亲近感，魏临被废太子时，顾氏嫁为正妃，当他登基时，顾氏却已经去世了，可以说陪丈夫吃尽了苦头，却没有享过一天的福分，当女人当到这份儿上，也的确是够倒霉的。

但崔氏万万没有想到，这个"倒霉鬼"，如今就活生生地出现在自己面前，还跟自己吃过饭，说过话。

淮南王妃顾氏，排行第四，人称四娘子，大名香生，小名阿隐，改头换面之后，便成了焦芫。

这真是活见鬼了。

青芫的吃惊不下于她："为什么，淮南王妃当得好好的，却要诈死跑到这里来呢？"

崔氏皱着眉，想到对方与徐澈的暧昧不清，再多的同情也不翼而飞了："难道对徐郎念念不忘，趁机诈死过来见他？"

青芫摇摇头，人家好端端的淮南王妃，甚至是未来皇后不做，为何要跑到这里来做妾身未明，受人指指点点的寡妇？

再说徐澈能出任邵州刺史，那也不是他说了算的，而是朝廷的决定，顾氏再神通广大，总也不可能事先就得知消息，知道要来这里找人吧？

这其中必然有她们所不知道的原因。

崔氏说完那句话，也觉得不太妥当：“无论如何，她既然选择隐姓埋名，肯定就不希望自己的身份被人知晓，我们可以将消息传回魏国那边，让魏国派人来抓她……”

青芫道：“婢子以为，这样不妥。”

“嗯？”

“魏国人人皆知，淮南王妃亡故，皇帝也立了新后，如今再冒出一个顾氏来，只要魏国死不承认，顾氏就永远是焦芫。若魏国天子派人来找，那反倒是间接承认了顾氏的身份呢！所以就算魏国人知道，想必也会装聋作哑，故作不知的。”

崔氏不由得有点烦躁起来：“这样一来，就算知道了她的身份又如何？我们岂不是一点办法都没有？”

青芫温声劝慰：“娘子别急，我们先好好想想，从长计议吧。”

叶子打着旋儿轻飘飘地落在地上，满地秋黄。

秋雨之后，一日凉过一日，很容易就让人感觉到冬天的来临。

魏国近来形势不错，确切地说，是魏临这边的形势不错。

齐国那边忙着应付回鹘，没空来浑水摸鱼，北面的压力得以减轻，天子得以全力对付魏善。

朝廷大军的实力终究还是要更胜一筹，魏临占据天时地利人和，魏善却打一开始就显得力不从心，先前朝廷还要分出一部分兵力应对齐国的挑衅，如今齐军那边的压力消失，魏临立马就命令严遵全力平叛，叛王魏善逐渐被逼得走投无路，地盘急剧缩水，现在只剩下江州及附近那一块。

消灭叛军统一大魏，已经是指日可待了。

两年前，皇后严氏诞下一女，虽然不是皇子，但也是皇帝的头一个女儿，天子大悦，免除国内三年赋税，诏令一下，人人欢喜，这意味着天子登基几年之后，权力正在逐步稳固，威望也在逐渐上升。

一切正朝好的方向发展。

然而今日帝王的心情似乎并不明朗，以至于服侍的宫人无不小心翼翼，生怕自己莫名其妙就被降罪。

大政殿内，一名宫人将已经冷掉的绿豆饮端了出来，冷不防一人低头匆匆走来，二者差点撞上，幸而宫人反应得快，连忙侧身一避，将瓷盅护在怀里，背部却撞上门上的雕花木棂，痛得她倒抽一口冷气。

差点撞上她的人却连看也没看她一眼，就直接跨步入内了。

对方身上穿着官服，宫人自然也不敢上前理论，只能在心里暗暗骂上一句“赶着投胎啊”。

却说李忱进了大政殿，脚步和呼吸就下意识地放缓了。

“朕看见你递上来的消息了。”魏临从案牍中抬起头，“孔道周如今还在邵州修史？”

自登基之后，当年的温和无害逐渐褪去，取而代之的是严肃庄重，俊美自然还是俊美的，只是如今若有人敢直视打量皇帝，首先注意到的，必然不会是他的俊美容貌，而是属于天子的威严。

“臣依陛下的命令，本想派人找到孔公，劝说他回朝效力，却得知孔公已在不久前离开邵州了。”

魏临微微蹙眉：“那他去哪儿了？”

李忱回道：“据说是受齐君之邀，前往齐国讲学了。”

皇帝虽然没有说话，李忱却能感觉到他定是不高兴了，也没敢说话。

魏临还是太子时，孔道周便在东宫讲学，师生情分非同一般，后来孔道周被先帝驱逐出魏国，那会儿魏临自身难保，当然也不敢去找老师回来，登基之后，琐事缠身，就一直拖到现在。如今他已经有能力掌控朝局，自然希望老师能够回来为自己效力，却没想到还是晚了一步。

“近来的流言，你可听说了？”半晌的静默之后，皇帝提起另一个话题。

李忱松了口气之余，连忙开动脑筋，思忖皇帝口中的“流言”到底指什么。

“陛下所指，是与已故淮南王妃有关的那则流言？”他试探地问。

魏临微微“嗯”了一声。

李忱道：“臣也听说了，不过这天底下唯恐不乱，喜欢以讹传讹之人数不胜数，淮南王妃已死，这是无可动摇的确凿事实，那些妄图利用这层身份造谣生事的小人，陛下大可不必理会。”

他自觉这番话并无不妥之处，但魏临听罢，半天没有说话，他也不知道皇帝到底是怎么个看法，难免惴惴不安，心说，总不会想让人去查个究竟吧，但淮南王妃早已下葬，连陵园都建了几年了，查了又有什么意义？

魏临道："你私下让人去打听打听，不必声张。"

只是打听打听，那没什么难的，李忱松了口气，连忙答应下来。

关于当年的事情，他其实也知道一些内情，王妃下葬时，那口棺材分明是空棺，所谓的墓穴，其实也仅仅是个衣冠冢。然而那又如何？"人死"不能复生，照他看来，如无意外的话，顾氏即使还活着，这辈子也永远不可能回来了。

离开大政殿的时候，李忱看见顾经在外面求见，心里微哂一声，连看都没看他一眼。

定国公府如今的倾颓之势已经难以挽回了，焦太夫人的死如同宣告一个黄金时代的结束，顾家自己不争气，二、三代都没能出一个人才，唯一可以依靠的淮南王妃也不复存在，皇帝对顾家的那一点点旧情，也仅止于保全他们的爵位，让他们平安度日而已，什么东山再起、权势煊赫，就想都不用想了。

顾经在外面等了足足半个时辰，才等来帝王的召见。

他抹了抹额头上的薄汗，抬步踏入殿内，却没有计算好高度，脚尖绊住门槛，人往前踉跄了好几步，差点直接扑倒在地，甭提多狼狈了。

"臣顾经，拜见陛下。"

"免礼。"

寥寥两句对话，将两人之间寡淡的关系暴露无遗。

顾经自然不敢对皇帝摆什么前国丈的谱，反过来他还得担心皇帝要追究自己的罪责。

"臣此番求见，特为请罪而来。"没等皇帝发问，他便主动道。

"卿何罪之有？"魏临淡淡问。

"是……是顾氏的事情。"顾经看了周遭一眼，发现殿内的宫人兀自站着不动，皇帝也没有屏退他们，只好硬着头皮说下去，"外面谣言四起，都说顾氏在邵州……在邵州闹出了些动静，臣当年没有管教好女儿，致使发生了那样的事情……但这次的谣言，却并非臣等散布出去的，还请陛下明鉴！"

顾香生未死，且在邵州投靠了徐澈的消息一经传来，顾家人就先吓了个半死。不管外头如何揣测，自家人知自家事，他们自然再清楚不过：顾香生没有死，这“谣言”十有八九是真的。

但顾经更怕魏临以为这些谣言是他们散布出去的，所以就忙不迭地进宫来辩白了。

魏临的沉默让他很是忐忑，忍不住抬头偷瞄了皇帝一眼，却发现后者正盯着旁边高几上的一幅茶花图发呆。

这是什么意思？到底是计较还是不计较？

顾经咽了下口水，轻声提醒：“陛下？”

魏临回过神，将厌恶不着痕迹地掩藏过去，温声道：“朕又不是昏君，自然知道此事与你们无关，不必挂怀。”

顾经受宠若惊，自打顾香生“死”后，他已经很少听到皇帝用这样温和的口吻和自己说话了。

“陛下圣明，臣感激涕零，不知所言！”他连忙伏地叩首。

顾经战战兢兢地退了下去，那头杨谷又进来了。

“皇后派人来问，陛下午膳可要在落梅轩用？大公主也在。”

魏临几乎不用想，就知道皇后为什么会派人过来请他。

严氏无非也听说了那些消息，所以拐弯抹角来探话。

“不去了。”魏临道。

杨谷欲言又止，却终究什么也没说，安静退下。

他服侍魏临多年，对对方的性子再了解不过，这位陛下看着温和又好说话，实际上心肠比谁都要冷硬如铁。既是说不去，那就一定没有转圜的余地，这种时候多劝解两句，反而会惹来反感。

杨谷一走，魏临也没了批阅奏折的兴致。

临近午膳，他却没有传膳，反而出了大政殿，循着廊下漫步。

今日没出太阳，天气显得阴凉，风还大些，宫人忙拿来披风想为魏临披上，却被他拒绝了。

伴随着冬天逐渐临近，万物凋零，但南方比北方温暖湿润些，虽有落叶，正在盛开的花树也有不少。

魏临没有特定的目标，一路信步游走。自从登基之后，他难得有这样偷得浮生半日闲的空隙，越发有意放慢了脚步。

他已经不大记得，上次像这样富有闲情逸致地散步，是什么时候的事情了。

记忆之中，似乎曾有人偷偷在他头发后面簪上一枝花，是顾氏，还是严氏，抑或别人？他也记不分明了。

“陛下，再往前，可就是年久失修的宫室了。”宫人小声提醒。

魏临本不欲搭理，脚下却是一顿：“朕记得，前面应该是长秋殿？”

宫人答道：“正是长秋殿。”

魏临抿了抿唇，这几年他有意无意地略过长秋殿，头一年宫室修葺呈上来的名单里还有它，但魏临并未通过，下面的人察觉帝王心思，往后每年再呈上来的名单上就已经没有“长秋殿”这三个字了。

对他而言，在长秋殿的那段日子，并不是一段值得回忆的美好时光，因为那时候他刚被废了太子，处境极其尴尬。可先帝偏偏还不让他出宫立府，非将他扣在宫里。这座长秋殿，实际上就相当于一座耻辱的牢笼，见证了他最为难堪的岁月。

就连那里唯一稍稍还能让他感觉到温暖的人，也已经不在了。

宫人上前推开斑驳大门，立时就有股陈腐萧森的气息扑面而来。

魏临一看，脸色当即就阴沉下来。

“这些树木怎么都快死光了？”

几名宫人面面相觑，连忙跪下，胆子大点的嗫嚅道：“您没让修葺……”

魏临冷笑：“朕没让修葺宫室，却没有让你们连这里的树木也不管！”

他这一冷笑，便连谁都不敢吱声了。众人慌忙磕头请罪，即便这与他们并没有直接关系。

看着他们战战兢兢的样子，魏临忽然有些意兴阑珊，也不想搭理他们，径自入内，沿着那些已然枯萎发黄的树木慢慢走着。

树木疏于打理，好一些的还活着，只是树叶枯黄，应和着这萧瑟秋色，看着凄凉得很，脆弱一些的，则直接就枯死了。

一眼望去，不复生机。

不知怎的，魏临忽然想起一句话：

“昔年种柳，依依汉南。今看摇落，凄怆江潭。树犹如此，人何以堪？”

正所谓覆水难收，泼出去的水，不可能再回到盆里，以后无论盆里盛满多少水，那也不是原来的水了。

然而韶华易逝，破镜难圆，明知如此，又能如何呢？难道重来一遍，就可以避开了吗？

魏临想，即使重来一遍，他也许还会做出同样的抉择，因为开头早已注定，他无法逆转开头，只能披荆斩棘辟出一条血路。至于顾香生，那本是在计划之外的一个变数，就连他自己，一开始也从没想过自己会对这个人投注多少真心。

他不后悔。

魏临闭上眼睛。不去想锦绣江山的他，内心微微萧索。

“你可总算是舍得回来了。”

夏侯淳大马金刀坐在上座，看着从外头走进来的弟弟，嘴里发出一声哼笑。

“大兄安好。”夏侯渝直接略过他话语里的讽刺，笑容自若地拱手为礼。

“怎么着？看你这一趟出去回来，春风满面，想必收获不小？”夏侯淳挑眉看着异母弟弟，“我听说你在邵州逗留了半个多月，那地方到底有什么吸引你的？赌坊？女人？魏临那个女人，叫什么顾氏的，果真没死？现在谣言都传到我这儿来了，还说就是她主持修史的，到底是不是真的？你在魏国那么多年，不会连顾氏也认不出来吧？”

夏侯渝笑了一下：“应该是真的吧。”

夏侯淳兴奋起来：“那怎么不将她也带回来？”

夏侯渝奇怪：“带回来作甚？”

夏侯淳道：“那女人不是挺有本事的吗？连父亲都夸过她，如今她身份特殊，抓回来之后正可好好折辱一番，借此羞辱魏国，又可献给父亲，岂不是一举两得？”

夏侯渝微哂：“大兄想多了吧！就算她真是淮南王妃又如何？魏国人早就公布了她死了的消息，你就是把人折磨出花儿来，魏国人不承认，你还能怎样？要取魏国，还得真刀真枪地来，弄这些无用的花样有何意义？”

夏侯淳顿觉无趣，闷哼一声：“你胆子倒是见长了，如今也敢反过来教训我，别忘了，你一到南平京城就消失个没影没踪，吃喝玩乐这么多天才回来，回去之后我若是在陛下面前告上一状，你猜陛下会是何反应？”

夏侯渝摇摇头：“事到如今，大兄怎么还不明白，我一个无权无势，又没上过战场的皇子，陛下何以无端端派我跟在你身边？”

夏侯淳听出一丝别样的意味，沉下脸：“有话就说，别吞吞吐吐！”

夏侯渝露出一个在夏侯淳看来非常可恶的笑容：“大兄，你心里有数就好，有些话何必说得那么明白呢？”

可他越是这样，夏侯淳就越发心中不安。

他虽以勇猛善战出名，可兵权不在他手里。

所谓善战，也仅仅是指个人的骁勇，而非善于统军领军。上次齐国对回鹘的战事，夏侯淳也跟着去了，当时的主帅是齐国老将贺玉台，没有夏侯淳说话的份儿。他巴巴地跟了半个月，看着别人战功一桩接一桩地立，眼红得不行，再三请命，贺玉台拗不过他，让他带了一支部队去接应主力，结果因为半道下雪，夏侯淳那支队伍居然迷路了，等赶到那里，人家仗都打完，开始打扫战场了。

也幸好用不着夏侯淳去救命，否则他这就是个贻误战机的罪名。饶是如此，他仍是被皇帝好生训斥一顿，冷落了许久，这次才肯让他带兵来南平坐镇，结果身边还跟了个夏侯渝，他心里怎么能爽快得起来？

不同于魏临的父亲，永康帝当初挑来挑去，也只能在魏临、魏善两人之间选一个，齐君膝下儿女众多，单是成年的儿子，就有六个，更妙的是齐国皇后早逝，没有留下子嗣，夏侯淳虽然是长子，可也是庶出的。他虽然觉得自个儿占了先出生的优势，奈何老爹从来就不透露半点风声，也不觉得他是长子就如何，对其他儿子一视同仁，就连半道才回国的夏侯渝，也被赐了个王爵。

齐国皇室先祖有胡人血统，这些年胡、汉交融，不分你我，典章制度也汉化了许多，但骨子里仍旧有些不拘泥于成规的脾性，是以有人提议立长子夏侯淳为太子，皇帝却不肯，就这么压着，直压得夏侯淳心惊胆战，生怕哪天醒来，父亲就把底下哪个弟弟立为太子，到时候他这庶长子还如何自处？

由此功利之心愈切，总想着立些军功，好增加自身的筹码，将那些如狼似虎的弟弟都甩到后头去。

夏侯渝曾在魏国待过，亲眼见证魏国皇帝废太子，又令两个儿子斗得不可开交，结果这一手非但玩得不高明，反而间接导致魏国现在一分为二的现状，可谓帝王心术运用失败的典型案例。

只要是皇帝，就会有猜疑之心，但庸君与能君的区别在于，能君能够将私心控制在可控的范围内，将争储为江山社稷带来的负面影响降到最低——所以夏侯淳现在再不满，也不敢将这股不满发泄到老爹头上，而只能努力提高自身实力，争取让老爹青眼有加，将皇位传给自己。

有人的地方就有江湖，这是难以避免的，但不管内部矛盾如何激烈，一旦有了共同的敌人，齐国上下也还能团结起来。在夏侯渝看来，这是他老爹强于永康帝的地方。作为一个父亲，齐国皇帝自然是很不尽职的，夏侯渝本人也对他没多少好感，但就连他也不能不承认，相比永康帝，齐君要更具备身为一国之君的胸襟气魄。

所以永康帝一死，就给魏临留下一个烂摊子，收拾到现在还没收拾妥当。这并非魏临无能，而是因为他太倒霉，摊上一个不靠谱的皇帝老爹。

不过夏侯淳也没有幸运到哪里去，他的倒霉之处在于老爹太能干，兄弟们也各有各的长处，所以他现在危机感浓重，听见夏侯渝一句话就开始疑神疑鬼，心想自己是不是哪里做得不妥当，老爹才要让夏侯渝过来监视自己。

“我为了不伤兄弟情分，让大兄能够放手施为，所以才一来到南平，就离开这里，等大兄布置妥当才回来。可大兄非但无法理解我的苦心和好意，反倒还怪责起我来。”夏侯渝摇摇头，“这让我心里如何好受？”

齐君派他过来，兴许也有监视夏侯淳的意思在里边，但更重要的是想让夏侯渝查探南平情况，为以后做准备，结果夏侯渝拿着鸡毛当令箭，硬是将夏侯淳唬得心神不宁。

这番话半真半假，似真似假，夏侯淳也不可能跑到齐君面前去对质求证，所以才越发将信将疑，七分信，三分疑。

“陛下还交代过你什么？”他问。

“他让我探查南平的情况，顺道让我多看着大兄些。”夏侯渝道。

夏侯淳一听就明白了，对方这是握着密奏权限，也就是可以随时随地给老爹打小报告呢！

他一面为此而忐忑，一面缓下神色：“大兄领了你的情了。”

夏侯渝道：“大兄客气了，出门在外，兄弟本就应该相帮，何来人情之说？大兄勇猛无双，武艺过人，弟弟一直佩服得很，只恨没有机会讨教。”

夏侯淳见他如此上道，又搔中了自己平生最为得意的痒处，飘飘然之余，看夏侯渝也觉得顺眼了不少。

“这有何难？正好这段时间我有些空闲，你每日早晨便来找我吧，我教你一些诀窍，回头你再自己苦练，只要勤学不辍，定能小有所成。”夏侯淳上下打量他，“不过武艺一道，虽然后天要苦练，天赋也必不可少，你天赋是差了些，不过勤能补拙，努力也会有所收获。”

夏侯渝恭恭敬敬：“多谢大兄教诲，弟弟铭记于心！”

夏侯淳心事重重，扯了几句闲篇，便又忍不住绕到自己关心的事情上头去："你这些天全在外头，与我有关的事，又该如何与陛下回报？"

夏侯渝道："我且先问大兄，南平之事，你心里可有个章程？"

夏侯淳扬眉："什么章程？"

"南平天子向我朝求援，陛下命你前来，却令三万精兵屯于边境，迟迟不发，你在京城这么多年，想必也有些看法，依大兄看，这仗是该打，还是不该打？"

"自然该打。南平如今无异于肥肉一块，不趁机拿下来，岂非错失良机？"

"但陛下明显还没有下定决心，虽则南平天子再三求援，却始终不让大兄发兵。"

提起这个，夏侯淳也有点烦躁："我也不知道陛下究竟是怎么想的，南平这么一个小国，三个月便可拿下来了！"

夏侯渝问："大兄这半个月与南平官员往来，可有收获？"

夏侯淳不屑："个个尸位素餐，不思奋发图强，反倒处处巴结我，还有些已经开始计划起南平并入齐国之后，他们自己能得到的好处了。这样的国家，不灭亡才稀奇呢！"

夏侯渝道："所以南平各州才起来反抗朝廷。依我看，大兄还须快些出兵的好，否则若是等易州那些地方联合起来，变成铁板一块，到时候我们再要攻打，就会困难许多了！"

夏侯淳没好气："我如何不知？只是现在陛下暂时未决定出兵，我又有何法子！"

前面说了，齐君虽然让夏侯淳过来，但现在兵马还陈于两国边境，虽说夏侯淳有权调动，但如果没有先征得老爹同意，终究不是太好，京城那边肯定也会有人借机弹劾。

夏侯淳之所以急着想打仗，不仅仅是为齐国着想，更重要的是他自己也想尽快立下军功。回鹘那块骨头不好啃，南平明显是块好下嘴的肥肉，他如果不抓紧机会，难免会有别的人来抢功劳。

夏侯渝一边挑着桌上的零嘴儿往口中送，一边道："陛下不让出兵，是担心齐国占不到道义名分，反被那些满口仁义道德的腐儒拿来说事。若是对方先寻衅滋事，我们顶多就只能算自卫或报仇了吧？届时陛下肯定不会怪罪大兄的。"

他状若无心的话，却让夏侯淳心头一动。

"五郎，你可真是给大兄出了个好主意啊！"

"啊？"夏侯渝面露茫然，"这主意很好吗？我就是随口那么一说……大兄还是多考虑考虑，免得误了你的大事。"

"放心，我自有分寸！"夏侯淳哈哈一笑，拍了拍他的肩膀，大步扬长而出。

夏侯渝盯着他的背影好一会儿，直到手里这把椒盐杏仁都进了嘴巴，这才拍拍手上的碎屑，施施然起身，往外走去。

为了招待这对身份尊贵特殊的兄弟，南平皇帝特意为他们准备了一个大宅子，自打兄弟俩入住之后，前来拜访，停在门口的马车就没断过，这其中十有八九自然都是冲着夏侯淳来的，无足轻重的夏侯渝仅仅是个附赠品，说不定还有人不认识他。

夏侯渝出了花厅便往自己的屋子走去。宅院很大，他也拥有单独的书房。虽是暂居之所，但南平人极尽精心之布置，书房里填满各式书籍，骤然一看，还真像那么回事。

上官和等候在书房，此时已经用完一盏茶，刚刚续上水，见他进来，忙起身行礼："郎君此行可还顺利？"

"一切顺利。"夏侯渝点点头，想起顾香生，嘴角微微扬起，旋即平复，"这些天我大兄都做了些什么？"

上官和道："无非是与南平权贵往来，频频赴宴，只是我瞧大殿下似乎满心不耐烦，竟连天子送上门来的美女都不屑一顾了。"

夏侯渝扑哧一笑："我那兄长现在一心想要赶紧领兵打仗，美人再美，也解不了他的烦恼啊！"

上官和摇摇头："只怕陛下还不想出兵，还要再等等。"

夏侯渝若无其事："不需要等太久了，我那兄长很快便能想出法子来。"

上官和狐疑地看了他一眼："郎君和大殿下说了什么？"

夏侯渝嘴角噙笑："也没什么，我就是让他先挑起事端，然后嫁祸给易州罢了，这样不就可以名正言顺地出兵帮南平平叛了吗？"

上官和扶额："大殿下一旦动起手来，可就不容易收手了，您先前不还说要保住邵州吗？到时候他一路打上瘾，肯定会想要将邵州也打下来的！"

夏侯渝道："到时候就由不得他做主了。你出入齐国朝堂，对我大兄的为人也有所了解，易州兵力粮草充足，又与怀州等地联合，齐兵虽然强悍，但对方占了地利人和，夏侯淳未必能够攻下，到时候陛下肯定不满换人，我能运作的余地就会大很多。”

上官和只知他对邵州另眼相看，却不知道他为什么会另眼相看，还不惜费这么大的周折来保住这个地方。

他不能不提醒夏侯渝：“陛下现在虽然还未下定决心，但南平并入齐国乃大势所趋，不可避免，邵州一隅之地，不可能独善其身。”

夏侯渝道：“这我知道，但狼狈投降，或体面归顺，两者差别甚大。”

上官和明白了，自家郎君不是为了保护邵州城内的典籍避免战火，而是为了保护那里头的人。

主公有这个需求，当幕僚心腹的自然要帮忙筹谋，他沉吟道：“邵州有复始楼，又有诸多典籍，若非万不得已，想必陛下也不会任由大殿下胡来，眼下为时尚早，从长计议也不迟。”

最后，他实在没忍住，还是问了一句：“郎君何故如此费心？若有亲朋好友在那里，不如早些劝他离开，以免日后受到战火波及。”

夏侯渝摇摇头，又笑：“我的确有重要的人在那里，可她肯定是不愿意临阵脱逃的，所以我能做的，便是设法保她周全，令她能安心地做自己想做的事情。”

劝人远离是非之地本来是最直接安全的做法，夏侯渝却不肯这么做，反而绕一大圈，不惜拖夏侯淳入局，这得是多重要的人，才能让他做这么多事情。上官和虽然有些好奇，但对方不愿意多讲，他也不会追问，话题一转，便道：“这几日，我还听说，南平皇帝私下与益阳王接触，目的不明。”

夏侯渝有点讶异：“益阳王？魏善？南平与魏善的地盘又不接壤，他们便是结盟又能如何？”

上官和摇头：“这就不知道了，郎君可在密奏中略提一笔。”

“不了，这些天我在外头走了不少地方，正有许多风物人情可写，其余的不必多提，你也不必在陛下面前提起。”

上官和一心为他着想，闻言就有些迟疑：“可这样一来，陛下会不会觉得您在南平无所事事？”

夏侯渝反问：“你觉得陛下是个什么样的人？”

上官和想了想：“有为之君。”

夏侯渝笑道：“不错。那你知道有为之君对儿子有什么要求吗？”

上官和也笑了：“愿闻郎君高见。”

夏侯渝道：“太能干了肯定不行。为人君者，无论英明昏庸，皆有猜忌之心，区别只在于有为之君能控制自己的猜忌之心，而无为之君，却只能任由猜忌心控制自己。所以当皇帝的臣子难，当皇帝的儿子更难，因为儿子不单是儿子，更是臣子。”

上官和深以为然：“的确。”

“所以太平庸了不行，因为你太平庸就不能让君王注意到自己，不被君王所注意，将来有什么好事也落不到你头上。但是呢，太能干了自然也不行，如果你比君王还能干，那君王还有存在的必要吗？自然会看你不顺眼，这一点，不管当儿子还是当臣子，都大同小异。”

上官和叹道：“郎君对人心之揣摩，某自愧不如！”

夏侯渝一笑：“当年我在魏国为质，看着魏国皇帝与他那三个儿子斗智斗勇，既要防他们，又要用他们，结果引火烧身，反而闹得鸡犬不宁。这些事情见得多了，自己难免也会琢磨一二，纯粹是有感而发，而非天赋异禀，无师自通。”

上官和道：“既然不能太进取，也不能太无能，如何掌握其中的度，就成了关键。”

“不错，就拿这次来说，陛下让我去请孔道周，又让我查探南平，协助大兄，三件事情，完成一件足可，过犹不及，有时你觉得自己做得足够好了，别人不一定满意。”

上官和细细回想，只觉其中颇有意味深长之处。

他也明白，自己如果不是对夏侯渝忠心耿耿，被引以为心腹，对方根本不可能与他说这些。

由此也可以看出，这位五皇子心里明白得很，根本就不像外界传闻中的那样柔弱无能。

跟着这样一位主公，不说前途光明，但起码也不用成天头疼要如何为他收拾烂摊子。

“我今日便能写好奏疏，你带回齐都复命之后，让子佩来我这里，你则留在京城，我有一事要托付于你。”

“但凭郎君吩咐。”

"孔公到了京城之后，陛下定然隆重相迎，我那些兄弟投其所好，马上就会有不少人上门拉拢。以孔道周的脾性，肯定能得陛下敬重，我与他毕竟在邵州有过几面之缘，又有引荐的情分在，你也无须如何巴结，只要与他维系不远不近的交情即可，不要让他看轻了你。"

上官和是个聪明人，夏侯渝不必说太明白，他就知道对方的意思了："是，郎君放心，在下会时时与郎君通信的。"

夏侯渝满意颔首："辛苦你了。你成亲在即，我不在京城，也没法亲临婚礼，只能备上一份贺礼，让你留在京城多享受几天新婚之乐！"

说罢，他朝上官和挤了挤眼。

上官和哭笑不得："谢郎君体恤……"

夏侯渝"啊"了一声，似乎想起什么事："对了，你离开这里之前，帮我找些竹条过来。"

"什么竹条？"

"柔软的，可以用来编小鱼儿、小蚱蜢。"

上官和不解："眼下快冬天了，嫩竹可不好找，郎君要那物作甚？"

"自然是用来编小鱼儿和小蚱蜢啊。"

"……哦。"

"还有，你知道怎么扎绢花吗？"

上官和茫然摇头，这种女儿家的玩意儿他如何会知道？

夏侯渝叹了口气："算了，那你离京前帮我找一位会扎绢花的匠人过来吧，要手巧一些，会的花样多一些的，我听说有些人扎的绢花栩栩如生，连蝴蝶都会飞过来停驻。"

上官和问："郎君要学扎绢花作甚？"

"自然是送人，看你样子好像很想要，到时候送你两朵？"

上官和嘴角抽搐："不……不用了。"

他脸上哪里写着"很想要"了？

夏侯渝扎了绢花能送谁？自然是送女人了。他娘亲早就死了，又没什么亲近要好的姐妹，送的自然只能是心上人。

想及此，上官和忍不住问："郎君可是有心上人了？不知对方是哪家小娘子，姓甚名谁？若是门第相当，也可禀明了陛下，将婚事订下来，免得日后陛下为郎君订下别的婚事。"

“门第倒是相当，就是她本事太大，我怕护不住她，所以许下三年之约，说好三年后再与她成亲的。”

夏侯渝俊脸微红，也只有这个时候，他才会露出符合年龄的表情。

上官和心里好笑，既然门第相当，他肯定也乐于看见郎君能够抱得美人归。

“本事大的女人，还能大到哪里去？以郎君今时今日的身份地位，别说南平的名门闺秀，就是南平公主也娶得。对方既然肯应下三年之约，想来也有意于郎君。女人素来口是心非脸皮薄，郎君可不能信以为真，还不如快些下手，生米煮成熟饭，对方自然非君不嫁了。”作为过来人，上官和自诩经验比夏侯渝丰富，见他在男女情事上一副懵懂不开窍的模样，便指点迷津。

夏侯渝摇摇头：“这个法子对寻常女子或许有用，对她却行不通，她连当皇帝的妃子都不稀罕，又如何会稀罕我的身份？自然不能以势压之。再说了，即便可以，我也舍不得。”

上官和一头雾水，什么皇帝的妃子？自家郎君听着不像是看上一个女人，倒像是招惹了一个天大的麻烦。

“她是南平人？南平皇帝的妃子？”

不对啊，没听过哪个皇帝的妃子是流落在外的……等等！

上官和不自觉地张大了嘴巴：“您说的……那个女子，不会是姓顾吧？”

“对啊。”

老天爷啊！上官和简直要晕倒了。

夏侯渝道：“好了，我去写奏疏，你去帮我寻会扎绢花的匠人，快些办好，你才能早日赶回去成亲。”

我的个娘咧，您丢下一个晴天霹雳，拍拍屁股就走了，现在让我还怎么有心思成亲！

上官和看着他的背影欲哭无泪。

一进入冬天，仿佛连日子也变得慢了起来。

农耕得等天气变暖才能开始，这是一年中难得的农闲时光，不过邵州城依旧熙熙攘攘，往来商贸并不因季节而停顿，受南平局势的影响，更多人选择往邵州这边而来，但凡到茶馆饭庄这些地方去，时常都能听见商贾旅人在抱怨，说是越往易州一带，路途就越不安全，盗匪也越来越多，还不如索性离邵州近一些。

顾香生依旧忙碌，这些天她除了照旧要帮忙处理邵州的事务之外，又多了两桩事情：一是帮碧霄筹办婚事。丘家是土生土长的邵州人，家境小康，不至于娶不起妻子，丘书生父母都已亡故，剩下一个守寡的姑母在县城里，不与他一块儿住，丘元本人还有个妹妹，年方十岁，与他住在一起。他们现在住的那屋子原先是他姑母的，姑丈去世之后，姑母也不想在那里住了，就与丘元兄妹俩说了一下，让他们搬过来，也方便丘元在府学上课来回，她自己则回县城去住，图个清静。父母早亡对丘元兄妹而言，自然算不上好事，但对碧霄而言，男方人口简单，她嫁过去之后也不需要处理太多的人际关系，只要与小姑子处得好便够了。最难得的是，丘家就在焦府隔壁，嫁人之后也不影响碧霄过来串门。

另一件事，则是孔道周临走前托付给顾香生的，让她撰写奇女子列传。

这不是一桩容易完成的差事，甚至比为碧霄筹办婚事更难，顾香生拟了草稿，修修改改，几番重写，才勉强将谢氏一人的内容写好。然而就是这一份草稿，在放到袁臻等人面前时，却几乎遭遇了众口一词的抨击。

当然碍于她的身份，其他人的措辞不像袁臻那样直白，但也透露出那么一个意思：那就是她写的这份传记，与以往史书里的女子传记都不同。所谓“不同”，肯定不会是褒义。

遍观史书，女子在里头篇幅所占最多的，无非就是“后妃列传”了。汉高祖的皇后吕雉与唐代的武则天是例外，她们没在后妃列传里，而出现在本该由帝王占据的“本纪”里，但归根结底，仍旧与她们本身的地位有关。

谢氏不是后妃，只是一名大臣的妻子，即便这名大臣是名留青史近乎完人的刘宗怡，按照规矩，谢氏也只能出现在刘宗怡本人的传记里，就算才华横溢，顶多就多写几笔，这已经是能够给她的最高待遇了。

但孔道周现在居然想要单独为这些不是后妃的女子立传，而非让她们附庸于男人的传记里，这本身就已经违背了常理，不为袁臻等人接受。

如果孔道周对他们提出这件事，他们肯定会极力反对，并且拒绝提笔，但现在这件事被交给了顾香生，袁臻、郑敦谨他们也只能捏着鼻子视若无睹，想着反正就算顾香生写成，他们也不会同意将其并入前朝史的，于是就任由顾香生去折腾。

但顾香生写出来的谢氏传记依旧超乎众人的料想，让袁臻他们无法接受。

因为时下史书对于女子的评价，一般都是从“贤良淑德，宜家宜室”这样的立足点来出发的，即便是像武则天这样被列入“本纪”里的女人，依旧被描述成“竟不能报先帝之恩，卫吾君之子”，即便后来“终能复子明辟，飞语辩元忠之罪”，但也要在前面加一句“牝鸡司晨”，意思就是：虽然你当皇帝勉强还算合格，但不能掩盖你本来就是女人的事实，这从一开始就是不对的。

而顾香生写谢氏，则通篇很少提及刘宗怡，反而围绕她本身的才华以及门下弟子的成就来说，赞美之词跃然纸上，却半点不写她作为刘宗怡之妻对丈夫的默默支持与奉献，刻意淡化她的贤淑形象，这是袁臻等人所不能接受的。

但顾香生也有自己的看法，她认为既然为谢氏立传，那么谢氏首先就是作为一个独立的人格出现，而非谁的附庸，就算刘宗怡再有名，成就再大，那也不应该出现在谢氏的传记里，否则又何必让谢氏等几人单独成卷，直接放入“列女传”一卷不就行了？既然如此，她作为妻子的那些品德便应该尽可能地淡化，再不然，也应该与刘宗怡放在一起，而非在她本人的传记里大书特书，这就不是立传的本意了。

两者相持不下，官司一度打到了徐澈那里。顾香生坚持己见，徐澈也不可能强迫她修改，袁臻等人没有办法，只得悻悻离去，并且撂下话，顾香生那几篇传记，是绝对不可能被编撰入史的。

顾香生也不在意，依旧我行我素，此时与她身份有关的谣言已经传得沸沸扬扬，邵州城内众说纷纭，有说顾香生不守妇道的，也有感念她为邵州城百姓做了不少，认为此事不算什么，反觉得顾香生不慕富贵，品行高洁。更令人啼笑皆非的是，袁臻、郑敦谨等人因此对她的态度也转变了不少，这让顾香生感觉滑稽。

徐澈查来查去，发现源头居然出在自己身上，这让他震惊万分，深觉愧疚。

然而顾香生碍于朋友情面不予追究，他却不能装作没有发生过一样。徐澈与崔氏摊牌，后者先是矢口否认，后来实在抵赖不过，方才含糊承认；又说如果不是徐澈和顾香生暧昧不清，她不会出此下策，原意只想逼顾香生主动离开邵州，谁知对方脸皮厚，压根儿就不将名声当一回事，任由外面谣言四起，兀自躲起来若无其事。

二人大吵一架，徐澈身心俱疲，最后给了崔氏两个选择：要么回京，要么在刺史府旁边的小院里住下，没有他的命令，不得踏出小院半步。

崔氏自然不肯，只因现在回京路上困难重重，盗匪流寇且不说，万一被叛军掳了去，那真是哭都没地方哭了，即便能平安回到京城，崔家要她完成的事情没有完成，见她被徐澈休弃回来，又如何会给好脸色？至于被软禁，崔氏就更不肯选了。

秉性柔弱的徐澈难得强硬一回，也不与她争辩，直接就让人强行将崔氏带走关起来，对方什么时候想回去，就让人递个话，他会派人送她回去，若不然，就只能一直待在小院里了。

徐澈自觉短时间内无颜见顾香生，关于崔氏的处置结果，他也是让人传了个话，而未亲自与顾香生说。

事情的后果已经铸成，就算把崔氏杀了，顾香生的身份也已经尽人皆知。相比诗情、碧霄的义愤填膺，她本人反倒还要平静一些，只是偶尔也会忍不住去想，魏临和顾家人知道她在邵州城的消息之后，会怎么想？

魏临的想法不太好猜，顾家人的想法却很好懂，如果他们知道她不仅没死在外头，还安安稳稳地在邵州待着，大概会火冒三丈暴跳如雷，尤其是她那位爱面子的父亲顾经，说不定还会又惊又惧，赶紧入宫请罪，生怕魏临误会这桩谣言是从他那里传出去的。

想到这里，顾香生不禁摇头，将桌上的茶汤一饮而尽，又喊："诗情！"

脚步声走近，比诗情稍重，她抬头一看，却是于蒙。

对方原是气势汹汹脚步匆匆疾步而入，却在顾香生那一眼之后生生停住步子，不由自主地放轻了步子，轻咳一声："你怎么还有空安坐于此？外头都闹翻天了！"

顾香生笑道："稀客啊，平日里你都是无事不登三宝殿的，今日上门，想必也有要事？"

于蒙挠挠头，却不承认："瞧你这话说的，没事就不能来了？"

"自然可以啊！"顾香生喊了几声诗情，却没人奉茶进来。

于蒙忙道："不必客气了，如今外头谣言四起，宋司马让我来问问，要不要将那些闲人都抓起来。"

顾香生摇头："抓能抓得了几个？邵州城的人能抓，邵州以外的又怎么办？现在估计已经连齐国人都知道了，没必要白费功夫，由得他们去吧，他们说他们的，我过我的日子。"

她神色淡定，安坐如山，大大方方地任于蒙打量。反而是于蒙，看了一会儿，有点不好意思地移开视线，心说，自己早该了解对方是个什么人了，要指望顾香生露出羞怯悲苦的表情，那基本是不可能的。

大家共事这么久，又都是经过患难的，于蒙和宋暝等人，即便一开始对顾香生有偏见，这么几年下来，看法早就不一样了，先前听见外头的人说顾香生不守妇道，他们反倒还替她生气，于蒙更是挽起袖子就要出去抓人，被宋暝好歹先劝了下来。

但仔细想想，这些人不明真相，所以站着说话不腰疼，他们的看法，何尝不是最初宋暝、于蒙等人的看法。其实邵州本地的老百姓并不是不念顾香生的好，说闲话的也大都是外边来的人。世人多愚昧，喜八卦，好逸闻，很多事情的真相如何其实并不重要，大家只会听自己想听的，信自己想信的。

于蒙与宋暝刚刚听说这个消息之后，第一反应居然不是怀疑，而是有种“恍然大悟”“果然如此”的感觉，因为顾香生来到邵州之后的种种言谈举止，都表明了她一定不会是寻常门户的小家碧玉，也只有这样的出身，才配得起她做的这些事情。

他摸摸鼻子，拍胸脯保证：“先生只管放心便是，若魏国那边派人来抓你，我们一定不可能让他们把你带走的！”

顾香生笑了起来：“不必担心，魏国那边根本就不可能来人，我在魏国‘已死’，别说魏国，就是齐国想把我抓去折辱也没什么用处，因为魏国那边根本不会承认。崔氏本来想把我逼走，结果却发现这是一步废棋。”

“那女人……”于蒙皱起眉头想骂，转念一想，那毕竟是使君明媒正娶的妻室，还是得给使君几分面子，便住了口，眼珠在眼眶里打转。

顾香生如何不知道他在想什么，却转了话题：“我想拜托你一件事。”

“先生请讲。”

“最近我给诗情物色了一门亲事，对方家境殷实，又没有偏房侍妾，人也老实本分，不过我近来忙于修史，没空多加打听，能不能劳烦你代我走一趟，去男方家里多了解些情况？”

于蒙一听就急了，腾地站起来：“什么亲事，我怎么不晓得？”

对上顾香生满脸的莫名其妙，他赶紧换了口风：“哎，我是说对方不知底细，怕委屈了诗情！”

顾香生道：“这你就不必担心了，诗情对这门亲事也挺满意的。”

眼见瞒不下去，于蒙只能把心一横：“能否将诗情许配与我？”

顾香生沉下脸，连带周围的气场仿佛都起了波动：“你再说一遍。”

别看她现在安安静静、柔柔弱弱地坐着，对于这个能够百步穿杨、马上射柳的女人，于蒙半点不敢小看。饶是如此，乍见她这么一副神情，心还是禁不住抖了一下，随即又暗暗唾弃自己轻易就被一个女人给唬住了。

“我是说，我想娶诗情！”于蒙一口气把话说完。

顾香生的目光从门外扬起的那一角衣袂移开：“这是什么时候的事，我怎么不知道？”

于蒙只好将自己与诗情的来往略略一说，末了道：“我们俩郎有情，妾有意，我愿娶她为妻。”

顾香生不为所动：“那你那些侍妾呢？”

见于蒙一时语塞，她的音调转冷：“诗情、碧霄与我情同姐妹，她们不好开口的话、没想到的事，我自然都要替她们考虑。你说你对诗情有情，却连这些事情都没有考虑到，便想求娶她，诚心何在？你家中既有儿女，又有妾室，都说后娘难为，诗情若嫁给你，不仅要帮你料理家务，帮你照顾儿女，这也就罢了，难不成连你那些侍妾也要她全盘接收？以她的条件，本可配上更好的，又何必屈就于你？”

若换了别的女人说这番话，于蒙兴许还会恼羞成怒，但面对顾香生，他是半点脾气也没有，反而低声下气道：“我会遣散那些妾室的，从今往后，只对她一个人好。”

顾香生语气稍缓：“于兄，你不必迫于我的逼问心急回答，不妨先问问自己，到底愿意为诗情做到什么地步，若今日一时冲动遣散那些妾室，他日娶了诗情过门，你又后悔了呢？届时不仅伤了你我之间的交情，还伤了与诗情的夫妻情分，不说诗情是否谅解，我头一个就不肯答应。”

于蒙皱眉不语，待她说完，方道：“我非一时心血来潮，而是诚心想娶她为妻，你说的这些，先前我未曾顾及，但我方才想过了，若能得诗情为妻，我愿一生一世，只有她一人。”

顾香生扬眉，却不是对着他，而是对着门外某处，微微提高声音：“你可听见了？”

门外传来绊倒的声音，于蒙哪里还不明白怎么一回事？赶忙起身往外走。

就在这时，外头却传来声音：“诗情姐姐，焦娘子呢？”

下一刻，诗情领着徐澈身边的一个叫徐奇的侍从出现在他们面前。

徐厚因为向崔氏泄露顾香生的事情而被徐澈打发到别处去了，如今的徐奇是新提拔上来的，口风也远比徐厚要紧得多。

没多留意诗情与于蒙之间的暗潮汹涌，他一进来，便匆匆道："太好了，于都尉也在这儿，使君有要事相商，还请二位立即过去！"

顾香生与于蒙不由得相视一眼。

他们都有预感，徐澈所说的要事，肯定是与南平有关。

果不其然，待二人赶到刺史府时，宋暝也已经到场了，几人落座，便听得徐澈道："京城传来的消息，夏侯淳遇刺。"

几人俱是一惊，宋暝忙问："这是什么时候的事情？"

徐澈道："五六天前。"

这消息还不算滞后，大概是正好被留在京城的商人得知，又一路传到邵州来的。

如今邵州商贸发达，徐澈听从顾香生的建议，在驿站、客栈等地都安排了人手，消息渠道多样便捷，比让人专门从京城传递消息过来要省时省力多了。

宋暝问："夏侯淳伤势如何？齐国有何反应？"

徐澈摇摇头："都还不清楚，但如果齐国有意对南平下手，肯定会往南平身上推。"

宋暝接道："天子无能，惊慌失措，为免齐国迁怒，必然极尽卑躬屈膝。"说罢，他自己也叹息："国弱则气短啊！"

徐澈也跟着叹了口气，不管南平如何积弱，终究都是他出生长大的国家，现在邵州虽然袖手旁观，却不等于他真的就希望南平四分五裂。

顾香生却没有他们的多愁善感，她冷静分析道："夏侯淳在京城，天子护他尚且不及，绝对不可能派人刺杀他，所以这件事必有蹊跷。易州现在仗着兵强马壮，视朝廷如无物，天子也不敢发兵征讨，但如果有齐国加入，局势一定大为不同，我们还得有所准备才行。"

这个问题他们先前已经讨论过了，但现在威胁越来越近，心中的紧迫感也比以往任何时候都强。

宋暝面色凝重："总之邵州近来防务要加强，城防巡逻也得加派人手才行，以防万一。"

于蒙点点头："我晓得。"

饶是他们再有心理准备，也没想到局面会以如此快速的形势发展。

十二月中旬，刺杀齐国来使的凶手被抓住，经过询问，对方招供自己是受易州刺史徐年指使，因为知道天子向齐国人求救，所以方才行刺夏侯淳，意欲嫁祸朝廷。

此事一出，齐国大为震怒，夏侯淳当即调遣齐、平边境三万精兵，南下朝易州直奔而去。

兵法云上兵伐谋，下兵攻城，打仗里最难的就是攻城，但这也并非一概而论，而要因地因事因人制宜。

像易州，因为城大，足有四个城门，这就需要守城的兵员分散兵力在四处驻守，而攻城的人只需要利用惑敌之计，做出攻打的假象，再趁机找出守方防守最薄弱的那个城门进行攻击，攻城就有机会成功。

更重要的是，齐兵之凶悍，仅次于回鹘人，三万精兵足抵寻常六万兵员，而此时的易州守兵，满打满算也仅有五万。

这下子再来辩解自己没有派人去刺杀夏侯淳也晚了，对方找到这么一个出兵的借口，无论如何也不可能轻易罢休。徐年想必知道，一旦城破，自己肯定没有好果子吃，故而下了死力守城。

于是出现这么一幕：齐国在南平的土地上攻打南平的城池，南平的朝廷却不敢吭声，眼睁睁地看着夏侯淳攻城，还得感谢他为自家出力平叛，南平天子心中作何感想，旁人肯定是不知道的，但如果时光可以倒流，说不定他宁死也不会想当这么窝囊的皇帝了。

这场仗足足打了十来天，直到齐国那边增援三万，方才将易州城拿下，但夏侯淳深恨易州死守不降，城破之日便下令屠城，易州刺史徐年自戕，妻妾子女或服毒或跳井，有些来不及死或不敢死的，当即就被夏侯淳的部下下令拖出去凌辱。这次攻城，齐军同样损失惨重，除去后来增援的那几万兵马，一开始被夏侯淳带来攻城的三万人，如今只剩下一万出头。

既有夏侯淳的默许和屠城之令，这些人自然越发肆无忌惮，抢掠金银财宝，屠戮男女老幼。曾经繁华的易州城，霎时哀鸿遍野，血流成河，更有鸦声日夜啼鸣，凄怆惨绝。

怀州、源州等原先与易州联合起来对抗朝廷的州府，被此仗震慑，纷纷主动投降，齐国大军所到之处，无不令人胆战心惊。

然而这世上并非人人都是软骨头，强压之下，仍旧有不肯屈服的。与源州接壤的涣州便宁死不屈，死守到底。

一月底，涣州城破，夏侯淳照样下了屠城的命令，就连南平天子向其求情也无济于事。

此举令南平人知道：面对夏侯淳，你只有两条路走，要么不战而降，要么就等城破之后，遭遇更加凄惨的命运。

而此时，齐军离邵州也已经越来越近。

【第三十一章】众志成城御外敌

"殿下，邵州毕竟与其他南平州府不同，明日攻城，最好还是先遣使者进行和谈，若是和谈不成，再考虑出兵不迟。"

说这句话的人叫宋帆，是夏侯淳的幕僚，正式官职则作为他麾下的参将。

夏侯淳的脾气出了名的暴躁自负，原先有不少人投到他名下又改换门庭，便是受不了他这性情，只有宋帆跟了他三年，算是资历最老，也最得夏侯淳看重。

不过看重归看重，并不代表夏侯淳事事都会听他的。

"前些日子我已派人过去，你不是也看到了吗？"夏侯淳微哼一声，"邵州那帮人敬酒不吃吃罚酒，易州、涣州前车之鉴，他们依旧有恃无恐，既然如此，不妨也让他们尝尝屠城的滋味。"

宋帆叹了口气："为了攻下这些地方，我们已经损失了一万多人，陛下虽然派人增援，但心里难保不会有别的想法，您不在京城，必然有不少人眼馋您的军功，在陛下面前进谗言。"

夏侯淳冷笑："我那些兄弟也就只会这一套了，不过你不必担心，我已经上疏陈情，将此事因由一一说明白了。"

宋帆有些讶异："这是什么时候的事，为何属下竟一点儿也不知晓？"

夏侯淳哂笑："你还想不明白？皇帝要是想训斥我的话，早就派人过来了，现在朝廷那边迟迟没动静，还派援兵来助我，正说明皇帝也默许我的作为。没有我在前面冲锋陷阵，替他将那些不听话的硬骨头都杀了，他怎么有机会展现他的明君风度？”

宋帆一愣，只觉得这番话大有深意，一点儿也不像鲁莽的景王能说出来的话。

“可陛下对邵州的藏书楼另眼相看，若是逼急了，对方直接一把火烧掉，陛下必然要怪罪于您……”

夏侯淳不以为然：“齐国要什么藏书没有？邵州的藏书再多，又能多到哪里去？能保全藏书楼和那帮酸儒，他面子上自然会好看些，可也仅此而已。我们要的是地，而不是人。等灭了这些城，日后再将齐国人迁来，过不了几年，就又热闹起来了。”

他并不觉得屠城有何不妥。

因为北齐在与回鹘的历年作战中，对于回鹘俘虏，向来是鸡犬不留的。

当然，回鹘人对他们同样也没留情——每回劫掠齐国边镇，回鹘人一般都会将成年女性掠走以作妾婢，老年男女则做苦力，至于青壮年男子，一律杀掉了事。

魏国与吴越的疆域要比南平大得多，对付这两个国家，自然不能用屠城这样粗暴简单的办法，因为人是杀不完的，反而容易激起仇恨，引来无尽的麻烦。

但南平不一样，这个国家实在太小了，齐国和魏国，随便哪个国家就足以将其碾轧，对付这种实力不强偏偏还没有自知之明的敌人，一味怀柔还不如杀鸡儆猴。

夏侯淳相信，在邵州臣服之后，南平天子肯定会吓得屁滚尿流，连威逼利诱都不需要，对方就会乖乖交出玉玺和皇位了。

甭管这种思路是否符合齐国的利益，但宋帆总算明白，夏侯淳其实也有着自己的考量，也许他的方法过于偏狭激烈，但也还是有一定道理在里头的。

他还想再劝，夏侯淳却不想听了：“行了，不必多说，我意已决，今夜你派人去下最后通牒，他们若不投降，明日一早便攻城！城破之日，便是他们的死期！”

顿了顿，夏侯淳转头问他：“我听说城中有一顾姓妇人，曾是魏帝的正妃？”

宋帆心里咯噔一声，摇摇头：“这倒没有听说过。”

夏侯淳露出一丝狞笑："魏国不肯承认，左右送她回去也无济于事，不如让我和底下将士先好好享用一番，也好让齐国人体会体会魏国王妃的滋味！"

宋帆面露震惊之色："这……这……我记得陛下曾当面夸赞过顾氏胸怀锦绣之才，您如此做，只怕陛下知道了，会龙颜大怒啊……"

夏侯淳不屑："我就不信我将南平的玉玺奉上去，他还会为了一个女人与我过不去！"

宋帆张了张口，最终什么话也说不出来。

夜将过半，天地一片黑暗。

原本应该万籁俱寂的邵州城，今晚却透着异乎寻常的热闹景象，这种热闹不是来自城中百姓，而是来自手执火杖在城墙上穿梭的士兵，城中也有不少手握长枪的士兵来来往往，整齐步伐与金戈顿地之声，使得原本就紧绷的氛围更添一层肃穆肃杀。

家家户户紧闭大门，不少眼睛透过家里门窗的缝隙往外探看，那些家里有孩童的百姓，都巴不得将孩子的嘴巴缝起来，生怕他们一个不懂事半夜哭闹起来。

所有人都知道，邵州城正面临着有史以来最大的威胁。

齐国以景王夏侯淳遭遇刺杀，帮南平天子平叛为借口挥兵南下，越过南平朝廷，直接攻打南平的地方，不出一个月便已连克易州、源州等城，更可怕的是，抵抗者，城破之后，将会受到惨无人道的屠戮。

邵州往常的繁华不复得见，早在半个月前起，商旅便已逐渐绝迹，能走的人纷纷避走远方，留下不能走、不愿走、走不了的邵州百姓，与城共存亡。

他们未尝不知道今日天亮之后的邵州将面临什么样的境况，然而既然此刻还留下来的，那便是已经默认了这种境况。

没有人出声，更无幼儿啼哭，半夜的邵州城，在近乎肃杀的夜色下完成了换防，迎接即将到来的黎明。

刺史府内灯火通明，此时更无一人安睡。

徐澈面色凝重，环视下座诸人。

宋暝、于蒙、顾香生等州府官员僚属无一缺席。

袁臻、郑敦谨等儒士竟也一个不少。

看到他们的时候，徐澈微微露出一个苦笑。

“袁先生，郑先生，你们现在若是要走还来得及，我派人护送你们出城，你们表明身份之后，料想齐军当不至于为难你们。”

袁臻缓缓摇头：“我等立志修《梁史》，以为后人所鉴，如今史书未成，我等半途而废，岂非为天下所笑？”

徐澈语气诚挚：“修史一事，离开邵州也修得，几位实在没有必要与我们同生共死。”

袁臻道：“如今南平战火四起，魏国亦一分为二，天下之大，竟无一处安静之地。各国忙于争权夺利，割据势力，即便是小国，也免不了醉生梦死，夜夜歌舞，唯独使君能够想到为千秋万代计，以邵州一隅之地，不惜征召竭尽财力，建藏书楼，召天下名士修史，此等功德，便是时下不说，数十年后，同样也会名垂青史，光照千古。我袁文道初时还暗暗轻视使君，觉得使君是沽名钓誉、不自量力之徒，如今细细回想，不由得深感惭愧，幸而使君胸襟广阔，不与我一般见识，又有众人齐心协力，撰史之事，方能坚持至今。

“旁的我不知晓，但每年邵州赋税，用在藏书楼与修史上的，不说一半，起码也有三四成之多，而使君穿着用度，无不从简从俭，主政邵州以来，竟从未浪费民力，奢靡享乐，此等高风亮节，令我等感佩之至。可以说，没有使君，就没有邵州的如今，更不会有复始楼，不会有修史这件事情。”

袁臻的声音慷慨激昂，回荡于厅堂之内，顾香生也感同身受。她来邵州之后，虽说略有建树，甚至就连藏书修史也都是她提出来的，可这些事情，都是建立在徐澈对她充分信任并且愿意放手让他们去做的基础上，换作另外一个人，也许不甘于府兵兵权依旧掌握在于蒙手里，或许不甘于继续重用像宋暝这样的中间派，更不会甘于听从一个女人的建言。

徐澈虽然未必能干，可他拥有一个上位者最为宝贵的东西——虚心纳谏，从不胡乱指挥，这才是邵州能够在短短几年实力跃居南平诸府之首的重要原因，否则就算底下个个能干，但谁也不听谁的，又有什么用？可以说，正是徐澈在上面坐镇，使得他们这些人都能放心做好自己的事情。就连袁臻等人，同样也被徐澈的这种人格魅力所折服，心甘情愿留下来修史，如果孔道周不是去了齐国讲学，现在也应该还在这里。

“先生的称赞，徐某担不起。我愧为邵州刺史，却未能将这里保护好，致使齐人兵临城下，邵州危殆。这些话，袁先生就不必说了。”徐澈长叹一声。

复始楼的典籍何等珍贵，有些还是千辛万苦搜罗来的孤本，虽说后来顾香生让人将孤本都誊抄备份，但原本依旧非常珍贵。在夏侯淳派人打过来之前，徐澈、顾香生等人便已经开始着手将书籍转移到席家村的地窖藏起来，以免届时邵州被夷为平地，连这些书籍也付之一炬。但一来书籍实在太多，地窖藏不了多少；二来时间仓促紧迫，来不及转移多少；三来席家村也属于邵州，如果夏侯淳到时候到哪里就烧杀抢掠到哪里，这些书也未必能保住；四来现在天下都不太平，可以说无论转移到哪里，都不能保证那个地方日后不会打仗，而书籍一旦受潮遇火，基本上就算是毁了。

袁臻摇摇头："今晚不说，我怕不知何时才有机会说了，还请使君让我把话说完。"

他话锋一转，视线落在顾香生身上，自嘲地笑了笑："顾娘子，虽说我不赞同妇人修史，更不赞同孔公欲将女子列入史书，又非在'列女传'中，但我也必须承认，你做的这些事情，寻常女子做不出来。外敌入侵，你依旧坚守此地，同样也是寻常女子做不出来的。你我观点虽有异，我对你的品行却是佩服得很，还请受我一礼。"

说罢，他起身朝顾香生拱手长揖。

顾香生也忙起身微微一避，叹道："过往争执，不过是学问上的争执，与品行无关，譬如诸葛孔明与周公瑾，虽分属不同阵营，立场有异，却无碍于他们对彼此的认同。袁公实在不必将此事放在心上。"

袁臻微微颔首，又转向徐澈："我只恨朝廷无能，令百姓受苦，似夏侯淳这等暴虐之人，就算是降了，也不会有什么好果子吃。与其如此，倒不如奋起反抗，挣出个生天来，使君既然已经决意抵抗到底，我身为南平人，自然也要誓死追随！"

当初在邵州修史的文人有不少，许多人听说要打仗之后，陆续都走了，就算不肯走的，也会被徐澈派人劝走送走，唯独袁臻、郑敦谨几个人，因为本身就是南平人，所以执意不肯走，还坚持要留下来。

而他说得也没有错，除了易州和涣州那样死扛到底最后被屠城的之外，就算是源州那种直接投降的地方，据说夏侯淳大军入城之后，同样也是放纵部下奸淫掳掠，顶多是少杀几个人罢了，百姓遭的殃，未必就比屠城少，所以袁臻才会说，与其投降之后被糟蹋，还落个不抵抗的软骨头名声，倒还不如反抗到底算了。

徐澈道："其实袁先生不必忧心，事情还没有坏到那一步。"

他看了看顾香生，后者接口道："兵法有云，攻城为下。攻城也该比守城多上数倍兵力，大军压境，以人力胜之，方才有可能攻下邵州。如今夏侯淳手中兵力有限，任是齐人再凶残精悍，经过易州、涣州的战斗之后，也已经疲惫不堪，虽然中间有过休整，却不如邵州府兵准备充分，此其一；其二，据说先前齐国增援时，齐君便已经对夏侯淳的行为有所不满，如果邵州久攻不下，齐国那边未必会坐视不管，届时说不定会有转机。"

她没有说出口的是，夏侯渝曾经来信，让邵州多坚持几天，他会设法为邵州转圜。不过这些事情就不必与袁臻等人细说了，当务之急，先要将齐兵打退，将夏侯淳的嚣张气焰压下去再说，以免他以为南平无人，邵州无人，就可以为所欲为。

于蒙也道："养兵千日，用兵一时。邵州这几年来都没打过仗，儿郎们早就嗷嗷叫唤，巴不得有个立军功的机会，袁先生你们就不必担心了，安心在后方看着便是，你们写文章有一手，守城还得我老于说了算！夏侯淳欺我南平无人，必得让他睁大狗眼好好看看，邵州不是易州和涣州，更不是南平朝廷，可以任由他欺凌！"

顾香生也道："不错，齐人虽来势汹汹，但他们以战养战，每攻下一处地方，就要派兵驻守，由此夏侯淳手中的兵力已经不足六万，与我们旗鼓相当，若是战事持久，他们也未必承担得起后果。"

于蒙的话豪气冲天，加上顾香生的分析，连带袁臻等人也去了几分心头的阴霾，虽说忧虑依旧，但总算不像之前那样一片悲观低落了。

见这帮儒生被安抚好，徐澈也略略松了一口气，让宋暝送他们去休息，然后便问于蒙："守城之计，于都尉有几分把握？"

于蒙与顾香生相视一眼，神色不如先前那般乐观："五五之数吧。"

徐澈也知道刚才他一番豪言是为了安慰袁臻那些人，现在听他一说，仍旧有些失望："这么说，邵州还是很难守得住。"

于蒙道："三天是没问题的，怕只怕对方的霹雳车数量众多，到时万人敌扔下去，距离不够远，打不到那些霹雳车，就只能用弓弩了。"

霹雳车徐澈是知道的，那东西又叫投石车，是古代攻城的重要武器。这种武器制作简单，威力却极大，射程很远，最长能达一里，相当于用石头来取代炮弹，一旦数量达到一定程度，造成的伤害肯定会极大。

在徐澈他们所不知道的另一个世界，金兵攻打北宋汴京城，就曾用过这种投石车，以压倒性的数量，使得守城士兵苦不堪言，成为攻破汴京的重要手段之一。像之前攻打南平其他州府，夏侯淳也同样是用这种方法，辅以冲车、云梯等手段，先发制人，再伺机攻破城门。一旦入城，远程战斗就会变成近身作战，南平士兵的战斗力远远不如齐兵，自然兵败如山倒。

所以攻城固然是兵法里最不被提倡的办法，但其实也没有想象中那样艰难。刚刚于蒙跟袁臻他们说的话，安慰性质居多。现实摆在眼前，邵州孤城作战，能利用的仅仅是自身充分的准备和居高临下的优势罢了。

徐澈眉心紧蹙："万人敌又是何物？据说齐人的霹雳车多达数百辆，攻下易州等地之后又加紧制作，如今怕是有近千辆了。"

于蒙道："万人敌是顾先生发明之物，时间仓促，我们只试验过几次，还没来得及用在正式对战中，希望这次能够派上用场。"

一听这东西还是以前从没有过的新事物，徐澈的心越发提了起来，神情中满是忧虑，眼睛不由自主地望向外头的天色。

"天快亮了。"他道。

"殿下，寅时过一刻！"这句话却是从齐营中传出来的。

正在烤火的夏侯淳精神一振，大叫一声"好"："下令攻城！"

"攻城！"传令官吹响号角。

那一瞬间，轰隆隆的声音在大地上响起，乌沉沉的夜色仿佛被强行破开。

数百辆霹雳车从地平线上出现，连同后面的踏踏马蹄之声，一齐闯入邵州守兵的视线。

戒备了整整一夜的邵州城立时进入战争状态，城墙上弓箭手将弓弦拉至最满，等齐军推着霹雳车进入射程，立时万箭齐发。

无数支箭矢射向城下，霎时如雨。

城下不时有哀号声响起，然而却多是霹雳车后面被不幸射中的骑兵或步兵，霹雳车本身并没有受太大损害，齐兵只要躲在车后或车下，一般就不会被射中。

看到伤害情况不如想象中那样理想，于蒙首先喊停。

这次他们不仅有弓箭手，还有弓弩手，弩箭经过顾香生改造之后，伤害力大了很多，但凡事有利必有弊，弓射程远些，伤害力比较小；弩伤害性大，但射程比弓短一半，也就是说，如果双方离得太远，弩箭是没法发挥作用的。

这次也一样，第一波攻击，因为齐兵离城墙太远，弩箭射出去，有不少都落在地上，白白浪费了。

于蒙下令停止射击，一面观察齐军的动向，一面让手持“万人敌”的士兵准备。

齐军渐渐近了，少数骑兵躲在投石车后面，步兵则跟着冲车一道来到城门下。那辆投石车在距离城门两百步左右的距离停下，伴随着命令，开始往城墙的方向投掷石块！

这年头的投石车，最远射程可达三百多步，也就是一里左右，现在双方距离只有两百多步，已经是非常保守的射程了，然而城墙上的弓箭还没法在这种距离下发挥作用。齐人可谓精心计算，在攻打易州等地的时候，夏侯淳正是依靠这种办法，先以投石车远距离投掷，震慑敌人心神，扰乱敌人布置，再以冲车近距离攻城，则大事可成。

齐军损失的那些人马，主要是在城门被攻破的前一刻，此时南平人会奋起抵抗，双方战斗也将进入白热化，但只要城门一破，敌人的军心立马也就跟着溃破。

假如不去计较齐国损失的那些人马和屠城的劣迹，夏侯淳这几场攻城战也还算有声有色，换了另外一个将领来，未必能做得比他更好。

这也是夏侯淳得意扬扬，觉得齐君不会派人来撤换他的倚仗，能够为齐国开疆拓土，这就是板上钉钉的功绩。

今日这场战役，与之前数次并没有什么不同，等邵州一败，整个南平差不多就全拿下来了。

想到这里，夏侯淳的嘴角不由得露出一丝胜券在握的笑容。

然而他的笑容还没来得及退去，就看见远处城墙上陆续丢下一些灰色的圆球，那些圆球旋转着落下，有些落在冲车上，发出巨大的爆裂声，冲车顶部随即炸开，有些落在附近的地上，爆炸和火光将旁边的士兵瞬间吞噬，还有一些在半空炸开，迸出明亮的火光，在夜色中分外刺目。

这一场变故，齐军完全猝不及防，一个个目瞪口呆，爆炸声使得骑兵胯下的战马受了惊吓，都胡乱奔跑起来，当即就踩伤了不少步兵。

“这他娘的是什么玩意儿？”夏侯淳忍不住咆哮起来。

“这是什么？”

邵州城上，亲临前线的徐澈同样瞪大眼睛看着那一颗颗被投下去的灰球。

“万人敌。”于蒙道。

“这就是你们之前提过的‘万人敌’？”徐澈满脸不可思议，“为何会有这么大的威力？里面装了爆竹？”

“与爆竹类似，威力要更大一些。”回答他的是顾香生。

历史上，这种东西将会在明代被发明出来，但顾香生选择用它的原因是：它的制作方法非常简单，虽然是火药，却几乎不需要任何技术难度，只要遵循硝七硫三的原则，将硝石与硫黄混合，再填入晾干的泥团里，里头可以根据需要，加点有毒的材料，譬如《天工开物》里就详细介绍过做法。安上引信之后，泥团再用木框固定，这就是万人敌了，简单易懂，实乃居家旅行杀人放火之必备良药。

这种简单得连顾香生都会做的火药，却也有着致命的缺陷：它只能用于守城。

顾香生给徐澈解释：“这种东西很不稳定，你看，它在丢向敌人的时候还打着旋，根本没法精确命中目标，还很有可能伤到自己人，我们有城墙挡着，所以才没事，而且如果数量不够多的话，根本没法造成什么威胁。之前我们日夜赶工，最后也才做了一千枚，刚刚那一拨，几百枚就没了。”

技术难度很高的火药，甚至是火枪等火器，顾香生根本造不出来。就连这种“万人敌”，也是她将制作设想提出，邵州城的能工巧匠日夜赶工，方才将东西造出来，而且由于时间仓促，这一千枚里，还不包括少数质量不过关的。

然而这已经足够让徐澈大开眼界了。

火药的雏形，前朝已经有人造出来了，只是尚未在战场上使用，在顾香生将“万人敌”造出来之前，战场依旧是冷兵器的天下。

此刻，不仅是徐澈，就连齐军那边，同样也措手不及，出现大面积的伤亡，其中有被“万人敌”炸死的，也有被马踩伤的，还有被坍塌下来的冲车压死的。

说话间，于蒙已经下令让士兵停止丢掷“万人敌”，转而让众人射箭，这边也有投石车，石头像雨一样往城下泼落，还有士兵抬着粗大的树干往城下抛。

夏侯淳偏偏不信这个邪，等城上的火弹停止，他就让投石车往后退开，继续往城墙上投射石块，又让冲车和骑兵继续向前攻城。然而就在这个时候，那些要命的灰球又从上面丢下来，一波接一波，仿佛永远用不完。

火光在半空和城下炸开，冲车直接就燃烧起来，霎时间连人一并吞没。

哀号声第一次盖过了战场上的喊杀声。

夏侯淳遥望城墙上源源不断丢掷下来的灰球，面色铁青。

他的横扫南平计划，在邵州城外遇到了阻碍。

与此遥相呼应的，却是邵州城中振奋雀跃的人心，以及城墙上士气高昂的军心。

天色微亮，当地平线上出现第一抹晨曦的时候，齐人退兵了。

在这之前，齐人的骁勇善战已经深入人心，这天底下能够战胜他们的不多，其中肯定不包括南平。

即使备战多日，准备充分，徐澈也完全没有把握能打赢这一战。

然而现在，他们竟然真的赢了。

能够打赢这场仗的因素有很多。

首先是齐人自大轻敌，从易州这一路打来，虽然也有所损失，但总体来说，夏侯淳能以总数八万兵力横扫南平，最终几乎将整个南平拿下，只损失了一万五千人左右，这已经是非常辉煌的战绩了，这样的顺利必然使得他们心生大意。

其次，邵州经过战前动员，上下齐心，连不少商户也都自发捐钱捐物帮忙退敌，更不必说周枕玉的周家药铺，不但源源不断地将伤药送至前线，还派驻大夫无偿为士兵医治，但凡在前线受伤的，马上就可以被抬下去治伤，这样的待遇使得许多人能够全力以赴地守城，没有后顾之忧。

最后自然还有武器装备和战斗力的原因，其中顾香生的“万人敌”又占了绝大部分原因，这种闻所未闻、见所未见的火弹，彻底震撼了齐人的认知，一开始完全失去了反应，以至于出现大规模的伤亡。所谓夺人于先声，先发制人，正是如此。

无论如何，今天的难关，他们挺过去了！

见齐人消失在视线之内，邵州城内欢声雷动，人人脸上激动莫名，有的甚至流下泪水！

因为他们不仅保卫了自己的家园，将侵略者击退，更重要的是，他们打退的，是悍勇之名仅次于回鹘人，号称天下莫能与之匹敌的齐人！

这样的战绩，怎能不令邵州人感到自豪万分？

徐澈脸上同样有着难以抑制的激动，他甚至忘了男女之嫌，主动握住顾香生的手：“阿隐，此役你居功甚伟啊，我应该代邵州好好谢你！”

顾香生自然不肯居功：“若非于都尉采纳我的提议，加上邵州城内能工巧匠日夜赶工，单凭我一人，就是想得天花乱坠也无用。”

于蒙哈哈大笑：“先生就不必过谦了，‘万人敌’之功，有眼睛的人都能看见，如果没有你，我于蒙就是想破脑袋也想不出这玩意儿来！”

宋暝含笑：“二位都不要谦让了，此役人人有功，二位自然更是首功！能够击退齐人，还是以凶狠出名的夏侯淳，连魏国都不敢说自己能做到，今日之后，咱们邵州就要名震天下了！”

他的语气听上去比顾香生和于蒙平静许多，但神情也难掩激动。

方才打仗的时候，由于徐澈亲临前线，宋暝就必须代为坐镇刺史府，听说他们打赢了，当下激动难耐，直接就迎了出来。

众人举目四望，眼见邵州城内热闹非凡，夜晚还紧闭家门的百姓，现在都已经大开门户，人人夹杂着激动与欣喜的声音，大声说话，虽然许多声音聚集在一起，使得大家耳朵都嗡嗡直响，听不清他们在说些什么，但那股狂喜的心情是溢于言表，不容错认的。

整座邵州城，都沉浸在极度喜悦之中。

仔细说起来，邵州守兵的人数，其实还比不上易州，在齐人接连屠城的消息传来之后，那些来不及走避，或者不愿意离开故土的邵州人，心中其实已经存了最坏的打算，就算对徐澈和顾香生他们抱着一丝希望和信心，也觉得胜算并不大。然而事实大大出乎他们的意料，现在众人的心情，不仅仅是对打退了齐人的激动，更有着死里逃生，捡回一条命的狂喜。

看着这一张张生动的脸孔，徐澈等人心中不由得百感交集。

就在这时候，那些上街互相庆贺的百姓看见了他们，都不约而同地迎着徐澈等人走来，还没等亲兵上前将他们拦住，众人便都拜倒下来，跪伏在地。

“多谢使君对邵州的再造之恩，多谢使君救我等于水火！”

“是啊，使君大恩大德，我等没齿难忘！”

“还有焦先生和于都尉！”

“多谢使君，多谢焦先生，多谢于都尉，多谢宋司马！”

百姓七嘴八舌，他们的声音并不统一，话语内容也都是临时想出来的，然而如此方显得更加真实诚挚，发自内心。

实际上，当时在齐人进犯前，邵州内部曾经有过不同的声音，大部分老百姓看事情不会想那么远，他们觉得投降可以捡回一条命的话，为什么要拼死抵抗呢？如果战败了，大家都要跟着遭殃。

这些不同的声音，最后是靠徐澈的威望压下去的，那些坚决想走的人，他也不阻拦，开了城门让他们走。宋暝又派一些从源州那边逃难过来的人在市井酒肆间说自己的经历，很多人这才明白，事情并不是投降就能解决的。直接投降，齐人进城之后，同样会肆意掳掠，奸淫妇女，与其都要被糟蹋，还不如奋起抵抗，好好打一仗，说不定还有生路可走。

然而不管事前有多艰难，看此情状，徐澈等人忽然觉得自己做的这一切，都是值得的。

徐澈的眼眶甚至微微湿润起来。

他连忙移开目光，生怕被人瞧见这一副窘状，却仍旧不小心对上顾香生的视线，后者会心一笑，这让徐澈更加有点不好意思。

回到刺史府，众人的心情依旧处于激荡之中，袁臻、郑敦谨等人更是闻讯赶来，连连道喜。

听说打退了齐人，他们的欣喜之情并不比外面的平民百姓少。众人恨极了夏侯淳的暴虐妄为，看见他的嚣张气焰被打压下去，心里比六月天喝雪水还畅快。

徐澈忙着与袁臻他们寒暄，宋暝、顾香生几个却已经避入旁边书房中。

当高兴喜悦的心情逐渐淡去，他们比其他人都还要更快冷静下来。

“今日之胜，只能算是小胜，夏侯淳定然不肯善罢甘休，十有八九要卷土重来，到时候才是麻烦。”宋暝开口道。

他这番有些悲观的话并没有引来其他人的反对，顾香生和于蒙很清楚，他说的的确是事实。

顾香生看向于蒙：“‘万人敌’还剩下多少枚？”

于蒙道：“还有六百多枚。”

宋暝很吃惊：“昨夜一役就用了三四百枚？”

于蒙白了他一眼，因为他的大惊小怪：“这有什么稀奇的，‘万人敌’命中率差，有些中途就爆炸了，只能用密集攻击的方式来给敌人造成伤害，不过昨日齐军来不及防备，都被‘万人敌’打蒙了，起码死了上千人，夏侯淳肯定要休整个三五天。”

那头徐澈应付完袁臻等人，也过来参加议事，正好听见于蒙的后半截话，便接过话头笑道：“如此看来，那‘万人敌’不如改为顾氏火弹，从此阿隐便要威震天下啦！”

顾香生的真实身份，外头早就不知传了多少遍，即便她什么也不说，大家也都心知肚明，有的已经直接称她为顾先生或顾娘子，听见徐澈这样说，也面色如常，并不感到意外。

“会不会威震天下我不知道，我只知道，若是夏侯淳对邵州城志在必得，三五天后，咱们就又得迎战了。”顾香生闻言苦笑道。

徐澈大吃一惊：“这么快？”

宋暝将方才三人所议的情况向他一说，徐澈的脸色也变得凝重起来，方才因为胜仗的欢喜不翼而飞。

“现在开始赶制火弹还来得及吗？”徐澈问于蒙。

于蒙摇摇头：“时间仓促，赶制不了多少，不足以应付一场战役，最重要的是，制作火弹所需的材料有些短缺，三五天时间，还要去外地采购，这一来一回，必然是来不及的。”

打仗期间要封城，战争结束，邵州城门也随之打开，好让百姓尽快补充物资所需，有的商队也赶紧趁着难得的平静期将货物卸了，然后离城，以免下一次齐人又来攻城，他们都会被困在这里。

徐澈紧紧皱起眉头，有些发愁：“剩下六百多枚火弹，总还足够应付一场仗的吧？”

宋暝解释道：“应付是应付得了，可万一齐国增派援兵呢？咱们不能只考虑接下来再打一场就了事了，还要为邵州作长远计。”

徐澈点点头：“所言甚是。”

顾香生道：“邵州一州之力，是抗不过齐国大军的，就算现在小胜一场，如果齐国后续不断增援，就算火弹供应源源不断也没用，届时齐国大军只需要将城围困上一个月，待邵州城中粮草断绝，到时候咱们不降也得降。为今之计，还是趁着胜利提出和谈为好。”

在场众人没有表示反对。

因为局势摆在眼前，所有人都很明白，今日的胜利不等于永远的胜利，在南平举国投降的情况下，邵州是坚持不了多久的。

徐澈问：“和谈条件如何提？”

宋暝道："首要便是要善待邵州军民，不能掳掠财物，凌辱百姓，还要让我们继续修史，不得损毁藏书楼中的一草一木，不得干涉邵州内政。"

于蒙补充："最好也不要动府兵，让我们依旧能够保持原样。"

徐澈苦笑："夏侯淳不可能同意的。"

顾香生道："同不同意暂且不提，只要他有和谈的心思，便有回旋的余地，我们不妨先漫天要价，如果他不想和谈，我们就是将姿态放低到了尘埃里也无济于事。"

徐澈叹了口气："我亲自写一封文书送过去，且看他如何反应吧。"

收到文书的夏侯淳，果然暴跳如雷。

他当着来使的面，直接就将文书撕成碎片，然后让人将使者拖下去。

"将他剁碎了喂狗！不，别喂狗，剁碎了给邵州那帮人送去，让他们提前看看自己的下场！"

使者吓得脸色发白，连连求饶。

宋帆也连忙劝道："殿下，两军交战，不斩来使，这人只是送信的，还是将他放了吧，毕竟还要让他回去送信呢！"

夏侯淳看了那个已经吓得瑟瑟发抖的使者一眼："既然宋先生为你求情，就饶你一条狗命。来人，将他拖下去关起来！"

来使被拖了出去，对方明显不是邵州城的重要人物，稍稍一被吓唬就变色，夏侯淳也没兴趣在他身上多浪费时间，反而看着地上那堆碎纸屑，冷笑道："他们可真是看得起自己，用阴谋诡计小胜一场，便妄想与我讲条件了？"

宋帆问："殿下打算继续打？"

"打，怎么不打？"

宋帆拱手："殿下，恕我直言，昨日我军死伤惨重，士气大落，不少人都被那奇特的火弹震慑心神，如今若是贸然再打，对方战意高涨，我方却心怀忧虑，只怕不占便宜。"

夏侯淳道："自然不是现在马上打，起码也得休息几天再说。我已经派人加急回国要求增援，拿下邵州的意义非凡，陛下必然不会在这个当口上阻拦我。"

宋帆忧心忡忡："可万一他们手头的火弹足以应付下一场仗的话，又该如何是好？"

夏侯淳冷笑，寸步不让：“那就继续打！打到他们服软为止！”

这句话言犹在耳，邵州来使被夏侯淳下令鞭打三十下，又将人赶回去，这种态度俨然说明了齐人的立场，无须附加任何文书。

邵州这边没想到夏侯淳此人竟是强硬至极，吃了一次亏之后还不死心，只能一边继续积极备战，一边加紧赶制“万人敌”。

十日之后，齐军再一次发动进攻。

这一次夏侯淳改变了战略，没有集中兵力攻击城门，而是分作几股，分散攻击。主力依旧进攻北城门，但邵州城南门与城墙其他几个防守薄弱的地方同样也受到了不同程度的攻击。

于蒙一看就知道对方已然看破了“万人敌”的弱点，知道“万人敌”在单个分散丢掷的时候，伤害和准头都有限，只有在数量密集铺开来丢掷时，才能造成大面积伤亡。

对方这种策略使得邵州这边不得不分出兵力去防守，“万人敌”的数量同样也随之分散，伤害性大大不如之前那一场仗。

饶是如此，齐人显然没想到邵州城内仍旧现存六百多枚“万人敌”，这些火弹几乎悉数用上，加上上回打了胜仗之后邵州士气高涨，半天下来，齐人损伤惨重，不得不再次退兵。

这一次，邵州依旧派人送来和谈文书，夏侯淳也不像上次那样嚣张了，只是恶狠狠地瞪着来使，布满血丝的眼睛难掩战败的狼狈。

来使并不是上回那一位，但鉴于同僚的三十鞭，对方非常客气，更不敢说半句刺激夏侯淳的话，只恭恭敬敬送上文书，便一言不发。

如果他有幸看到上次的情景，就会知道夏侯淳其实内心并不像他表现出来的那样强横，起码他没有像上次那样直接二话不说就撕毁文书，而是将其递给宋帆，让后者先看一遍。

宋帆看完文书，皱眉对邵州使者道：“徐澈提出的条件也太过分了，邵州既然愿意归顺大齐，就该以齐国为主，为何还要我们不能干涉邵州政事，这哪里还叫投降？”

使者不慌不忙：“这位郎君误会了。两位也知道，邵州现在在修史，以一州之力而修前朝史书，这是亘古未有的事情。修史耗费甚巨，邵州为此已经耗尽钱财，复始楼内藏书，更是用钱也买不到的珍贵之物，所以徐使君只希望能够尽可能保持邵州城的现状，能不动则不动，等到齐君那边首肯，愿意以齐国之力继续修史之后，邵州愿意将复始楼与史书双手奉上，绝无二话。”

夏侯淳冷笑：“你何必说得这么委婉，什么等齐君那边首肯，不就是怕我进城之后肆意破坏吗？”

使者语塞，虽然是这个意思，可他不敢明说啊！谁不知道眼前这人脾气不好，连屠城这种事都干得出来？万一自己说错了哪句话，和上次那个一样被拖出去打三十鞭，半条小命都没了，那可哭都没地方哭去。

见对方面露为难之色，夏侯淳火气噌噌往上冒。

就在这个时候，宋帆及时出声了：“你且出去等候，此事且让殿下考虑一番。”

对方如获大赦，连忙起身退了出去，连额头上的冷汗也来不及擦，活像身后有个会吃人的怪兽追着。

看着他落荒而逃的背影，夏侯淳冷哼一声，不想相信就是这样的人使得自己连吃了两场败仗。

但即使如此，他也不得不面对接下来的难题。

对待邵州，到底还打不打？如果打，要怎么打？何时打？

就算齐君对他之前的行为默不吭声，但事不过三，这接连两场败仗下来，消息传至国内，定会掀起轩然大波，饶是夏侯淳再胆大妄为，也知道等待自己的肯定不会是什么好事。

如果还要再打，而他还是没法将邵州拿下的话……

想到这里，夏侯淳就有些烦躁起来：“信上写了什么？”

宋帆道：“还是上回那些条件，殿下不看也罢，免得生气。”

夏侯淳破天荒地征求起他的意见：“你觉得要不要继续打？”

宋帆愣了一下，方道：“卑职以为，此事还是从长计议为好……”

夏侯淳不耐烦：“别扯这些酸不溜秋的，你……”

话未说完，外头有人来报，说邵州那边来了人，想求见大殿下。

夏侯淳一听就皱起眉头：“邵州不是已经来过人了吗？”

那小兵道：“不是邵州来使，好像是邵州的商贾，叫什么林羯的，说是来给大殿下献计。”

夏侯淳挑眉：“让他进来。”

又对宋帆道：“我平生最讨厌两面三刀的小人，若他说的消息没有足够价值，我定要让他好看！”

林羯很快就进来了。

如果顾香生在这里，肯定会发现他比几年前瘦了许多。这个曾经跟着沈南吕混的药铺当家，自打沈南吕死后，现在日子很不好过，因为在徐澈的主政下，邵州城的药铺不再被他们几家垄断，药材价格也跟着降下来，像林家这样不思从药材质量和医术方子上钻研进取，反而成天想要钻空子占便宜的商家，自然每况愈下，生存空间被一再压缩。

林羯虽然表面上不得不屈从，私底下却一直在找出路，齐人的到来终于让他看到了希望的曙光。这几年装孙子装得很成功，他乔装改扮偷偷溜出城的事情并没有被察觉。林羯带着人直奔夏侯淳这里，见了面二话不说就开始诉苦，将他与徐澈之间的恩怨由来说了一遍，末了道：“殿下，小人这次过来投靠殿下，并非两手空空，而是带来了一个极为重要的消息！”

夏侯淳早已听得不耐烦，闻言直接就一个字：“说！”

林羯道：“小人暗中多方探查，终于打听到，那些‘万人敌’，哦，就是攻击齐军的那些火弹，已经所剩不多了，不足以支撑到下一场仗！”

夏侯淳精神一振：“说清楚点，什么所剩不多？还剩多少？你的消息可靠与否？”

林羯见自己的话起了作用，忙不迭道：“绝对可靠！小人毕竟是邵州城本地人，这几年虽说被徐澈排斥，但若真要打听些消息，还是有渠道的！那种火弹制作起来需要不少材料，小人不知具体的配方，只知道那些工匠做了大半年，也才做出这两场仗里能用的。上回打仗时，府兵去仓库搬火弹，小人就听见有人在说火弹快没了！”

他的话自然不能全信，但夏侯淳也有自己的判断。

邵州城仅仅是一个州府，地方有限，人力有限，结合这两场战役双方各自的损失和他们先前的推测，邵州的确已经到了强弩之末，那些火弹再多，也不可能取之不竭，用之不尽，如果再打一场，他们很可能就露怯了。

林羯被带了下去，宋帆却劝道：“殿下，此人的话说不定是徐澈刻意放出的惑敌计策，打算引诱我们上当，殿下万万要当心才是！”

夏侯淳摸着下巴：“我看未必。如果徐澈要引我上当，就没有必要再送和谈文书过来了。”

“虚虚实实，战场上常用的伎俩罢了。”

夏侯淳起身，负手在屋里走来走去，宋帆被他晃得头晕眼花，却敢怒不敢言，只能道："殿下不是去信请陛下派援兵过来了吗？要不再等等京城那边的消息？"

"京城那边巴不得我打败仗，必然有许多人在陛下身边阻挠，再等下去，黄花菜都凉了！"夏侯淳冷笑一声，宋帆这句话反而帮他下定了决心。

"传令下去，大军休整，三日之后，再次攻城！"

这话音刚落，外头便传来一个戏谑的声音："大兄这都第几回攻城了？还真是不到黄河不死心啊！"